COZY MY

T0270104

PUNTO LETAL

ALMA

Título original: *Death by Cashmere*

© 2008, Sally Goldenbaum
Primera edición: Obsidian, un sello editorial de New American Library,
división de Penguin Group (USA) Inc.
Publicado de acuerdo con Jane Rotrosen Agency LLC a través de la agencia International
Editors & Yáñez Co, S.L.

© de esta edición:
Editorial Alma
Anders Producciones S. L., 2024
www.editorialalma.com

 @almaeditorial

© de la traducción: Laura Fernández
© Ilustración de la cubierta y contra: Joy Laforme

Diseño de la colección: lookatcia.com
Diseño de la cubierta: lookatcia.com
Maquetación y revisión: LocTeam, S. L.

ISBN: 978-84-19599-49-0
Depósito legal: B-5305-2024

Impreso en España
Printed in Spain

El papel Munken Print Cream utilizado en el interior de esta publicación está certificado
Cradle to Cradle™ en el nivel bronce.

C2C certifica que el papel de este libro procede de fábricas sostenibles donde se elaboran
productos seguros y neutros para el medio ambiente, utilizando fibras de bosques gestio-
nados de manera sostenible, 100% reciclables, cerrando su ciclo de vida útil.

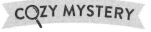

SALLY GOLDENBAUM

PUNTO LETAL

Crimen y costura

ALMA

PRÓLOGO

Al norte de las tiendas de Harbor Road, subiendo dos o tres kilómetros por la costa, más allá de la colonia de artistas de Canary Cove y de las casitas turísticas con vistas al océano, algunas de las cuales se han convertido en envidiables residencias privadas con amplios caminos de entrada y antiguas cocheras restauradas de dos plantas, la costa se ensortijaba con rabia, como la cola de una serpiente marina.

Cuando había luna llena, el cielo se llenaba de estrellas y se percibía el cálido abrazo de la brisa; y entonces la playa de esa cola y el imponente rompeolas se convertían en los lugares perfectos donde disfrutar de un paseo durante las noches de verano. Pero esa noche el hombre del tiempo había anunciado lluvias y el viento soplaba con fuerza, cosa que disuadía a los paseantes nocturnos y los encuentros amorosos.

Al final de la cola, más allá del club náutico y las casas privadas, el amplio rompeolas de piedra se internaba en el océano, protegiendo las aguas de los caprichos del mar. Aquella noche no habría mucha gente por el rompeolas ni en la playa que había al norte, al menos nadie sensato. Ni pescadores, ni amantes, ni adolescentes con mochilas llenas de cerveza. Sería el lugar perfecto para tomar algo, conversar o cualquier cosa que requiriese el encuentro.

En uno de los laterales del rompeolas, las olas golpeaban la estructura con fuerza. La espuma, que parecía cerveza de barril, bailaba en la espesura de la noche. El rompeolas medía unos cuatro metros y medio o más, en función de la marea; estaba hecho con enormes bloques de granito colocados unos encima de otros y proporcionaba una zona de aguas serenas para anclar veleros y pequeños barquitos de pesca, y protegía la playa de arena suave donde los niños construían sus castillos en la orilla.

Esa noche no había nadie en la playa. En los ventanales del club náutico el cálido parpadeo de las luces se apreciaba desde lo alto del rompeolas. A aquellas horas la mayoría de las familias ya se habían marchado, pero todavía quedaban algunas parejas sentadas en mesas con manteles blancos disfrutando de la langosta fresca envuelta en hojaldre crujiente con mantequilla y tomando los cócteles afrutados del club. En la pista también se veía alguna que otra pareja bailando al son de una banda local. Fuera el viento silbaba por entre las agujas de los pinos.

Al otro lado de la playa que se alejaba del rompeolas había una pequeña zona de descanso con dos bancos de piedra y una mesa, el sitio perfecto para tomar algo al atardecer cuando el tiempo acompañaba. O un lugar estupendo donde sentarse a solas por la noche, cuando únicamente las tenues luces del muelle iluminaban aquella figura solitaria. Llamarla había sido arriesgado, pero aquello no podía continuar. Debía terminar. Y aquel sería un buen lugar donde verse para limar asperezas y hacer las peticiones necesarias.

Dos siluetas compartiendo una bebida, incluso paseando sobre el altísimo rompeolas, no serían más que dos sombras recortadas contra el cielo para cualquiera que se asomara a la barandilla del club a fumar o a tomar el aire: sombras difusas, vagas e imprecisas. Y el viento se llevaría las voces de la pareja.

Aunque no tendría por qué ser así, claro. La vida iba de compromisos. Negociaciones. Perdón. No de traición, deslealtad e idiotez.

Al mirar en la oscuridad pero no ver nada, a nadie, la solitaria figura sintió una repentina punzada de miedo tan intensa que resultó casi dolorosa. Empezó en lo más profundo del estómago y fue trepando dolorosamente hasta que se convirtió en un poderoso y desagradable sabor ácido.

¡No! Una severa orden relajó cuerpo y mente. No era momento de tener miedo ni de ser cobarde. Una voz interior le ordenó que respirara con normalidad. Un buen trago del vaso plateado había obrado su magia. Y, como siempre, el miedo se fue atenuando lentamente.

Y entonces el sonido de unos pasos en la orilla rocosa que apenas se oían por encima de las crecientes olas le provocó un extraño alivio. Una figura caminaba lenta pero decidida en dirección a la mesa de piedra. Alta, impertérrita y atrevida.

Era casi como si dos amigos se vieran para hablar en privado, cerrar un trato y compartir unas copas, excepto por la feroz rabia que flotaba en el aire, serenada solo por una lenta y deliberada exhalación y un buen trago de whisky.

Había llegado el momento. Dos vasos. Una petaca. Un paseo por el rompeolas. Para hacerla entrar en razón. O no.

CAPÍTULO UNO

Izzy Chambers se puso en jarras y miró fijamente el techo. Las fuertes pisadas que se oían en el piso de arriba arrancaban diminutas motas de pintura que descendían flotando hasta el suelo. La música también estaba muy fuerte: a sus oídos llegaban chirridos, palabras imposibles de reconocer y un bajo tan potente como un tren de mercancías que Izzy sentía retumbar en la boca de su estómago.

A su espalda, Nell Endicott, treinta años mayor que ella, notaba las mismas vibraciones, pero quizá con más intensidad. De haber seguido en Kansas, Nell hubiera pensado que un tornado se abatía sobre la pequeña tienda de punto de su sobrina y amenazaba con derribarla.

Pero ni ella ni Izzy estaban en Kansas. Estaban en Sea Harbor, Massachusetts, y no era muy habitual ver tornados en aquella tranquila ciudad costera.

—Igual está patinando —comentó Izzy. Hizo una mueca asombrada por el continuo ruido.

—Lo del patinaje es mucho mejor que algunas de las cosas que se me han ocurrido a mí.

—Bueno, será mejor que no le demos importancia —opinó Izzy dándose media vuelta sobre los calcetines de punto nuevos que se había tejido ella misma. Y mirando a su tía añadió—: Angie es una chica movida, eso es todo. Normalmente no suele hacer tanto ruido.

De pronto un sonido distinto —una serie de sacudidas muy fuertes— hizo temblar las luces y Mae Anderson apareció corriendo desde la entrada de la tienda de punto.

Izzy levantó las manos para silenciar a su encargada antes de que pudiera decir nada.

—Mae, solo es un poco de música.

—Ese «poquito» de música ha hecho llorar al bebé de Laura Danver, así de alta se oye desde la caja registradora. Y Laura se ha marchado sin comprar el hilo que llevaba varias semanas esperando.

Izzy suspiró.

—Yo misma le llevaré el hilo a Laura luego, Mae.

Nell entendía la frustración de Izzy. La joven madre no era la clienta más paciente que tenía, pero no había duda de que era una de las mejores, y su sobrina no podía permitirse ofenderla.

En ese momento sonó la campanilla que colgaba en la puerta principal y Mae se apresuró a atender a la nueva clienta, pero antes de marcharse le lanzó una mirada a Izzy con la que le advertía que debía hacer algo, y pronto. Orgullosa como estaba de su antigüedad, Mae nunca dudaba en decirle a su joven jefa cómo debían hacerse las cosas.

Nell volvió a mirar al techo. Ahora la música sonaba más floja, pero se oía el golpeteo de unos pesados zapatos —quizá fueran botas— paseándose por todo el piso de arriba.

—Una alfombra más gruesa —dijo Izzy como para sí misma.

—No, querida —trinó una vocecilla desde la puerta—. Una piel más gruesa. Eso es lo que necesitas. Angie Archer tiene que mudarse.

Birdie Favazza, la componente más vieja del grupo de punto de los jueves por la noche, aguardaba en el umbral. Birdie era una mujer diminuta de casi ochenta años, pero se conducía bien derecha, con la barbilla en alto y brillo en los ojos. Su grisáceo pelo corto enmarcaba un menudo rostro de huesos finos.

—Los arrendadores deben ser firmes, cariño —advirtió entrando en la habitación.

—Es una buena inquilina, Birdie. Probablemente solo haya tenido un mal día en el trabajo.

Izzy tomó algunos alfileres y varias cintas métricas y lo metió todo en la cesta de mimbre que había en la mesa.

La anciana negó con la cabeza en evidente desacuerdo y cruzó la estancia con agilidad hasta un viejo sillón de piel. Dejó su abultada mochila en el suelo. De la bolsa asomaba una botella de vino y Birdie la sacó para dejarla en la mesita que tenía delante.

—Yo he venido a hacer punto, a picar algo y a compartir este finísimo muscadet, Izzy. No es mi intención juzgarte, pero...

—Ya me advertiste que no le alquilara el apartamento a Angie.

—Y todavía no estás preparada para admitir que tenía razón —terció Birdie con un distintivo acento en el que se adivinaba una mezcla de su buena educación con el ligero toque de descaro heredado de un abuelo que había sido capitán de barco. Pegó el llamativo jersey amarillo de punto trenzado a su diminuta figura y sacó con cuidado un ovillo de hilo de *qiviut* de la bolsa. Paseó sus todavía ágiles dedos por el suave material y se preguntó en voz alta si debía tejer un chal o una bufanda con aquel lujoso hilo morado.

—Un chal —le sugirió Nell. Echó un vistazo por el estudio. Ella sabía perfectamente por qué a Izzy le gustaba tener a Angie viviendo encima de su estudio de punto. Cuando el invierno anterior habían transformado la destartalada tienda de pesca en el Estudio de Punto del Seaside, Izzy había decidido trasladarse a una típica acogedora casita rural a la que podía llegar dando un corto paseo en bicicleta, dejando libre el apartamento que había encima del estudio.

—Esta tienda podría convertirse en toda mi vida —le había dicho a Nell—. Necesito distanciarme un poco.

Pero le gustaba saber que había alguien viviendo encima del estudio. Y cuando Angie volvió a la ciudad y empezó a buscar alojamiento, a Izzy le pareció la candidata perfecta.

Nell estuvo de acuerdo. Esta vez Birdie se equivocaba. Nell pensaba que a veces la anciana se aferraba demasiado a los viejos recuerdos. Estaba recordando a la joven y rebelde Angie. Pero después de pasar por el instituto y la escuela superior Angie se había tranquilizado y Nell opinaba que era una buena inquilina.

—A Angie le encanta vivir aquí —dijo Izzy mientras rebuscaba unas tijeras y algunas agujas en un cajón lateral.

—¿Cómo no iba a gustarle, cariño? —intervino de nuevo Birdie—. Tu apartamento es encantador.

Nell miró a través de las ventanas de la parte este en dirección al mismo paisaje que Angie veía desde el apartamento del piso de arriba. La ventana rectangular enmarcaba las vistas del puerto y el océano que se extendía a lo lejos, en ocasiones salvaje y revuelto, y en otras, suave y terso como una colcha de seda.

Nell pensaba que el edificio valía su peso en oro solo por las vistas. Recordaba cuando había estado en aquella misma habitación el año anterior junto a Izzy. La agente inmobiliaria, sacudiéndose el polvo de su traje gris topo, había pasado por encima de unas cajas y botellas rotas para enseñarles a Izzy y a Nell aquella misma ventana, sucia y llena de salpicones, con uno de los cristales hecho añicos por todo el suelo.

Izzy acababa de dejar un novio y una lucrativa carrera como abogada y estaba buscando el sitio perfecto donde invertir sus ahorros y empezar una nueva vida.

Y Nell seguía pensando que lo que la había convencido finalmente había sido, precisamente, lo que vio por aquella misma ventana.

La agente inmobiliaria había tirado del cierre y empujado hasta abrir las ventanas de par en par, por donde se veía el mar y docenas de barquitos amarrados en el puerto de Seaside. Después se había alejado un poco, como solían hacer todos los vendedores de pisos, para dejar que Nell e Izzy, allí plantadas una junto a la otra, contemplaran los nuevos comienzos que traían las olas.

—Como veis —había dicho la agente inmobiliaria con ensayada emoción—, se puede saltar directamente al océano desde estas ventanas.

Izzy y Nell habían sonreído. Ninguna de las dos había tenido intención de saltar, pero ambas se habían sentido atraídas por el sonido de las olas golpeando el muro de piedra a sus pies y la brisa cargada de sueños que se colaba directamente en la sala de punto.

Poco después, aquel mismo día, Ben Endicott construyó un banco que encajó justo debajo de las ventanas y Nell lo tapizó con un grueso almohadón azul. Era el rincón preferido de los clientes y amigos de Izzy.

La trastienda, como habían acabado llamándola, estaba llena de cosas de Izzy: el viejo sillón de piel del tío Ben, una mesa que Nell había encontrado en una subasta en Rockport y varios cuadros que Izzy había comprado a artistas locales en Canary Cove o Rocky Neck, en Gloucester. Y en las estanterías había libros de punto, algunos con las páginas dobladas y con manchas de café.

Con ayuda de Nell y Ben, el espacio se había ido transformando en una acogedora tienda de punto repleta de hilos teñidos a mano y luminosas madejas de lana y algodón. Atraía a los habitantes de la ciudad y a los turistas que iban a pasar el verano; era el lugar perfecto para que amigos y desconocidos se sentaran a hablar y compartieran su pasión por el punto.

Las pequeñas estancias se fueron extendiendo hasta internarse las unas en las otras como las patas de un pulpo. Una de ellas estaba llena de patrones y cómodas sillas antiguas en las que sentarse a elegir el gorrito o el jersey perfectos. Otra contenía pequeños cubículos llenos de algodón y cachemira tan suaves como la piel de un bebé, y docenas de diminutos jerséis y polainas que hechizaban incluso a mujeres que solo tejían los fines de semana, que acababan por convertirlos en su próximo proyecto. También había una sala adjunta —que Izzy llamaba la habitación mágica— donde había sillas pequeñitas, una alfombra suave y cestos llenos de juguetes y libros de cuando Izzy era pequeña, y era el lugar perfecto para que los niños se entretuvieran mientras sus madres conseguían la ayuda necesaria para terminar un jersey, echaban los primeros puntos de su labor o le pillaban el truco a la compleja forma de tejer un cuello moebius.

Y por todas partes, tanto en las paredes como sobre las mesas, había cubículos de lana o grandes cestas de mimbre donde encontrar cualquier clase de hilo imaginable: alpaca y cachemira, lana y algodón, lino, seda y moer.

La primera vez que Nell había entrado en el estudio de Izzy, cuando la pintura se había secado y los cubículos, los estantes y las cestas se habían llenado de suaves hilos afelpados, lo había definido como una «sobrecarga sensorial».

A Izzy le había encantado esa descripción. Una experiencia intensa, agradable y sensorial. Eso era hacer punto.

Birdie levantó la vista de su labor.

—Tener a alguien viviendo aquí es agradable, Lizzy; y no me cabe duda de que también ayuda a que tu tía Nell duerma por las noches.

Levantó las cejas plateadas y miró a Nell por encima de la montura de las gafas.

Nell sabía que Birdie había omitido un «pero» al final de esa afirmación, aunque por lo menos la mujer comprendía las emociones que había tras el nacimiento del Estudio de Punto del Seaside, además de sus propios sentimientos. Izzy era como una hija para ella. Y, aunque Nell no esperaba que nadie se colara en la tienda —pues Sea Harbor no era una ciudad muy conflictiva—, ella se sentía mejor sabiendo que había alguien viviendo allí. Y, sí que la ayudaba a dormir mejor. En eso Birdie había acertado de lleno.

Pero, teniendo en cuenta los ruidos que se oían en el piso de arriba, esa noche no dormiría nadie.

—Santo cielo, Izzy... —Cass Halloran entró en la estancia como si nada—. ¿Qué está haciendo Angie? —Se quitó las gafas de sol y clavó los ojos en el techo.

—Es una chica energética —dijo Izzy.

—Energética a lo Muhammad Ali.

Cass había escondido su espeso pelo negro debajo de una gorra de los Red Sox, pero los mechones húmedos que escapaban por debajo daban a entender que se las había arreglado para darse una ducha rápida después de haber pasado el día capturando langostas.

Birdie asintió con aprobación. Había sido ella quien acuñara la norma de ducha obligatoria para Cass hacía ya varios meses.

—Eres encantadora, Cass —había afirmado—. Pero el olor de tus langostas debería haberse quedado en el muelle para no arruinar los elegantes hilos de Izzy.

Cass se quitó la mochila que llevaba sobre uno de los hombros y la dejó en el suelo junto a la chimenea. A continuación se acercó a la mesa en la que Nell había alineado cuatro bolsas marrones y se inclinó sobre el vapor que emanaba de una de ellas.

—Oh, Nell, qué bueno es vivir.

—Esta noche necesitábamos disfrutar de una buena tarta rellena de frutas. Se ha levantado una brisa fresquita y me ha parecido que nos vendría bien tener algo calentito y dulce que llevarnos a la boca —explicó. Se quitó la chaqueta de ante y la colgó de un gancho que había junto a la puerta de atrás.

Cass asintió.

—Sí, más bien un viento molesto y, probablemente, algo de lluvia esta noche. —Como propietaria de más de doscientas trampas para langostas, Cass conocía a la perfección las peculiaridades del tiempo de Nueva Inglaterra. Miró por la ventana en dirección al mar, que ya empezaba a oscurecer—. Es casi como si la naturaleza necesitara demostrarnos quién manda aquí. Hay que compensar todos los días cálidos que disfrutamos en verano.

Cass volvió a mirar las bolsas de comida de la mesa y se llevó una mano a la tripa, plana como una tabla de planchar. Esta rugió bajo su mano.

—Cass, de no ser por Nell te morirías de hambre.

Izzy cogió una cesta llena de hilos y agujas y la llevó hasta la mesita de café.

—Pues claro —reconoció la cazadora de langostas—. Por eso me uní a este grupo, como bien recordarás, Iz. Odio decírtelo, pero no fue por tus hilos de cachemira. Cuando vi a Nell entrando aquí aquella noche, seguida de los olores a comida más alucinantes que ha percibido mi naricita, mi vida cambió para siempre. Te lo juro.

Nell recordaba muy bien aquella noche. Una de esas ocasiones en las que las fuerzas de la vida se alinean como es debido.

Ocurrió por accidente. Los jueves por la noche, Izzy dejaba el estudio de punto abierto hasta las siete. Y Nell solía pasar a traerle a su sobrina algo para comer: lasaña, *linguini* con vieiras, finas rodajas de atún fresco... Lo que fuera que hubiera preparado ese día o la noche anterior.

Un jueves por la noche, Cass Halloran se acercó por allí para echar un vistazo a la tienda nueva y percibió el olor de la salsa de almejas al ajillo que emanaba del táper de Nell. Cass había mirado el recipiente con tal deseo que Nell había vuelto a su casa para traerle las sobras que todavía le quedaban en la nevera. Y, empujada por un impulso, había añadido un pedazo de tarta recién hecha en la bolsa.

Birdie Favazza también había aparecido la noche de aquel jueves. Volvía a su casa de la residencia de ancianos Cabo Ann, donde impartía clases de claqué a los residentes. Vio movimiento por la ventana y decidió que necesitaba algunas madejas de lana merino. Izzy la dejaría entrar sin problemas. Cuando vio el festival a base de salsa de almejas al ajillo en la mesa de la trastienda, Birdie sugirió que la botella fría de pinot grigio que por casualidad llevaba en la parte trasera del coche sería el complemento perfecto para aquel «picoteo».

Y así nació el grupo de punto de los jueves por la noche.

—Quién sabe, Nell —dijo Cass acercándose a la comida—, de no haber sido por tu salsa de almejas de aquella noche, el mundo no hubiera visto las treinta y siete bufandas que he confeccionado en esta acogedora salita; imagina la cantidad de pescadores con el cuello helado que se pasearían por Sea Harbor. —Levantó la tapa de plástico de uno de los recipientes. La mezcla del olor a ajo, mantequilla y vino se extendió por la habitación—. Esto es justo lo que necesitaba esta noche.

—¿Has tenido un mal día, cariño? —preguntó Nell.

Cass asintió mientras pensaba en probar la salsa sin que Birdie se diera cuenta.

—Alguien ha vuelto a pasar por mis trampas. Las que están junto al rompeolas.

—Tienes que informar a la policía, Catherine —opinó Birdie—. No les darán tregua a esos cazadores furtivos. Seguro que los cuelgan de los dedos de los pies.

—Ya he hablado con ellos, Birdie. Pero no es fácil atrapar a los furtivos. Te juro que son como serpientes metidos en esos trajes de neopreno negros y deslizándose en el agua en plena noche o como quiera que lo hagan. —Cass empezó a sacar platos de un armario que había debajo de las estanterías y los fue dejando en la mesa haciendo demasiado ruido—. Te juro que caerán uno tras otro.

Nell abrió otra de las bolsas.

—Si necesitas la ayuda de Ben, solo tienes que decírmelo, Cass. Nos encantaría jugar a los detectives. Y no quiero que te pongas en peligro.

—Es una idea. No hay nadie con quien más me apetezca jugar a los detectives que con Ben Endicott. —Cass miró el queso *brie* redondo que Nell sirvió en una tabla de madera—. Creo que si pudiera encontrar alguien como Ben, Nell, no me importaría casarme algún día.

Nell se echó a reír.

—Bueno, estoy segura de que harías muy feliz a tu madre.

—Pero piensa en las pérdidas que supondría eso para la iglesia —comentó Izzy—. Mary Halloran financia las sotanas de los sacerdotes gracias a las velas que enciende mientras reza esas novenas suplicando «por favor, que Cass se case y tenga siete hijos».

Nell se echó a reír y puso en el mostrador un cuenco de espinacas que había recogido ese mismo día del huerto de detrás de su casa. Les había añadido unas rodajas de mango, un puñado de almendras garrapiñadas y unos picatostes de masa madre.

Se oyó otro golpe que resonó por toda la estancia; esta vez parecía una bota golpeando la pared.

Birdie dejó el punto sobre la mesa y levantó la vista.

—Oh, Dios. Creo que Angelina acaba de firmar su sentencia de muerte. Tengo que hablar con ella.

—Ay, déjalo, Birdie —dijo Nell. Vertió un poco de vinagre balsámico en la ensalada y le dio vueltas con delicadeza. Birdie se enfrentaría a dragones por sus amigos, y ganaría. Pero Angie no encajaba del todo en la categoría de los dragones; por lo menos no de momento.

—¿Alguna idea sobre lo que está haciendo ahí arriba? —preguntó Cass.

Izzy se puso un mechón de pelo detrás de la oreja.

—Lleva un par de semanas un poco intranquila. Probablemente haya tenido un mal día. Nos pasa a todas. Vamos a dejarla en paz, estamos aquí para hacer punto, ¿no?

Antes de que cualquiera de ellas pudiera mostrarse de acuerdo o en desacuerdo, la puerta del piso de arriba se cerró de golpe y sonaron unos pasos por la escalera exterior del estudio.

Un segundo después, Angie abrió la puerta lateral y entró en la sala.

—Hola —saludó paseando los ojos, maquillados con esmero, por toda la estancia. Iba tan bien vestida que las cuatro mujeres se quedaron sin habla.

Angie medía casi metro ochenta y su cabello pelirrojo enmarcaba un rostro fino. Era esbelta y delgada, y esa noche vestía una camisola, una blusa de gasa transparente y una falda ajustada, ceñida a las caderas, por encima de las rodillas. También llevaba un elegante suéter de cachemira atado con despreocupación alrededor de los hombros que le quedaba muy favorecedor.

Nell miró el suéter.

—Angie, ese suéter te queda genial. Yo me ofrecí a llevarlo, pero por algún motivo de lo más absurdo Izzy no consideró que fuera a llamar mucho la atención.

Angie tocó la lana de cachemira con los dedos.

—Eso no es cierto, Nell, pero mientras me toque llevarlo a mí, lo protegeré con uñas y dientes. Lo prometo. Y lo devolveré enseguida. Solo quería ponérmelo una vez más. Es el suéter más bonito que he visto en mi vida.

—No hay prisa, Angie —le aseguró Izzy—. Es un intercambio comercial. Yo tengo una modelo de carne y hueso para mi suéter, y tú estás más calentita.

Nell tocó el ribete del suéter tipo kimono. Izzy lo había tejido con un hilo de cachemira de color azafrán y punto trenzado, tanto por delante como por detrás. Le daba un toque sofisticado, parecía que tuviera encajes; era un suéter único.

Cuando Angie había visto el suéter en el estudio de su amiga, se había enamorado al instante, y solo tuvo que hacer un efusivo cumplido para que Izzy se lo prestara.

—Solo unos días —le dijo—. Será una buena publicidad, la gente te preguntará dónde lo compraste y vendrán al estudio del Seaside.

Angie dejó un juego de llaves encima de la mesa. Estaban cosidas a un cuadradito de punto con una enorme letra A en el medio —un viejo retal de un jersey de lana que Izzy había hecho para Nell— que las identificaba como las llaves del apartamento.

—Te dejo aquí el otro juego de llaves del apartamento, Iz. No las necesito.

—Muchas gracias, Angie. Yo también tengo una llave maestra. Pero no te preocupes. No se me ocurriría nunca entrar a fisgonear.

La voz de Angie era ronca, una voz de fumadora, aunque le había asegurado a Izzy que lo había dejado.

—No hay nada que fisgonear. Mi vida es un libro abierto, Iz.

Nell observaba los seguros movimientos de Angie mientras esta se acercaba al mostrador para echar un vistazo por debajo de una de las tapas. Después se dio la vuelta sobre unas botas de tacón tan brillantes y altas que Nell se preguntó cómo diantre conseguía caminar tan derecha. Un pequeño traspié y seguro que se rompía una pierna.

Pero esa noche Nell advirtió algo más en Angie: por debajo del rímel y la sombra de ojos asomaba una mirada seria. Y había algo raro en su sonrisa. Angie tenía la misma sonrisa que su madre, Josie. Era una sonrisa de labios carnosos con la que, cuando ella quería, conseguía que se volvieran todas las miradas. Pero aquella noche parecía forzada.

—Me encanta lo que has hecho con la tienda, Izzy —comentó Angie—. Antes de que la compraras era un desastre, un auténtico agujero.

—¿Y tú tendrás cuidado de no destrozarla? —preguntó Birdie desde su rincón junto a la chimenea. Arqueó las cejas por encima de sus ojos claros.

Angie restó importancia al comentario agitando la mano.

—Pues claro, Birdie. No conseguía ponérmelas, eso es todo. —Agachó la vista hasta las ajustadas botas que se ceñían a sus piernas—. Me he puesto de mal humor y creo que he acabado tirando una por los aires. Es muy frustrante —dijo bajando la voz y mirándose las botas como si en ellas pudiera encontrar la respuesta a algo que estuviera buscando. Su voz no era más que un susurro—. Las botas pueden ser muy frustrantes.

—¿Tienes una cita, Angie?

Cass se había mantenido algo alejada del grupo y contemplaba el océano por las ventanas de atrás con una rodilla apoyada en el banco de debajo. Se dio media vuelta y se dirigió a Angie con la voz un tanto apagada.

La recién llegada tardó un poco en contestar. Cuando lo hizo, habló midiendo sus palabras y adoptando un tono neutro.

—No te preocupes, Cass. No me lo voy a comer. Pete es un buen tío.

Antes de que Cass pudiera contestar, se abrió la puerta de atrás y el cuerpo alto y desgarbado de Pete Halloran apareció bajo el umbral. Entró y empujó la puerta peleando contra la inercia del viento.

—Buenas noches, señoras —dijo dirigiéndose a la sala—. A ti también, Cass.

Cass le hizo una mueca a su hermano pequeño.

—¿Qué haces aquí, Pete? ¿Quieres aprender a hacer punto? —le preguntó Izzy.

—Tengo entendido que tiene su parte buena.

Pete miró hacia la comida que aguardaba sobre el mostrador.

—No hasta que aprendes a hacer punto del revés, Peter. —Birdie levantó la vista del delicado calado que había elegido para su bufanda—. Cada vez hay más hombres que se aficionan. Por fin le están pillando el truco. Nunca serán tan buenos como nosotras, pero por lo menos lo intentan.

—Seguro que vale la pena —insistió Pete sin dejar de mirar los fetuchini.

—Esta noche no, querido Pete.

Angie se le acercó por detrás y entrelazó el brazo con el suyo.

Cuando ella le tocó, a Pete se le puso la cara del color del pelo de la chica. Se volvió hacia ella esbozando una lenta sonrisa que dibujó pequeñas arruguitas en su piel bronceada.

«Está loco por ella», pensó Nell. Y no había duda de que hacían muy buena pareja. Pete tan alto y rubio, y Angie solo unos centímetros más baja, con una cascada de ondas pelirrojas que se descolgaba por el hombro del chico.

Nell había visto a Pete en la puerta del Museo de Historia de Sea Harbor hacía solo unos días. Estaba sentado en un banco de la plaza, delante de la calle de adoquines de la biblioteca en la que trabajaba Angie, lanzando trocitos de su bocadillo a las gaviotas. Pero era evidente que no estaba pensando en los pájaros, y Nell se había preguntado por qué no estaría comprobando las trampas de langostas con Cass y ayudándola con las capturas del día.

Pete no había visto a Nell, y eso que ella le había saludado con la mano cuando pasó por su lado de camino a una reunión de la junta. Entonces había aparecido Angie, que bajó la escalinata de la biblioteca con unos vaqueros muy ajustados y un luminoso jersey verde, con el pelo mecido por la brisa y la cabeza bien alta. Todavía llevaba puestos los auriculares que a veces utilizaba en la biblioteca: eran de color naranja chillón y parecían margaritas; a los voluntarios mayores les hacían mucha gracia.

La cara que puso Pete al ver a Angie dejó muy claro a Nell el motivo por el que estaba allí sentado.

Cuando vio a Pete sentado en el banco, Angie se había quitado los auriculares, que se dejó colgados alrededor del cuello, y cruzó la calle mirando fijamente al chico. Se sentó a su lado en el banco del parque y metió la mano en su bolsa para coger un bocadillo con una confianza que daba a entender que eran algo más que simples conocidos.

—Los polos opuestos se atraen —había dicho Ben cuando ella le había detallado la escena durante la cena aquella misma noche—. Angie necesita un buen chico como Pete en su vida.

Nell había asentido, pero se preguntaba si Angie podría formar parte de la vida de otra persona como necesitaban los buenos chicos.

Cass se acercó al mostrador y metió la nariz en una de las bolsas de Nell. A ella no le gustaban los conflictos. Y tampoco le gustaba Angie. Pero le encantaba la cocina de Nell.

Y quería muchísimo a su hermano Pete.

Cass sacó el resto de los recipientes de la bolsa y los colocó en fila sobre la mesa dejándose llevar por la experiencia sensorial de la comida. Se olvidó automáticamente de Angie, que quedó eclipsada por las especias, las cremosas langostas y vieiras, y los grandes trozos de ajo al horno.

—Es una pena que no podamos quedarnos —dijo Pete mirando la comida con deseo. Pero bastó que Angie le tocara una sola vez el brazo para que todas las mujeres que había en aquella sala tuvieran la sensación de que incluso los platos de Nell podían quedar eclipsados por la correcta combinación hormonal.

—Cuidado con el tiempo —les advirtió Nell. Se aguantó las ganas de pedirle a Angie que dejara el suéter en el coche de Pete si creía que existía la mínima posibilidad de que una sola gota cayera del cielo.

Angie le sonrió a Nell, después miró a Cass y enlazó el brazo con el de Pete.

—Pete me mantendrá calentita.

Cass seguía de espaldas a la pareja ignorando las palabras de Angie.

Nell observó cómo los dos jóvenes salían por la puerta y se perdían en la noche. La mirada que había visto antes en el rostro de Angie le había recordado a una versión más joven de la chica, enfadada con el mundo, decidida a arreglarlo ella sola. Sobre sus hombros descansaba mucho más que una blusa transparente, un buen bronceado y un elegante suéter de cachemira.

CAPÍTULO DOS

Dos horas más tarde, después de que Cass y Birdie las ayudaran a guardar lo que había sobrado en la nevera y se hubieran marchado a casa, Nell e Izzy cerraron el estudio y se internaron en la noche.

—¿Qué haríamos sin estas noches de los jueves? —se preguntó Izzy.

—Cass podría morirse de hambre —afirmó Nell—. Y la sabiduría y el vino de Birdie estarían muy desaprovechados.

—Y Ben estaría enorme si fuera el único que se beneficiara de tus platos. ¿Y yo? Yo estaría completamente perdida sin vosotras tres.

—Yo pienso exactamente lo mismo —reconoció Nell dándole un rápido abrazo a su sobrina.

El cielo del verano se veía muy oscuro; solo asomaban una o dos estrellas que brillaban por entre las nubes negras, y las ráfagas de viento arrastraban trozos de papel por las curvas de la carretera y arrugaban los toldos que se cernían sobre los escaparates de las tiendas.

Nell se alisó el pelo con la palma de la mano tratando de pegárselo a la cabeza. A sus sesenta y un años tenía ya algunas canas, pero, en lugar de apagarle el cabello, las onduladas mechas surcaban por su cabeza como balizas luminosas colocadas estratégicamente entre sus pliegues.

«Mechas de tigresa juguetona», las llamaba Ben, y después las alisaba con la áspera yema del dedo.

—¿Te vas a casa, Izzy? —preguntó Nell mirando el cielo—. Pronto empezará a llover.

Izzy alzó la vista al cielo.

—Bien. La lluvia es muy buena para el negocio. Es el tiempo perfecto para sentarse a hacer punto en el porche con un ovillo de lana suave. —La joven enlazó el brazo con el de su tía—. He quedado para tomar algo con unos amigos en el Ocean's Edge antes de irme a casa, pero primero te acompañaré al coche.

Harbor Road, denominada Seaside Village en los folletos sobre la localidad y sencillamente «el pueblo» por las personas que la habitaban, era el centro de Sea Harbor. En las calles estrechas y ensortijadas abundaban las tiendas, que se disputaban los clientes con acogedoras cafeterías, un par de tabernas y un bar, todos ellos negocios con sello propio, pues las nuevas generaciones de propietarios arreglaban los edificios y estos volvían a parecer nuevos. A medio camino, las tiendas daban paso a una zona abierta donde Pelican Pier desembocaba en el puerto. En el larguísimo muelle se mecían las barcazas para avistar ballenas, los yates de recreo y los pequeños botes de pescadores, todos mezclados, pues Sea Harbor era demasiado pequeño como para ofrecer el espacio necesario donde separar las embarcaciones comerciales de las privadas. En la orilla, el Ocean's Edge Restaurant and Lounge se erigía iluminado como un carrusel, y ofrecía música, bebidas y algún platillo para picar.

—Parece que Archie todavía tiene clientela —dijo Nell cuando se pararon delante de la librería de Harbor Road para contemplar la nueva exposición de autores locales del escaparate. La puerta seguía abierta y la brisa agitaba las persianas de la ventana.

Archie Brandley tenía el horario de la tienda pegado en el cristal de la puerta de su librería como el resto de los vendedores de Sea Harbor, pero nunca le pedía a nadie que se marchase, no importaba la hora que fuera. Lo que hacían Archie o su mujer Harriet era cuadrar los recibos o colocar algunos libros nuevos hasta que el último invitado, como Harriet llamaba a sus clientes, se levantaba de uno de los desvencijados sillones de piel y salía por la puerta. A veces los invitados más tardíos no compraban ningún libro, pero a Archie y Harriet no les importaba. Siempre decían que leer era lo único que importaba.

El agitado viento no paraba de despeinar a Izzy. La joven hizo una mueca cuando se vio reflejada en el escaparate de la tienda y vio su melena enredada pasándole por la cara.

—La malvada bruja del norte —dijo.

Se cogió el cabello, se quitó la goma de pelo que llevaba alrededor de la muñeca y se recogió la melena en un moño bajo.

Nell observó el reflejo del rostro de su sobrina en el escaparate y recordó a la desgarbada niña con trenzas y pecas en la nariz y las mejillas que había caracterizado a la joven Izzy Chambers. Por aquel entonces, Izzy se preocupaba más por los caballos del rancho que su familia tenía en Kansas que por su aspecto. Pero con el tiempo había acabado perdiendo las trenzas y se había convertido en una joven alta y elegante que se marchó al este para ir a la universidad, donde todo el mundo siguió recordando a Isabel Chambers durante mucho tiempo. Puede que no recordaran su nombre, pero no olvidaron sus enormes ojos marrones, los hoyuelos que acentuaban la amplia sonrisa en su rostro tan fino y la estilizada figura de una mujer cuyos rasgos ligeramente irregulares encajaban de una forma misteriosa.

—Mira, Nell. —Izzy señaló por detrás de su reflejo hacia la pequeña sala que había sobre la caja registradora. Estaba llena de estanterías repletas de libros y había varios sillones—. Reconocería esas botas en cualquier parte.

Angie Archer estaba sentada en uno de los sillones y su rostro estaba parcialmente oculto por las sombras. Todavía llevaba el suéter de cachemira alrededor del cuello y una de las mangas color azafrán colgaba por encima del brazo del sillón. De pie a su lado había un hombre que clavaba los ojos en el rostro cuidadosamente maquillado de Angie. Y parecía enfadado.

—No sé por qué, pero no esperaba que Angie y Pete terminaran aquí —dijo Nell.

Izzy se pegó un poco más al escaparate tratando de aplacar el brillo de las lámparas del interior haciendo visera con las manos y mirando por debajo.

—Cass dijo que iban a tomar una copa rápida al Gull y que después se irían a Passports, en Gloucester. —Su aliento dibujó un círculo en el cristal y ella se volvió hacia Nell—. Me pregunto qué estarán haciendo aquí, Nell. Antes Pete parecía la mar de feliz, daba la impresión de estar en el séptimo cielo. Pero ahora no parece muy contento.

Nell se acercó al escaparate. Justo en ese momento, el hombre se dio media vuelta y se alejó de Angie para dirigirse hacia las escaleras.

—Y ese no es Pete, Izzy. Es Tony Framingham.

De pronto apareció una sombra por la parte trasera de la tienda. Archie se detuvo a los pies de la escalera; se le había borrado la sonrisa y tenía una expresión seca.

—¿Qué está pasando ahí arriba, Tony?

Hablaba en voz baja, pero su voz se coló por la puerta abierta haciéndose oír en la acera.

En lugar de cruzar la puerta, Nell e Izzy dieron un paso atrás y sus rostros quedaron oscurecidos por la exposición de libros. Archie levantó un poco más la voz.

—Eres tan bienvenido en mi librería como cualquiera, Tony, pero ahora eres un hombre adulto y no puedes venir aquí a causar problemas como lo hacías cuando eras un mocoso. No puedes insultar y amenazar a una dama en mi tienda, no me importa quién seas. A ti no te han educado así.

—¿Dama? —repuso Tony, pero Archie impidió que siguiera hablando alzando la palma de la mano e interponiéndola entre ambos.

Tony se dio la vuelta, bajó la cabeza y se dirigió a la puerta.

Antes de que Izzy y Nell pudieran apartarse del escaparate, él salió con el ceño fruncido y las manos metidas en los bolsillos de los vaqueros. Una ráfaga de viento le pegó un mechón de pelo moreno a la frente y él se lo apartó con la mano. Pero hasta que no se sacó las llaves del coche del bolsillo no levantó la cabeza y vio a Nell y a Izzy.

Se quedó sorprendido un momento; y después, con la naturalidad propia de alguien acostumbrado a las situaciones difíciles, esbozó una sonrisa de medio lado.

—Buenas noches —dijo inclinando un poco la cabeza. Miró por encima del hombro de Nell a través del escaparate, escudriñando la librería como si estuviera valorando lo que habrían visto Nell e Izzy, y después se concentró en las mujeres que tenía delante—. No te he visto mucho desde que he vuelto a la ciudad, Nell —comentó—. ¿Os va todo bien a Ben y a ti?

—Estamos bien, Tony —contestó Nell tratando de suavizar aquel momento tan incómodo—. Eres muy amable por preguntar.

Entonces Tony miró a Izzy y su intranquilo rostro empezó a relajarse.

—Izzy Chambers. He oído hablar muy bien de tu tienda en Harbor Road. Debo admitir que me ha sorprendido. Pero mi madre piensa que es lo mejor que le ha pasado a Sea Harbor desde que cerraron la cantera.

Izzy se echó a reír.

—Tu madre es mi mejor clienta, Tony. Creo que ella tiene más hilo en casa del que tengo yo en todo el estudio.

Tony Framingham había sido el primer amor de verano de Izzy. Habían pasado muchas tardes paseando cogidos de la mano por Pelican Pier o por la playa del club náutico mientras compartían sueños acerca de dónde estarían diez o quince años después. Izzy iba a vivir en Italia y sería pintora, aunque Tony Framingham no se lo creyó ni siquiera entonces. Había augurado que ella sería abogada. «Como Atticus Finch pero en chica; eres tan buena argumentando como todos esos, Iz, y convertirás el mundo en un lugar mejor».

En cuanto a Tony, ambos habían acordado que tendría una casa en la Riviera y viajaría por todo el mundo gestionando acciones y bonos, comprando y vendiendo negocios. Y ellos se encontrarían de vez en cuando en lugares mágicos y tendrían el mundo a sus pies.

—Éramos unos soñadores, ¿verdad, Tony? —recordó Izzy.

—Y, por lo que he oído, acerté cuando dije que serías abogada. En el bufete de Elliot & Pagett de Boston nada menos.

—Durante un tiempo —reconoció Izzy—. Pero no encajé muy bien, Tony.

El chico asintió. Como todo el mundo en Sea Harbor, él también había oído hablar de la corta carrera legal de Izzy.

—Y aquí estamos los dos, de nuevo en Sea Harbor. ¿Quién lo iba a decir?

Su profunda risa se dejó llevar por el aire de la noche.

—¿Entonces has vuelto, Tony? —preguntó Nell.

—No lo sé, Nell. Tengo algunos asuntillos en Nueva York y Boston. Pero he venido a ayudar a mi madre. Desde que papá murió intenta ocuparse de todo ella sola, de la casa y también del negocio de mi padre. Es demasiado para ella; se cree que todavía tiene cuarenta años.

—Nunca subestimes a tu madre, Tony. No hay muchas cosas con las que no pueda Margarethe Framingham. Ha sido un gran motor para este pueblo.

Y que Nell supiera, Margarethe siempre había llevado los negocios de su marido, mucho antes de que Sylvester Framingham júnior muriera. Lo hacía con la misma facilidad con la que tejía jerséis y chaquetas. Y era muy probable que hubiera salvado la fortuna de la familia en una o dos ocasiones.

—Bueno, tiene que aflojar un poco, vender esa mansión y no preocuparse de tantas cosas.

—Yo no creo que ella lo vea así.

Nell evitó decirle a Tony que quizá no fuera decisión suya lo que su madre hacía o dejaba de hacer. No cabía duda de que la casa de los Framingham era enorme, y un poco ostentosa para Nell. Las cortinas parisinas y los pasillos de mármol no pegaban mucho con Sea Harbor. Pero a Margarethe le encantaba su casa y siempre la compartía con generosidad. Había pertenecido a la familia Framingham desde que habían comenzado a trabajar en la cantera y a cosechar sus tierras. Y si así era como ella quería vivir, y decorar, la decisión debía ser enteramente suya.

—Tienes razón, Nell —reconoció Tony—. Es su casa.

Pero al decirlo se puso tenso.

Justo en ese momento se apagó la luz de la puerta de la tienda y Archie dio unos golpecitos en el cristal. Se despidió con la mano articulando un «buenas noches» y a continuación bajó las persianas de la puerta principal y cerró el pestillo.

Nell miró la tienda oscura a través del escaparate esperando, en parte, que apareciese Angie, pero la librería estaba sombría y en silencio.

Antes de que pudiera preguntarle a Tony qué le había ocurrido a la chica, el joven murmuró una rápida despedida y cruzó la calle en dirección a un Hummer de brillante color naranja.

—¿Dónde está Angie? —le preguntó Izzy a Nell. Volvió a mirar el escaparate de la oscura y silenciosa librería.

—Supongo que habrá salido por la puerta de atrás, como hace Archie, para no cruzarse con Tony.

Nell se volvió hacia la tienda de punto de la puerta contigua. El apartamento del piso de arriba estaba a oscuras. La joven no había vuelto a casa. Nell esperaba, por el bien de Pete, que Angie hubiera vuelto con él.

—Recuerdo muy bien la faceta contenciosa de Tony —dijo Izzy—. Bajo ese encanto se esconde todo un carácter.

Volvió a enlazar el brazo con el de su tía y juntas cruzaron la calzada esquivando a un grupo de chicos que pasaron a toda prisa montados en sus brillantes bicicletas.

—Era todo un chulito de adolescente —recordó Nell—. Pero eso es normal a esa edad.

Alto, apuesto y listo, Tony se había metido en más de un altercado menor por aquel entonces, pero Nell nunca lo había considerado un mal chico. Siempre se mostraba educado cuando pasaba por casa, y a Ben le caía bien. Sencillamente pensaba que era el resultado de demasiadas contemplaciones.

Ben siempre decía que cuando Tony tuviera que enfrentarse a la vida real, maduraría.

Y sin duda cuidar de su madre entraba en esa categoría, aunque a Nell le costaba imaginar quién iba a atreverse a cuidar de Margarethe Framingham.

—Jamás imaginé que Tony volvería —dijo Izzy—. Parecía tener horizontes más amplios que Sea Harbor.

—Quizá sucumbiera a su encanto como te ocurrió a ti.

Nell se paró junto a la puerta de su coche y sacó las llaves. Había aparcado delante del Gull, un local de copas. La luz amarilla del bar salía por las ventanas y se derramaba por la acera de ladrillos.

Nell abrió la puerta y dejó su bolsa de punto en el asiento de atrás; después de volvió hacia Izzy y la examinó con atención. Sintió una conocida tirantez en el pecho. La misma sensación que había tenido tantas veces desde que su sobrina se había mudado a Sea Harbor.

La joven contempló el rostro de su tía. Después le dio un cariñoso abrazo a Nell percibiendo el conocido olor de su jabón.

—Yo también te quiero, tita Nell —susurró.

Cuando Izzy se separó de ella, Nell se recompuso. ¿Por qué estaba tan sensible aquella noche? Le dio un beso en la mejilla a la joven y se metió en el coche. Cuando se dio la vuelta para despedirse de ella, su sobrina ya se alejaba balanceando los brazos y con la melena al viento en dirección al Ocean's Edge.

Cuando introdujo la llave en el contacto para arrancar el coche, levantó la vista y vio una pesada silueta ligeramente encorvada cruzando la calle justo por delante de ella. Era Angus

McPherron, un cantero retirado que pasaba los días deambulando por el puerto contando historias a cualquiera que se cruzara en su camino. Los niños le llamaban «el viejo del mar».

Por un momento Nell se preguntó si debía llevarlo a casa. A veces Angus se distraía un poco y quizá no fuera consciente de la inminente tormenta. Pero entonces el anciano levantó la vista y se despidió de ella con la mano. Sus pequeños y brillantes ojos parecían despiertos y era evidente que la había reconocido. A continuación, Angus se metió en el Gull engullido por la música y los cuerpos del resto de los clientes y desapareció de su vista.

Nell cuidaba de él. Era un buen hombre, aunque a veces se le veía un poco desubicado. Miró por las ventanas de la taberna tratando de distinguir sus hombros encorvados y sus torpes andares. La barra de madera de caoba, tan larga como los ventanales, estaba ocupada por los clientes habituales de un jueves por la noche con ganas de empezar cuanto antes con el fin de semana. A Angus no le costaría encontrar a quien le escuchara. Sería una buena noche para él.

Entornó los ojos tratando de enfocar mejor la escena del interior del bar.

—Ay Dios —exclamó en voz alta.

Distinguió a Pete Halloran sentado en uno de los taburetes con la mirada perdida. Estaba solo, sin prestar atención a la animada actividad que había a su alrededor, con los codos apoyados en la barra. Y delante tenía por lo menos media docena de botellines de cerveza vacíos.

Nell se bajó del coche y se encaminó hacia las ventanas del Gull sin tener todavía muy claro lo que iba a hacer, pero su cuerpo la empujaba hacia delante.

Mientras ella se acercaba a la ventana, Pete levantó la mano y apretó el puño.

Estaba rodeado de hombres y mujeres que picaban almejas fritas de las cestas de mimbre entre risas y cervezas sin prestar ninguna atención al joven angustiado que tenían al lado.

A Pete le palpitaban las venas de la frente y apretaba los dientes. Miró por la ventana, pero Nell sabía que no la había visto. Un segundo después, el puño cerrado de Pete cortó el aire y se estrelló en la barra de madera tirando al suelo los botellines de cerveza vacíos, las cestas forradas con papel y las almejas y las patatas fritas que quedaban.

Y un segundo después Pete desapareció, engullido por la multitud, que lo rodeó como un agujero en la arena que se llena con el agua de una ola.

CAPÍTULO TRES

El viernes amaneció el clásico día perfecto de Sea Harbor. Las lluvias de la noche habían limpiado todo el pueblo y un luminoso sol asomaba por encima del agua calentando los hombros desnudos y las mejillas de la gente. Era el día ideal para los pescadores que se hacían a la mar en pequeñas embarcaciones a comprobar si había algo en sus trampas. El día ideal para que los grupos de amigos se reunieran en el muelle Endicott para hablar sobre la regata del fin de semana, comentar las últimas noticias de Boston o ensalzar el nuevo cargamento de hilo de alpaca que Izzy había recibido esa misma mañana. Un día ideal para comer atún a la parrilla con la salsa de perejil picante de Nell y los magníficos martinis de Ben.

Demasiado perfecto, pensaría Nell un poco más tarde. Bajo el lustroso brillo de la perfección, se podían abrir diminutas grietas en un abrir y cerrar de ojos, pillándola a una totalmente por sorpresa.

—Estoy a punto, ¿y tú? —preguntó Nell desde su puesto junto al fregadero de la cocina. Las ventanas abiertas permitieron que su voz se colara en el espacioso porche, donde Ben atizaba una pila de carbón en la barbacoa de piedra.

Su marido levantó la vista y alzó sus gruesas cejas grises con actitud sugerente por encima de unos ojillos brillantes.

—¿A punto, dices?

Nell se pasó un mechón de pelo por detrás de la oreja y sonrió. Su marido era como un enorme oso con el que se sentía la mar de cómoda. Ben la conocía a la perfección. Y todavía conseguía presionar las teclas adecuadas para hacerla recordar cómo se había sentido cuando paseaban juntos por Harvard Square agarrados el uno al otro sin pensar ni un momento en el resto del mundo. Ahora el deseo se había moderado, ya no era ese loco impulso de juventud. Pero seguía siendo igual de intenso y satisfactorio. Ben Endicott seguía encendiendo el fuego de Nell, y las llamas la calentaban hasta los huesos.

Ben se había asomado a la puerta y se limpiaba las manos con un trapo viejo.

—Tengo que ir a buscar un poco de hielo al congelador del garaje. Pero por lo demás, cariño, la barra está preparada y la barbacoa pronto lo estará. Pongo un poco de *jazz* y todo listo.

Las reuniones de los viernes en casa de los Endicott eran la ocasión perfecta para relajarse, dar carpetazo a la semana y pasar un buen rato entre amigos. Ben y Nell nunca estaban seguros de quién aparecería, pero no tenía importancia, siempre había la comida y amistad suficiente para pasar un buen rato. Y si al final estaban solo ellos dos —cosa que no solía ocurrir a menudo—, tampoco pasaba nada.

Nell se acercó a la puerta para echar un vistazo al patio trasero. Cuando se hiciera de noche, encenderían los diminutos candiles, pero de momento el enorme patio estaba envuelto por el cálido brillo propio del final del día. Cuando ella y Ben habían decidido afincarse en Sea Harbor de forma permanente, construyeron una casita de invitados en la parte trasera del garaje, escondida entre una arboleda de pinos. Al otro lado había un estrecho caminito que había quedado marcado en la tierra después de que varias generaciones de Endicott utilizaran esa ruta entre los pinos para llegar hasta la playa. La primera vez que Nell había ido a la casa de veraneo de la familia de Ben, hacía ya varios años, cuando los padres de él seguían vivos, pensó que jamás encontraría en toda su vida un lugar tan perfecto como el 22 de Sandswept Lane. Y había acertado.

Ben le pasó el brazo por los hombros.

—Esta noche no has dormido mucho.

—Quizá haya sido por la lluvia.

Nell se pegó a él y le apoyó la cabeza sobre el hombro.

Ben le tocó el pelo y acarició su alto y prominente pómulo con un dedo.

—Esta noche me aseguraré de que duermas bien.

Nell sonrió y asintió con la cara pegada a su hombro.

—¿Hay alguien en casa?

La mosquitera de la puerta principal se abrió de golpe y se cerró seguida del ruido de unas chancletas avanzando por el suelo de madera. Izzy entró en el salón con una enorme cesta de mimbre colgada del brazo.

—Pareces Caperucita Roja.

Ben cruzó la estancia y le dio un cálido abrazo a la joven. Le cogió la cesta del brazo y se la llevó al mostrador de la cocina.

—Muy gracioso —repuso Izzy siguiendo a Ben hasta la cocina—. Y el lobo se llama Gideon, nuestro nuevo guardia de seguridad, el tipo que los propietarios de las tiendas contrataron para patrullar por las noches. Da un poco de miedo, Nell. Cuando he salido hoy, estaba sentado en los escalones que conducen al apartamento de

Angie. Ha hecho como si tuviera todo el derecho del mundo a estar allí y me ha dedicado una sonrisa de lo más rara.

—¿Angie estaba en casa?

Izzy negó con la cabeza.

—Al menos eso creo. En realidad, no la he visto en todo el día.

—Qué raro. —Nell desenvolvió un trozo de queso *cheddar* de Vermont, lo sirvió en una bandeja de madera y después repartió tostaditas alrededor—. Hoy he ido por la biblioteca porque tenía una reunión y me he pasado a saludarla, pero no estaba en su sitio. ¿Estará enferma?

—Quizá volviera muy tarde ayer por la noche y se haya quedado durmiendo. O puede que se haya quedado en casa de su madre. Recuerdo que una o dos veces yo misma me quedé en tu casa de Boston después de haberme divertido de lo lindo alguna noche. —Izzy sacó un trozo de papel de aluminio de un cajón y empezó a envolver el pan para meterlo en el horno—. Pete Halloran es quien debe preocuparnos, no Angie. Cass me ha dicho que ha pasado la noche en su casa. Llegó tarde y parece ser que no en muy buen estado. Cass quiere estrangular a Angie por haber pasado de él de esa forma.

—Por lo menos tuvo el sentido común de no volver conduciendo a su casa. No estaba en condiciones.

—Lo he visto esta tarde en McClucken, estaba comprando cuerda para el barco —terció Ben—. Como me ha dado la impresión de estar un poco decaído, le he dicho que viniera esta noche. Una cerveza fría, buenos amigos, la cocina de Nell...: eso es lo que necesita Pete.

Izzy miró a Ben y le rozó la mejilla con el reverso de los dedos.

—Eres blandito como un trozo de pan, tío Ben.

—¿Blandito? —Ben frunció el ceño y fingió marcar bíceps—. Pues eso no es una virtud a mi edad, querida Izzy.

La joven le estrechó el bíceps.

—Está duro como una piedra —aseguró Nell. Y ella misma se aseguraba de que así era. Ben había padecido un ataque al corazón hacía unos años que la había asustado mucho —y a Izzy también—, la había dejado paralizada. Pero, como Nell solía decir, también había tenido sus ventajas, pues aquello les había recordado que eran mortales. Y justo tomaron la decisión de trabajar menos y disfrutar más de la vida. Unos meses después, y para sorpresa de la fundación que dirigía Nell y de los socios de Ben, habían vendido la casa que tenían en Beacon Hill y se habían trasladado de forma permanente a Sea Harbor.

—¿A qué hora llegará Cass con el atún? —preguntó Ben hábilmente para desviar la atención de su físico de sesentón.

—Ya debería estar aquí —aseguró Izzy—. Estaba poniendo cebo en las trampas de la ensenada, pero tenía pensado venir a traer el pescado antes de pasar por casa a ducharse.

Nell se miró el reloj.

—Creo que voy a llamarla. Ben podría pasar a buscarlo y ahorrarle el paseo.

Pero antes de que pudiera alcanzar el teléfono el chirrido de unas ruedas en el camino anunció la llegada de la vieja camioneta Chevy de Cass. Nell se encaminó hacia la puerta para ayudarla con la nevera del pescado, pero antes de que llegara se abrió de golpe la mosquitera de la entrada.

Cass todavía vestía la ropa de faenar. Sus enormes botas amarillas llenas de barro y el mono de trabajo ocultaban su figura. No llevaba la habitual gorra de los Sox y tenía varios mechones de pelo enredado pegados a las húmedas mejillas sonrosadas. Pero lo que dejó helada a Nell fueron las enormes lágrimas que le resbalaban por el rostro.

Nell enseguida se acercó para abrazar a la joven.

—Cass..., ¿qué ocurre?

En tan solo un segundo, Cass estaba entre los brazos de Nell con la cabeza enterrada bajo su hombro. Le temblaba todo el cuerpo y Nell la estrechó con fuerza.

—Todo irá bien, Cass —le susurró—. Sea lo que sea, lo arreglaremos.

Cass negó con la cabeza.

—No, no se arreglará, Nell.

Se separó de Nell y se limpió la cara con el reverso de la mano. Respiró hondo tratando de serenar su respiración y recomponerse.

—Es Angie —dijo. Su voz ronca sonaba entrecortada.

—¿Angie Archer? —preguntó Nell con pocas ganas de que su amiga contestara.

—Ha muerto —anunció Cass con la voz tan pesada como el ancla de la barca con la que salía a capturar langostas.

Izzy y Ben aparecieron en el pasillo justo cuando las palabras de Cass se desplomaban en el suelo de madera.

—No, Cass —dijo Izzy con la voz entrecortada—. Angie no ha muerto. Está en el apartamento, o por ahí, ya sabes que ella siempre...

Cass alzó la mano para frenar el discurso de su amiga. Respiró hondo con todas sus fuerzas, como si fuera el último aliento. Lo soltó muy despacio. Cuando volvió a hablar, su voz sonó extrañamente fuerte, y se esforzaba por empujar las palabras.

—Está muerta, Izzy —afirmó—. La he visto. Tenía el pelo enredado en una de mis trampas. Se ha quedado atrapada en el fondo del océano como si fuera una langosta.

CAPÍTULO CUATRO

La historia fue brotando a trompicones mientras Ben, Nell e Izzy escuchaban sentados en silencio en el sofá permitiendo que Cass se tomara su tiempo para relatar los sucesos de aquella terrible tarde.

Había un par de policías en el rompeolas, que «por fin habían venido a investigar el tema de los cazadores furtivos», dijo Cass. Como ella estaba allí con la barca, los agentes subieron y se pasearon con ella por la ensenada poco profunda mientras ella les iba señalando las boyas que marcaban la situación de las trampas.

—Ya que estábamos allí, me ayudaron a sacar una trampa para que pudiera enseñarles la situación que me encontraba cada día: que el cebo no estaba y las langostas tampoco.

Guardó silencio un momento y tomó un sorbo del té que le había ofrecido Nell. Sus dedos se aferraron a la pequeña asa como si de la urdimbre de sus trampas se tratara.

—Fue el segundo grupo de trampas que sacamos, las que están más cercanas al rompeolas...

A Cass se le quebró la voz, pero siguió adelante.

—No subía. A veces se quedan encalladas en el barro del fondo, así que los agentes tuvieron que tirar tanto de la cuerda que pensé que tendría que acabar sacándolos a ellos también del agua. Al final la trampa se movió y pudieron subirla lo justo para que todos viéramos...

Explicó que vio los rizos pelirrojos de Angie Archer enredados en la red de la trampa y que su cuerpo sin vida estaba atrapado en la urdimbre.

No tardó mucho en llegar otra unidad de policía y una ambulancia, sacaron del agua el cuerpo de Angie y se la llevaron.

—Me han parecido horas —dijo Cass.

—Habrá sido horrible para ti —comentó Ben.

—Me he sentido como si estuviera conectada de alguna forma.

—¿Lo dices porque la conocías? —preguntó Nell.

—No, no ha sido por eso. No lo digo porque fuera Angie. Pero era mi trampa. Mi urdimbre. Eso es lo que la tenía atrapada bajo el agua.

Izzy le tocó el brazo y ella asintió, pero nadie podía decir nada para consolarla.

—Me siento responsable, ¿sabéis? —dijo Cass con tristeza—. Como si de alguna forma la hubiera matado yo.

Después de darse una ducha de agua caliente en el baño de invitados de Nell y Ben, Cass se acurrucó bajo una colcha muy suave en la espaciosa cama para invitados y se quedó dormida.

Pete no apareció por el 22 de Sandswept Lane aquella noche, pero Birdie, los Brandley y algunos amigos más que habían oído la noticia se reunieron en el porche bajo la luna llena mientras Cass dormía profundamente en el piso de arriba. Nell mezcló unas verduras a la plancha con unos *linguini,* cortó unos trozos de pan de masa madre, sirvió una ensalada de espinacas y todos se quedaron allí hasta altas horas de la noche tratando de encontrarle un sentido al trágico suceso.

Poco más se publicó en la *Sea Harbor Gazette* del fin de semana. La historia de la hermosa pelirroja que se había aventurado peligrosamente por el rompeolas cuando se acercaba una tormenta se extendió por todo el pueblo. La mayoría pensaba que la culpa la habría tenido una ola descontrolada, algo que todos los niños de Sea Harbor aprendían a respetar y temer ya desde pequeños.

CAPÍTULO CINCO

Las campanas de la torre de piedra de Nuestra Señora del Mar tañían con tristeza la mañana del lunes. El sonido resbalaba colina abajo como una riada, colándose en casas y comercios, y apresurando a los que se dirigían a la iglesia por las sinuosas calles del pueblo o lo cruzaban en coche.

Josie Archer le había dicho al padre Northcutt que quería que el funeral de su hija se celebrara cuanto antes. Y, aunque la autopsia tardaría todavía algunos días, el viejo sacerdote accedió a los deseos de Josie planificando un entierro privado para más adelante. Canceló el servicio habitual que se celebraba los lunes a las ocho de la mañana y programó en su lugar la misa de réquiem por Angelina Mary Elizabeth Archer.

Hasta allí se acercaron vecinos, amigos y parroquianos; algunos traían bizcochos, guisos o buñuelos caseros para la recepción que se celebraría después en el sótano de la iglesia. Los que no conocían a Angie conocían a su madre o a su difunto padre. Algunos sencillamente sentían la necesidad de acudir a la misa para lamentar la joven vida que había terminado de aquella forma tan trágica y para rezar para que no les ocurriera lo mismo a sus seres queridos. Y otros, como siempre, solo por curiosidad.

Nell, Ben e Izzy bajaron la escalera hacia el sótano después del servicio compartiendo en voz baja sus impresiones acerca de la sencilla homilía del padre Northcutt. El religioso conocía a Angie desde que esta naciera y no le costó ofrecer a su familia y amigos un discurso destacando dulces recuerdos de Angie sin hacer mención de los aspectos más escandalosos de su vida.

—No soy capaz de imaginar cómo debe de sentirse Josie —confesó Nell—. Enterrar a una hija... es impensable.

Ben la rodeó con el brazo para mostrarle su silenciosa comprensión.

—Y yo soy incapaz de imaginar que Angie se cayera del rompeolas —dijo Izzy.

Nell asintió. Sabía que a Izzy le resultaría más sencillo dejar las emociones al margen y centrarse en la parte lógica del incidente.

—No tiene sentido —opinó Nell—. Estoy completamente de acuerdo contigo, Izzy, pero tendremos que pensar en eso luego.

Una mujer corpulenta con un vestido floreado se abrió paso entre la gente apartando a codazos a Nell e Izzy.

—¿En qué estaba pensando esa loca? —dijo en voz alta dirigiéndose a la propietaria de la papelería de la calle Main. Su estridente voz se escuchaba por encima de las conversaciones apagadas a su alrededor.

Nell la miró frunciendo el ceño. Pero fue Izzy quien la hizo callar con una mirada que la dejó muda antes de seguir a Nell y a Ben hasta el vestíbulo de la iglesia, donde la cofradía había dispuesto unas mesas bien largas para la comida con platos apilados y tenedores en los extremos.

Los asistentes ya aguardaban su turno haciendo cola.

Ben e Izzy se dirigieron a los termos de café que habían instalado en una mesa auxiliar.

—No hagas caso de los chismorreos, Izzy. Cada cual tendrá su opinión —le aseguró Ben—. Pero esto es lo que es: un accidente espantoso.

Sirvió dos vasos de cartón y le ofreció uno a Izzy.

—Pero es que no es nada propio de Angie, Ben —insistió la joven—. Y tú lo sabes. Para empezar, era una nadadora excepcional, siempre me daba una paliza cuando competíamos por equipos en el campamento. Y Angie era una chica lista. ¿Por qué iba a salir a pasear por el rompeolas una noche tan espantosa? Y la habíamos visto solo unas horas antes.

«Y quizá podríamos haberla detenido».

Aquel pensamiento había mortificado a Izzy y Nell durante todo el fin de semana mientras repasaban la tragedia una y otra vez. ¿Pero qué podrían haber hecho? Lo único que ellas sabían era que, al parecer, la noche de Pete y Angie se había torcido. Y no parecía que a Angie y a Tony les hubiera ido mucho mejor. Entonces, ¿por qué se iría al rompeolas que estaba como a tres kilómetros de distancia? Cass dijo que Pete no quería hablar con nadie y todas estuvieron de acuerdo en que no era el momento de acosarlo a preguntas. Pero esas dudas flotaban en el aire como gaviotas aguardando para abalanzarse sobre las posibles respuestas.

—Tú no podrías haber hecho nada para cambiar lo que pasó, Izzy —afirmó Ben con tono autoritario adivinando sus pensamientos. Pero no fue lo bastante convincente como para evitar que a la joven se le saltaran las lágrimas. La rodeó con el brazo y se la volvió a llevar hacia donde Nell hablaba con Ham y Jane Brewster, viejos amigos y fundadores de la colonia de artistas en el Canary Cove de Seaside Harbor.

—Ham y Jane dicen que últimamente Angie pasaba mucho tiempo en Canary Cove —le explicó Nell a su marido cuando él e Izzy se acercaron a ella. Al ver la mirada llorosa de su sobrina intentó desviar la conversación a recuerdos más agradables.

—Yo nunca entendí por qué querría relacionarse con unos viejos como nosotros —comentó Ham rascándose la barba—. Pero a nosotros nos gustaba mucho tenerla por allí. Estaba muy interesada en conocer los orígenes de la colonia, cómo compramos el terreno y las viejas cabañas de pescadores y las convertimos en galerías. Ya no era la chiquilla atolondrada que había conocido algunos años atrás y que se paseaba por la colonia estropeándome las pinturas. Era interesante y sabía cosas sobre la compraventa de tierras de esta zona que yo desconocía.

Jane asintió.

—También era ambiciosa. Había hecho muchos planes.

—¿Qué clase de planes? —preguntó Nell.

—Pues cosas relacionadas con lo que haría cuando se marchara de aquí. Me daba la impresión de que iba a ser pronto. Pensaba viajar un poco y después volver a la universidad para cursar un doctorado.

—Qué raro —se extrañó Nell.

—¿El qué? ¿Lo de seguir estudiando?

—Lo de que pretendía marcharse pronto. Tenía un trabajo a tiempo completo en la Sociedad Histórica, no era algo temporal. ¿Por qué iba a hacer referencia a lo que haría cuando terminara?

—Por cómo lo decía, estaba trabajando en un proyecto especial y pensaba marcharse cuando terminara —puntualizó

Ham—. A mí me comentó directamente que no pensaba quedarse mucho tiempo por aquí.

—Bueno, todos sabemos que Angie no era precisamente una persona predecible —terció Ben. Dejó el vaso de café en la mesa y miró a su alrededor—. Esto es muy triste.

Se quedó mirando a un pequeño grupo de personas que se habían sentado en unas sillas plegables a un lado. Josie Archer estaba muy quieta, ligeramente inclinada hacia delante, pálida y con los ojos vidriosos. A su lado se encontraba Margarethe Framingham.

—Parece que Margarethe está cuidando de Josie —apuntó Ben señalando el grupo con la cabeza.

Nell miró a Margarethe; estaba sentada en la silla metálica cubriendo las manos de Josie, que yacían lacias sobre su regazo. Margarethe era una mujer hermosa, corpulenta e imponente, y Nell pensó que en ocasiones adoptaba una postura casi zen. Esa mañana estaba muy elegante, con un traje de diseño negro y el cabello cuidadosamente recogido en un moño. Y en ese momento estaba mostrando su faceta más compasiva allí inclinada tratando de consolar a la madre destrozada.

—Ha supuesto un gran apoyo para Josie —afirmó Ham—. Ofreció su casa para celebrar la recepción, pero Josie no quiso. Quería que fuera en la iglesia.

—Hace tantos años que Margarethe es una líder en este pueblo que da la impresión de que sienta cada una de nuestras pérdidas como suyas propias —opinó Jane—. ¿Habrá algún rincón de este pueblo en el que no haya echado una mano?

—Eso es cierto. Es muy generosa —convino Nell. La familia de Ben siempre había apoyado las causas de Sea Harbor, pero lo habían hecho en privado. Los esfuerzos de Margarethe eran generosos y sostenidos en el tiempo. Enseguida apoyó las normativas urbanísticas que más convenían a la floreciente comunidad artística que habían fundado Jane y Ham, y organizó una campaña para ayudar a construir un parque nuevo en honor a los pescadores. Nell había estado en varios comités con Margarethe y había presenciado en primera persona la habilidad que tenía para conseguir las cosas.

—Y mirad quién más ha venido —dijo Izzy.

Todos siguieron con la mirada la dirección que la joven señalaba con la cabeza. Allí estaba Angus McPherron, pegado a la pared junto a la puerta vestido con una camisa blanca que habría sacado de alguna tienda de caridad y unos pantalones negros arrugados, solo y muy triste.

—Es la primera vez que veo a Angus con camisa —observó Nell.

—O en la iglesia —añadió Ben—. Pobre tío. Parece que acabe de perder a su mejor amiga.

—Él y Angie eran amigos —dijo Nell—. La veía muchas veces sentada con Angus en Pelican Pier. Ella siempre escuchaba sus historias con mucho interés. A veces Angie llevaba el portátil e iba escribiendo las cosas que él decía. Y a él le encantaba.

Justo en ese momento, Birdie Favazza entró por la puerta de atrás con el pelo blanco revuelto por la brisa. Nell se dio cuenta de que Birdie se había perdido la parte del funeral religioso, pero probablemente lo hubiera hecho a propósito. Nunca pasaba mucho rato en la iglesia del padre Northcutt, pero el cariño que sentía por la familia de Angie no permitiría que se perdiera la recepción de después.

Nell se encaminó hacia ella, pero justo entonces Birdie vio a Angus allí solo y se fue junto a él.

Birdie le tocó el brazo con delicadeza.

Todos vieron cómo Angus miraba a Birdie, cuya cabeza apenas le llegaba por el hombro, y reconocía su presencia asintiendo muy despacio. A continuación se limpió los ojos con la manga y adoptó una expresión dura. Se agarró con fuerza al respaldo de una de las sillas plegables vacías y se inclinó hasta que sus ojos estuvieron casi a la altura de los de Birdie, y con la voz teñida de emoción dijo:

—Ella no se ahogó, señorita Birdie.

Y lo hizo tan fuerte que su afirmación interrumpió las conversaciones de alrededor.

Josie Archer y Margarethe levantaron la vista, asombradas.

Nell se puso tensa.

—Angus, silencio —susurró Birdie con energía—. Ahora no, querido.

Tiró con delicadeza de la manga del anciano, tratando de arrastrarlo hasta la puerta.

Angus se desprendió de su mano y se enderezó todo lo que le permitió su encorvado cuerpo; ya no miraba a Birdie. Clavó los ojos en algún punto por encima de las cabezas de la gente, como perdido, y cuando habló lo hizo como si se dirigiera a algún ser invisible.

—Angelina era una buena chica que solo pretendía ayudar —afirmó con la voz ronca y decidida—. Eso es todo. Solo intentaba hacer lo correcto. Ella no se merecía esto. ¿Quién ha sido?

Birdie volvió a agarrar a Angus del brazo y, cuando vio las horrorizadas miradas de Margarethe y Josie, la mujer tiró de él con todas sus fuerzas hasta que consiguió que la siguiera fuera.

Nell soltó el aire que había estado conteniendo.

—¡Santo cielo! Esto es lo último que necesita Josie.

—Normalmente Angus es un encanto —comentó Jane—, pero a veces es como si no estuviera del todo aquí.

—A veces. —Izzy asintió sin apartar los ojos de la puerta—. Pero otras veces sabe muy bien lo que dice.

Y Nell sabía muy bien lo que estaba pensando su sobrina. Pero ninguna de las dos lo iba a comentar en voz alta. ¿Y si Angie no había estado sola? ¿Y si se había peleado con alguien y la habían empujado desde lo alto del rompeolas? ¿Qué consuelo podía proporcionarle eso a Josie Archer? Una parte de Nell le decía que lo dejara correr, que dejara descansar en paz a Angie. Que dejara que su madre la llorase y recompusiera su vida.

Pero otra parte de ella no conseguía ignorar la sensación de que algunas partes de la vida —y la muerte— de Angie Archer quizá no fueran lo que parecía.

Nell miró a Josie y advirtió que Margarethe le había hecho señas al padre Northcutt para que se acercara, y Josie volvía a estar tranquila recibiendo las condolencias de vecinos y amigos. Ella también era una mujer fuerte y Nell sabía que sobreviviría a todo aquello.

Tony Framingham, que hasta entonces había estado aguardando a cierta distancia, se acercó a su madre y se inclinó para susurrarle algo al oído. Nell se preguntó si habría visto el alboroto que había causado Angus.

Margarethe escuchó a su hijo y después se volvió en la silla plegable dándole la espalda sin responderle. Volvió a prestar toda su atención a Josie Archer y al siguiente grupo de personas que esperaban para hablarle con tonos apagados y tristes.

Nell advirtió la frustración que asomó al rostro de Tony. Por un momento dio la impresión de querer interrumpirla de nuevo, pero lo que hizo fue marcharse con brusquedad. Por muy generosa que fuera Margarethe, Nell imaginaba que no debía de ser fácil tenerla como madre, ni siquiera cuando su hijo era ya un hombre adulto de cierto éxito.

Tony se alejó hasta un perchero que había al final del vestíbulo y se quedó en silencio pegado a la pared.

Nell pensó en acercarse a hablar con él. El chico había estado con Angie poco antes de que ella muriera, un recuerdo que sin duda debía de perseguirle, igual que les ocurría a ella y a Izzy. Recordó cómo Archie había regañado al joven. Había acusado a Tony de haber amenazado a Angie. Al pensarlo, a Nell se le puso la piel de gallina.

—Tony está solo —observó Izzy siguiendo la dirección de la mirada de Nell—. Parece mucho más serio que el Tony que yo conocí.

Su tía asintió.

—A veces la vida hace eso con las personas. Pero ha sido un detalle por su parte haber venido al funeral. Como muchos de los que estamos aquí hoy, él conocía a Angie de toda la vida.

—Y, como Angie —terció Jane—, él ha vuelto. También tenían eso en común.

—Y no hay duda de que nadie, ni siquiera sus padres, creía que volverían a instalarse aquí ninguno de los dos —añadió Ben.

Por un momento Nell se preguntó si los planes de Tony tampoco serían tan claros como parecían. No parecía muy cómodo en el funeral. Y cuando se lo tropezaba por el pueblo, él se mostraba educado y agradable, pero no hacía ningún esfuerzo para retomar el contacto con sus viejos conocidos. Por lo menos a ella no le daba esa impresión. Era apuesto y rico, y tenía revolucionadas a todas las solteras del pueblo. Sin embargo, y por lo que veía Nell, él no tenía ningún interés.

—Ahí están Cass y Pete —comentó Izzy dándole un golpecito a Nell en el brazo y desviando su atención de Tony.

Su tía siguió la dirección que la joven marcó con la cabeza y vio a Pete aguardando de pie junto a Cass cerca de ellos. Su apuesto rostro se veía apagado, y Nell sospechaba que no estaría durmiendo mucho. Desplazaba la mirada perdida por la gente, pasando de un grupo de personas a otro, como si fuera a encontrar lo que estaba buscando en aquella pequeña estancia. Cass apoyaba una mano en el brazo de Pete y a Nell le dio la impresión de que tenía aspecto de querer estar en cualquier sitio del mundo menos en el sótano de aquella iglesia. Había pasado unos días muy duros, pero Cass era una superviviente, y Nell sabía que lo superaría. De Pete ya no estaba tan segura.

Izzy captó la atención de Cass y la saludó con la mano haciéndole señas para que se acercara. Cass le devolvió el saludo y después tiró del brazo de Pete y se encaminó hacia ellos.

Pete miró hacia el grupo, le soltó la mano a su hermana y se quedó apoyado en una pared.

—Estará bien —aseguró Cass cuando estuvo junto a ellas—. Solo quiere estar solo.

—Es comprensible, Cass —opinó Nell.

—Está mirando a Jake Risso como si quisiera matarlo —observó Izzy—. ¿Estás segura de que está bien?

Esta se volvió para mirar a su hermano.

Se había puesto tenso y enderezó su flácido y encorvado cuerpo como si se estuviera preparando para atacar.

El dueño del Gull estaba hablando con un grupo de vecinos y comerciantes unos metros más allá. Acostumbrado como estaba a levantar la voz por encima del ruido de la taberna, Jake Risso empleaba un áspero tono que se elevaba por encima del tintineo de las botellas de cerveza y el jolgorio propio de su bar. Pero en una estancia llena de dolientes era como una sirena en una noche de niebla.

—Aguantaba la bebida como un tío, ya lo creo que sí —aullaba Jake a su grupo de oyentes.

Archie Brandley y su mujer Harriet estaban justo al lado con sendos platos llenos de *quiche* y melón, y conversaban con

Salvatore y Beatrice Scaglia. Archie y Sal miraron a Jake y le indicaron con gestos que bajara la voz.

Pero los sutiles gestos pasaron inadvertidos para Jake, que siguió diciendo:

—Me encantaba Angie, os lo aseguro. Me encantaba que tuviera tantas agallas. Pero no debería haber bebido y salido a pasear una noche tan espantosa. ¿Y cómo se le ocurrió saltar del rompeolas, por el amor de Dios?

Nell se llevó la mano a la boca sin dejar de mirar a Pete. Estaba rojo como un tomate e, incluso desde lejos, advertía cómo le palpitaban las sienes. Alzó un puño y clavó los ojos en la calva de Jake Risso.

En un abrir y cerrar de ojos, Pete se había acercado a Jake con el puño en alto y de sus labios brotaba un indignado torrente silábico.

Ben dejó su vaso de cartón en la mano de Nell y se encaminó hacia Pete.

Archie y Sal se acercaron desde el otro lado.

Pero fue Tony Framingham quien salvó los muebles.

Corrió desde la pared donde aguardaba y se metió entre Jake y Pete. De un rápido movimiento, rodeó a Pete Halloran con los brazos tan fuerte que podría haberlo asfixiado de haberse tratado de un hombre más delgado.

Y en un segundo Tony había arrastrado a Pete hasta la otra punta de la sala y lo sacaba por la puerta lateral del sótano de Nuestra Señora del Mar.

Cass suspiró aliviada.

Nell dejó escapar todo el aire que le quedaba en los pulmones.

Y, antes de que nadie pudiera reaccionar, los presentes llenaron el espacio que había dejado la marcha de los dos hombres como un chorro de agua internándose en un agujero en la arena, y el sereno padre Northcutt se subió al pequeño escenario del fondo y anunció a la concurrencia que había más postres en la mesa de delante. Muchos más.

Y la bendita Josie Archer quería que todo el mundo comiera hasta hartarse.

CAPÍTULO SEIS

Los funerales suelen ensombrecer a pueblos enteros, en especial cuando se celebran en honor de una persona hermosa, luchadora y demasiado joven para morir. Pero en Sea Harbor el verano no era una estación, era un acontecimiento, y las soleadas calles del pueblo, los pequeños restaurantes y las playas de arena suave se negaban a dejarse llevar por la tristeza de la muerte.

«La vida sigue —había dicho Ben mientras comían el miércoles—. Por mucho que nosotros quisiéramos que se detuviera una temporada. Buscarle un sentido a este sinsentido. Simplemente sigue adelante».

«Y así ha sido», pensaba Nell mientras paseaba por las sinuosas calles de su vecindario en dirección a las tiendas del centro. Y a modo de demostración, pasó por su lado un grupo de preadolescentes, con las toallas alrededor del cuello y subidos a sus bicicletas de camino a la playa para darse el último chapuzón del día.

Nell había llevado una olla de sopa de pescado a casa de Josie Archer la noche anterior y sabía que su vida también continuaría de algún modo, aunque nunca volvería a ser la misma.

Las incógnitas que obsesionaban a Izzy y a Nell no parecían importunar a Josie. El por qué, el cómo y el resto de las incongruencias de que una joven fuerte se hubiera ahogado en un lugar que conocía de sobra no preocupaban a su madre.

—Angie está con su padre en el cielo —le dijo Josie a Nell—. Ella nunca dejó de añorar a Ted. Ni un solo minuto, en todos estos años. Y ahora están juntos.

Nell cruzó la calle donde vivía Izzy y automáticamente levantó la cabeza hacia la colina en dirección a la casa de ventanales verdes que Izzy había convertido en un acogedor hogar. Los pulidos suelos de madera, las alegres alfombras y unos muebles muy cómodos eran más propios de Izzy que aquel piso de Beacon Hill decorado por un profesional que el despacho de abogados para el que trabajaba le había ayudado a encontrar. El piso de la ciudad era sinónimo de posición social; la casita en Seaside Harbor era Izzy. Y estaba lo bastante cerca del estudio de punto como para que Izzy pudiera ir caminando o en bicicleta si le apetecía, aunque ella solía acercarse con su cochecito para poder llevar las cosas que necesitaba a la tienda: documentos y suministros, algunos CD y flores frescas para la mesa de Mae, su responsable de ventas.

Mientras cruzaba Harbor Road, vio a Cass que venía en dirección contraria.

—¿Ya has terminado por hoy, Cass? —le preguntó cuando se cruzaron delante del escaparate de la tienda de Izzy.

Cass tenía la nariz y las mejillas sonrosadas, dos claras señales de un día en el agua. Llevaba los vaqueros limpios, pero en los dobladillos se apreciaban las manchas oscuras que había dejado el agua marina. Tenía los ojos cansados y no vio en su mirada azul la alegría acostumbrada.

—Puede que haya terminado para siempre, Nell.

Cass le abrió la puerta y la siguió hasta el interior de la tienda.

Mae Anderson, la responsable de ventas del estudio de Izzy, estaba detrás del mostrador con un taco de recibos en la mano y un lápiz entre los dientes.

Las saludó con una sonrisa y señaló la habitación contigua con la cabeza.

—Izzy *ta podaí* —murmuró sin quitarse el lápiz de la boca.

Cuando doblaron la esquina, Izzy se levantó del suelo. Delante tenía una caja de hilos nuevos que estaba vaciando.

—Hola, chicas. ¿Qué tal?

—Yo he venido a comprar agujas.

Nell se agachó para besar a su sobrina en la mejilla.

—Y yo he venido porque necesito a mis amigas —reconoció Cass.

Nell observó las arrugas de cansancio que rodeaban los ojos de su amiga. Le parecía demasiado pronto para que Cass se enfrentara al recuerdo del cuerpo de Angie atrapado en la trampa para langostas.

—¿La Dama de las Langostas ya está en marcha? —le preguntó, refiriéndose a su barco.

Cass asintió.

—No me queda otra, Nell. Es mi trabajo. Tengo que volver a mi barco. Aunque cada vez que sacamos una trampa se me revuelve el estómago. No dejo de verla, ¿sabes? Pero tengo docenas de trampas y alguien tiene que comprobarlas. —Se metió las manos en los bolsillos de los vaqueros—. La vida sigue...

Nell asintió. Cass y Ben. Eran tal para cual. Pero tenían razón. Uno tenía que volver a la carga.

Cass se apoyó en la pared.

—Es como si mis trampas estuvieran gafadas, Nell. Ayer por la noche alguien volvió a saquearlas. Yo pensaba que con todo lo que había pasado los furtivos se irían a otro sitio...

Nell se subió las gafas y las dejó reposando entre su espesa cabellera.

—Lo siento mucho, Cass.

—Cuesta mucho no tomárselo como algo personal, ¿sabes? —Se pasó los dedos por el pelo y algunos mechones negros se soltaron de la goma elástica—. Estoy convencida de que los furtivos no tienen ni idea de a quién pertenecen las trampas que saquean. No me conocen de nada. Pero no puedo evitar sentirme violada, en cierto modo.

—¿No será solo una mala racha?

Izzy sacó de la caja unos ovillos de cachemira violeta, apio y azul cielo. Los colocó en pequeños cubículos.

—No. Mis compañeros del norte están consiguiendo muchas capturas, y mis cebos están vacíos, así que está claro que alguien ha estado visitando mis trampas. Pero no es solo eso. Yo noto cuando alguien toca mis trampas, incluso aunque ninguna langosta haya pasado por allí. Igual que tú sabrías que alguien ha entrado aquí por la noche y ha estado tocando tus hilos. No hay duda de que hay alguien haciendo de las suyas en el rompeolas. Y os juro que voy a conseguir que acaben deseando no haberlo hecho.

Nell paseaba los dedos por las suaves puntas de las agujas.

—Cass..., estás pasando una mala época. Encontrar a Angie de esa forma ha sido espantoso. Y la pérdida de las langostas, de tus ingresos, encima... Pero la policía lo resolverá pronto.

Su amiga forzó una sonrisa.

—Es posible. Pero no es agradable estar ahí ahora mismo.

Nell podía imaginarlo. No se había podido desprender de la imagen de Angie en toda la semana. Ella no la había visto personalmente, solo se había formado una imagen por lo que había contado Cass y las interminables repeticiones de la noticia por televisión.

—Igual estoy siendo un poco egoísta preocupándome por mis cosas —siguió diciendo—, pero si no empiezo a vender langostas pronto, tendré que tirar la toalla. ¿Y qué otra cosa puedo hacer? —Se le quebró la voz con desacostumbrada emoción—. Esto es lo que me gusta. Vosotras lo sabéis. Es lo que sé hacer.

Nell rodeó a la joven por los hombros y percibió su preocupación. Salir a navegar por el mar en la Dama de las Langostas, el barco en el que había invertido los ahorros de toda su vida, era la verdadera vida de Cass. Había aceptado que Birdie, Nell y Ben invirtieran algo de dinero en él, pero estaba convencida de que podría compensarles con pescado fresco y langosta, incluso con dinero cuando las capturas iban bien. Recuperarían hasta el último centavo, tanto si querían como si no. Y Nell lo sabía.

—Si hay una actividad ilegal intolerable por aquí es la caza furtiva, Cass —le recordó Izzy—. Pero creo que la muerte de Angie ha traído nuevas preocupaciones; sin embargo, ahora que ya se ha celebrado el funeral...

—¿Es que Angie Archer va a acaparar todo el verano? —espetó Cass.

La sequedad de su tono sobresaltó a Nell e Izzy.

—Perdón —se disculpó Cass rápidamente—. Lo que he dicho ha sido horrible. Pero es que ya no se puede ir a tomar café o a comprar un bocadillo a la charcutería de Harry sin que alguien te cuente el último chisme sobre la vida de Angie. Y todo el mundo me mira como si yo estuviera relacionada con todo ello. Que dejen descansar a los muertos. ¿No es eso lo que dice el bueno del padre?

—Solo han pasado un par de días desde el funeral —observó Izzy—. Angie creció aquí, es normal que la gente hable sobre ella, Cass. Esto no es propio de ti. ¿Qué te pasa?

Cass pareció reflexionar seriamente sobre aquella pregunta.

—Me parece que estoy resentida con ella. Yo no confiaba en Angie Archer cuando estaba viva, y tampoco confío mucho más en ella ahora que ha muerto.

—Por Pete —supuso Nell.

—Claro, por Pete. Está fatal. No creo que hoy me haya dirigido más de tres palabras en todo el día. Hace una semana estaba preocupadísimo por los furtivos, pero ahora ya no parece que le importe. Y quién sabe, quizá para Angie no fue más que un entretenimiento. Pero es más que eso. Quizá sea una tontería, pero Angie tenía malas vibraciones. Era demasiado misteriosa.

Izzy se levantó del suelo.

—No hablaba mucho de sí misma, eso es todo.

—Algunas personas son así —terció Nell—. Supongo que todos tenemos secretos de una clase u otra. Pero yo conocía a Angie de toda la vida, Cass. Y no creo que le hubiera hecho daño a Pete a propósito.

Cass se encogió de hombros.

—Puede que tengas razón, Nell. Igual estoy haciendo responsable a Angie del nubarrón que se ha plantado sobre mis trampas para langostas. Solo desearía que hubiera elegido otro sitio para ir a nadar esa noche.

Izzy se sacudió un poco de arena de los pantalones y se agachó para recoger la caja vacía. Se volvió a poner derecha.

—Afrontémoslo. Angie no estaba nadando. Y menos con esas botas en las que se había gastado el sueldo de dos meses. Y todas lo sabemos.

«Ni tampoco con el exquisito y único suéter de cachemira que Izzy le había prestado», pensó Nell. Izzy también debía de haber pensado en el suéter. Pero ninguna de ellas lo iba a mencionar. Y menos en ese momento. La pérdida de la prenda no era nada comparado con una vida cercenada.

Izzy cruzó la sala y Nell y Cass cogieron el resto de las cajas vacías y la siguieron.

—¿Ha conseguido Pete hablar sobre la muerte de Angie? —preguntó Izzy. Dobló la caja y la dejó en el suelo—. Pasó por aquí ayer, se quedó un rato como si quisiera decir algo, pero estábamos muy ocupadas y no tuvimos tiempo de hablar.

—No mucho. Le he hecho algunas preguntas, pero no quiere hablar del tema.

—Dale tiempo —le aconsejó Nell.

Cass no contestó. Cogió otra caja, la dobló y la dejó sobre la pila del reciclaje.

Nell percibía su intranquilidad. Cass lo superaría, pero no estaría bien hasta que al menos uno de sus problemas se solucionara. Cogió una bolsa de cajas dobladas para llevarlas al contenedor y abrió la puerta lateral con la cadera, pero entonces se quedó parada en el pasillo.

—¿Lo habéis oído? —preguntó volviéndose hacia la tienda.

Nell miró hacia la puerta escudriñando el estrecho callejón que bajaba por un lateral del estudio hasta llegar al mar. Estaba vacío, salvo por George Gideon, que empezaba su ronda nocturna dirigiéndose hacia el océano. Gideon el chulito, como le llamaba Cass. Se dio media vuelta, las saludó inclinando la cabeza y siguió adelante con su pesada mochila balanceándose tras sus corpulentos hombros.

—¿Qué oyes? —preguntó Izzy saliendo por la portezuela junto a Nell.

—Un quejido, como el llanto de un bebé. Eso. Lo he vuelto a oír.

Cass pasó junto a Nell e Izzy y miró en dirección al agua.

—Yo también lo he oído. ¿Será una gaviota herida?

Frunció el ceño y se acercó al contenedor verde que estaba pegado a la pared.

Nell salió de la tienda. Y entonces escuchó de nuevo ese pequeño llanto procedente de arriba. Se echó para atrás; alzó la vista por el lateral del estudio del Seaside y siguió por las ventanas de la trastienda hasta llegar al apartamento del piso de arriba.

—Izzy, mira. Ahí.

Cass e Izzy se adentraron en el camino de grava y siguieron con la mirada la dirección del dedo de Nell.

Y entonces la vieron.

Sentada en el alféizar de la ventana del apartamento de Angie, con unos ojos grandes y redondos como platos, había una peluda gatita calicó.

CAPÍTULO SIETE

Las tres mujeres subieron a toda prisa las escaleras que conducían al pequeño apartamento que había encima del estudio. Izzy se palpó el bolsillo de los vaqueros en busca de la llave y metió la correspondiente en la cerradura.

Automáticamente, la gatita saltó del alféizar y aterrizó a sus pies. Izzy la cogió y se pegó la bolita de pelo al pecho.

—Pobre gatita. ¿De dónde has salido?

Nell tocó el suave pelaje de la gatita con las yemas de los dedos y sintió cómo su diminuto cuerpo ronroneaba bajo su mano. No era mucho más grande que un ovillo de hilo de angora, con unas preciosas franjas rojas, negras y blancas.

—Qué gatita más bonita —opinó Nell—. Es una calicó auténtica. No tenía ni idea de que Angie tenía una gatita.

—Yo tampoco —reconoció Izzy—. Me dijo que le gustaban los gatos, pero le provocaban estornudos y...

Izzy guardó silencio de pronto y frunció el ceño mientras rascaba el menudo lomo a la gatita.

—¿Qué ocurre, Izzy? Pareces confusa.

Su sobrina separó la mejilla del pelaje del animal y miró a Nell. Arrugaba la frente con preocupación.

—Esta gata no puede ser de Angie.

Cass frunció el ceño.

—¿Estás segura?

—La policía pasó por aquí después de que ella muriera; rutina, dijeron. Tenían que comprobar que no hubiera ninguna nota de suicidio y esas cosas. Yo subí con ellos y estoy convencida de que aquel día esta gatita no estaba en el apartamento. Estuve con ellos todo el tiempo, y, a menos que la gata estuviera escondida en alguna parte, no se encontraba aquí. Debió de entrar después... de alguna otra forma.

Nell paseó la mirada por el apartamento con el ceño fruncido. «La gatita podría haber estado escondida», pensó. El viejo gato que ella y Ben tenían en Boston podía desaparecer durante días en el interior de su casa de ladrillo. Echó un vistazo por el apartamento. ¿De verdad esa dulce bola de pelo vivía allí, sin su dueña, y nadie lo sabía? Y si no era así, ¿cómo había conseguido entrar en un apartamento cerrado?

Al otro lado de la puerta abovedada que conducía a la zona de descanso, Nell veía la cama de Angie perfectamente hecha y con una hilera de cojines de seda alineados contra el cabecero. En la mesita de noche descansaba un libro y, junto a él, una botella de agua, como si en cualquier momento Angie fuera a salir del lavabo para deslizarse entre las frescas sábanas blancas y ponerse a leer hasta quedarse dormida. Al otro lado de la cama la puerta de un armario estaba ligeramente entreabierta, y Nell vio los zapatos cuidadosamente alineados en el suelo y algunos conjuntos colgados en perchas justo por encima. El único estante que estaba desordenado era el que quedaba por encima de la ropa colgada, donde se veían varias cajas mal puestas, como si Angie hubiera tenido prisa la última vez que las había manipulado en busca de algún bolso o un par de zapatos. Las tapas de algunas de las cajas se habían caído al suelo y había papel de seda por todo el estante.

No había duda de que la gatita tenía muchos escondites, pero era tan cariñosa que parecía imposible que la presencia de cualquier persona no la hubiera sacado enseguida de su rincón secreto. No se había mostrado precisamente tímida cuando las tres mujeres habían irrumpido en el apartamento.

—Si Angie tenía gato, tendría que haber comida —observó Nell de pronto olvidando sus incómodos pensamientos para entrar en la cocina. Pensar que Angie tuviera un gato del que nadie sabía nada le parecía mucho mejor que encontrar otra forma de explicar que aquella gatita hubiera entrado en el apartamento.

La minicocina —que contaba con una pequeña nevera, una cocina de dos fuegos y una encimera con tabla de cortar— estaba ubicada en la salita que había al otro lado del salón. Nell abrió el armario que colgaba por encima del fregadero, pero estaba casi vacío. Había un par de latas de sopa, algunas barras de cereales, pero nada con lo que poder alimentar a una gatita. En la nevera había dos yogures y una manzana.

—Izzy, tienes razón —dijo Nell sintiéndose cada vez más incómoda—. Aquí no hay nada que dé a entender que haya tenido un gato escondido. Si esta gatita llevara aquí solo desde el martes, habría alguna mancha y olería diferente.

—Entonces alguien ha estado aquí después de que subiera la policía —afirmó Izzy poniendo palabras a los pensamientos de Cass y Nell. Se pegó el animalito al cuerpo.

—Y la gatita se coló cuando quien fuera abriese la puerta —comentó Cass.

—Angie y yo éramos las únicas que teníamos llaves —afirmó Izzy.

—¿Crees que podría haberle dado las llaves a otra persona? —preguntó Nell.

—No creo que Pete las tuviera —terció Cass—. Y, aunque así fuera, ¿por qué iba a venir aquí después de que ella muriera?

La hermana de Pete había adoptado un tono defensivo.

A Nell se le ocurrían muchos motivos por los que Pete podría haber querido entrar en el apartamento de Angie, aunque solo fuera para sentarse allí a embargarse del olor de la joven que había perdido. Y en voz alta dijo:

—Creo que Izzy tiene razón, alguien ha tenido que venir aquí hace uno o dos días, y la gatita se coló por la puerta abierta sin que nadie la viera. Y cuando quienquiera que fuera se marchó, el animal se quedó aquí.

—¿Gideon? —sugirió Cass—. Quizá pensara que era su deber como agente de seguridad entrar aquí a investigar un poco. Estoy convencida de que sabe abrir cerraduras.

Izzy negó con la cabeza.

—Le dejamos muy claras sus obligaciones, lo que debía y no debía hacer. Y el apartamento no era uno de los lugares donde podía meter las narices, o la linterna. No quería que asustara a Angie en plena noche.

Nell se mordió el labio inferior. Sea Harbor era un pueblo pequeño. Y todo el mundo sabía que el apartamento era de Izzy. De la misma manera que todo el mundo sabía que Angie vivía allí y que había muerto.

Cass cogió la carita de la gata para mirarla bien.

—Parece uno de los gatos que Harry Garozzo tenía en su tienda. Los había acomodado en un cestito y estaba intentando regalarlos. Quizá este se escapara.

—¿Cuándo fue eso, Cass? —preguntó Nell.

—El lunes, o quizá el martes. Harry dijo que siempre le pasa en primavera y en verano. La gente se los deja en la puerta de atrás. Supongo que se ha corrido la voz de que al italiano le gusta buscarles un buen hogar a estos gatitos. No me extrañaría que uno de ellos se perdiera y llegara hasta aquí.

—Pero lo más misterioso es cómo entró.

Cuando Nell volvió a echar una ojeada por el apartamento, vio cosas en las que no se había fijado la primera vez, pequeños descuidos. Un cajón del escritorio abierto, las revistas de la mesita mal puestas. Había una pequeña televisión en un estante. Y encima Nell vio unos auriculares naranjas y el pequeño iPod de Angie con el que tantas veces la veía; objetos que resultaba muy fácil llevarse de haber sido el visitante un ladrón. Pero si no había sido un ladrón, ¿qué sería lo que él, o ella, había venido a buscar?

Cuando levantó la cabeza advirtió que su sobrina la miraba como adivinando sus pensamientos. Nell ignoró sus cavilaciones.

—Bajemos a darle algo de comer a esta preciosidad —propuso.

—Yo estaba pensando lo mismo.

Izzy les abrió la puerta a su tía y a Cass con la gatita hecha un ovillo entre los brazos.

Nell se volvió para mirar el apartamento una última vez y se entretuvo un momento en una mesa alta y estrecha que ella e Izzy habían encontrado en una subasta el invierno anterior. Pensaron que sería perfecta para esa pared, un buen sitio donde poner un jarrón con flores o una lamparita, un sitio para dejar el correo. Y parecía que ese era precisamente el uso que le había dado Angie. En la mesa había una cestita de mimbre con varias cartas, panfletos de publicidad y descuentos para el pícnic del Cuatro de Julio. Un paquete de chicles de menta, gomas elásticas y algunas monedas sueltas; exactamente las mismas cosas que ella tenía en el mostrador de la cocina. Entre las monedas vio algo rojo que le llamó la atención y, cuando cogió la cesta, del interior cayó un juego de llaves.

—¡La llave de mi apartamento! —exclamó Izzy. Examinó la A escarlata tejida en el retal—. Este es el juego de sobra. Angie me lo devolvió la semana pasada.

—La noche que murió —dijo Nell recordando cómo Angie había lanzado las llaves sobre la mesa.

—Supongo que ahora ya sabemos cómo entró el intruso —razonó Izzy—. Pero...

—¿Cómo consiguieron las llaves? —concluyó Cass—. ¿Dónde las dejaste, Iz?

Izzy guardó silencio un momento mientras acariciaba a la gatita y pensaba en aquella noche con los ojos clavados en las llaves que sostenía con la argolla metida en el dedo. Al rato levantó la cabeza.

—En ningún sitio. Nunca las guardo, sencillamente las metí en uno de los cestos de la mesa, junto a las cintas de medir, las agujas desparejadas y otros accesorios de costura. Me he acordado porque alguien las sacó durante una clase para principiantes el sábado pasado y elogió el uso que le había dado a un viejo retal y la letra A de apartamento. A todo el mundo le hizo mucha gracia.

—Así que quien fuera que estuviera aquí cogió las llaves de tu cesta —afirmó Nell.

—La siguiente pregunta es quién.

Cass siguió los pasos de Nell hacia el exterior del apartamento.

—Podría haber sido prácticamente cualquiera —razonó Izzy. Estrechaba a la gatita con cariño mientras volvían juntas al estudio—. Esta semana ha pasado por aquí un montón de gente, desde el mensajero de UPS hasta el grupo de adolescentes del taller de bolsas de punto que he impartido esta semana —explicó—. Incluso Angus y Pete han pasado por el estudio. Me ha dado la impresión de que todo el mundo quería estar por aquí. Quizá haya sido solo una broma, un grupo de chicos curiosos que quisieran ver lo que había dentro. Los adolescentes adoraban a Angie, la consideraban muy glamurosa. Quizá tuvieran curiosidad por ver dónde vivía. Quienquiera que haya sido ha dejado aquí la llave, cosa que deja muy claro que no tiene ninguna intención de volver.

—No creo. —Nell pensó en el cajón que habían dejado abierto en el escritorio y el desorden del armario—. Creo que alguien venía buscando algo.

Cass miró la enorme cesta de mimbre que reposaba en medio de la mesa.

—Izzy, creo que Nell tiene razón. A Angie le estaba pasando algo. Y lo odio, porque todo está relacionado con nuestras vidas. Quiero recuperar estos últimos días. Quiero recuperar el verano. Y eso no ocurrirá hasta que descubramos lo que ha pasado.

Izzy se acercó al banco de la ventana y se sentó acurrucando a la gatita.

—Bueno, una cosa sí que la tengo clara —dijo.

—¿Y de qué se trata, Izzy? —preguntó su tía.

—Me la voy a quedar.

Nell y Cass la miraron.

Izzy se pegó la gatita al pecho y frotó la mejilla contra su suave pelaje.

—La gatita. Me la voy a quedar. Me parece que es exactamente lo que necesito en este momento. Esta preciosidad ha venido hasta el Estudio de Punto del Seaside por algún motivo, y aquí es donde vivirá y será feliz.

Cass se agachó para acariciar a la gatita en la barbilla.

—Te espera una vida maravillosa, pequeña calicó: fetuchini con salsa de almejas, atún a la plancha..., la lista es interminable.

Nell se echó a reír. La gatita había obrado un milagro levantando los ánimos del grupo. Cogió la bolita de pelo del regazo de Izzy, se la puso sobre las palmas de las manos y miró fijamente los brillantes ojos azules del animal. La gatita la miró con serenidad y curiosidad.

«Ojalá pudieras hablar, pequeña. —Nell sonrió mientras la gatita la miraba fijamente—. Me encantaría que me contaras tus secretos. Dime cómo entraste en el apartamento de Angie y lo que viste mientras estabas allí».

CAPÍTULO OCHO

Birdie Favazza se enamoró de la gatita calicó en cuanto la vio, pero quedó desolada al saber que a pesar de llevar veinticuatro horas en aquella casa todavía no tenía nombre.

—No es bueno para su alma —afirmó sacando lo poco que quedaba de un pequeño ovillo de hilo rosa de su bolsa de punto para hacerlo rodar por el suelo de la trastienda. Birdie siempre traía un montón de cosas al grupo de punto de los jueves; nunca sabía qué le apetecería tejer en función de los ánimos de la noche y lo que Nell llevara para picar.

La gatita salió corriendo detrás del ovillo, sus diminutas patas apenas tocaban el suelo. En solo un día se había adueñado de los corazones de las trabajadoras de Izzy y de las docenas de clientas que habían pasado por allí para acariciarla y acurrucarla.

—Le encanta estar aquí —afirmó Izzy mientras le servía a Birdie una copa de pinot.

—No me extraña —repuso la anciana.

Nell estaba ante el mostrador preparando una ensalada de champiñones, verdura fresca, tomates y finas lonchas de atún fresco pasado por la plancha, pero sonrosadas y jugosas por dentro. La decoraría con piñones tostados y cubitos de *mozzarella*, y maridaría a la perfección con el vino de Birdie.

A su lado, Cass aprovechaba cualquier oportunidad para robar algún trozo de atún.

Birdie rebuscó en su bolsa y se decidió por un suave jersey de bebé casi terminado que estaba tejiendo para el nieto de su señora de la limpieza. A Birdie le encantaban los colores vivos y estaba tejiendo el jersey con una impresionante gama de colores distintos: mangas raglan de color verde, cuello de color rojo chillón, azul cobalto para la espalda y dorado y verde bosque para la parte delantera.

—El extraño ahogamiento de Angie y ahora la gatita que ha aparecido en su apartamento cerrado —dijo—. Una acaba pensando que nuestro pueblo está encantado.

—Yo no creo que nada de lo ocurrido sea cosa de fantasmas. —Nell envolvió cuatro tenedores en sendas servilletas y los dejó junto al cuenco de madera—. Hoy le he hablado de la gatita a Harry. Dice que se habrá escapado de donde estaba con sus hermanos. Sabía que le faltaba un gato, pero pensó que algún niño cuya madre no podía negarse a la posibilidad de adoptar un gatito lo habría envuelto en una toalla y se lo habría llevado a casa.

—¿Le sorprendió descubrir dónde había aparecido?

Izzy le ofreció a Nell una copa de vino y se sentó delante de Birdie. Cogió el jersey a medio tejer. Ya había avanzado lo suficiente como para que empezara a tomar forma. Al tío Ben le iba a encantar, y gracias a él estaría calentito cuando saliera a pasear por la playa en pleno diciembre. Entre ella y Nell, a Ben Endicott nunca le faltaría el jersey perfecto para cualquier tiempo en Sea Harbor. La gatita se subió de un salto al regazo de Izzy y se acurrucó junto al punto.

—No se ha sorprendido tanto como esperaba. Él siempre llega muy pronto los martes por la mañana, alrededor de las cuatro, me ha dicho, para preparar su pan de masa madre. Por lo visto, su mujer lo ha estado animando para que vaya caminando al trabajo últimamente; es bueno para su corazón y para el michelín que le ha salido en la cintura, según Maggie. Y cuando pasó por el callejón, vio a alguien cerca de la escalera que conduce al apartamento.

—Santo cielo —exclamó Birdie levantando la cabeza y quitándose las gafas al mismo tiempo.

—Dijo que la persona tenía el pelo negro, le pareció que se trataba de Gideon, aunque no llevaba su mochila. Se fijó en eso porque él nunca le ha visto trabajar sin ella. Pero tenía prisa y se fue a la tienda, dio un poco de leche a los gatitos y se puso a preparar el pan. Dejó un poco abierta la puerta por el calor del horno y la gatita debió de escaparse aprovechando la oscuridad.

—¿Crees que fue Gideon? —preguntó Cass—. Eso me da mala espina.

—Harry no estaba seguro. Supongo que se puede decir que él dio por hecho que se trataba de Gideon. Pero en realidad no llegó a ver a nadie entrando en el apartamento.

—Pero alguien lo hizo —afirmó Izzy.

—Lana —anunció Birdie desde la otra punta de la mesita de café.

—¿Ana? —preguntó Nell levantando la vista de la ensalada que estaba terminando.

La gatita se detuvo en medio del suelo y miró a Nell con la cabeza ladeada, como si quisiera discutirle algo llegado el caso.

—La llamaremos Lana —insistió Birdie—. Con ele, claro.

—Me gusta —dijo Izzy.

—¡Por Lana! —propuso Nell alzando su copa de vino.

—¡Por Lana! —repitieron Birdie, Cass e Izzy alzando las copas en dirección a la gatita, que en ese momento ronroneaba mientras se frotaba contra la pierna de Nell.

Izzy se agachó y besó el cuello arrugado de Birdie.

—Es el nombre perfecto, Birdie.

De pronto alguien llamó a la puerta y todo el grupo guardó silencio.

Todas se volvieron hacia el sonido.

—¿Esperas visita? —preguntó Birdie.

—A veces mi mensajero de UPS llega un poco tarde —explicó Izzy tratando de eliminar la intranquilidad que el ruido había provocado en la sala. Dejó el punto a un lado y se levantó a abrir la puerta.

En el umbral había dos policías.

—Hola, Tommy —le dijo Izzy al joven que todavía tenía la mano alzada, preparado para volver a llamar. Sonrió y saludó con la cabeza a su compañero, un tipo alto y delgado llamado Rob que no acostumbraba a hablar pero lucía su uniforme con orgullo.

—¿Qué hacéis aquí? —preguntó Nell pensando que quizá la policía de Sea Harbor fuera más eficiente de lo que ella creía. Tal vez hubieran visto luces y querían asegurarse de que todo iba bien.

—¿Podemos… po-podemos entrar? —preguntó Tommy. Tenía las mejillas sonrosadas y se cambiaba el peso de un pie a otro con nerviosismo.

La inquietud de Tommy Porter le hizo recordar por un momento aquellos veranos durante los que él había estado locamente enamorado de Izzy. Los dos jóvenes habían asistido a la misma clase de vela un verano, y Nell recordaba lo mucho que tartamudeaba Tommy cuando intentaba hablar con Izzy, y las bromas que le hacían los demás compañeros de clase. Tommy terminó ganando todas las carreras y destacaba en cada una de las regatas que se celebraban, pero jamás llegó a sentirse cómodo en presencia de Izzy.

—Pues claro. Tú también, Rob —dijo Nell—. Estábamos a punto de picar algo y hacer punto, dos cosas que se nos dan muy bien.

Izzy le sonrió a Tommy e intentó aliviar su incomodidad.

—¿Cómo te van las cosas, Tommy?

El chico iba cambiando el peso de un pie a otro. Una fina capa de sudor le cubría la frente.

Birdie se puso en pie y se encaminó hacia los dos hombres. Se enderezó todo lo que pudo y miró el sombrío rostro de Tommy.

—Estás muy guapo con el uniforme. Tu madre debe de estar orgullosa de ti. —Levantó la mano, le tocó el hombro y susurró—: Pero deberías tratar de ponerte un poco más derecho.

Tommy se enderezó de golpe, metió tripa y respiró hondo.

—Señora Favazza —empezó a decir mirando a Birdie. Guardó silencio un momento y se internó un poco más en la estancia. El movimiento pareció proporcionarle cierta seguridad. No dejaba de mirar a Birdie, cosa que, por extraño que pudiese parecer, le permitía hablar con claridad y serenidad—. Hemos venido por Angie Archer.

—¿Por el ahogamiento? —preguntó Nell, animándolo a continuar.

Tommy negó con la cabeza.

—No se ahogó, señora Favazza. —Seguía mirando a Birdie.

Rob se acercó a Tommy por detrás y habló por primera vez.

—Bueno, en realidad sí que se ahogó —puntualizó. Carraspeó y miró sus enormes zapatos negros.

Nell siguió la dirección de su mirada. Pensó que debían de hacerle los zapatos a medida. Tenía el pie más grande que Ben, que calzaba un 47. Le dieron ganas de ponerse a hablar sobre los zapatos de Rob, preguntar dónde los compraba y si se los hacían a medida. Era fácil hablar sobre calzado, no tenía ninguna importancia cómo Rob consiguiera sus zapatos o si no los conseguía, eso no interfería en las vidas de sus seres queridos. Pero mucho se temía que lo que fuera a decir a continuación sí que lo haría.

Rob carraspeó y prosiguió:

—Se ahogó porque alguien le puso una droga en la bebida y esa droga la paralizó. Cuando se cayó al océano, no podía nadar ni mover un solo músculo para salvarse.

»Angie Archer fue asesinada.

CAPÍTULO NUEVE

L a noticia del cruel asesinato de Angie Archer se extendió por la comunidad de Sea Harbor con la violencia del viento de poniente. Según el informe del forense, Angie no había salido a nadar ni a pasear o a correr por el rompeolas aquella noche de mal tiempo, hipótesis a la que la mayoría del pueblo había intentado aferrarse. Angie Archer había sido asesinada, y de un modo espantoso.

La *Sea Harbor Gazette,* con un titular más grande del que habían utilizado cuando los Sox ganaron a los Yankees, afirmaba que su muerte había sido la consecuencia de una «droga de violadores». Aunque no habían abusado de Angie, sí que habían encontrado en su cuerpo una droga habitual en los crímenes que perseguían que la víctima no pudiera defenderse. Poco importaba lo buena nadadora que fuera Angie; en cuanto vertieron el flunitrazepam en su bebida, ya no tuvo ocasión de mover un solo músculo.

Tommy y Rob les dijeron a las costureras que no podrían entrar en el apartamento durante uno o dos días, aunque no esperaban encontrar muchas pruebas allí. Sin embargo, Tommy había dicho que los de la forense querrían subir a comprobarlo.

—Ah, Izzy. Me aseguraré de que sean rápidos —le prometió.

Izzy le contó a Nell el día siguiente que el chico había cumplido su promesa, aunque el alboroto que habían organizado aquella mañana había alterado mucho a las clientas.

—Hacían más ruido que Angie —comentó con una sonrisa tristona.

El viernes, Ben y Nell habían secuestrado a Izzy para sacarla del estudio. Habían insistido mucho en que se tomara un descanso para comer y fuera con ellos a tomar un sándwich a la charcutería de Harry.

—¿La gente habla mucho sobre el asesinato en el estudio, Iz? —preguntó Nell.

Su bocadillo de pastrami aguardaba intacto delante de ella. El teléfono de Nell había estado sonando toda la mañana: amigos, vecinos, el padre Northcutt con las últimas noticias sobre Josie, miembros de la junta del Museo de Historia. Todo el mundo estaba preocupado; todo el mundo se sentía fatal; y casi todo el mundo estaba convencido de que se trataba de algún desconocido, una persona horrible que había cometido un espantoso acto de violencia aleatorio.

Izzy asintió y pellizcó su sándwich de champiñones.

—Cada vez hay más rumores, como era de esperar. Casi todo el mundo habla sobre la vida amorosa de Angie. Se preguntan si tendrá algo que ver. Supongo que es por la droga del violador.

—Por lo que yo sé, Angie no tenía una vida amorosa muy animada, aparte de Pete.

—Y Pete no le haría daño ni a una mosca —apuntó Izzy.

—No es solo eso. Según dice Cass, está tan afectado por todo lo que ha ocurrido que le está costando mucho seguir con su vida —añadió Nell.

Pero también pensó que él había sido la cita de Angie aquella noche. Y sabía que ese detalle no pasaría desapercibido a cualquiera que investigase el asesinato de la joven.

—Creo que la mayor parte de las personas que han pasado por el estudio tienen tantas ganas de dejar atrás todo esto que por eso consideran el asesinato un hecho aleatorio, obra de alguien que estaba de paso y que ya se ha marchado.

Ben se quitó las gafas y se frotó el puente de la nariz con los dedos.

—Supongo que eso lo hace todo más fácil. Si el asesino ya no está por aquí, las cosas pueden volver a la normalidad más rápidamente. Las habladurías atrapan durante un tiempo, pero no duran mucho. Después todo el mundo quiere que todo quede atrás, que las playas sean seguras. Quieren recuperar el verano.

—«No se cometen asesinatos en Sea Harbor», eso es lo que dice la gente —comentó Izzy—. Ocurren en Boston, Nueva York y Los Ángeles, pero aquí no. Aquí nunca.

—Pero sí que pasó —dijo Nell.

—¿Qué han hecho en el apartamento? —preguntó Ben.

—No mucho. Lo han registrado todo, pero Tommy estaba con ellos y me ha dicho que se ha asegurado de que volvían a dejar en su sitio todo lo que no necesitaban llevarse.

Nell sonrió.

—Está intentando protegerte, Iz.

—Supongo que no me vendrá mal contar con un buen chico en las fuerzas del orden velando por mis intereses. La policía mencionó lo que nosotras también habíamos advertido, Nell, que no da la impresión de que Angie viviera allí. No había hecho suyo el apartamento. Según dijo Tommy, esperaban encontrar algo como un teléfono móvil o un ordenador.

—Ya sabemos que el móvil lo llevaba encima. Era como un apéndice más para ella, jamás iba a ninguna parte sin él. Probablemente se esté oxidando en el fondo de la ensenada —dijo Ben—. ¿Y qué hay del ordenador?

—Tenía un portátil —explicó Izzy—. Pero, según dijo Tommy, no estaba en el apartamento.

—Quizá esté en su despacho del museo —supuso Nell—. Seguro que irán a comprobarlo.

—Tommy me ha dicho que esta tarde ya habrían terminado. Supongo que podré subir este fin de semana y recoger el resto de las cosas de Angie.

—Pero no vayas sola —le advirtió Nell.

Izzy estaba de acuerdo.

—Tienes razón, tía Nell. Lo haremos juntas por Josie.

De pronto se cernió una sombra sobre la mesa y todos levantaron la cabeza para encontrarse el sudoroso rostro de Harry Garozzo. Se inclinó sobre la mesa dejando colgar su enorme barriga y apoyó sus gigantescas manos de panadero en la superficie de madera.

—Es una lástima —dijo con la voz rota de la emoción—. ¿Quién podría hacer algo tan espantoso? Estoy convencido de que no ha sido nadie que viva en Sea Harbor.

—Ese parece ser el sentir de todo el pueblo, Harry. O al menos lo que todos deseamos.

Harry cogió una silla vacía de otra mesa y se sentó. Se limpió las manos en el mandil salpicado de manchas.

—Yo no sé qué pensar. Angie era una buena chica. —Harry se rascó la calva. Miró sus platos y frunció el ceño—. ¿Está mala la comida? ¿No coméis? ¿No os gusta?

Izzy, Nell y Ben cogieron sendos trozos de sus sándwiches.

Harry asintió. A continuación miró por encima del hombro y bajó la voz para que no pudieran oírle los clientes que hacían cola para comprar rosbif y pavo, porciones de queso *cheddar* de Vermont o sus famosos panecillos de masa madre.

—Lo que quiero decir es —comentó en voz baja— que Angie venía mucho por aquí. Me gustaba esa chica. No cocinaba mucho. Pero le gustaba comer, ya lo creo. —En su redondo rostro se dibujó una sonrisa—. Y nunca se cansaba de mi pavo ahumado. Le servía varias lonchas sobre un panecillo, luego una loncha de queso suizo y lo aliñaba con mi salsa rusa. Se comía esos sándwiches como si no hubiera un mañana.

—¿Y? —le animó Nell sospechando que Harry estaba pensando en algo más que en el bocadillo preferido de Angie.

Harry se acercó un poco más a ellos. Alzó hacia la frente las pobladas cejas.

—Sí, a eso voy. En su momento no le di mucha importancia porque era cosa suya, ¿sabéis? No era asunto mío. Yo siempre respeto la privacidad de mis clientes. Pero el otro día Angie estaba comiendo en el reservado de la parte de atrás como solía hacer. Disfrutando de mi pavo. Y alguien la llamó al móvil. Levantó la voz, cosa que no acostumbraba a hacer, y cuando pasé por allí de camino a la cocina, le vi la cara. No estaba contenta, eso os lo puedo asegurar. Y le dijo a quien fuera que la hubiera llamado que no volviera a molestarla. Dijo que solo eran negocios. A mí me pareció raro, pero eso fue lo que dijo. «Solo son negocios». Y le dijo que no pensaba volver, que él lo había interpretado mal. Y entonces dijo, y lo recuerdo bien porque percibí la tensión en su voz, aunque también la tenía algo temblorosa, dijo que si volvía a molestarla se lo contaría a alguien. «Te juro que lo contaré», dijo. «¿Y entonces qué será de ti?».

Harry levantó la vista y fulminó con la mirada a un camarero que había olvidado un vaso vacío.

—¿A quién se lo iba a contar? —preguntó Nell.

—Harry, ¿decírselo a quién? —insistió Izzy tratando de que Harry volviera a centrarse en la conversación—. Has dicho que Angie se lo iba a contar a alguien. ¿A quién?

Harry hizo una pausa dramática. A continuación miró a ambos lados para comprobar que todos sus clientes estaban disfrutando de sus sándwiches y que las cestas de mimbre de las mesas estaban llenas de bastoncillos. Miró hacia el mostrador y asintió complacido de ver que la cola se movía a buen ritmo y que nadie tenía que esperar demasiado.

—¡Harry! —exclamó Izzy dando una palmada en la mesa—. ¿A quién, Harry?

Harry volvió a mirar a Nell, Ben e Izzy. Se inclinó un poco más hacia delante.

—Angie dijo, y lo escuché con tanta claridad como oigo el tintineo de los platos en la cocina...

Volvió a guardar silencio un momento para limpiarse el sudor de la frente con el reverso de la mano.

—Esto es lo que dijo, y lo hizo con la voz firme y clara, como asustada y enfadada al mismo tiempo. Dijo: «Déjame en paz y olvídate de mí de una vez o te juro que se lo diré a... ¡tu mujer!».

Harry volvió a ponerse en pie, se enderezó y, complacido con su actuación, les sonrió a Ben, Nell e Izzy y se marchó de nuevo a ocupar su puesto tras el mostrador.

CAPÍTULO DIEZ

Nell e Izzy iban pensando en la asombrosa historia que les había contado Harry a medida que pasaba la tarde. Si Harry lo había oído correctamente, alguien estaba acosando a Angie, o molestándola al menos. Las dos coincidieron en que era otro eslabón de aquella extraña teoría sobre el asesinato. Otro motivo para investigar lo que habría ocurrido en la vida de Angie aquellos últimos días, justo ante sus ojos, su estudio y sus proyectos de punto. Otra pieza del rompecabezas que era Angie. Nell se planteó la posibilidad de cancelar la cena del viernes.

El asesinato de Angie planeaba sobre el pueblo como un nubarrón que no promovía precisamente las reuniones de amigos en la terraza propias de las hermosas noches de verano.

Pero Ben no pensaba igual.

—Quizá haya quien tenga ganas de compañía —comentó—. Preparemos las brasas, enfriemos los martinis y esperemos a ver si viene alguien.

Ham y Jane Brewster llegaron a las siete en punto.

Jane entró en la cocina y abrazó a Nell.

—Pobre Angie Archer —se lamentó—. No consigo pensar en otra cosa, Nell. Ham y yo no paramos de deambular por los estudios debatiéndonos entre la tristeza y la indignación. Por eso hemos decidido pasar por aquí. Si resultaba que la puerta estaba abierta sería fantástico. Si no, hubiéramos vuelto al estudio a deambular un rato más.

—Hemos traído un amigo —anunció Ham mientras cruzaba la cocina de los Endicott y dejaba una botella de vino en la isla de la cocina.

Le seguía un tipo alto y rubio con una sonrisa despreocupada. Ham les explicó que Sam Perry impartía clases de fotografía en la academia de verano.

Ben le estrechó la mano.

—No será la noche del viernes más divertida del mundo, Sam, pero nos alegramos de que hayas venido de todas formas.

—Todo el mundo está muy unido en este pueblo —observó el recién llegado—. Ya me he dado cuenta. Y un asesinato es un palo muy gordo.

Ben abrió las puertas de la terraza e invitó a salir al pequeño grupo de invitados.

—Sea Harbor es un sitio fantástico —aseguró—, pero ahora mismo nos cuesta superar lo que ha pasado. Ha sido horrible.

—Nadie espera que pueda haber un asesinato en un lugar tan tranquilo y apacible —terció Nell—. Pero por aquí ya hemos capeado muchos temporales. Lo superaremos, Sam. —Le ofreció uno de los martinis que había preparado su marido.

El golpe que oyeron en la puerta principal anunció que Ham y Jane no eran los únicos que necesitaban compañía aquella noche. Birdie e Izzy cruzaron el salón que tan bien conocían en dirección a la terraza cargadas con más botellas de vino y una bolsa de los panecillos de masa madre de Harry.

Nell advirtió el silencio que acompañaba a los pasos de todo el que entraba por la puerta. Izzy solía cruzar la casa a toda prisa. Y los pasos de Birdie eran como ligeros pasitos de baile. Pero esa noche todo era más pesado, lento, y rebosaba tristeza y preocupación.

Izzy saludó a Ham y a Jane, abrazó a Nell y Ben, y después se volvió hacia el tipo que aguardaba sentado a un lado con uno de los martinis de Ben en su enorme mano.

La joven se quedó de piedra un momento y Nell se preguntó si se encontraría mal.

Entonces se quedó boquiabierta y miró fijamente a Sam Perry con los ojos tan abiertos como los de Lana.

—¿Izzy? —dijo Nell—. ¿Estás bien?

Sam se había levantado de la silla tendiendo la mano. Pero entonces la dejó caer y esbozó una lenta sonrisa.

—Izzy Chambers —dijo—, ¿me estás acosando?

—Ya te gustaría —repuso la joven. Y entonces soltó un poco de aire—. Es Sam —dijo en voz baja como si quisiera explicar su reacción. Se acercó a él y abrazó a aquel tipo que era el doble de corpulento que ella. Al poco se separó de él y miró a Ben.

—Tío Ben, necesito un martini.

—Me la voy a jugar —dijo Ben—. Vosotros ya os conocíais.

Le dio la copa a Izzy.

La joven cogió la copa y le dio un sorbo.

—Conozco a Sam de toda la vida. Era el mejor amigo de mi hermano mayor. Y durante la mayor parte de esos años no me cayó muy bien. Pero esta noche... —Miró a Sam—. Hoy necesitaba un abrazo. Y me he acordado de que se te daba muy bien.

Sam se puso serio de golpe.

—Angie Archer vivía encima del estudio de punto de Izzy —le explicó Nell—. Todos la conocíamos. Este asesinato nos ha tocado de cerca. Demasiado de cerca.

—¿Estudio de punto? —se sorprendió Sam.

—He comprado una casita en Harbor Road, Sam. Nell y Ben me ayudaron a arreglarla, y me encanta. Me gusta mucho ayudar a la gente a crear cosas bonitas en un mundo que no siempre es agradable. Y eso es lo que hago.

—¿Y el despacho de abogados?

—Ya no hay ningún despacho de abogados —afirmó.

—Bien —repuso Sam—. Jamás debiste hacerle caso a tu padre con lo de estudiar Derecho. Siempre fuiste una chica lista y terca como una mula, cosas que, probablemente, sean muy positivas en una abogada, pero jamás te imaginé defendiendo a los malos, y, por lo que he oído decir, uno no siempre puede elegir el bando de los buenos.

—Pues no —reconoció Izzy.

Lo dijo en voz baja, más para sí que para Sam. Cogió un trozo de queso *brie* de la bandeja y siguió a Nell hasta la cocina para acabar de preparar la pasta. Birdie estaba sentada en la isla de la cocina con Cass, que había llegado con el pelo húmedo después de haberse dado una ducha, y conversaban en voz baja.

—Ya sabíamos que no se había caído del rompeolas sin más —decía Cass—. Así que no podemos decir que nos haya pillado completamente desprevenidas, ¿verdad? Entonces, ¿por qué la noticia oficial sobre el asesinato me revuelve el estómago de esta forma?

—La policía y la televisión no paran de decir que lo más probable es que el asesino ya se haya marchado. Si vuelvo a escuchar la palabra «aleatorio» una sola vez más, acabaré asfixiando a algún periodista —aseguró Birdie.

Nell se afanaba en llenar una olla de agua en el fregadero.

—No ha sido aleatorio —afirmó—. Cualquiera que conociera a Angie como nosotras sabe que eso es imposible.

—Ella jamás se hubiera ido sola al rompeolas sin un buen motivo —dijo Birdie.

—Y toda la noche de su muerte está llena de incógnitas —agregó Izzy—. Primero la vimos con Pete colgado del brazo y después aparece en la librería discutiendo con Tony. Fue demasiado raro como para que no signifique nada. Pete dijo que la llamó alguien. Justo cuando estaban en Jake's. Parecía resignada, como si se tratara de algo que tuviera que hacer. Le dijo a Pete que lo compensaría. Discutieron y ella se marchó.

—¿Era Tony?

—Pete no cree que se tratara de él —dijo Cass.

Nell encendió el fuego.

—Archie dice que Tony salía de la librería justo cuando Angie pasaba por allí. Por lo que vio el librero, le dio la impresión de que se habían encontrado por casualidad. Tony paró a Angie delante de la tienda y le dijo que tenía que hablar con ella un momento. Eso es lo que Archie le oyó decir —explicó Nell—. Parece que Angie le dijo que eso era cuanto tenía, solo un momento, y que más le valía ser rápido.

—Y sabemos que en ese tiempo discutieron —comentó Izzy.

—Entonces Tony podría haberla seguido hasta el rompeolas —supuso Birdie.

—¿Pero por qué? —se preguntó Nell—. Tony no tenía ningún motivo para hacerle daño a Angie. —Le dio la espalda a la encimera para mirar a las demás—. Hay muchas incongruencias. Y todas están relacionadas con personas con las que hemos convivido, personas a las que conocemos y de las que nos hemos encariñado.

Izzy tomó la palabra y explicó la conversación que habían mantenido con Harry para informar a Birdie y a Cass acerca de la conversación telefónica que él había oído.

—Nada de esto huele a arbitrariedad —afirmó Izzy. Dejó el martini en la mesa—. Lo dudo mucho.

—La espantosa muerte de Angie es un nubarrón que se cierne sobre nuestro pueblo, nuestro grupo de punto y nuestras vidas —dijo Birdie.

Y lo era. Nell podía sentirlo. El asesinato de Angie las rodeaba como un ovillo de hilo bien ceñido.

—Lo que hace imposible que las cosas puedan volver a ser como antes es la incertidumbre. Hasta que no descubramos quién es el responsable, ese nubarrón seguirá ahí, succionándole la vida al verano.

—La única forma de volver a ponerlo todo en su sitio —dijo Birdie dando una palmada en la isla de la cocina con su diminuta mano— es resolver el misterio. ¿Quién lo hizo? ¿Y por qué lo hizo? La muerte de Angelina Archer nos impide vivir la vida como pretendíamos vivirla. Y si la policía quiere centrarse en algún forastero que ya se habrá marchado a Bar Harbor, a Nueva Escocia o al Ártico, pues bien por ellos. Redactarán su informe, cerrarán el caso y lo archivarán en algún estante lleno de polvo. Y nosotras, señoras, nos concentraremos en Harbor Road.

Aquella idea serenó a las amantes del punto. Era todo un desafío. Y además era la pura verdad.

La extraña llamada telefónica que había recibido Angie en la charcutería de Harry. La gatita que habían encontrado en su apartamento. La forma como ella había tratado a Pete la noche que había muerto. Harbor Road. Su hogar.

Nell miró a Birdie y advirtió que la estaba observando, leyendo sus pensamientos. La anciana alzó la copa, asintió y sonrió.

—¿Por qué brindamos? —preguntó Ben entrando en la cocina en busca de una nueva bandeja de queso. Sam lo seguía de cerca.

—Por mejores tiempos —dijo Birdie.

—Me apunto —repuso Ben.

Cass levantó la vista y vio el rostro desconocido.

—¿Y tú quién eres? —le preguntó a Sam Perry. Antes de que pudiera contestar, Cass se bajó del taburete y volvió a mirarlo alzando las cejas al reconocerlo—. Ah, ya sé quién eres. Tú eres el tío que estaba haciendo fotografías en el rompeolas. Y Archie Brandley tiene un libro con tus fotografías en el escaparate de su tienda. Lo estuve ojeando. No está mal.

La franqueza de Cass hizo sonreír a Sam.

—Y yo también recuerdo haberte visto por el rompeolas, en la Dama de las Langostas, ¿verdad? Te hice algunas fotos. Un barco fantástico, por cierto.

Cass mordisqueó un trozo de queso *brie* mientras en sus mejillas se reflejaba el placer que le había producido aquel cumplido. A Cass nada le tocaba más el corazón que la Dama de las Langostas, y cualquier comentario bonito sobre su preciada posesión le llegaba muy adentro.

—Quizá pillaras a algún cazador furtivo por accidente en alguna de tus fotografías —sugirió Izzy—. Por aquí tenemos un grave problema con los furtivos, Sam. Y las trampas de Cass son uno de sus objetivos.

—He oído hablar de ello —comentó el fotógrafo—. Lo siento, Cass. Este es un pueblo demasiado bonito para que sigan pasando esta clase de cosas.

Nell los escuchaba sin prestar mucha atención; tenía la cabeza en otra parte. Pensaba en el asalto nocturno a las trampas y en la noche que murió Angie Archer. ¿Dónde estaban los furtivos aquella noche? ¿Estaban robando langostas mientras podían haber salvado la vida de una joven y haber sacado su cuerpo drogado del agua hasta que recuperara la funcionalidad?

Una fugaz punzada de rabia estalló en el pecho de Nell y ella trató de aliviarla con la palma de la mano. La rabia no iba a devolver la paz a Sea Harbor. Pero las respuestas sí.

La anfitriona rellenó la bandeja de queso y la llevó a la terraza acompañada de un cuenco de salsa y patatas fritas. Los demás la siguieron enseguida.

Izzy se sentó en el balancín de la terraza junto a Nell y apoyó la cabeza en su hombro.

—Me alegro mucho de estar aquí, tía Nell. No quería estar en casa esta noche, pero tampoco quería quedarme en el estudio o salir con mis amigos para escuchar una docena de teorías sobre la muerte de Angie. Supongo que no quería estar sola. Quería estar entre amigos y con mis seres queridos.

Nell asintió. Todos se sentían intranquilos. Y, por mucho que el pueblo o la policía quisiera cargar el asesinato a algún demente que pasara casualmente por el pueblo, ninguno de ellos descansaría tranquilo hasta que supieran la verdad. Hasta que supieran quién y por qué. El dónde lo conocían perfectamente.

Ben utilizó un tenedor muy largo para colocar las chuletas de cerdo en la rejilla y en solo unos minutos el olor intenso de la barbacoa surcaba el aire, pegándose a las copas de los árboles y flotando hasta la luna plateada que brillaba sobre sus cabezas. La conversación era sosegada y apacible, amigos entre amigos en la tragedia.

—Las he marinado con azúcar moreno y jengibre por Pete —le dijo Nell a Cass—. Le encanta. ¿Sabes cuándo llegará?

—Después de amarrar la Dama me ha dicho que se iba a duchar y pasaría por el Gull a tomarse una cerveza. He imaginado que necesitaba estar con sus colegas. Pero me ha dicho que vendría luego.

—¿Y estaba bien? —preguntó Nell.

—Todo lo bien que se puede estar. —Cass cortó un pedazo de su gruesa chuleta de cerdo—. Imagino que pensó que estar con sus amigos podría ayudarlo a olvidar lo que está pasando. Esos tíos hablan de los Sox, los Pats y de pesca, temas más sencillos. Pete evita hablar del asesinato todo lo que puede. No quiere encender la televisión o leer el periódico. Pero quizá sea algo bueno. No hay por qué estar repasando los sórdidos detalles sin parar.

Nell asintió. Era lo mejor. Solo habían pasado veinticuatro horas desde que les comunicaron el informe de la autopsia y el canal de televisión local y las emisoras de radio no habían dejado de hablar del tema desde entonces. Incluso los locutores habían adoptado las opiniones de tantos vendedores, amigos y vecinos. «¿Un extraño entre nosotros?», se había preguntado la reportera de la noche. Y había seguido hablando acerca de la dificultad que suponía encontrar un asesino que podía estar ya a miles de kilómetros de distancia. Una aguja en un pajar, había dicho.

Nell había puesto música de Andrés Segovia. Enseguida, las notas de la guitarra clásica del maestro empezaron a salir de los altavoces para flotar en el aire de la noche. Jane y Birdie pasaban los platos de ensalada, panecillos y boniatos a la plancha para que todo el mundo pudiera servirse.

—Imagino que en Sea Harbor nadie necesitará terapeuta —dijo Sam sin poder resistirse a la segunda chuleta que Ben le había servido en el plato—. Ven a pasar un rato en la terraza de los Endicott, escucha a Segovia y deja que la brisa del mar te despeje la cabeza. Es mágico. —Se recostó en la silla y estiró sus largas piernas hacia delante—. ¿Quién necesita ir al psicólogo pudiendo venir aquí?

—No hace ninguna falta —repuso Nell—. Terapia a la luz de la luna. Y esta noche la necesitamos más que nunca.

Poco después empezaron a pasarse el postre: tarta de queso al estilo Nueva York, con ese toque de limón y sus jugosas fresas del mercado cortadas por encima.

—Sam, ¿cuándo empiezan tus clases? —preguntó Nell mientras Ben servía el café y sacaba algunos vasos de agua y coñac.

—Dentro de una semana más o menos. Jane y Ham me sugirieron que llegara un poco antes para que fuera conociendo el lugar.

—Margarethe quería que estuviera aquí para la fiesta benéfica de la academia de arte de la semana que viene —puntualizó Jane—. Quiere presentar a Sam a los benefactores y demostrarles lo muy en serio que nos tomamos este proyecto de dar a todos los niños la oportunidad de hacer arte.

—Hoy he conocido a la señora Framingham en el club náutico —comentó Sam—. Estaba jugando a tenis con una mujer mucho más joven, y a mediodía, nada menos, y estaba ganando.

—No me sorprende —le aseguró Ben—. Tiene el mejor revés de todo Sea Harbor. Fuerte como un búfalo.

—Su fiesta benéfica traerá un poco de equilibrio a las cosas tan espantosas que están pasando —dijo Nell—. Me alegro de que vayas a estar allí, Sam. Nosotros también iremos.

—¿Y qué me dices tú, Izzy? —preguntó el recién llegado. La miró por encima de la taza de café.

Izzy se encogió de hombros.

—Ya veremos, Sam. Si la semana que viene nos trae tantas sorpresas como esta, no sé dónde estaré el sábado por la noche.

—Todo esto debe de ser muy difícil para ti —dijo el chico viendo el desfile de emociones que se proyectaban en el rostro de Izzy—. Debe de ser difícil de digerir.

—Digerir. Creer. Aceptar —enumeró Izzy—. Seguir adelante. Todo es difícil.

Cass asintió completamente de acuerdo con su amiga.

—Menuda semana ha sido esta.

Se metió la mano en el bolsillo de los vaqueros para silenciar la vibración de su móvil. Lo sacó y miró el número. Luego frunció el ceño y cruzó las puertas hacia el interior de la casa.

Nell estaba en la cocina envolviendo tres chuletas de cerdo para llevar. Vio a Cass hablando por teléfono y se acercó a la puerta de la terraza con el paquete de papel de aluminio en las manos.

La langostera cerró el teléfono y se lo metió en el bolsillo.

—Cass, las he envuelto para que Pete se las pueda comer calentitas. Aunque sea tarde, quizá todavía tenga hambre —dijo.

La chica miró a Nell; su rostro moreno rebosaba cansancio y preocupación. Suspiró.

—Pues solo hay una forma de averiguarlo, Nell. Vamos a llevarlas a la cárcel a ver si tiene hambre.

CAPÍTULO ONCE

El maltrecho Volvo de Sam —demasiadas excursiones a las montañas, le dijo a Nell— estaba aparcado detrás del coche de Ben, así que se ofreció a llevar a Ben y a Cass hasta la comisaría.

Cass insistió en que no les acompañara nadie más.

—A Pete no le gustará que montemos un circo —había dicho.

Ya se había dado cuenta de que su hermano arrastraba las palabras al hablar por teléfono, y Cass sabía que se habría tomado más de una copa en el Gull. Pero eso era lo único que sabía.

—Hay una parte de mí que se siente tentada de dejarlo ahí —confesó—. Pero me alegro de que no haya llamado a mi madre.

Aunque no lo decía en serio. Estaba tan preocupada por Pete como todos los demás. Nell le dio un abrazo a Cass y la dejó en manos de Ben y Sam convencida de que cuidarían de ella. Si había alguien capacitado para tratar con la policía de Sea Harbor, ese era Ben. No hacía mucho que había encabezado una campaña para reemplazar la vieja comisaría del puente, y conocía al jefe de policía, Jerry Thompson, desde que eran dos adolescentes que disfrutaban de los veranos en el pueblo, y fue por aquel entonces cuando Jerry le presentó a sus amigos, a los que Ben se moría por conocer.

¿Y Sam Perry? Nell no estaba segura de cómo encajaba en todo aquello, pero parecía perfectamente cómodo en medio de la situación. Y tenía ganas de ayudar. Confió en él sin ningún motivo aparente.

Los demás se habían quedado allí ayudando a Nell a recogerlo todo. Izzy se había ocupado del lavavajillas mientras Ham se aseguraba de cubrir las brasas con arena y sacaba la basura. Birdie y Jane habían cogido algunos trapos secos y se habían plantado junto a Nell delante del fregadero.

—¿Creéis que esta detención tiene algo que ver con el asesinato de Angie? —preguntó Jane secando una de las copas de martini de Ben—. Pete Halloran es un encanto. Es imposible que haya tenido algo que ver con el asesinato.

Pero los demás guardaron silencio. Todos estaban locos por el hermano pequeño de Cass y su metro noventa de estatura. Pete era tan buenazo que le costaba atarles las pinzas a las langostas que atrapaban él y su hermana. Pero ya nada de eso importaba. Alguien había asesinado a Angie. La habían drogado y después la habían matado. Y Pete había sido una de las últimas personas en verla antes de que ocurriera.

Nell se estremeció delante del fregadero y pegó las manos en el fondo del espumoso lavamanos de acero inoxidable mientras miraba fijamente por la ventana perdiendo la vista en la oscura noche. Pete no podía haber matado a Angie. De la misma forma que jamás podrían haberlo hecho Izzy, Cass o Birdie. Pero era normal que fuera sospechoso, igual que lo serían otras personas cercanas a ella.

Nell había esperado despierta a que Ben regresara después de que se marcharan los demás, pero cuando llegó a casa y le aseguró que Pete estaba bien, que no lo habían arrestado por el asesinato de Angie y que ya estaba sano y salvo en su pequeño apartamento de las afueras del pueblo, ella consiguió abandonarse al cansancio de todo el día y dormir pegada al reconfortante cuerpo de Ben.

Los detalles, como le dijo su marido, podían esperar al día siguiente.

El café especial de Ben borboteaba en la cocina cuando Nell bajó a la planta baja la mañana siguiente. Había dormido hasta tarde, cosa poco habitual en ella. Las emociones le estaban pasando factura. Pero el fuerte aroma del café colombiano le aceleró el paso.

—Es tan fuerte que se te riza hasta el pelo —se quejaba Birdie a menudo mientras se acercaba al armario de la cocina para coger una bolsita de té Earl Grey.

Ben vio que Nell bajaba la escalera de la cocina y le llenó una taza antes de volver a su sitio en la mesa. La suave brisa que se colaba por las ventanas abiertas agitó las páginas del *Boston Globe,* que ya estaba separado por secciones: portadas, economía, deportes, estilo.

—Bueno, ponme al día —dijo Nell sentándose delante de su marido; apoyó los codos en la mesa y la barbilla sobre las manos.

—Pete se metió en una pelea. —Ben agitó el café con la cuchara y alisó las hojas de la sección de economía con la mano—. Por lo visto, ir al Gull para evitar hablar sobre Angie no fue una buena idea.

—¿Con quién se encontró?

—Con los habituales del viernes por la noche, la mayoría son amigos de Pete. Pero ellos no fueron el problema. También había algunos que no conocían a Angie tan bien como nosotros y estaban hablando sobre ella. «¿Qué clase de chica iría a beber al rompeolas?», esas cosas. «¿Qué andaría buscando?». Pete lo escuchó. Y, después de unas copas, perdió los nervios y provocó una pelea.

—¿Y Jake Risso llamó a la policía?

Ben se encogió de hombros.

—Jake no es mal tipo. Por lo visto, intentó separarlos. Pero no se podía arriesgar a que le destrozaran el local. Probablemente hizo lo correcto. Protegió a Pete de sí mismo. Cuando le dejamos en casa se sentía como un auténtico idiota.

—Imagino que Cass tampoco se cortaría con él y le diría de todo.

Ben se echó a reír.

—Sí, en eso no te equivocas. Sam Perry ayudó mucho. Llevó a Pete hasta su apartamento e incluso metió tus chuletas en la nevera. Por cierto, Pete me pidió que te diera las gracias. O eso me pareció.

Ben tomó un sorbo de café y guardó silencio un minuto, pero entonces adoptó un tono más serio para decir:

—Cuando estábamos en la comisaría, me topé con el jefe de policía. Me volvió a decir lo mismo que oímos ayer, que lo más probable es que alguien que no viva en el pueblo asesinara a Angie, alguien que pasaba por aquí. Han hablado con personas como Pete y Tony. Pero no hay sospechosos que pudieran estar en el rompeolas a la hora que estiman que murió Angie. Por lo menos a ellos no se les ha ocurrido ningún nombre. Y Jerry dice que lo de la droga lo cambia todo. Esa clase de drogas, las que se utilizan para inmovilizar personas por el motivo que sea, no son habituales en Sea Harbor. No encajan aquí. La policía no encontró nada de utilidad en el apartamento de Angie. Ninguna pista.

No había ninguna agenda personal ni notas. Dijeron que había poco de Angie allí. Es casi como si nunca hubiera tenido intención de instalarse del todo para hacerlo suyo.

Nell asintió recordando las pocas cosas personales que había visto. Algunas prendas de ropa. Un marco de fotos. Pero el apartamento era de Izzy, no de Angie, y estaba lleno de todas las cosas que su sobrina había encontrado para ponerlo cómodo para quien fuera que acabara viviendo allí. Y Angie había añadido muy poco para hacerlo suyo.

—Jerry dijo que hablarían con todos sus conocidos, claro. Pero este verano han pasado por aquí muchos haraganes de esos que siempre andan rondando por la playa y el rompeolas, y Jerry sospecha que podría haber sido alguien así.

—Eso es mucho suponer, Ben.

—Es posible. Los tipos que han estado aquí este verano han entrado a robar en varias casas antes de marcharse a otros sitios. Y eso abre la posibilidad de que a alguno de ellos que estuviera por ahí esa noche se le ocurriera la idea de acechar a Angie.

—¿Tú crees que eso es lo que pasó?

Ben no contestó, pero no tenía por qué. Después de treinta años compartiendo la mesa del desayuno habían desarrollado un lenguaje propio. Nell solo tuvo que mirar los ojos marrones de Ben para adivinar sus pensamientos, y eran calcados a los suyos.

—Hay muchos cabos sueltos, Ben. Pero la parte más absurda de esa hipótesis es la idea de que Angie pudiera tomarse una copa con un desconocido, y precisamente la noche que tenía una cita con uno de los hombres más bonachones de Sea Harbor. ¿Y eso de pasear por el rompeolas una noche de tormenta? Es imposible. Ni siquiera «de forma aleatoria».

Ben paseó los dedos por el asa de la taza con aire distraído.

—No, ya lo sé. Pero hay personas que entienden más que nosotros de estas cosas y, con suerte, conseguirán resolverlo.

—Esperemos que así sea.

Izzy llamó poco después de que Ben se marchara a ver un partido de los Sox en Fenway.

—La policía ya ha terminado el registro del apartamento de Angie, Nell. Josie me ha sugerido que recoja sus cosas.

Nell también había hablado con Josie esa mañana. Sus vecinos y amigos estaban muy pendientes de ella y la mujer le había asegurado a Nell que estaba bien y que todo marchaba. Le repitió de nuevo que Angie estaba en paz. Y Nell percibió en su voz que lo creía de verdad. La policía pronto le devolvería el cuerpo y podría enterrar a su hija en privado, solo en compañía de algunos vecinos y del padre Northcutt.

—Descansará junto a Ted.

Parecía que la noticia del asesinato de Angie no fuera con Josie o que no formara parte de su proceso de luto.

—Creo que Josie estaba pensando más en mí que en ella misma —comentó Izzy por teléfono—. Le preocupaba que pudiera incomodarme seguir teniendo las cosas de Angie en el apartamento y que quizá quisiera alquilarlo de nuevo. ¿Te lo imaginas?

A Nell no le extrañaba. Josie era así.

—Le he asegurado que ni siquiera me había planteado la idea de alquilarlo durante un tiempo —siguió diciendo Izzy—. Que era lo último que se me había pasado por la cabeza. Pero la verdad es que parece que ella quiera acabar con todo esto. Darle carpetazo. Así que si sigues con ganas de ayudarme, te lo agradeceré, sé que me resultará mucho más fácil si estoy contigo.

Izzy había sugerido que pasara por allí sobre las cuatro, cuando el estudio estaba más tranquilo.

Nell llenó la parte de atrás del coche con cajas y algunos periódicos, y condujo hasta el centro. Teniendo en cuenta el poco tiempo que Angie había pasado en el apartamento, Nell dudaba mucho que necesitaran ni la mitad de las cajas que había cogido. Encontró una plaza de aparcamiento justo delante del Estudio de Punto del Seaside. «*Parqui-karma*, como diría Birdie», pensó Nell, y apagó el motor. En cuanto puso el pie en la acera, sus ojos se pegaron al escaparate de Izzy. Era un auténtico arcoíris de colores. Un arcoíris en medio de una terrible tormenta.

Nell se quedó plantada delante del escaparate disfrutando del efecto visual que había creado su sobrina. Había llenado el espacio con un océano de hilo de unos colores que cortaban la respiración. Pegó los dedos al cristal, como si quisiera tocar el goteo de madejas. Izzy debía de haberse levantado al alba para diseñarlo. Su pequeño intento de disipar aquel nubarrón. Y había hecho un trabajo espectacular.

Había dispuesto algunos baúles viejos en distintas posiciones sobre una cama de pétalos de seda. Nell enseguida reconoció uno de los baúles de una subasta de antigüedades a la que ella e Izzy habían ido en Rockport el invierno anterior. Otro de ellos era el baúl de viaje de la abuela, la madre de Nell. La joven lo había limpiado y había pulido los remaches de latón hasta dejarlos brillantes.

Extendida sobre las oscuras superficies de los baúles, y fluyendo suavemente hacia los laterales hasta llegar al suelo, se veía una cascada de hilo que a Nell le recordó a una exhibición de Monet que había visto en el Museo de Bellas Artes de Boston. Los colores eran irresistibles, y, de no haber sido por el cristal, no hubiera dudado en hundir los dedos en aquellas hebras verde musgo y suaves tonos coral, turquesa e intensos azules. Descolgándose por delante de uno de los baúles había una madeja cuyo color era una mezcla de azafrán, dorado y varios tonos de amarillo que le recordó al cabello de Izzy. Era preciosa. «Hilos de mar», rezaba el cartel que había escrito a mano.

Nell sonrió reflejada en el cristal y la luz del sol brilló en sus pómulos. Y supo, antes de entrar en el estudio de Izzy, que la incursión en el apartamento de Angie para recoger sus cosas les iba a salir cara, pues sospechaba que los hilos de mar no eran baratos.

Nell saludó a Mae y esta le dijo que la tienda ya había vendido casi todos los ovillos de aquel nuevo y lujoso hilo. Menos mal que ya casi era hora de cerrar.

—El escaparate está precioso.

— Ya lo creo. Esta chica tiene mucho talento —afirmó Mae. Fulminó con la mirada la pantalla del ordenador—. Pero este cacharro no tiene ninguno. Malditos aparatejos. Si los utilizas, mal, pero si no los utilizas, peor.

Sacó una calculadora de un cajón y empezó a teclear las cifras del día.

—¿Lo habéis vendido casi todo?

Mae se echó a reír y se bajó las gafas por el puente de la nariz.

—No te preocupes. Izzy ya sabía que te iban a encantar los colores. Te ha reservado un juego y ya tiene varias sugerencias para ti.

—Este sitio es peligroso, Mae. ¿Y dónde está la tentadora?

—En la trastienda. Estaba ayudando a Harriet Brandley a terminar unos peúcos para su decimocuarto nieto. ¡Catorce! El negocio sobrevive solo gracias a los peúcos y los jerséis que se tejen para los bebés de los Brandley. Hoy ha sido un día de locos. Hasta la señora Framingham ha pasado por aquí para ver el escaparate. Izzy la ha convencido para que se quedara a una clase que estaba impartiendo para aprender a hacer bufandas con el hilo nuevo. Tu sobrina sería capaz de venderle hielo a un esquimal.

Cuando imaginó a Margarethe en la clase de Izzy se le dibujó una sonrisa en los labios. Margarethe sabía más sobre punto e hilos que todas ellas juntas. Y era una mujer acostumbrada a dar instrucciones, no a aceptarlas. Pero Mae tenía razón, era muy probable que Izzy fuera capaz de venderle hielo a un esquimal, siempre que se lo pudiera permitir. Y si no, su sobrina se lo daría gratis.

Nell encontró a Izzy plantada delante de una estantería en la trastienda, rebuscando en una pila de CD. Lana estaba acurrucada en un cojín con una funda de punto y dormía hecha una bola en el centro de la mesa. A su alrededor, la mesa estaba salpicada de ovillos de hilo, agujas y tijeras, y vasos de limonada vacíos.

—Perdona el desorden —se disculpó Izzy agachándose para darle a Nell un beso en la mejilla—. Hoy hemos tenido clase.

—Eso me ha dicho Mae.

—La señora Framingham casi arrasa con todas las unidades que tenía de hilo de mar. Me parece que hoy ya puedo bajar la persiana.

—¿Y ha asistido a la clase?

—Sí, aunque no la necesitaba. Ella es buenísima haciendo punto. Sabe más sobre hilos que cualquier persona que yo pueda conocer. Hoy le he preguntado cómo es que sabe tanto. Se ha mostrado un poco reacia a hablar del tema, pero al final ha admitido que tuvo una abuela que le enseñó a hacer punto. Según dijo, fue lo único bueno de su infancia. Pero, en cualquier caso, quería experimentar con el hilo de mar. Aunque me parece que básicamente lo que necesitaba era tener la cabeza ocupada en otras cosas.

Izzy cogió unas cuantas agujas sueltas y las metió en un cesto.

—¿A qué te refieres?

—Le impactó mucho saber que Angie había sido asesinada. Pensaba que los medios estaban asustando a la gente innecesariamente. —Izzy cogió una bolsa del centro de la mesa y se la tendió a Nell—. Esto es lo que te he guardado. ¿A que son divinos? He decidido que en este momento necesitábamos belleza en nuestras vidas. Y me parece que ese es el mismo motivo por el que se ha quedado Margarethe.

Nell abrió la bolsa. Estaba llena de hilos de distintos tonos de color turquesa que se fusionaban entre ellos, dando al conjunto el aspecto que suele tener el mar un día perfecto de verano.

—He pensado que podrías utilizarlos para hacerte un chal o una toquilla que combine con ese vestido negro tan sexy que tienes para la gala benéfica de la semana que viene. Te he incluido un patrón muy sencillo, seguro que para el sábado lo tienes terminado.

—Querida Izzy, no sé cómo me las he ido arreglando sin ti todo el tiempo que has estado ejerciendo como abogada. Gracias. Y hablando de la gala benéfica...

Izzy negó con la cabeza y alzó la mano.

—No. No necesito tu entrada extra, tía Nell. Pensaba que me escaquearía si invitaba a Margarethe Framingham a quedarse a la clase. Parecía muy complacida de que mencionase el tema, y todas las mujeres de la clase le aseguraron que el pueblo no permitiría que se suspendiera ningún acto a causa del asesinato de Angie. —Izzy cogió un rectángulo de cartulina grabada de la librería y la agitó en el aire—. Pero, por algún motivo, ahora estoy invitada.

Nell sonrió.

—Puede que Cass quiera la entrada que te sobra; probablemente tampoco se pueda permitir pagar una, especialmente ahora, con todo el tema de los furtivos. Y le vendrá bien asistir a una fiesta. ¿Cuánto cuestan las entradas? ¿Trescientos por cabeza? Yo también haré un donativo para la fundación de arte, pero me parece que lo haré en función de mis posibilidades.

—¿Qué estáis cotorreando? —preguntó una voz por detrás de Nell—. Pensaba que teníamos cosas que hacer.

Birdie aguardaba en el umbral de la puerta, parcialmente escondida detrás de las cajas de cartón que llevaba apiladas sobre los brazos.

—Birdie, dame eso —dijo Nell cogiendo la primera caja de la pila para dejarla en el suelo—. Eso es, ahora ya te veo. ¿Qué haces aquí?

Nell pensó que la pregunta era un poco absurda. Una nunca sabía cuándo aparecería Birdie. No se perdía nada de lo que ocurría en el pueblo y de alguna forma siempre sabía lo que estaba pasando antes de que ocurriera nada. Nell sospechaba que aquella mujer custodiaba más secretos sobre Sea Harbor que el confesionario del padre Northcutt.

Birdie dejó las cajas en el suelo y se sacudió el polvo de las manos.

—He visto tu coche y las cajas en la parte de atrás y he decidido que mi visita a Ocean's Edge para tomar el té podía esperar. Esas ancianas no son tan interesantes como vosotras dos y no me quería perder nada.

Nell ya sabía que «esas ancianas» eran un grupo de adineradas residentes de Sea Harbor de la generación de Birdie que, como la propia Birdie, podrían comprar y vender el pueblo entero si se lo propusieran. Y esa reunión para tomar el té probablemente fuera, en realidad, una cita con una botella de jerez y una bandeja de chismorreos.

—De ancianas nada —intervino Izzy—. Tú nunca serás vieja, Birdie.

—Eso es muy cierto —afirmó la otra. Se apartó un mechón de pelo blanco de la frente, donde las pecas y las manchas de la edad empezaban a fusionarse. Y un laberinto de diminutas arrugas, como si de un mapa se tratara, brotaba de las esquinas de sus ojos iluminando su inteligente y arrugado rostro—. Pero no he venido a hablar de la edad, bomboncito. Imagino que estas cajas son para las cosas de Angelina y no puedo hacer mucho más por la pobre Josie. Así que tenéis que dejarme ayudar.

—A mí también —terció Cass acercándose desde la puerta del estudio—. Mae me ha dicho que estabais todas aquí atrás. No necesito hilo, pero os aseguro que a vosotras sí que os necesito.

—Entonces coge una caja —dijo Izzy.

—Izzy Chambers, ¿estás ahí?

—Nos ha ido de un minuto —murmuró Cass entre dientes.

Beatrice Scaglia se adentró en la estancia. Vestía como si tuviera que asistir a una reunión o a algún almuerzo formal incluso los sábados. Su veraniego traje rosa, talla treinta y ocho como mucho, según la opinión de Nell, combinaba a la perfección con sus tacones de cinco centímetros y, como siempre, llevaba hasta el último pelo en su sitio.

—Vengo por ese hilo tan bonito, Izzy —dijo Beatrice sonriendo a las mujeres—. Lo necesito.

—¿El hilo de mar? —preguntó la joven—. Mae estará encantada de ayudarte...

—Izzy, querida, Mae Anderson es una mujer encantadora. Tú —Beatrice señaló a Izzy con una de sus uñas rojas— eres una artista. Lo tuve clarísimo desde el principio, y por eso ayudé todo lo que pude para que te dieran la licencia para el estudio. Y tu clase de la semana pasada me pareció tan interesante que quizá me plantee empezar a hacer punto. Mis amigas lo llaman «el nuevo yoga». Todas aseguran que es muy terapéutico.

En los labios rojos de Beatrice se dibujó una sonrisa perfecta.

«Seguro que algún día llega a ser alcaldesa», pensó Nell mientras escuchaba el intercambio. Según Ben, ese era precisamente el objetivo de Beatrice. Aquella diminuta fuerza de la naturaleza ya dirigía prácticamente todas las reuniones que se celebraban en el ayuntamiento y conocía a todos los recién nacidos y a cada uno de los residentes de Sea Harbor por su nombre de pila. Al verla en acción, Nell comprendió por qué su encantador marido, Salvatore, jamás decía una sola palabra.

—¿Te vas a mudar? —preguntó Beatrice de pronto al ver la pila de cajas.

—No —aclaró Nell—. Vamos a limpiar el apartamento de Angie Archer.

Beatrice miró el techo.

—¿Por qué? —preguntó. A su rostro asomó una extraña expresión—. ¿Ahora?

—Sí —afirmó Izzy—. Pero me parece que a Mae todavía le quedan algunos ovillos de ese hilo, si los quieres.

A Nell le dio la impresión de que Beatrice había palidecido un poco. Tenía la frente salpicada de gotas de sudor.

—¿Te encuentras bien, Beatrice?

Beatrice se esforzó por sonreír.

—Pues claro que sí. Pero no puedes hacerlo sola. Yo te ayudaré.

Se agachó a coger una de las cajas.

—No, Beatrice —dijo Izzy.

—Sí —repuso la mujer, y sin mediar otra palabra se encaminó hacia la puerta y la escalera de atrás.

CAPÍTULO DOCE

A la mañana siguiente, mientras Nell y Ben iban en coche a Sweet Petunia, ella le explicó que formaban un extraño quinteto de limpieza. Aunque no había duda de que la presencia de Beatrice había ayudado a que la situación no se convirtiera en la emotiva tarea que hubiera sido de lo contrario.

Nell explicó que Beatrice no dejó de hablar ni un momento, pidiendo que barriesen, quitasen el polvo y después limpiasen los cajones. Entretanto, y sin que las demás lo oyeran, había salido un momento para llamar a su marido Sal y pedirle que trajera una botella de vino blanco helado con la que pudieran refrescarse. Sal se plantó en la puerta un tanto avergonzado, con el espeso pelo moreno despeinado y una expresión seria y serena, como de costumbre. A Nell enseguida le quedó clarísimo que el hombre hubiera preferido estar en cualquier parte menos en medio de cinco mujeres que estaban limpiando el apartamento de una chica asesinada. Sal siempre parecía avergonzarse haciendo cosas mucho más sencillas, como encender las velas para el desfile de Navidad o haciendo circular la cesta de las ofrendas en la iglesia; tareas, sospechaba Nell, que Beatrice le indicaba que debía hacer. Debía de haber sido casi doloroso para él que su mujer insistiera en que se acercara a ayudar. Y Nell comprendía por qué a Sal Scaglia le gustaba tanto su trabajo en las oficinas del ayuntamiento, pues el papeleo debía de proporcionarle un agradable refugio.

Para cuando hubieron terminado de empaquetar y guardar en el armario la ropa, los libros y otras cosas personales de Angie —sus auriculares de color naranja, un iPod y algunas fotografías—, Beatrice tenía el traje rosa manchado y un tacón roto y el pobre Sal se había terminado el vino y estaba sentado solo en el escalón de la puerta de atrás.

—Un momento Scaglia —dijo Ben divertido de escuchar la anécdota—. Beatrice es todo un personaje. ¿Entonces las cajas siguen ahí?

—Sí. Josie no estaba en casa; esperaremos a encontrar un buen momento para llevárselas.

Ben se internó con el coche en el aparcamiento de Annabelle y encontró un hueco al fondo.

Aunque ya sabían que todo el mundo estaría hablando del asesinato de Angie, Ben no pensaba perderse el desayuno en Sweet Petunia. Las mañanas de los domingos siempre las dedicaban al local de Annabelle, el *New York Times* y el punto de Nell. Ya sabía que no podían controlar las habladurías sobre los últimos acontecimientos del caso de asesinato, pero podían seguir disfrutando de una buena *frittata*.

Apartado de la carretera principal, en la colonia de arte de Canary Cove, entrando por un corto camino de grava y escondido entre una pineda, el pequeño restaurante atraía a más locales que turistas, y a los Endicott les encantaba. Siempre era un placer estar rodeados de amigos y vecinos, especialmente en esos momentos.

La hija adolescente de Annabelle, Stella, los recibió en la puerta, que estaba abierta de par en par y sujeta por un pelícano de piedra con un pescado en la boca. Annabelle le había atado al cuello un lazo hecho con un estampado de margaritas. Por encima del hombro de Stella, Nell enseguida vio que el restaurante estaba prácticamente lleno.

—¿Quién iba a pensar que esto podría ocurrir en Sea Harbor? —preguntó Stella abriendo los enormes ojos por detrás de los cristales de unas gafas con montura azul—. Es como *CSI*, pero mejor. Mi madre dice que no puedo hablar de ello con los clientes, pero vosotros sois amigos. —Cogió dos cartas del puesto de las camareras y acompañó a Ben y a Nell por el restaurante hasta la pequeña terraza lateral con vistas al mar—. Os daré una mesa aquí fuera, donde podréis charlar y hacer punto tranquilamente.

—Es una noticia espantosa, Stella —dijo Nell sentándose en una mesita al lado de la barandilla y dejando la bolsa de punto a sus pies. En su interior estaba la toquilla nueva que estaba tejiendo con la seda de mar y que esperaba terminar aquella semana. Miró a Stella—. Pero no hay mucho que contar, ¿no?

La joven frunció un poco el ceño y se mordió el labio inferior. Arqueó las cejas perfiladas mirando hacia la puerta mosquitera que separaba el porche del interior de la cafetería. Cuando se inclinó hacia Nell, agachó la cabeza y le acercó tanto las gafas que Nell se podía ver reflejada en las lentes.

—Esto es lo que yo sé —susurró la chica—. Angie estaba con un chico, como tomando algo. Y entonces, plop, la pastillita se coló en su vaso. Y cuando él la empujó, todo terminó. Ella los volvía locos a todos, ¿sabes?

—No, no lo sé —repuso Nell—. Y tú tampoco, Stella.

Como no quería meterse en las habladurías de Stella, Ben se acercó a la barra atraído por el olor a café recién hecho. Volvió con una cafetera bien caliente y le llenó la taza a Nell.

Stella se tapó la boca con la mano.

—Lo siento, señor Endicott. Se supone que ese es mi trabajo.

Ben se sentó junto a Nell.

—No te preocupes, Stella. Yo fui un camarero excelente cuando iba a la universidad.

Le sonrió y a continuación se sacó las gafas del bolsillo de la camisa y desplegó el *Times*.

Nell vertió un poco de leche en la taza de café mientras veía cómo Stella volvía de nuevo la cabeza, en esta ocasión para mirar hacia la cortina de cuadros rojos que colgaba por delante de la ventana de la cocina, con la esperanza de que su madre estuviera ocupada con algún plato caliente que tuviera en los fogones y no se asomara para mirar.

Entonces se volvió de nuevo hacia Nell.

—Las cosas no son lo que parecen, señora Endicott —afirmó Stella con un tono muy *CSI*. Volvió a alzar las cejas y levantó la barbilla como si guardase en la cabeza algún secreto que pudiera caerse si la movía demasiado rápido. Volvió a ponerse bien las gafas y se sacó una pequeña tableta electrónica del bolsillo. Entonces, probablemente pensando en otras cosas, se dio la vuelta para volver a entrar al restaurante.

Ben levantó la vista del periódico.

—¿Nos ha tomado nota?

—No. —Nell contempló cómo la puerta mosquitera se cerraba tras el paso de la adolescente—. No creo que los Palazola se aburran nunca, en especial cuando está Stella.

Empezó a remover el café mientras pensaba en el valor de las Annabelle del mundo: madres solteras criando hijos y con trabajos a tiempo completo. El marido de Annabelle, Joe, había sido un fantástico capitán que se dedicaba a la pesca del pez espada hasta que un día a él y a su tripulación se los tragó el mar a causa de una tormenta repentina, dejando a su mujer con cuatro hijos pequeños. En un abrir y cerrar de ojos, la vida de Annabelle quedó destruida en mil pedazos. «Tuve que darle a mi vida un giro de ciento ochenta grados —le había explicado a Nell durante aquella época de conmoción y decisiones obligadas—. Los niños tenían muchas necesidades. Y Joe tenía planes para todos, y esos planes requerían dinero».

Así que Annabelle enterró su dolor y se puso manos a la obra para hacer realidad los sueños de su marido. Decidió que lo que mejor se le daba era hablar con la gente y cocinar huevos. Y así fue como nació el Sweet Petunia. Utilizando las viejas recetas sicilianas de su familia y las que ella se inventaba sobre la marcha, Annabelle y su restaurante se convirtieron en uno de los locales preferidos de Cabo Ann, y Nell y Ben se dieron cuenta de que no podían vivir sin disfrutar de las *frittatas* de Annabelle al menos una vez por semana.

—Las personas rehacen sus vidas de formas asombrosas —dijo Ben colándose en sus pensamientos—. Así es como funciona el espíritu humano.

Nell asintió.

—Eso es lo que está empezando a hacer Josie.

Levantó la vista y sonrió a los Seroogy, unos vecinos de Sandswept Lane que entraban en ese momento y se dirigían a una mesa al final de la terraza. Paseó la vista hasta la mesa contigua, donde Angus McPherron desayunaba solo, como siempre. Las puntas de su largo pelo blanco se rizaban por encima de un suéter color teja con el cuello en uve que a Nell le resultaba familiar. Parecía fuera de lugar en aquel hombre descuidado cuyo atuendo habitual se reducía a una vieja camisa militar o alguna camiseta agujereada. Se quedó mirando la prenda desde el otro lado de la terraza concentrándose en el estilo y el tipo de punto. Y entonces recordó dónde la había visto. En las habilidosas manos de Birdie varios jueves por la noche durante la primavera anterior. En su cabeza visualizaba a la anciana trabajando en el patrón y seleccionando el hilo adecuado para las frías mañanas de la zona. Era un algodón magnífico, un poco áspero al tacto, pero lo suficientemente ligero para llevarlo en verano. Por aquel entonces Nell dio por hecho que Birdie lo estaba tejiendo para un sobrino o alguno de sus parientes. Pero se había equivocado. Su diminuta amiga estaba llena de sorpresas y, por lo visto, mantener calentito a Angus McPherron las mañanas frías era una de ellas.

Los feligreses estaban empezando a entrar en tropel en el Sweet Petunia después de la misa de las diez y por un momento Nell perdió de vista a Angus. Vio al padre Northcutt sentándose para disfrutar de su habitual y copioso desayuno a base de ostras fritas y huevos. No hacía mucho que ella le había sacado el tema del colesterol, pero el religioso le había asegurado que su colesterol bueno regulaba el malo. «Tal como ocurre en el reino de los cielos», le había dicho guiñándole el ojo, y Nell había captado la delicada indirecta para que se metiera en sus asuntos.

El padre Northcutt también solía comer solo en el Sweet Petunia, y siempre sonreía brevemente a cualquiera que pasara por allí, pero evitaba el contacto visual que pudiera dar pie a una conversación. Prefería concentrarse en la comida de Annabelle, con el punto de picante exacto para él. Pero ese día, desprovisto de su habitual sonrisa, el padre compartía mesa con Margarethe y Tony Framingham. Y Nell sabía, sin oír lo que decían, que estaban hablando de Angie Archer y del espantoso final de su vida. Probablemente Margarethe se estuviera ofreciendo para ayudar a Josie en todo lo que pudiera. Tony estaba sentado enfrente, muy quieto y con la cabeza gacha, mientras su madre conversaba con el párroco. Mientras le observaba, Nell deseaba poder leerle la mente. Él había sido una de las últimas personas que había visto a Angie. La conversación que habían mantenido no había sido precisamente alegre y, apenas unas horas después, ella había sido asesinada.

A lo lejos empezaban a verse algunos barcos saliendo del puerto. Los graznidos de las gaviotas se mezclaban con el sonido de los motores mientras dos embarcaciones de las que se empleaban para avistar ballenas se hacían a la mar llenas de gente. Era un domingo típico en Sea Harbor, pero no del todo.

Stella salió por la puerta de la cocina con dos bandejas de *frittata* de espinacas en las manos.

—Disculpad, pero hoy esto es una locura. Tommy Porter está aquí y es como si hubiera una estrella de *rock* en el local, todo el mundo le está haciendo preguntas sobre, bueno, ya sabéis, sobre Angie. Esto es lo que habéis pedido, ¿no?

Dejó los platos en la mesa y se limpió las manos en el diminuto delantal que colgaba como una hamaca de su estrecha cintura.

Ben miró la cremosa montaña de huevos que había en su plato. Estaba coronada por un puñado de finas virutas de parmesano y a un lado habían servido un montón de fresas frescas, cubitos de melocotón y mango. La maravillosa presentación de Annabelle culminaba con una gruesa rebanada de pan inglés con mantequilla que goteaba por los bordes tostados. El aroma a comino y cilantro fresco brotaba de los huevos y Ben le aseguró a Stella que sí, que había acertado con el pedido. «Lo has clavado», le aseguró haciendo pinitos con el lenguaje juvenil de onda.

—Aquí estáis. —Birdie apareció por la puerta y le sonrió a Stella—. Hoy estás muy guapa, Stella. Me parece que has engordado algunos kilitos y te sientan muy bien. Estabas demasiado delgada, cariño. Eso nunca favorece.

Parecía que a Birdie le costaba un poco respirar con normalidad al hablar.

Stella la miró poco convencida; no sabía si darle las gracias o marcharse indignada. Finalmente, se decantó por una sonrisa de medio lado y dijo:

—Siéntese aquí antes de que se desplome, señorita Birdie. No tiene buen aspecto. Le traeré un poco de agua.

Nell levantó la vista mientras Stella se marchaba y advirtió que Birdie estaba acalorada. Su cortito pelo blanco estaba húmedo, como si hubiera caído sobre ella una nube de brisa marina, y cuando se apartó los mechones blancos de la cara con la mano, Nell vio algunas gotas de sudor por encima de sus claros ojos grises.

Birdie se sirvió una taza de café y se sentó frente a Nell.

—Parece que acabes de correr una maratón, Birdie —le dijo Nell con el ceño fruncido—. Toma, bébete mi vaso de agua.

Nell le acercó el vaso empujándolo por la mesa.

—He venido en bicicleta. Y esta pequeña colina parece cada vez más empinada.

Cogió el vaso y le dio un buen trago.

Nell se sintió aliviada al escuchar que Birdie había llegado en bicicleta. Según el médico, su amiga tenía un corazón sano y fuerte y podía seguir montando en bicicleta. Pero la forma de conducir coches de Birdie no merecía los mismos elogios. Hasta los adolescentes más chulitos se subían a la acera cuando Birdie pasaba por Harbor Road conduciendo su Lincoln Town Car de 1981. Los vecinos siempre se apartaban de su camino y los perros y los gatos parecían huir espantados cuando oían el conocido ruido de ese motor rugiendo colina abajo. Pero, por mucho que le dijeran, era imposible convencer a aquella testaruda mujer para que se comprase un coche más pequeño y manejable. Ben había intentado, sin ningún éxito, venderle las ventajas de tener un Corolla o un Camry, o incluso alguno de esos modelos híbridos. Ella adoraba su Town Car. Había pertenecido a Victor Morino, su segundo marido, y el fragante y especiado aroma de su tabaco de pipa seguía impregnado en los asientos de piel. «Ay, si este coche pudiera hablar, me metería en un buen lío», había bromeado con las demás costureras un jueves por la noche con los ojos brillantes repletos de traviesos secretos. Por eso Birdie seguía paseando los más de cinco metros y medio de su elegante coche por las colinas de Sea Harbor, y Nell rezaba todos los días para no tener que arrepentirse nunca de no haber sido más severa con su amiga.

Birdie dejó el vaso de agua en la mesa y miró los huevos de Nell.

—Veo que Annabelle está probando cosas nuevas.

—Está bueno, Birdie. ¿Quieres probarlo?

Su amiga arrugó la nariz.

—No necesito nada nuevo y diferente. En realidad, lo que yo quiero es lo antiguo y conocido. Y eso es exactamente un apacible verano en Sea Harbor. El asesinato de Angelina está cambiando la textura del pueblo. Lo está contagiando todo, hace que los vecinos sospechen unos de otros. Ya sé que tú te diste cuenta enseguida de que había algo que no encajaba, Nell, pero no me gusta que el pueblo se enrarezca de esta forma.

—A nadie le gusta, Birdie —afirmó Ben—. Pero esto pasará. Todo el mundo seguirá con su vida.

A Birdie se le había borrado la sonrisa e hizo ondear un dedo en el aire señalando a Ben y después a Nell.

—Una cosa sí que os digo: las personas de Sea Harbor son buena gente. Angie jamás debería haber venido a vivir aquí; eso está claro como el agua. Ella necesitaba un mundo más grande que este.

—Birdie, ¿cómo puedes decir eso? Este también es el pueblo de Angie. Y a Josie le encantaba volver a tener a su hija cerca, de eso estoy convencida.

—Supongo que tienes razón. Es que me encantaría que todo esto desapareciera. Y no me importa lo mucho que me repitas que a Angie le encantaba su trabajo y le gustaba vivir aquí, a mí nunca me dio la impresión de haberse adaptado del todo. Mira el apartamento. ¿Te ha dado la sensación de que fuera el refugio de una persona adaptada? La impresión que daba era de que allí vivía una persona que fuera a salir corriendo en plena noche, tal como dije que ocurriría. Y ahora esto. Nada de esto tiene sentido, ni la reconstrucción oficial de lo que ocurrió aquella noche ni nada.

Nell guardó silencio.

—Bueno —dijo Birdie con alegría mientras se pasaba los dedos por el pelo—. Me parece que tenemos que organizarnos un poco mejor, Nell.

Ben levantó la vista del periódico y frunció el ceño.

—Birdie, deja que la policía haga su trabajo. Estamos hablando de asesinato, esto no va de cazadores furtivos o mascotas perdidas.

—Ben Endicott —repuso Birdie agitando las manos y sonriendo complacida—, no me seas chapado a la antigua. ¿Desde cuándo te ha dado por protegernos?

Stella trajo un plato de huevos estrellados, lo dejó delante de Birdie y se marchó.

—Vaya, a esto lo llamo yo servicio telepático —exclamó Birdie untando mantequilla y mermelada de fresa en su tostada de pan inglés—. ¿Qué pasará si algún día quiero pedir algo distinto?

—Annabelle lo sabría —afirmó Nell—. Me parece que esa mujer lo sabe todo.

—Y es probable que esa también, por cómo pone la oreja en lo que se habla en todas las mesas. —Hizo un gesto con la cabeza señalando a Stella, que en ese momento estaba llenando la taza de café de Tony Framingham agachando lo suficiente la cabeza como para empaparse de toda la conversación.

—Supongo que es normal sentir curiosidad —dijo Nell.

—Es más que eso —insistió la otra—. Mira su dulce carita. Está enamorada. Esta piensa que Tony Framingham es el no va más.

Nell miró hacia la mesa y se dio cuenta de que Birdie tenía razón. La sonrisa de Stella no tenía nada que ver con las alucinantes *frittatas* de espinacas de su madre o con la conversación de la mesa. Era por Tony.

Y Tony no se daba cuenta. Él miraba hacia el agua y daba la impresión de tener la mirada perdida más allá de las velas blancas y las embarcaciones de doble cubierta que se empleaban para avistar ballenas dirigiéndose a mar abierto. Tampoco estaba prestando ninguna atención a la conversación que su madre mantenía con el padre Northcutt y, desde luego, también ignoraba que Stella lo miraba con dulzura plantada justo a su lado.

Nell volvió a preguntarse qué le estaría pasando a Tony por la cabeza. Por lo que había dicho Archie Brandley esa noche, Tony había sido duro con Angie. ¿Y a dónde se habría ido con ese enorme coche naranja que tenía?

—Me pregunto de qué estará hablando el bueno del padre con tanto entusiasmo —dijo Birdie metiéndose en la boca el tenedor cargado de huevos.

—Quizá estén comentando la posibilidad de recaudar donativos en memoria de Angie —sugirió Nell—. Eso podría aliviar un poco el duelo de Josie.

—Además de hacer sentir mejor al padre Northcutt.

—Mira quién habla, Birdie Favazza —opinó Nell—. Has pagado por más reclinatorios de esa iglesia de los que podrías llegar a ocupar en dos vidas.

—Qué más da —repuso la otra—. Como yo siempre digo, todos llevamos nuestra espiritualidad a nuestra manera. Pero quienes piden recibirán. Y al padre se le da muy bien pedir.

—Y recibir —afirmó Ben—. Pero es un buen hombre. Es parte de su trabajo.

—Exacto, Ben. —Birdie estaba de acuerdo con su amigo—. Y yo también lo considero parte del mío, lo de llenar las arcas.

—Eres una buena persona, Birdie..., aunque te moleste —dijo Ben.

—A veces sí —admitió la anciana con brillo en los ojos—. Y otras veces no.

Cuando se levantaron para marcharse un poco más tarde, el padre Northcutt seguía hablando con Margarethe. Tony había dejado de fingir que tenía algo que ver con aquella conversación y aguardaba solo junto a la barandilla un poco apartado, pensando en sus cosas.

Cerca de Tony, Sal y Beatrice Scaglia compartían mesa con los Brandley ante varios platos de *frittata* y sus respectivas tazas de humeante café recién hecho. Beatrice jugueteaba con sus perlas mientras hablaba muy animada. «Seguro que les está contando que ha limpiado el apartamento de Angie ella sola por Josie», pensó Nell. Miró a Sal, que esa mañana vestía un traje caqui y una corbata a rayas de color rosa. Era un tipo corriente pero se podría considerar apuesto, y probablemente también fuera interesante. Pero, como de costumbre, estaba sentado junto a su mujer y le cedía todo el protagonismo. A Nell le dio la impresión de que esa mañana parecía triste. Decaído y un poco nervioso.

Tropezó con sus ojos cuando pasó por su lado y Nell le sonrió. Pero, en lugar de devolverle la sonrisa, Sal Scaglia dejó la servilleta en la mesa, retiró la silla y siguió a Nell hasta la puerta de la terraza.

—El asesinato de Angie Archer... —susurró a su espalda.

Ella se paró en seco y dio media vuelta.

—¿Sí, Sal? —dijo esperando las conocidas expresiones de consternación que acompañaban a la trágica y cruel muerte de la preciosa joven.

Pero, en lugar de palabras, en el alargado y sereno rostro de Sal Scaglia se reflejaba una angustia espantosa que Nell jamás habría imaginado que ese hombre pudiera sentir. Abrió la boca para hablar.

En ese preciso momento, Stella Palazola cruzó la puerta mosquitera cargada con un vaso de zumo en una mano y un plato de huevos en la otra. El talón de su sandalia se quedó ligeramente encallado en el umbral de la puerta y, antes de que Nell o Sal pudieran apartarse, el altísimo vaso de zumo de naranja recién exprimido volcó en la bandeja y todo el contenido se vertió sobre la corbata de rayas rosas de Sal Scaglia.

CAPÍTULO TRECE

N ell se quitó la falda y se puso unos pantalones pirata y una blusa sin mangas. Sus amigas siempre bromeaban diciendo que seguro que había hecho algo para deshacerse de ese colgajo de piel que daba la impresión de aparecer por arte de magia en la parte superior de los brazos cuando una cumplía los sesenta años. Nell suponía que debía agradecerle a su madre su firme estructura ósea, los pómulos prominentes y los brazos firmes. Pero también sospechaba que ella seguiría poniéndose lo que quisiera por muchos colgajos de piel que se agitaran a su paso. La comodidad solía ser el factor principal del guardarropa de Nell.

En la espaciosa cocina del piso de abajo todo estaba en calma salvo por las ruidosas gaviotas que graznaban en la playa al otro lado de la carretera. Nell ordenó el salón, dobló las hojas de periódico y las apiló en la mesita de café. Ben era un adicto a las noticias, y la *Sea Harbor Gazette* nunca bastaba para saciar su apetito de información. El *Globe* y el *New York Times* se amontonaban en el camino de entrada de su casa con tanta frecuencia que Nell conocía el día del cumpleaños de Johnny, el chico que repartía los periódicos, y también sus gustos musicales. Recogió la labor de punto del sofá y la metió en una bolsa bien grande.

Tras el copioso desayuno en el restaurante de Annabelle y el peculiar encuentro con Sal Scaglia, Ben y Nell se habían marchado del local insistiendo en llevar a Birdie de vuelta a casa con la bici. Los tres pasaron el recorrido de diez minutos comentando las distintas posibilidades de lo que Sal habría querido decir, pero ninguno acertaba a comprender la motivación de aquel hombre tan tranquilo.

—¿Conocía a Angie? —había preguntado Birdie.

En Sea Harbor todo el mundo conocía a casi todo el mundo, pero eso no significaba que hablaran o fueran amigos. Y a Nell no se le ocurría ninguna ocasión que pudiera haber reunido a Sal y a Angie en el mismo lugar al mismo tiempo.

—Me parece que Sal es un hombre sensible —opinó Nell—. Quizá solo estaba expresando la desesperación y la preocupación que sentimos muchos de nosotros. Y no me cabe duda de que Beatrice debe pasar mañana, tarde y noche analizando el crimen.

Aquella explicación no pareció complacer a ninguno de los tres, pero bastó para que todos pudieran seguir con el día.

Ben había quedado con Ham y Jane para ayudarlos a reparar el viejo barco marca Hinckley que habían comprado. Y quizá, si podían, salir a navegar un poco.

—Tengo que rebajar la crema agria que Annabelle vierte sobre los huevos —aseguró.

Nell estaba de acuerdo. Ella siempre estaba muy pendiente de la dieta de Ben, pero los domingos no se hablaba de colesterol y ella siempre hacía la vista gorda. Se sentía mejor al respecto si animaba a Ben a hacer algo de ejercicio. Y navegar era terapéutico para él: la amplitud del océano, las brisas y el aire salado siempre relajaban a su marido cuando algo le preocupaba. «Me ayuda a poner las cosas en su sitio —le había dicho a Nell—. Por lo menos durante un rato». A Ben le costaba olvidar el asesinato de Angie, y salir a navegar un rato con los amigos le daría un respiro durante algunas horas.

—Pues yo me voy al estudio para pedirle ayuda a Izzy con esta toquilla que he empezado —le comentó Nell.

Se consideraba buena haciendo labores. Sus puntos eran regulares y parejos, y no le salían las costuras demasiado gruesas. Y era rápida, a veces terminaba un gorrito de bebé durante una reunión del consejo. Pero seguía necesitando la ayuda de Izzy de vez en cuando. Su sobrina tenía una intuición especial para el punto, como un fotógrafo que captura la magia al retratar una nube o que sabe por instinto cuándo es el mejor momento para captar la luz reflejada sobre el agua. Izzy era capaz de mirar un suéter, un calcetín o un gorro, identificar el problema en cuestión de segundos y solucionarlo.

Y Nell necesitaba la ayuda de Izzy, de lo contrario no iba a conseguir terminar a tiempo la toquilla para la gala benéfica de los Framingham de la semana siguiente.

Pero además tenía otro motivo para acercarse a las tiendas del centro que no quería compartir con Ben. Había demasiados cabos sueltos relacionados con aquel asesinato como para que pudiera sentirse cómoda.

Justo antes de marcharse, Ben había vuelto a hablar con el jefe de policía y este le había asegurado que no habían encontrado nada en el puerto, a excepción de los dos tipos que se habían estado paseando por el club náutico. Habían robado en algunos coches y algunas mujeres se habían quejado de que las habían molestado en la playa. Habían facilitado descripciones de los hombres y los informes indicaban que se habían marchado a Rockport, Newburyport, en New Hampshire. Jerry le había dicho a Ben que, probablemente, a esas alturas ya estuvieran en las montañas de Maine. Pero que seguirían investigando.

Nell escuchaba a su marido en silencio. El asesino de Angie no estaba en Maine. Lo más probable era que siguiera allí, en Sea Harbor. Y cuanto antes descubrieran quién había robado la llave del apartamento, y aclararan el resto de las incongruencias relacionadas con las últimas horas de vida de Angie, mejor.

También esperaba encontrar a Cass en la tienda. Su amiga solía pasar los domingos en Harbor Road, tomando café en alguna terraza o sentada en el muelle con un libro. Era el único día que se tomaba libre para relajarse y no había duda de que lo necesitaba. Entre los ladrones de langostas y la muerte de Angie, Cass no había tenido la mejor semana de su vida. Su plan de pasar la noche en la playa con la intención de sorprender a los furtivos —teniendo en cuenta que había un asesino suelto— inquietaba mucho a Nell. Esperaba poder convencerla para que no lo hiciera.

El hilo de mar seguía expuesto en el escaparate de Izzy y cuando Nell se acercó vio a un grupo de personas allí plantadas, atraídas por la exposición como las moscas a la miel.

Pasó de largo y cruzó la puerta del establecimiento, que estaba abierta para dejar entrar la brisa del mar.

Aunque el Estudio de Punto del Seaside estaba abierto los domingos durante la temporada de verano, Izzy nunca trabajaba ese día. Lo que hacía era dejar el estudio en manos de las sobrinas de Mae, dos gemelas de dieciséis años llamadas Rose y Jillian cuyas risas envolvían las madejas de hilo y quienes deleitaban a los clientes con sus conversaciones adolescentes y su entusiasmo. Mae les había enseñado a hacer punto en cuanto tuvieron edad de coger las agujas sin metérselas en los ojos, y las chicas se habían convertido en un sorprendente recurso para los veraneantes cuando necesitaban ayuda con los proyectos con los que se entretenían en sus casitas sin televisión o las largas tardes en la playa. Y Mae le había dicho a Nell que esa ocupación también daba cierta estructura a su verano. A aquellas alturas había oído hablar en demasiadas ocasiones de las salvajes aventuras estivales que Izzy había disfrutado ante los atentos ojos de sus tíos como para no ser precavida.

Nell cruzó la puerta del estudio y le sonrió a Jillian, que llevaba puestos unos auriculares blancos conectados a su iPod. Estaba dando saltitos detrás del mostrador al ritmo de una música que solo podía oír ella, pero se las arregló para saludarla con la mano al tiempo que agitaba la cabeza de delante para atrás al ritmo de la música. Nell vio a Rose en el rincón de los bebés, ayudando a una clienta a elegir el tono de rosa perfecto de hilo superfino para tejer un suéter para un recién nacido. Sobre la mesa había una montaña de madejas de cachemira rosa, verde lima y amarillo pálido; parecía una copa de helado, y Nell tuvo que resistirse para no tocarlas.

Izzy estaba sentada en el suelo de la trastienda contemplando con atención unas fotografías que tenía delante. Las ventanas estaban abiertas de par en par y la brisa del mar agitaba los periódicos que se habían quedado sobre el sofá. De fondo sonaban las notas de un viejo CD de los Beatles. Y, para sorpresa de Nell, Cass estaba en cuclillas junto a Izzy; le caía el pelo moreno sobre la cara mientras examinaba las mismas fotografías.

Su sobrina llevaba puestas las gafas de pasta negra, señal de que lo que fuera que estuviera mirando merecía toda su atención. Se mordía el labio inferior y fruncía el ceño mientras seguía el dedo con el que señalaba Cass.

—¿Qué estáis haciendo? —preguntó Nell. Dejó la bolsa de hacer punto en el suelo junto a la mesa y se acercó a Lana. La gatita, que ahora era una cómoda y apreciada residente del Estudio de Punto del Seaside, estaba acurrucada en el banco de debajo de la ventana abierta, y la brisa del mar le mecía suavemente el pelo.

—Hola, preciosa Lana —la saludó mientras le rascaba por detrás de las orejas—. Esto es lo más parecido al paraíso para ti, ¿verdad?

Había varios restos de ovillos de todos los colores del arcoíris repartidos alrededor del almohadón y por el suelo.

Lana frotó la cabecita contra la mano de Nell.

—Nell, mira esto —dijo Izzy haciéndole señas para que se acercara.

Se inclinó por encima de la cabeza de Izzy y examinó una serie de fotografías oscuras. En las imágenes pudo distinguir agua, boyas para langostas y oscuridad.

Cass se puso en pie y se apoyó en el borde de la mesa.

—Las saqué ayer por la noche, en el rompeolas.

Nell se quedó de piedra.

—¿Que hiciste qué?

—No te preocupes, Nell, nadie me atacó. En realidad, no se me acercaron ni para tirarme los tejos.

—Cass, ¿en qué estabas pensando? Hay un asesino suelto por este pueblo ¿y tú pasas la noche en la playa?

Nell notó cómo se acaloraba.

—Estaba a salvo, Nell. Tranquila —le aseguró su amiga—. Y no estaba sola. Mi idea era hacerlo sola..., bueno..., antes de que mataran a Angie. Pero ahora todo es distinto. Por lo menos hasta que encuentren a ese tipo. Nos hemos reunido algunos de los que tenemos trampas en esa zona y hemos instalado cámaras.

Cass señaló la fotografía que estaba justo en medio.

—¿Lo ves?

—Es una fotografía de la noche —espetó Nell.

—Venga, mira con más atención. —Cass negó con la cabeza exasperada y se inclinó por encima de Izzy señalando una de las fotografías—. ¿Ves esa sombra de la izquierda, junto al borde del rompeolas?

Nell negó con la cabeza.

—Cass, toda la instantánea es una sombra. ¿Qué se supone que estoy buscando?

—Al furtivo.

La otra frunció el ceño.

—¿Alguien lo ha visto?

—Decidimos acecharlo hasta que él mismo se delatara.

—¿Y cómo lo habéis hecho?

—Con mucho cuidado, Nell. Esperamos un rato ocultos entre las sombras, cerca del rompeolas, donde sabíamos que nadie podría vernos.

A Nell no le costaba imaginarlo. El rompeolas tenía más de cuatro metros y medio, dependiendo de las mareas, y en la base, junto a la superficie del agua, había piedras sobre las que cualquiera podía colocarse sin que nadie le viera desde arriba, quizá ni siquiera desde la orilla. El lugar donde Angie pasó los últimos minutos de su vida.

Cass se pasó una mano por la espesa cabellera y siguió diciendo:

—Fijamos la cámara en una grieta que se abría entre dos rocas de granito y nos marchamos a casa.

Su amiga suspiró aliviada.

—Después volví a por la cámara antes de que salieran los más madrugadores a correr o a bucear.

Nell cogió sus gafas para ponérselas. Contempló la fotografía con mayor detenimiento. Parecía igual que las demás: oscura, con pequeños destellos de luz borrosos en la superficie del agua que se reflejaban en alguna boya.

—Lo siento, Cass, pero yo no veo nada.

Se acercó la fotografía a la cara y entornó los ojos.

—Hay una sombra, en medio del rompeolas, justo en la base. Creo que es uno de ellos. Probablemente sea ese el lugar que eligen para meterse en el agua. Supongo que llevaba un traje de buzo negro y por eso cuesta distinguirlo.

—¿Comprobaste las trampas por la mañana?

Cass asintió.

—Ni una sola langosta. Roy Whitford dice que él capturó unas cuantas, pero estaban cargadas de huevas, así que las devolvió al agua.

Nell volvió a mirar la fotografía. Las sombras iban tomando forma a medida que la miraba, pero se iba a tener que esforzar mucho para transformarlas en seres humanos. Imaginaba a alguien —el furtivo— oculto entre las sombras de la pared esperando para internarse en el agua.

Cass se pegó a Lana al pecho, justo por debajo de la barbilla.

—¿En qué estás pensando, Nell?

Su amiga se frotó los ojos. Había demasiadas incógnitas.

—Estoy pensando en tu furtivo, Cass. Quizá sea el de la foto. Y justo ahí encima es donde había dos personas hablando la noche que murió Angie. Se tomaron una copa. Y entonces una de esas personas cayó al agua sin hacer ruido, ¿o quizá se oyera el salpicón? ¿Esa figura estaba allí aquella noche? ¿El furtivo de Cass puso haber visto lo que le ocurrió a Angie?

Izzy y su amiga guardaban silencio y solo se oía el ronroneo de Lana.

Finalmente, la langostera rompió el silencio.

—No creo que los furtivos salgan todas las noches —dijo asimilando la hipótesis de su amiga—. Pero tienes razón, Nell. Si alguien estuvo allí aquella noche, quizá viera algo. Tendría que haber visto algo.

—Pero entonces se lo hubieran explicado a la policía —apuntó Izzy.

—Quizá lo hayan hecho y por eso están tan concentrados en alguien que estaba de paso —supuso Cass.

—Pues yo no creo que investigar fuera de Sea Harbor vaya a dar muchos resultados aparte de los clásicos turistas que vienen a New Hampshire y Maine —afirmó Nell. Se sentó junto a Izzy a la mesa y sacó las agujas del bolso—. No paro de exprimirme el cerebro en busca de un solo motivo por el que alguien pudiera matar a Angie, pero no se me ocurre nada. Ya sé que sacaba de sus casillas a más de uno, pero eso no es un motivo. Y, sin embargo, estoy convencida de que le estaba pasando algo que nosotras desconocíamos.

Cass recogió las fotografías del suelo y acercó una silla. Lana la seguía de cerca y, cuando ella se sentó, la gatita trepó por la pernera de su pantalón y se le sentó en el regazo.

—Angie influía en la gente de formas muy distintas —siguió diciendo Nell. Ya les había explicado a Cass y a Izzy el extraño encuentro que había tenido aquella mañana en el restaurante de Annabelle con Sal Scaglia—. Ni siquiera sabía que Angie conociera a Sal y, sin embargo, él parecía angustiado por algo. Cuando Beatrice lo obligó a venir al apartamento de Angie mientras nosotras recogíamos sus cosas, él parecía distante. Pero hoy estaba afligido.

—Beatrice no parecía especialmente afectada —observó Izzy—. Lo único que parecía preocuparle era evitar que hubiera más asesinatos en el rompeolas. Como si pensara que, de no ser por ella, habría uno al mes.

—Se dedica a eso —terció Nell—. Ella se pasa el día planificando el futuro de Sea Harbor, así que imagino que no es de extrañar que enfoque el asesinato de esa forma.

—Me pregunto si la policía habrá interrogado a los Scaglia —dijo Cass.

—¿Y qué les iban a preguntar? —se extrañó Nell.

Sal y Beatrice eran, probablemente, como la mayoría de los ciudadanos de Sea Harbor. Personas decentes que sentían curiosidad, interés e incluso lástima por la muerte de Angie, pero que vivían lo sucedido con cierto distanciamiento. Una empatía protectora. «Si me siento mal por Josie Archer, eso nunca le sucederá a mi familia».

Izzy se levantó de la mesa y regresó casi al instante con una jarra de té helado y un cuenco con limones.

—Hora del té; quizá eso nos ayude a olvidar un momento estos pensamientos tan angustiosos. —Sacó la toquilla de Nell de la bolsa y la extendió sobre la mesa. Las tonalidades verdes, azules y doradas se fusionaban las unas con las otras como un arroyo tocado por los rayos del sol—. Tía Nell, esta toquilla es preciosa.

—Y está sin terminar.

Nell tomó un sorbo de té y se recostó en la silla para dar rienda suelta a Izzy.

—¿Cuál es el problema? —La joven contempló la prenda de cerca y la tocó con la yema de los dedos—. Sabía que te quedaría espectacular. Quiero utilizarla de ejemplo en mi clase de encaje. —Cogió uno de los extremos de la larguísima toquilla, que ya casi medía un metro de largo—. Los colores te sientan estupendamente. Te pondrás ese vestido negro tan sexy con el escote pronunciado y te echarás esta ligera prenda sobre los hombros. Le añadiremos unos buenos flecos en las puntas para darle mayor longitud.

—Tú siempre igual, Izzy. Solo ves lo bueno y pasas por alto los fallos —apuntó su tía—. Y te lo agradezco. Pero pon más atención. —Nell alzó la prenda a la luz—. Se me resbaló la aguja y he perdido tres o cuatro vueltas. Y con todas estas lazadas, no consigo coger los puntos que se me han escapado. Desaparecen en cuanto los toco.

Lana saltó sobre la mesa y se quedó mirando la toquilla. Alargó una de las diminutas patitas para analizar los daños.

—No, cariño —dijo Izzy apartándola con rapidez.

Alejó la toquilla de la gatita y la examinó con atención. Donde debiera estar la aguja había una hilera de puntos sueltos y espacios que se habían formado por las lazadas.

—¿Cuántas vueltas has perdido?

Izzy buscó de nuevo las gafas, que se había apoyado en lo alto de la cabeza, y se las volvió a poner. Se sentó a la mesa, cruzando las piernas como si fuera una niña de cinco años, y cogió la toquilla para examinar el punto con los dedos mientras evaluaba los daños.

«Parece que esté leyendo en braille», pensó Nell mientras observaba cómo su sobrina deslizaba las yemas de los dedos por el tejido y exploraba los errores.

—No la mires, Nell —dijo Cass—. Dice que la ponemos nerviosa, pero yo creo que no quiere que descubramos sus secretos.

Izzy se asomó a la cesta que había en el centro de la mesa y sacó una larguísima aguja de zurcir.

—Secretos..., y un cuerno. No me gusta que me miréis porque me voy inventando las cosas sobre la marcha y quiero que penséis que lo tengo todo planeado. —Se apartó unos mechones de la cara—. Me encanta lo ligera que es, Nell. Vas a ser la reina del baile.

Sus dedos trabajaban a toda prisa; primero sacando una hilera de puntos de más y después metiendo la aguja por cada uno de los puntos y echando lazada con la otra aguja.

—Tienes que ponerle una línea de vida aquí. Te ahorrarás mucho sufrimiento.

Nell observó cómo Izzy reemplazaba la estrecha aguja de zurcir por otra del número seis para después tejer rápidamente una nueva vuelta. Después, enhebró una aguja de zurcir con hilo dental y lo insertó por dentro de todos los puntos de aquella vuelta. Una línea de vida. Cómo desearía que la hubiera tenido también Angie.

—Ya está —anunció Izzy terminando la vuelta y devolviéndole las agujas con la toquilla a medio terminar—. Ha quedado como nueva. Ve subiendo el hilo de vez en cuando; así, por lo menos, no perderás mucho. Este hilo es muy sedoso, y con tantos espacios es fácil perderse.

Nell cogió la toquilla y observó la reparación.

—Haces auténticos milagros, cariño. Gracias.

Cass observaba la escena desde el banco de la ventana. Lana había vuelto con ella y ronroneaba encantada sobre su regazo.

—Demasiado complicado para mí. Yo estoy muy cómoda con mis bufandas y mi punto bobo. Punto del derecho, punto del revés, cerrar y rematar.

—Será mejor que te andes con ojo, Cass —le advirtió Izzy—. Birdie se está cansando de verte tejer bufandas. Amenaza con una modernización, supongo que se podría decir así.

—No para mí. Tejer bufandas es la forma que tengo de estar aquí los jueves por la noche. Y eso es lo único que me importa. Amigas y la maravillosa cocina de Nell. Y me parece que todavía hay algún colega langostero que no ha recibido una de mis bufandas. Me queda mucho que hacer antes de tener que enfrentarme a los pulgares y las mangas.

—No cuentes con ello, solo te digo eso —insistió Izzy.

Nell dobló la toquilla y volvió a meterla en la bolsa.

—¿Cómo sigue Pete después de lo que pasó el viernes por la noche?

Cass se encogió de hombros.

—Todavía no ha conseguido aceptar que Angie fuera asesinada, Nell. Se lo está comiendo vivo.

—Piensa que podría haberlo evitado —comentó Nell—. Pero eso no tiene sentido.

Cass asintió.

—Hoy ha salido a pescar, cosa que tampoco es que le ayude mucho a desconectar, pero me alegro de que lo hiciera de todas formas.

—¿Y se ha ido solo?

—No. Se encontró con Tony Framingham en el Gull hace un par de noches, supongo que sería la noche que se pasó de la raya con la bebida. Y Tony le sugirió que salieran a pescar. Tiene un barco nuevo chulísimo.

—Qué raro —terció Izzy—. No sé por qué, pero no me los imagino saliendo de pesca en plan colegas.

Nell escuchaba el intercambio frotándose los brazos para aliviar un escalofrío repentino. La expresión que había visto en el rostro de Tony hacía solo unas horas no era precisamente la que pondría una persona que estaba a punto de disfrutar de una agradable tarde en compañía de un amigo. Estaba muy concentrado, miraba el mar como si este pudiera aliviarlo de alguna carga.

—¿Qué pueden tener en común Pete y Tony? —se preguntó Izzy en voz alta.

Nell se volvió buscando su bolso; después se acercó a Lana para acariciarla antes de marcharse con Ben, pues habían quedado para comer pescado en el Ocean's Edge. Pensó en la pregunta de su sobrina y la respuesta no la tranquilizó en absoluto.

Lo que Pete y Tony tenían en común era tan evidente para Nell como la preocupación de Cass por su hermano. Lo que Pete y Tony tenían en común era Angie Archer, y que los dos estuvieron con ella la noche que murió.

CAPÍTULO CATORCE

Nell se colgó la bolsa de hacer punto en el hombro y dejó a Izzy y a Cass ayudando a las sobrinas de Mae a cerrar el estudio. Todavía disponía de media hora antes de reunirse con Ben. Y quizá con eso bastara para pasar a saludar a Archie Brandley. Se preguntaba si recordaría algo más sobre aquella noche que Angie estuvo sentada en el salón de su librería discutiendo con Tony.

Nell se detuvo ante la puerta abierta de la librería y miró hacia el aireado interior. Había varios clientes haciendo cola delante del mostrador y vio algunos más sentados en el saloncito o paseándose alrededor de las mesas de novedades. Ya casi era hora de cerrar y comprendió que no era un buen momento para charlar; Archie estaría ocupado recogiendo para irse. Además, Nell tampoco estaba segura de lo que quería decirle al propietario de la librería. Lo más probable era que Archie tampoco hubiera oído toda la conversación entre Angie y Tony desde el piso de abajo, aunque ella sabía que había oído algo. Y ella y el librero habían sido amigos desde mucho antes de que naciera Angie.

Podían hablar casi de cualquier cosa. Incluso sobre la noche del asesinato de Angie.

«La noche del asesinato de Angie». Nell sintió un escalofrío trepando por su espalda e instalarse entre sus omóplatos. A eso se había reducido aquel jueves cualquiera. En uno de esos momentos que se queda congelado en el tiempo y adquiere vida propia. «La noche del... ¿Dónde estabas aquella noche?».

—Te veo muy seria, Nell.

Cuando Nell levantó la vista se encontró con el sincero rostro de Sam Perry. Había salido de la librería con la típica bolsa a rayas azules y blancas del establecimiento. Y colgada del hombro llevaba la bolsa de su cámara.

—Hola, Sam —lo saludó un poco asombrada de que alguien la hubiera estado observando y ella no hubiera advertido su presencia.

—Me lo pasé muy bien en la cena del viernes por la noche. Gracias por incluirme entre los invitados.

—No terminó precisamente bien. Ben me dijo que fuiste de mucha ayuda con Pete. Gracias, Sam.

—Pete es buena gente. Por aquí casi todos lo son. Nunca pensé que me gustaría vivir en un pueblo pequeño, pero me resulta extrañamente reconfortante que el dueño de la librería sepa lo que cené el pasado viernes.

Nell miró la bolsa que llevaba en la mano y se echó a reír. La vida de pueblo no estaba hecha para todo el mundo. Pero ella y Ben disfrutaban del ambiente familiar y monótono de Sea Harbor. Y los placeres de vivir allí superaban con creces los inconvenientes que surgían a veces, cuando todo el mundo sabía no solo tu plato preferido, sino también cuándo recibías una multa por exceso de velocidad, si habías discutido con tu pareja o que no te habían dado un aumento.

—Archie lo sabe todo. A veces tengo la sensación de que la tienda tiene oídos. ¿Has encontrado algo interesante para leer?

Sam asintió.

—Algunos libros que me recomendó Ben sobre la historia de las canteras de esta zona. Cuanto más sé sobre algo que estoy fotografiando, más precisas parecen mis fotografías. No sé muy bien a qué se debe, pero me da la impresión de que es así.

Nell se apartó un poco cuando por su lado pasó George Gideon con esa conocida mochila colgada al hombro. Dobló por el callejón que había junto a la librería y alzó la mano para saludar. Iba muy repeinado y llevaba una cadena de oro alrededor del cuello.

Nell le devolvió el saludo y le presentó el guardia de seguridad a Sam.

—Gideon intentaba ocuparse de la seguridad de las tiendas de Harbor Road —explicó.

El guarda respondió con aspereza, como si pensara que Nell le estaba regañando.

—No veo que nadie se queje. Trabajo duro. Mantengo el orden.

Nell sabía que eso del orden significaba que Gideon se aseguraba de cambiar las luces de seguridad y que las puertas se quedaban cerradas. Era un hombre fuerte, tenía los brazos musculosos y el pecho ancho, pero ella sospechaba que eso era debido a otras actividades que nada tenían que ver con el mantenimiento del orden.

—Solo me refería a que, tras la muerte de Angie, la zona del puerto parece menos segura —puntualizó—. Y nos alegramos de que tú te encargues de eso, Gideon.

El guarda asintió, pero seguía tenso. Levantó la vista hacia las ventanas cerradas del apartamento.

—Era bien guapa —dijo.

Nell frunció el ceño presa de una repentina incomodidad. En el rostro de Gideon se dibujó una extraña sonrisa mientras seguía mirando el apartamento. Y mientras Nell lo observaba, la sonrisa adoptó un tono burlesco.

—La señorita Archer tenía algo especial. Añoro verla por aquí.

Nell reprimió las palabras que amenazaron con escapar de entre sus labios. Gideon la incomodaba. Cuando los tenderos lo contrataron, ella quiso sugerir que buscaran a alguien menos seco. Pero en realidad no tenía ningún motivo para objetar, solo era una intuición. Y en realidad estaba de acuerdo con Izzy cuando su sobrina le recordaba que era mejor que nada. Y, por lo visto, según le dijo Izzy, Gideon había sido el único que se había presentado para el puesto.

El guarda se acomodó el peso de la mochila.

—No tienes de qué preocuparte —le aseguró a Nell—. Estoy muy pendiente de Izzy.

Lo dijo de una forma que a Nell se le pusieron los pelos de punta.

Se dio cuenta de que la estaba observando, jugaba con ella y disfrutaba de su incomodidad.

—Así que por ahora puedes contar conmigo. Aunque quizá no por mucho tiempo más.

—¿Y eso? —dijo Nell.

Gideon miró por encima del hombro, como si alguien pudiera estar escondido entre las sombras, escuchando. Se volvió hacia Nell y Sam y bajó la voz:

—Sí, señora. Ya llega mi barco. Todavía no está aquí, pero viene de camino.

Se echó a reír como si hubiera dicho algo gracioso, y después se cambió la mochila de hombro con una de sus enormes manos y se marchó por el callejón camino del mar.

Nell observó cómo se alejaba.

—Es un hombre raro —le dijo a Sam—. Nunca he terminado de conectar con él. A veces me pregunto qué guardará en esa enorme mochila que lleva a todas partes. Espero que no sea una botella que lo ayuda a pasar las largas noches en lugar de patrullar por las tiendas. Alguien entró en el apartamento de Angie con demasiada facilidad y él ni se enteró. Si te soy sincera, no me voy a poner muy triste si encuentra otro trabajo.

—Parece que se lo esté pensando —comentó Sam mirando cómo Gideon se detenía al llegar junto al agua—. Ya sé que te preocupa, Nell, en especial teniendo en cuenta que el estudio de tu sobrina está aquí, pero yo he visto millones de Gideons. Es un chulo y probablemente no es la persona a la que le confiarías tu casa o le pedirías que te recogiera el correo. Pero en realidad es inofensivo. Y, después de haber vivido en una gran ciudad, te aseguro que este pueblo parece uno de los sitios más seguros en los que he estado.

—Yo también me he sentido siempre así. Pero el asesinato de Angie lo ha cambiado todo.

—Y, sin embargo, este es un buen sitio, Nell. Lo noto, y lo veo en mis fotografías. En algunas culturas, la gente piensa que los fotógrafos les roban una parte de sus almas. No sé si será verdad, pero sí que estoy convencido de que en las fotografías se puede ver una parte del alma. Y las que he sacado en Sea Harbor demuestran que este pueblo está habitado por personas buenas y decentes.

Nell se sintió reconfortada por las palabras de Sam. Era uno de los motivos por los que Ben y ella se habían trasladado allí, la buena gente.

—Tienes razón, pero lo más desconcertante es que alguien de por aquí asesinó a Angie. Y hasta que aclaremos ciertas cosas, nada estará en su sitio.

Sam asintió.

—Claro. Ya me he dado cuenta de que Izzy piensa lo mismo.

—Izzy es muy metódica. El tiempo que pasó ejerciendo de abogada le enseñó a ser así. Ella siempre ordena cuidadosamente las piezas del rompecabezas, tal como ocurre con las preciosas prendas que teje a mano.

—Sí, así es ella. Me parece que el hecho de que yo haya vuelto a Sea Harbor ha trastocado su metodología. Quizá la ha incomodado un poco esto de que conmigo haya regresado parte de su infancia.

—Bueno, no creo que te lo tenga en cuenta toda la vida.

—Me alegro de oírlo.

—Pero tienes razón al decir que la intranquilidad que se respira por aquí le molesta. Y más si cabe porque nosotras conocíamos a Angie como la conocíamos. Nos ha tocado muy de cerca.

—¿Ese es su estudio? —Sam hizo un gesto con la cabeza en dirección al pequeño establecimiento de los toldos verdes—. Va con ella. Creo que hubiera adivinado cuál era aunque no me lo hubieras dicho.

—A todo el mundo le encanta su tienda. Cruzan la puerta y, aunque no hayan cogido una aguja de hacer punto en su vida, terminan sentándose a pasar un rato. Es un lugar mágico y acogedor, como su propietaria.

Sam seguía observando el estudio: los hibiscos en flor a ambos lados de la puerta principal, plantados en enormes macetas de cerámica, la colorida exposición del escaparate.

—Jack comentó que Izzy no se había quedado mucho tiempo en el despacho de abogados —dijo.

—No.

El silencio de Sam daba a entender a Nell que esperaba que ella dijera algo más, quizá incluso que le explicara la repentina decisión de Izzy, que había pillado por sorpresa a toda la familia. Pero sonrió y dijo:

—Y he aquí otra de las peculiaridades de los habitantes de pueblos pequeños, Sam. Aunque conozcan todos tus secretos, no siempre los comparten a la primera de cambio.

Nell volvió a ver esa sonrisa de medio lado en los labios del joven.

—Ya sé que no debería estar curioseando, Nell, pero siempre me ha gustado Iz. —Miró hacia las ventanas que había encima del estudio. Estaban completamente cerradas—. Me pregunto qué hará ahora con el apartamento.

Nell asintió.

—No estoy segura. Alquilarlo le ayuda a pagar la hipoteca, pero no creo que esté valorando esa posibilidad en estos momentos después de todo lo que ha pasado.

—Es comprensible. Me pregunto si se habrá planteado la posibilidad de hacer algo menos formal que un contrato de arrendamiento. Quizá en estos momentos no le parezca tan invasivo. Sería como permitir que un viejo amigo se instalara allí durante un par de meses. Pero a cambio de dinero.

Nell permaneció inmóvil. Reprimió el «por supuesto que lo haría» que le vino a los labios. Lo cierto era que no tenía ni idea de lo que podría parecerle a Izzy que Sam viviera en el apartamento. Y el hecho de que ella misma fuera a dormir mucho mejor no debía influir en la decisión. «No te metas, Nell», escuchó decir a Ben en su mente.

—Ham y Jane me van a alojar durante el verano —seguía diciendo Sam—. Son unos caseros excelentes. Pero su casa es pequeña y sé perfectamente que un tipo tan grande como yo es una gran irrupción en su vida privada, aunque nunca me dicen nada. He estado mirando una casita que hay un poco más al sur, pero esto está mucho más cerca de las galerías y de las clases de la academia de arte.

—No sé —dijo Nell finalmente adoptando un tono neutral—. Supongo que podrías comentárselo.

—Puede que lo haga.

Sam volvió a mirar el estudio de punto y le dijo a Nell que iba siendo hora de que siguiera el ejemplo de Gideon y se marchara a trabajar. Quería llegar al rompeolas antes de la puesta de sol para hacer algunas fotografías de los pescadores y los buceadores nocturnos. La luz era casi perfecta. «Planificación de clases», añadió con una sonrisa.

Nell tocó la manga de la camiseta de Sam justo cuando el chico empezaba a darse media vuelta.

—Sam Perry —dijo—, eres el bálsamo que necesitaba hoy. En muchos sentidos. Gracias.

—Esas son palabras muy amables viniendo de una mujer tan encantadora, Nell. Tú también me has alegrado el día.

Inclinó la cabeza y al sonreír le asomaron unos hoyuelos a las mejillas. A continuación se marchó en busca de su coche.

Nell lo vio subirse al Volvo. El chico se dio media vuelta, se despidió con la mano y después dio media vuelta en medio de la calle para dirigirse a las playas de la zona norte. Nell se lo quedó mirando hasta que tomó la curva y desapareció.

Después volvió la vista hacia la plaza de aparcamiento vacía. Ahora que el Volvo se había marchado, apareció ante sus ojos un banco de piedra delante de la tienda de marcos, justo delante del Estudio de Punto del Seaside.

Nell se quedó de piedra. Sentado en el banco, sin corbata y con un polo de punto en lugar de su habitual camisa, vio a Sal Scaglia. Estaba inclinado hacia delante, tenía los codos apoyados en las rodillas y llevaba gafas de sol. Pero no quedaba ninguna duda de que estaba mirando fijamente el apartamento que había encima del estudio de Izzy. El apartamento de Angie.

Nell levantó la mano, lo saludó tímidamente y después empezó a cruzar la calle para hablar con él.

Pero, antes de que pudiera llegar al otro lado, Sal advirtió que se estaba acercando, se levantó del banco de golpe y empezó a bajar la calle a toda prisa en dirección contraria.

CAPÍTULO QUINCE

El lunes amaneció gris y lluvioso en el Cabo, la clase de día que alejaba a la gente de las playas y el pueblo se llenaba de vida. Las compras y salir a picar algo eran las actividades estrella del día; los propietarios de los restaurantes se regocijaban y los trabajadores de los barcos que llevaban a los turistas a ver ballenas se quedaban en casa a jugar con sus hijos.

Ben Endicott estaba sentado a la mesa de la cocina y observaba cómo su mujer consultaba su agenda para aquella semana. Una ligera llovizna caía sobre la claraboya de la cocina y el rítmico sonido de las gotas resultaba extrañamente agradable.

—¿Me echarás de menos? —le preguntó.

Nell levantó la vista. Guardó silencio un momento, como si estuviera reflexionando sobre lo que le había preguntado, y después negó con la cabeza. Pero su sonrisa, sus ojos y la traviesa mirada que le dedicó decían lo contrario. Ella y Ben se habían despertado pronto, en cuanto había empezado a llover, pero habían bajado a la cocina para disfrutar de cereales y un café más tarde. Mucho más tarde. Pues claro que le iba a echar de menos.

Pero, aunque la casa le iba a parecer el doble de grande sin Ben por allí, a veces era importante romper la rutina cuando dos personas compartían comidas, la casa y la cama. Y Nell tenía una semana muy atareada.

—Tu hermano no es nada práctico —dijo Nell—. Todavía no consigo entender por qué eligió Colorado para celebrar el retiro de la junta de empresa cuando todo el mundo vive en Nueva Inglaterra. Qué pereza esto de viajar tanto —bromeó—. ¿Vuelves el viernes?

—Justo a tiempo de prepararte la mejor cena de tu vida. Estoy pensando en hacer trucha a la parrilla. —Ben se levantó y le rellenó la taza de café a su mujer—. Trucha de Colorado.

—Claro —repuso ella—. Ya veo que vais a trabajar sin descanso.

—Y ya sabes que los Endicott no se aburren nunca. —Ben le dio un beso en lo alto de la cabeza, que todavía tenía mojada después de la ducha—. Y ahora me voy a hacer la maleta, cariño —anunció, y se fue hacia la escalera.

Cuando Ben se marchó en el coche que lo llevaría al aeropuerto, Nell consultó su calendario con más atención. Tenía un calendario de Sierra Club colgado en la cocina, con los recuadros lo bastante grandes para poder apuntar todos sus compromisos. «Utiliza el calendario del ordenador —le había recomendado Izzy—. O cómprate una BlackBerry. O un iPhone. Modernízate, tía Nell. Tienes los compromisos suficientes como para amortizar cualquiera de esas cosas». Pero, aunque ella utilizaba mucho el ordenador y estaría perdida sin el correo electrónico, a Nell le gustaba ver las fechas escritas de su puño y letra y poder situarse de un vistazo. No quería tener que encender el portátil cada vez o descubrir que había olvidado cargar la batería. Además, siempre había considerado que cualquiera de esos aparatos portátiles era enormemente invasivo. La idea de que podía tener algo en el bolsillo enviándole correos electrónicos mientras ella corría por la playa o paseaba por Ravenswood Park no le gustaba nada. A veces iba muy bien disfrutar de un poco de soledad.

Repasó sus reuniones y citas y después redactó una lista de cosas que debía hacer ese día. Tenía reuniones durante toda la semana (con el consejo artístico y la Sociedad Histórica); reuniones durante las que podría dar su opinión y orientar los objetivos de distintas concesiones, pero lo más importante era que podría sentarse en silencio a escuchar con atención mientras continuaba tejiendo su toquilla. La reunión que tenía ese mismo día en Gloucester era con otro grupo en defensa de la infancia que necesitaba orientación, y después volvería y se pasaría por la clase de Izzy: «Deshaz tus puntos con entusiasmo», así era como su sobrina había descrito la actividad en su página web. Nell estaba decidida a aprender a resolver sus errores sin tener que depender siempre de la ayuda de Izzy.

Pero, básicamente, necesitaba hablar con Izzy o Cass acerca de Pete.

La noche anterior había recibido una llamada telefónica de Cass que la había dejado muy preocupada, pero había sido demasiado tarde para devolverle la llamada cuando ella y Ben llegaron a casa. Con un poco de suerte Izzy tendría más detalles.

Según dijo Cass, cuando había vuelto de pescar, Pete había pasado algunas horas en comisaría. Y no había sido por elección propia.

La reunión de Nell en Gloucester terminó poco después de mediodía y salió del edificio animada y orgullosa, y, durante algunas horas, había conseguido olvidarse del asesinato de Angie. Cabo Ann era un buen lugar para vivir, lleno de buenas personas, y esos grupos eran una buena muestra de ello. El grupo en defensa de la infancia estaba planificando una serie de actividades extraescolares para las familias menos favorecidas. La inversión inicial procedía de las distintas becas que ella había ayudado a promocionar a través del sistema y la planificación ya estaba muy encarrilada.

Nell sonreía mientras paseaba por la calle Main en dirección a su coche dispuesta a emprender el corto trayecto de regreso a Sea Harbor. Y las personas con las que se cruzaba le devolvían la sonrisa.

De pronto oyó unos golpecitos en un escaparate que la sobresaltaron. Se paró en seco y se volvió hacia el sonido.

—Nell, querida —articuló un rostro redondo y sonrojado al otro lado de la ventana de la cafetería Sugar Magnolia. Y la manita que asomó junto a ese rostro la invitaba a entrar. Tampoco le daba otra opción, como era propio de Mary Halloran. Ese gesto decía: «Entra ahora mismo».

Nell consultó su reloj. Todavía quedaba mucho tiempo antes de que empezara la clase de Izzy, y de todas formas ya hacía varios días que tenía ganas de ver a Mary Halloran. No le cabía duda de que ya debía de estar al corriente de las preocupaciones de Cass y Pete, por mucho que ellos hubieran intentado proteger a su madre. Además, solo había desayunado un café y un plátano a primera hora, y ya tenía ganas de hincarle el diente a algo más sustancioso.

Nell sonrió, asintió mirando la cabeza plateada que seguía en la ventana y dio media vuelta en dirección a la puerta del establecimiento.

Aquel local especializado en desayunos y comidas de Gloucester siempre parecía lleno, y ese día no era distinto. Pero de alguna forma la diminuta madre de Cass y Pete había conseguido hacerse con la mejor mesa junto a la ventana, desde donde podía ver a cualquiera que pasara por la calle Main. Una mesa en la que cabían fácilmente seis personas. Y solo estaba ella.

—Siéntate, Nell —le pidió.

Mary Halloran era una mujer menuda, pero sus vivarachos ojos irlandeses iluminaban estancias enteras. Ese día estaba sola y su sonriente rostro se veía macilento, tenía los ojos cansados. Le habían servido un plato de huevos Benedict con aros de piña frita que ni siquiera había tocado.

—¿Has visto a Pete o a Catherine? —preguntó Mary antes de que Nell llegase a sentarse del todo.

—Hoy no, Mary. Pero ayer por la noche me llegó un mensaje de Cass.

Cogió la servilleta y se la extendió sobre el regazo. No tenía claro cuánto sabría Mary sobre los problemas de Pete.

—Entonces ya te habrá dicho que Pete podría haberse metido en un lío —dijo Mary—. Ellos no quieren que lo sepa, claro. ¿Pero cómo no me iba a enterar? Soy la madre de Pete. Lo citaron en comisaría, Nell. A mi dulce Pete, que no le haría daño a una mosca.

—Mary, solo están hablando con las personas que conocían a Angie, eso es todo —repuso Nell—. Es normal en una situación como esta.

Nell sabía que no estaba resultando muy convincente. De pronto deseaba haberle devuelto la llamada a Cass sin pensar en la hora que era. Por lo menos tendría información de primera mano.

Mary pinchó con el tenedor un aro de piña frita.

—Tienes razón. Y Pete no tiene nada que ver con la muerte de Angie.

—Pues claro que no, Mary. Pete es uno de los jóvenes más buenos y amables que conozco.

La idea de que Pete pudiera tener algo que ver con esas drogas para violadores era tan absurda que Nell no pudo ni contemplarla durante un segundo.

La camarera se acercó y apuntó el pedido de Nell, que eligió la quesadilla Magnolia y un vaso de té helado.

—No te preocupes por Pete, Mary —dijo mientras la joven se alejaba—. Todo irá bien. Tú lo has educado muy bien.

—De eso estoy convencida. En el fondo lo sé. Pero es inquietante, Nell. Seguro que lo entiendes.

Nell asintió. Aquello era inquietante para todos. Necesitaban dar carpetazo a la muerte de Angie. Y eso significaba descubrir quién la había asesinado. Era así de sencillo y así de complejo al mismo tiempo. Solo descubrir quién lo había hecho. Hasta que lo supieran, las sospechas y las insinuaciones se internarían en sus vidas y lastimarían a todos sus seres queridos. Y eso era sencillamente inaceptable.

—Yo no tenía nada contra Angie Archer —afirmó Mary—. A Pete le gustaba. Eso ya lo sé. ¿Y cómo no iba ella a enamorarse de mi Pete? Pero no era la clase de historia de amor que dura para toda la vida, y Pete lo sabía. Él sabía que ella tenía problemas en el trabajo y que pronto se marcharía de aquí.

—Yo pensaba que hacía un buen trabajo en la Sociedad Histórica —comentó Nell.

—Tampoco estoy segura de que no fuera así. Pero Angie le dijo a Pete que pensaba marcharse pronto. Ella quería que él lo supiera. —Mary probó al fin sus huevos—. Por lo menos la chica era sincera.

Nell se alegraba de haberse encontrado con Mary de aquella forma. Era evidente que necesitaba hablar. Y así no pasaría el rato allí sentada, sola, preocupándose por su hijo.

Mary tragó, tomó un sorbo de café y siguió hablando:

—Lo que he imaginado es que quizá Angie pensara que la iban a despedir.

Nell se recostó en el respaldo de la silla mientras la camarera le servía la quesadilla. Estaba perfectamente dorada, calentita y aromática, y llevaba trocitos de manzana verde, cebolla roja y uvas mezcladas con un buen montón de queso Monterey Jack fundido. Aquella joya la ayudaría a pasar el resto de la mañana, y quizá incluso la tarde también.

—Si eso es verdad, es la primera noticia que tengo —repuso Nell.

Pero no era la primera vez que oía rumores sobre la posibilidad de que Angie se marchara de la ciudad. Jane ya lo había mencionado, y Birdie, por supuesto, siempre había sospechado que Angie no había vuelto para quedarse. Pero que ella le hubiera dicho a Pete que pensaba marcharse pronto confería una nueva dimensión a los rumores. No obstante, a pesar de las dudas de Cass, estaba convencida de que por lo menos Angie consideraba que Pete era un buen amigo.

—¿Sabía Pete adónde pretendía irse Angie?

Mary negó con la cabeza. Sus pendientes de aro tintinearon mecidos por el movimiento.

—Pero probablemente esperara que ella le pidiera que se marchara con él. Y eso no iba a ocurrir. Y yo lo sabía. Una madre sabe esas cosas.

—Pete jamás hubiera dejado a Cass en la estacada con el negocio de las langostas —afirmó Nell. Aunque no estaba completamente convencida de que fuera verdad. Ese chico estaba muy enamorado de Angie.

—No hay duda de que ahora mismo Catherine necesita a Pete, en especial con esos horribles furtivos creando problemas. A veces me dan ganas de ir a por ellos yo misma.

—Bueno, lo que está claro es que no le están facilitando la vida a Cass.

Nell suponía que nadie se había atrevido a mencionarle a Mary que su hija había estado en el rompeolas a altas horas de la noche tratando de hacer precisamente eso. Y pensó que era mejor no decírselo.

Nell se fue comiendo la quesadilla. Le gustaban todos los platos del Sugar Magnolia, pero ese era su favorito. Y ahora Mary también estaba comiendo. Los aros de piña frita habían desaparecido de su plato y los huevos Benedict iban por el mismo camino.

La mujer se limpió las comisuras de la boca con la servilleta y miró a Nell.

—Nell, querida, eras justo lo que necesitaba hoy. Tu compañía y los aros de piña frita pueden arreglarlo prácticamente todo.

—Tus hijos se han convertido en unos adultos maravillosos, Mary. No lo olvides ni por un momento por culpa de este espantoso desastre.

Mary cogió la cuenta que le tendió la camarera y dejó varios billetes en la mesa.

—Invito yo. Y, a cambio, tú vigilarás a mis niños.

Nell se levantó y cogió el bolso y la bolsa de hacer punto que había dejado debajo de la silla.

—Encantada. Los dos llevan tu sello, Mary Halloran. A Cass y a Pete les irá estupendamente.

—Claro que sí —repuso la otra mientras salían juntas por la puerta del establecimiento; después se marcharon en direcciones opuestas en busca de sus respectivos coches. Nell ya casi había llegado al suyo cuando volvió a oír a Mary llamándola desde el otro extremo de la calle.

—Y una cosa más, querida —gritó Mary. Estaba junto a su Chevrolet verde claro y se había puesto de puntillas para poder ver a Nell por encima del techo del vehículo—. Si conoces a algún joven que esté pensando en sentar la cabeza, creo que podría ayudar a Catherine a olvidar a esos horribles ladrones de langostas. Estoy convencida.

La clase sobre cómo deshacer puntos de Izzy ya había empezado cuando Nell entró en la trastienda del Estudio de Punto del Seaside. Al principio pensó que se había equivocado y se había metido en una clase de pilates en Gloucester. La sala, llena hasta los topes, era ruidosa y muy animada. Y las mujeres allí reunidas, en lugar de encontrarse sentadas en el sofá y las sillas cada una con su ovillo en el regazo, estaban de pie por todas partes: delante de la librería y la puerta de atrás, pegadas a las ventanas..., y todas miraban atentamente a Izzy. Su sobrina vestía un par de pantalones cortos y una camiseta con una rana con gafas de sol y un par de agujas de hacer punto a los pies, y estaba de espaldas a los ventanales que daban al callejón agitando los brazos hacia arriba al tiempo que se llenaba los pulmones de aire. Los rítmicos compases de un viejo CD de Marvin Gaye resonaban por toda la habitación.

Nell encontró un hueco junto a los ventanales con vistas al mar. Lana estaba acurrucada en el banco de la ventana sin mostrar ni pizca de interés por el alboroto del estudio. Saludó a Nell con un maullido y enseguida cerró los ojos ignorando la actividad.

—Estoy contigo, Lana —susurró Nell.

Se quedó mirando a las mujeres que imitaban los movimientos de Izzy: inspiraban grandes bocanadas de aire, lo soltaban muy despacio mientras movían las manos de delante hacia atrás y flexionaban los dedos para unirlos frente al pecho, como si se estuvieran limpiando un chicle que se les hubiera quedado pegado en las manos. En primera fila vio a Birdie, a la que apenas se distinguía por encima de todas aquellas cabezas en movimiento, y también agitaba el cabello plateado al ritmo de la música.

Izzy saludó a Nell con la mano sin perder el ritmo.

—Muy bien, amigas —gritó por encima de la música—, este es el primer paso para aprender a deshacer puntos. Respirar hondo, relajarse, prepararse para unirse al baile y reírse siempre que nos lo pida el ánimo.

A continuación extendió las manos y las fue bajando con las palmas abiertas con elegancia al tiempo que animaba a todas las asistentes a sentarse.

—El segundo paso, y este es muy importante, es estar entre amigas. —La gran sonrisa de Izzy envolvió al grupo antes de suavizar la voz para añadir—: Y aquí estamos.

A Nell no le había pasado por alto que la sala estaba llena hasta los topes, como si todo el mundo necesitara estar en compañía. La lluvia había sacado a Laura Danver de la playa. Y Jane Brewster también estaba allí, con la blusa manchada de barro. Le había confesado a Nell que los suaves hilos y los colores vivos del estudio de Izzy eran como un bálsamo para ella. Era terapéutico, había dicho.

También vio a algunas amigas de Izzy, mujeres profesionales que se habían tomado el día libre y madres jóvenes con vaqueros y tops, que seguían moviendo sus esbeltos cuerpos al ritmo de la música cerca de Izzy. Y, por el fondo, Nell vio a Margarethe Framingham sentada junto a Birdie con el chal de cachemira rojo que estaba tejiendo en el regazo. También había algunos rostros nuevos que Nell no reconoció. Probablemente fueran personas de las casitas del norte de la ciudad o de los hostales que salpicaban las ondulantes carreteras del Cabo. También vio a Cecelia Cascone, la diminuta abuela italiana que tejía cientos de sombreros para la campaña de recogida de ropa de invierno que se celebraba todos los años en Sea Harbor; estaba muy contenta sentada junto a la sobrina de Mae, Jillian, tomándose un té helado. Amigas, turistas, vecinas de la zona y otras que vivían en Gloucester, Rockport o en Manchester-by-the-Sea. Una comunidad de costureras. El sueño de Izzy se había hecho realidad.

Nell también distinguió a Beatrice Scaglia en primera fila. Le resultó extraño volver a verla por el estudio. Izzy había mencionado que Beatrice había asistido a una clase el fin de semana anterior. Por algún motivo, a Nell no le daba la impresión de que fuera la clase de mujer que pudiera aficionarse a hacer punto, pero eso era lo maravilloso de los hilos y las agujas. Era una actividad a la que podía aficionarse cualquier mujer, u hombre. Al verla, Nell se acordó de Sal, un pensamiento intermitente que había ocupado su cabeza durante todo el día. No le cabía ninguna duda de que había evitado hablar con ella cuando se habían encontrado el día anterior. Y, sin embargo, solo unas cuantas horas antes, había parecido tener una gran necesidad de decirle algo. Si encontraba la oportunidad ese día, quizá Beatrice pudiera explicarle cómo de bien conocía Sal a Angie.

—Y el tercer paso es conseguir que esto de deshacer puntos sea divertido —estaba diciendo Izzy desde la otra punta de la habitación—. Ponedle ganas. Acompañad el ratito con una copa de vino o un té helado.

Gesticuló en dirección a la librería, donde descansaba una bandeja de madera con cosas para picar, una botella de vino y una jarra de té helado.

A continuación, Izzy levantó la manga de un jersey de angora que tenía a medio terminar. Y con mucha alegría y envuelta por las exclamaciones ahogadas de las asistentes de las primeras filas deshizo varias vueltas tirando del hilo al tiempo que se lo iba enroscando en el brazo ayudándose de la mano y el codo.

Su sobrina siguió explicando la mejor forma de deshacer los puntos y lo que se debía y no se debía hacer cuando lo que una quería era arreglar una vuelta, dos, tres o incluso una docena, sin perder el grueso del proyecto y acabar tirándolo hecho jirones.

La hora pasó en un abrir y cerrar de ojos e Izzy no dejó de pasearse por la sala examinando chales y jerséis sin terminar, admirando los hermosos puntos de sus alumnas y convenciéndolas, una a una, de que cuando hubieran solucionado el problema ocasionado por los cabos sueltos o taparan los correspondientes agujeros, el mundo sería un lugar mejor.

Nell aguardaba sentada en un lateral con el punto sobre el regazo, las hileras bien rectas y los errores reparados gracias a la habilidosa ayuda de Izzy. Vio que Beatrice Scaglia se paseaba por la sala hablando con todo el mundo e interesándose por los familiares enfermos de cada cual. «Siempre haciendo política», pensó Nell. Pero no llevaba ninguna prenda de punto en las manos. «Qué raro», se dijo. Se agachó para recoger un ovillo que se había caído y, cuando se incorporó, Beatrice se despedía con la mano muy sonriente antes de marcharse. Nell frunció el ceño. Bueno, ya la pillaría luego.

—Y el miércoles —anunció Izzy cuando todas las asistentes empezaron a meter las prendas de punto en sus respectivas bolsas y mochilas— nos visitará Margaret Elliot, que viene desde Rockport para nuestra clase de intarsia de verano. No os la perdáis, Margaret es la mejor.

Se dejó caer en el banco de la ventana junto a Nell y Lana y le dio un beso a su tía en la mejilla.

—Izzy, ¿has hablado con Cass? —preguntó Nell cuando la cosa se tranquilizó un poco. Lo hizo bajando la voz, pues no quería alimentar los rumores.

Su sobrina se despidió de una amiga con una sonrisa, pero el gesto desapareció cuando volvió a concentrarse en su tía. Sin embargo, antes de que pudiera contestar, Birdie y Margarethe Framingham se acercaron desde el otro lado de la sala.

La habitual sonrisa de Birdie desprendía preocupación y censura.

—Margarethe me ha dicho que ayer la policía interrogó a Pete —dijo sin molestarse en saludar. Se sentó en el sillón—. Es absurdo y no tiene ningún sentido, Nell —dijo. Paseó la vista de Nell a Birdie y después a Izzy para volver a concentrarse en Nell—. Ya sé que es algo rutinario —siguió diciendo—, pero la policía está dando palos de ciego. Lo que tienen que hacer es centrarse en resolver los problemas reales que hay en el pueblo, como esos furtivos que están alterando las regulaciones de pesca en la bahía norte. Quienquiera que hiciera esa barbaridad fortuita ya debe de estar en Nueva Escocia.

A Nell el uso de drogas paralizantes no le parecía fortuito en absoluto. Al contrario, le daba la impresión de ser algo planificado y calculado. Y muy «real», como decía Margarethe. Pero incluso cuando conversaba por placer las palabras de esa mujer parecían firmes y definitivas. Probablemente se debiera a los muchos años que había pasado siendo la matriarca de aquel pueblo, la imponente figura que dirigía reuniones y tomaba decisiones importantes relacionadas con aquel lugar. Hasta el alcalde consultaba con Margarethe. Nell se preguntó si aquella mujer se soltaría la melena alguna vez, si se sentaría a chismorrear con una copa de vino. Quizá pudieran convencerla para que se uniera a su grupo de costura algún jueves por la noche. Con el pinot de

Birdie, la animada música de Izzy y una buena bandeja de caracoles, no le quedaría más remedio que olvidarse de esa actitud de institutriz estirada. Y en voz alta dijo:

—¿Por qué piensas que ha sido alguien que no conocemos, Margarethe?

—Porque es lo que piensa el jefe Thompson. Y tiene todo el sentido. Angie estaba sola en la playa. Y era una chica muy atractiva. Encaja. Todo encaja. Pero tendrán que redactar los informes y atar los cabos correspondientes. Y por eso han hablado con Pete. Burocracia.

Birdie embutió su diminuto cuerpo entre Izzy y Nell al tiempo que asentía.

—Pobre Pete, con lo dulce que es. No puedo creer que nadie piense que él tuvo algo que ver.

Izzy jugueteaba con un trocito de hilo que se había quedado en el sofá.

—Pero estuvo con Angie aquella noche. Es lógico que quieran hacerle preguntas.

Margarethe frunció el ceño.

—¿Pete y Angie estuvieron juntos aquella noche?

Izzy asintió.

—Tenían una cita.

—Por lo visto, Angie recibió una llamada mientras estaba con Pete —explicó Birdie—. No sabemos quién la llamó, y, evidentemente, el teléfono ha desaparecido. Pero no da la impresión de que se tratara de ningún desconocido. Angie jamás hubiera accedido a verse con un desconocido en el rompeolas después de dejar plantado a Pete, ¿no?

Por un momento Margarethe pareció extrañamente alterada.

—El jefe Thompson piensa que ha sido un desconocido. Esa llamada debió de ser intrascendente y no tendría nada que ver con todo lo que pasó en la playa. Estoy segura de que la policía tendrá alguna explicación.

—La explicación es que quieren olvidarlo, Margarethe —afirmó Nell—. Como la mayoría de las personas que viven en este pueblo. Yo también quiero olvidarlo. Igual que Izzy, Cass y Birdie. Pero nada de todo lo que ha pasado desaparecerá hasta que sepamos qué ocurrió aquella noche. Pete necesita pasar página. Todos lo necesitamos.

Nell esperaba que la conversación terminase ahí. No quería profundizar en el hecho de que Tony también había estado con Angie aquella noche. Otra complicación. Estaba segura de que Tony tendría su versión. Y lo habían visto con ella las personas suficientes como para que la policía lo supiera ya.

Como si le estuviera leyendo el pensamiento, Birdie dijo:

—Cómo me alegro de ver a Tony por aquí, Margarethe. Debes de estar encantada de que haya vuelto.

Margarethe enderezó tanto la espalda que su columna dejó de tocar el respaldo del sillón. Parecía estar dando una importancia exagerada a las palabras de Birdie. Nell contempló la serie de expresiones que pasaban por su hermoso rostro. Probablemente Margarethe estuviera preocupada por Tony, igual que Nell se preocupaba por Izzy y sus hermanos. Era ley de vida, no importaba la edad que tuvieran tus hijos.

Finalmente, la expresión de Margarethe se suavizó al sonreír y dijo:

—Sí, Birdie. Tienes razón. Tony es un buen hijo. Y siempre es un placer tenerle por aquí.

—Es agradable que los jóvenes vuelvan.

—Tony no ha vuelto, Birdie. Solo ha venido de visita. Tiene negocios que atender en Nueva York y Boston, él tiene su vida allí. Se quedará hasta la fiesta benéfica del sábado, claro, pero después se marchará. —Se levantó del sillón y se colgó la bolsa en el hombro—. Me alegro mucho de que vayáis a venir las tres. Es por una buena causa. Y ese chico con tanto talento, Sam Perry, me ha dicho que es un viejo amigo de Izzy. Qué maravilla.

Izzy asintió.

—Sam fue como un hermano para mí. Con todo lo que ello implica.

Nell miró a su sobrina con atención. No sabía decir si Izzy lo decía con entusiasmo o no. Pero sospechaba que sentiría cierto consuelo teniendo a un viejo amigo a su lado en aquella época tan dura.

Margarethe empezó a encaminarse hacia la puerta del estudio, pero se detuvo justo en el arco del umbral y se dio media vuelta.

—¿Qué hacía aquí Beatrice Scaglia?

Las palabras de Margarethe rompieron el silencio como un latigazo.

Izzy frunció el ceño.

—Ha venido a la clase, como las demás...

—Qué curioso —repuso Margarethe—. Beatrice no hace punto. Nunca lo ha hecho. Y nunca lo hará.

Y con una mueca de ligero desdén en el rostro la mujer se dio media vuelta para marcharse.

CAPÍTULO DIECISÉIS

—Nell, cariño, espérame. —Birdie se apresuraba tras Nell cuando esta salía por la puerta de atrás del Estudio de Punto del Seaside—. Necesito que alguien me lleve, y como Ben Endicott parece haber decidido que en adelante será mi chofer, y teniendo en cuenta que está descuidando sus obligaciones con eso del viaje de pesca a Colorado, me parece que tú tendrás que sustituirlo, querida.

—Tengo el coche al otro lado de la calle, Birdie. Así nos ponemos al día.

Birdie asintió.

—Eso mismo he pensado yo.

Nell y Birdie salieron al callejón y entornaron los ojos bajo el brillo del sol de media tarde. Pasaron algunos segundos hasta que Nell vio aquella silueta sentada a los pies de la escalera, inmóvil como una estatua.

Se detuvo en el escalón; por un momento se había sobresaltado.

—Gideon, me has asustado.

George Gideon se levantó junto a la ventana abierta del estudio y se apoyó en el edificio erosionado. Cuando Nell y Birdie llegaron al final de la escalera y pusieron los pies en la grava del camino, él se separó de la pared.

—Perdone, señora —dijo Gideon tocándose con los dedos la visera de la gorra de béisbol—. No pretendía asustarla.

La música del CD que había puesto Izzy se filtraba por la ventana hasta llegar al callejón y Nell se preguntó si Gideon habría escuchado su conversación. Pero enseguida ignoró sus sospechas. «Seguro que no tiene ningún interés en escuchar la conversación de un grupo de mujeres».

—Parece que sigues ocupándote de nuestra seguridad —le dijo Nell—. Dijiste que quizá cambiabas de trabajo.

—Yo no dije eso exactamente, ¿verdad? —Gideon sonrió—. Estoy pensando en comprar un negocio. Quizá alguna tienda de cebo o un bar. El Gull ya no es tan elegante como antes.

Birdie alzó tanto las cejas que llegaron a esconderse por debajo de su flequillo plateado.

—¿Una tienda de cebo? ¿Un bar? Esas cosas cuestan dinero, George Gideon. ¿Acaso has robado un banco?

El vigilante miró a Birdie con una mueca de inquietud.

—No, señora —murmuró.

—Me alegro —repuso Birdie. Y a continuación bajó la vista hasta el brazo desnudo del vigilante, musculoso y bronceado, con un pez tatuado en el bíceps. Y abrió mucho los ojos—. Gideon, ¿qué diantre has hecho? Parece que te hayas peleado con un gato.

Nell le miró el reverso de la mano y los antebrazos. Los tenía llenos de arañazos secos que formaban un pequeño mapa de carreteras hecho de marcas rojas que se extendían por su piel curtida.

Gideon se miró la mano y los brazos como si pertenecieran a otra persona. Levantó la vista y asintió lentamente.

—Gatos —dijo.

Y entonces, y sin mediar una sola palabra más, se dio media vuelta y, por segunda vez aquel día, se alejó de Nell en dirección al mar.

Nell y Birdie fueron en coche hasta el centro de la ciudad, pasaron por el restaurante Ocean's Edge, por el pequeño puente que daba paso a los veleros hacia el canal y las casas elegantes de la zona oeste de la ciudad. Nell dobló por una calle empinada del vecindario más antiguo de Sea Harbor, que en su día fue hogar de marineros y mercantes, y se internó por un amplio camino flanqueado, a ambos lados, por un grueso muro que señalaba uno de los límites de la propiedad de Birdie. El océano la limitaba por otros dos costados, y una espesa arboleda la separaba al sur de la propiedad de su vecino. Construida hacía ya un siglo por el capitán Antonio Favazza, la casa de tres pisos de Birdie se erigía sobre el agua al sur de la ciudad. La casa de los Favazza era casi un monumento, algunos la llamaban «el castillo de piedra», y, aunque la podrían haber convertido en un hotel o en un bloque de apartamentos de lujo, y resultaba muy extraño que allí solo viviera una mujer de casi ochenta años, Birdie ya había dejado clarísimo a cualquiera que se atreviera a mencionarle el asunto que ella no pensaba marcharse jamás de su casa mientras su corazón siguiera latiendo y bombeando sangre por todo su cuerpo. Tema cerrado.

Durante el poco tiempo que estuvieron juntos, Sonny Antonio Favazza se convirtió en el gran amor de la vida de Birdie, y, aunque se casó cuatro veces más tras su muerte hacía ya casi cuarenta años, Bernadette Favazza jamás se volvió a cambiar el nombre ni se marchó de la casa de Sonny. «La casa y el apellido se quedan como están», decía a cada nuevo pretendiente. Todo iba incluido en el paquete.

Nell se internó en la propiedad y recorrió el aparcamiento hasta detenerse junto a las imponentes puertas de madera de la entrada. A la derecha, cerca de la arboleda, había un enorme garaje sobre el que habían construido los cuartos del personal. Pero a Birdie no le gustaba tener a nadie viviendo en casa, a excepción de Harold Sampson, el jardinero, y su mujer Ella. Harold era casi tan mayor como Birdie, pero trabajaba duro cada día podando los arbustos, plantando las flores propias de cada estación y cortando el césped con el tractor John Deere que le había comprado Birdie.

Nell ya sabía que no debía indagar o hablar acerca de lo que Harold hacía realmente. Después de cincuenta años de servicio a la familia Favazza, Birdie sentía que les debía, tanto a él como a Ella, el techo que tenían sobre la cabeza y la comida en la mesa. Y así era.

—Apaga ese cacharro y entra —dijo Birdie acompañándose de un gesto de la mano—. He descorchado un exquisito pinot que nos está esperando. Tenemos que hablar y ponernos al día.

Media hora después, Nell y Birdie estaban sentadas en la terraza de piedra con vistas al puerto desde lo alto de la colina. La luz que salía de los tenues farolillos de gas proyectaba sombras sobre el suelo de granito. Las viejas amigas se sentaron en sendas hamacas restauradas y pulidas hasta que los reposabrazos de teca relucieron suaves al tacto. Sobre una mesita aguardaba una bandeja con queso, tostaditas y pan de romero recién hecho, finísimas lonchas de pavo ahumado y las dos copas de vino que Ella les había llevado con mucha discreción.

Nell tomó un sorbo de vino y después se recostó en la hamaca y sacó la labor de punto. Perdió la vista por el mar.

—Tenemos una noche perfecta —murmuró.

El puerto estaba salpicado de luces que titilaban sobre el agua negra como un puñado de polvo de hadas. Y sobre la lengua de tierra que se adentraba en el mar las luces de la colonia de arte de Canary Cove delineaban el contorno de las galerías y los cafés. La música del pequeño conjunto que esa noche actuaba en la terraza de un bar cerca de la casa de Ham y Jane flotaba por encima del agua hasta donde ellas estaban sentadas.

—Desde aquí lo ves todo —dijo Nell. Y sabía que Birdie hacía precisamente eso. Bajo el toldo del patio, su amiga guardaba un manido telescopio montado sobre un recio caballete.

—Precisamente hoy hablaba de eso con Margarethe. Yo cubro el territorio sur, y Framingham Point llega desde aquí hasta el extremo norte.

Las dos miraron hacia el nordeste, más allá de Canary Cove, hasta un saliente de tierra que se internaba en el océano rodeada de agua por tres costados. Y en la punta de la península se encontraba la magnífica casa de los Framingham y sus terrenos.

Nell examinó su chal y contó los puntos para comprobar que no se había dejado ninguno. Mordió un trozo de queso y volvió a apoyar la cabeza en los cojines.

—En momentos así, cuando una se sienta al fresco, todo está sereno y en paz. Y te sientes a salvo. Y el asesinato de Angie parece algo muy lejano.

—Pero nada se ha alejado. Todo sigue aquí, oculto entre las sombras.

Birdie se echó un chal sobre los hombros.

—Me parece que lo que más me disgusta es la desconfianza. Estas personas son nuestros amigos y vecinos, Birdie, y ninguno de ellos mató a Angie. —Nell miró el cielo. Era una noche clara y el firmamento estaba salpicado de estrellas que cruzaban la oscuridad como una bufanda de punto—. Ahora todos nos miramos con desconfianza, tratando de unir las piezas que acaben explicando el asesinato de Angie.

—¿Tú también tienes esa sensación, como un mal presentimiento?

Nell asintió con la cabeza apoyada en la hamaca.

—Ahora todo me preocupa. Cosas en las que antes ni me fijaba ahora me parecen siniestras, como Gideon y su manía de merodear por el estudio de Izzy. El comportamiento de Tony. Y todos esos rumores sobre eso de que Angie pensaba marcharse en cuanto terminara no sé qué proyecto. Tenemos que averiguar más cosas sobre lo que estaba haciendo Angie. Esa chica vivía, se paseaba y hablaba delante de nuestras narices, Birdie. Y mira lo poco que sabemos de ella.

—Tienes razón, Nell. Yo pienso exactamente lo mismo. Como por ejemplo la llamada de teléfono cuando estaba en el local de Harry. No quiero que me entiendas mal, porque no lo digo en el mal sentido, no soy una fisgona, pero no hay mucho que yo no sepa sobre unos y otros. Y si Angie hubiera tenido alguna aventura con un hombre casado, creo que yo lo hubiera sabido.

—Yo no creo que ella tuviera ninguna aventura, Birdie. No te preocupes. Tu radar sigue intacto. Por lo que dijo Harry, parecía que alguien quería tener una aventura con ella. Quizá estuviera obsesionado con ella. Pero era evidente que el sentimiento no era mutuo.

—Y desde luego es un móvil de asesinato, la posibilidad de que se lo dijera a la esposa.

Nell tomó un sorbo de vino. Sí, eso era cierto. Sin embargo, un móvil no servía de mucho si no lo acompañaba una cara o una persona a quien poder atribuirlo.

—Supongo que todo el mundo tiene secretos —dijo Birdie—. Me parece que Gideon tiene un montón. Y Angie. Y Tony.

Birdie cogió una loncha de queso, la puso sobre una tostadita y se la tendió a Nell.

—Nosotras solo vemos lo que los demás nos dejan ver.

—Así es. Mira a Margarethe. Ella es tan popular en el pueblo como la iglesia del padre Northcutt. ¿Pero qué sabemos realmente sobre ella? Es poderosa. Es buena y generosa. Es rica.

—Y protege a su hijo, igual que lo haríamos todas.

—Pero también tiene un pasado. Sonny la conoció cuando ella llegó a Sea Harbor, era joven, debía de tener unos dieciocho años. Sonny me dijo que se había escapado de casa. En una ocasión le dijo que lo único bueno que le había pasado en la vida antes de mudarse a Sea Harbor era una abuela que le había enseñado a hacer punto. El punto le había salvado la vida, decía. Una vez intenté preguntarle acerca de eso, pero para entonces ella ya no quería mencionar su pasado. No valía la pena hablar de ello. Prefería vivir el presente con el respeto que su posición merecía.

—Es como Josie. Y Annabelle. Mujeres que han sobrevivido, a pesar de las cartas que les tocaron.

Birdie rellenó las copas de vino.

—Hoy he hablado con Tony —dijo la anciana—. Lo vi entrar en la cafetería y lo seguí.

Nell sonrió al imaginar a Birdie persiguiendo al heredero de los Framingham hasta una cafetería.

—Le he preguntado de qué estaba hablando con Angie aquella noche en la librería. Me dijo que Angie estaba metiendo las narices en cosas que no eran de su incumbencia. Pero en cuanto lo dijo me di cuenta de que hubiera deseado retirarlo.

—Entonces le estaba diciendo a Angie que se olvidara de lo que fuera que estuviera haciendo.

—Sí. Le dijo que no iba a conseguir mejorar las cosas, así que más valía que no acabara lastimando a nadie. Y después me soltó un discurso acerca de cómo la gente suele convertir en santos a todos los muertos sin importar lo que hubieran hecho en vida. Dijo que eso era lo que estábamos haciendo con Angie, y que no sabíamos de lo que estábamos hablando. «Una lástima, joder», dijo. Y después retiró la silla y se marchó malhumorado como el chico malcriado que había sido de más joven.

—Yo no creo que pretendamos convertir a Angie en una santa, Birdie. Pero es normal que uno quiera recordar las cosas buenas cuando alguien muere antes de desenterrar las malas. Aunque solo sea por la familia.

Birdie asintió.

—Es verdad. Pero Nell, querida —siguió diciendo la anciana—, creo que Tony tenía razón en una cosa. Para bien o para mal, tenemos que averiguar más cosas sobre lo que hizo Angie aparte de planificar la exposición de otoño del Museo de Historia. Puede que haya llegado el momento de ensuciarse las manos.

CAPÍTULO DIECISIETE

L a reunión de la junta que Nell tenía en la Sociedad Histórica
de Sea Harbor estaba prevista para el miércoles a mediodía.
Según el correo electrónico informativo, el pequeño grupo
tomaría sopa de pescado y ensaladas que les serviría el *catering*
de Elm Tree. Y lo cierto es que hacían una sopa de pescado maravillosa. Era dulce y con un toque de vino que realzaba todos
los sabores.

No obstante, Nell hubiera asistido a la reunión con o sin sopa
de pescado. Había comido con Josie Archer el martes y le había
prometido que le llevaría las fotografías que Angie había dejado
en su mesa del trabajo. Y si encontraba algún otro objeto personal, también se lo llevaría.

Pero Nell pensó que en el museo quizá hubiera algo más aparte de las fotografías. Tal vez encontrara algunas respuestas.

Nell y Birdie habían estado mucho rato sentadas bajo las estrellas la noche del lunes, y aquella profunda serenidad las había
ayudado a alinear los planetas, como había dicho Birdie. Pusieron cada cosa en su sitio. Y Birdie tenía razón. Habían estado

buscando respuestas en el entorno de Angie. Había llegado la hora de concentrarse en la propia Angie para ver qué podía decirles. Y, como pasaba más tiempo en la Sociedad Histórica que en cualquier otra parte, les pareció un buen sitio para empezar.

Nell cruzó la plaza y se detuvo en el cenador donde casi esperó encontrar a Pete Halloran sentado en el banco, dando de comer a las palomas mientras esperaba a que Angie se tomara su descanso. Su ausencia le impactó más de lo que lo había hecho su presencia, un crudo recordatorio de lo ocurrido.

Cass le había dicho la noche anterior que Pete seguía afectado por el interrogatorio de la policía.

—Todo este asunto se retuerce en su interior como una tormenta —había dicho—. Acabará rebosando.

Según Cass, ya había estado a punto de ocurrir durante el interrogatorio, sentado a una mesa metálica en una sala fría. Pete se había enfadado mucho. Y no había sido por el interrogatorio. Era porque alguien había asesinado a Angie y nadie parecía saber absolutamente nada.

Nell cruzó la calle y se apresuró hasta la escalinata de la Sociedad Histórica y el museo adyacente. Cuando oyó su nombre, se volvió y miró, a través de sus enormes y redondeadas gafas de sol, a los ojos de Margarethe Framingham, que esa mañana vestía un traje de punto y un gran sombrero para protegerse el rostro del sol. El traje estaba confeccionado con una carísima lana de alpaca de color fucsia. A Nell le recordaba a los crisantemos que florecían en el camino de entrada de su vecina en Sandswept Lane. Resistió el impulso de alargar la mano para tocar la elegante prenda. Una serie de diminutas trenzas, casi invisibles, recorrían la falda ajustada y la chaqueta. Nell había visto cómo Margarethe tejía algunas partes del conjunto durante las reuniones, y una vez terminado era una auténtica obra de arte.

—Hola, Margarethe —la saludó—. Estás fantástica. No voy a poder concentrarme en toda la reunión porque estaré pensando en cómo has conseguido tejer este maravilloso traje.

La dama sonrió.

—Izzy ha investigado como una auténtica detective para conseguirme este hilo. No sé cómo he podido vivir antes de que abriera el estudio. —Se tocó el dobladillo de la chaqueta—. Hay que saber valorar las prendas tejidas a mano. Y hay que cuidarlas como si fueran obras de arte.

Nell volvió a examinar los maravillosos puntos del traje, tan parejos pero no demasiado apretados. Margarethe afrontaba sus proyectos de costura de la misma forma que las causas municipales. A veces a Nell le daba la impresión de que esa mujer desprendía una energía un tanto obsesiva y abrumadora, pero debía reconocer que siempre conseguía su objetivo. Y si ella misma tenía que ser obsesiva para hacerse un traje tan singular como el de Margarethe, quizá empezara a considerarlo.

—Últimamente me he perdido algunas reuniones —reconoció la mujer—, pero ha llegado el momento de que vuelva a concentrarme en mis responsabilidades. Hemos pasado unos días muy tristes, pero tenemos que seguir adelante con nuestras vidas.

Nell asintió y la siguió escalera arriba. Pensaba que Margarethe tenía razón, aunque no del todo. Para dejar el pasado atrás necesitaban respuestas; esconder el polvo debajo de la alfombra no servía, porque en algún momento volvería a asomar.

Aunque los últimos años se habían unido varios hombres al consejo, a la reunión de ese día solo habían asistido mujeres, y tomaron asientos alrededor de una mesa ovalada donde se habían dispuesto hojas en blanco y lápices en cada uno de los sitios, además de las correspondientes servilletas y cucharas de sopa. Beatrice Scaglia estaba sentada en uno de los lados y, al ver que a su lado quedaba una silla vacía, Nell rodeó la mesa para sentarse allí.

La primera media hora fue muy rutinaria, se leyeron las minutas y el informe de la tesorera, una actualización de Nancy Hughes, la directora del museo. Y no fue hasta que todas las que quisieron se sirvieron un segundo plato de sopa de pescado con almejas y las asistentes se pasaron una bandeja con pastelitos de limón, que se vació en tiempo récord, cuando Nancy empezó a hablar de las novedades.

Nell limpió los restos de comida de su sitio y sacó el punto colocándose la larguísima toquilla sobre el regazo. Buscó en la bolsa la segunda aguja y se dispuso a escuchar. La toquilla estaba quedando preciosa, ya había tejido más de un metro con la maravillosa seda de mar. Faltaba poco para que se la pudiera echar sobre los hombros, como le había sugerido Izzy, y dejarla colgar por encima del vestido.

—Es preciosa —susurró Beatrice señalando la labor.

—He oído que tú también has empezado a hacer punto, Beatrice. Es una terapia maravillosa.

Beatrice sonrió con alegría.

—Todavía tengo que trabajar unos añitos más, pero luego me lo plantearé —afirmó.

—Pero si viniste a la clase para aprender a deshacer puntos de Izzy.

—Así es —repuso la otra. Y su tono daba a entender que no pensaba hablar más del tema.

Nell probó otro enfoque.

—Beatrice —empezó a decir mientras tricotaba adoptando un tono amistoso y desenfadado—, ¿tú y Sal conocíais bien a Angie?

—Pues claro que no —espetó Beatrice con aspereza.

Entonces Nancy golpeó suavemente el vaso con su tenedor y Nell se reclinó en la silla. Miró a Beatrice de reojo. Se había puesto las gafas con esa expresión tan seria que adoptaba en las reuniones y examinaba los puntos del día con una concentración exagerada. Había contestado con mucha aspereza dejando claro que las conversaciones sobre su interés en el punto y acerca de Angie Archer habían terminado. Fin.

Nell decidió que Beatrice era todo un misterio. Para tratarse de una persona tan organizada y comprometida, parecía muy extraño que perdiera el tiempo asistiendo a una clase sobre la mejor forma de deshacer puntos antes ni siquiera de haber aprendido a tejer. Quizá lo que había llamado su atención fueran los ejercicios de calistenia que Izzy había incorporado a la clase. Y en cuanto a Angie, quizá Beatrice no la conociera, pero lo de Sal era otra historia, y Nell no pensaba dejarlo pasar tan fácilmente.

Nancy empezó a hablar y Nell volvió a concentrarse en la reunión.

—Hoy me gustaría sugerir algo que no hemos hecho nunca, pero que me parece apropiado —comentó Nancy—. Nos gustaría hacer algo para expresar nuestro reconocimiento hacia la dedicación de la fallecida Angie Archer. —Miró a ambos lados de la mesa y apoyó las manos en la mesa al tiempo que se inclinaba ligeramente hacia delante—. Creo que todas conocisteis a Angie en algún momento, muchas de vosotras la visteis crecer. Lo que ha ocurrido ha sido una tragedia espantosa para su familia y sus amigos, y también para nosotros, en el museo. Y el resto del personal y yo hemos pensado que estaría bien tener un pequeño gesto de reconocimiento, si os parece bien a todas.

Nell dejó de hacer punto.

—Es una idea muy bonita, Nancy —dijo.

—Se lo merecía, Nell. Angie trabajaba mucho.

Las demás asistentes asintieron.

Beatrice Scaglia sonreía a su lado, pero a Nell le dio la impresión de que estaba un poco tensa.

—Ya lo creo. Angie trabajaba mucho y era encantadora —dijo Lillian Ames, una voluntaria del museo y miembro de la junta—. Siempre la veía sentada delante del ordenador, escuchando música con sus auriculares e investigando como un pequeño castor. Yo siempre bromeaba con ella diciéndole que esos auriculares acabarían dejándola sorda, como yo. —Lillian se echó a reír y se subió las gruesas gafas de pasta marrón por el puente de la nariz—. Pero entonces me enseñaba todo lo que había preparado, la lista de actividades, fotografías y demás que tenía para el día de la exposición.

Nell recordó la música que sonaba en el apartamento de Nell la noche que murió. En el Estudio de Punto del Seaside siempre sonaba música, y, aunque a veces Angie la ponía demasiado alta, allí se sentía como en casa. Izzy siempre decía que algunas personas trabajan mejor con música, y su iPod y el reproductor de CD no descansaban nunca. Por lo visto, los de Angie tampoco.

Nancy sonrió.

—Angie era única, de eso no hay duda. Pero, gracias a su duro trabajo y su esfuerzo, ahora tenemos una biblioteca mejor y más organizada de la que teníamos antes de que ella llegara, por no mencionar el trabajo que hizo para la exposición de otoño.

—¿En qué estaba trabajando exactamente? —preguntó Lucy Stevens, una vecina de Nell en Sandswept Lane.

Nell escuchó atentamente la respuesta. Sabía que habían contratado a Angie por su titulación en Ciencias de la Documentación y que estaba ayudando a Nancy a montar una exposición especial.

—Estaba catalogando todo lo relacionado con las canteras: historias, escrituras, fotografías —explicó Nancy—. Y después queríamos organizarlo todo para poder hacer una exposición en otoño.

—¿Y Angie iba a ayudar con la exposición? —preguntó Nell.

—Ya sabes cómo funcionamos aquí, Nell. Todo el mundo ayuda con todo.

—He oído decir que quizá Angie no fuera a trabajar aquí durante mucho más tiempo.

—Oh, no —contestó Nancy—. Nosotros esperábamos que se quedase mucho tiempo.

—¿Entonces no iba a perder su trabajo?

—¿Angie? —Nancy se echó a reír—. Nell, tú sabes que por aquí han pasado muchos trabajadores a lo largo de los años. Parte de ello se debe a que somos una organización sin ánimo de lucro, no siempre podemos pagar a los trabajadores como se merecen, y otras veces es porque no hemos contratado a la persona correcta. Pero a Angie no parecía preocuparle el dinero, y desde luego no era una mala elección para el puesto. Era muy buena en lo suyo. Trabajaba duro y era meticulosa. En realidad, siempre se excedía en sus obligaciones.

—Y parecía que a ella le gustaba vivir aquí, adonde además estaban volviendo también otros jóvenes —terció Lillian tratando de resultar útil una vez más. Miró a Margarethe y añadió—: La semana pasada vi a tu apuesto hijo cuando vino a ver a Angie. Estuvieron sentados en la parte de atrás, donde conversaron la mar de serios, como si estuvieran arreglando los problemas del mundo.

Nell advirtió la expresión de sorpresa en el rostro de Margarethe. Aquello también era nuevo para ella.

Pero entonces recordó lo que había dicho Birdie. Por algún motivo, Tony creía que Angie tramaba algo, que su estancia en

Sea Harbor tenía motivaciones más siniestras que la mera intención de ayudar en una exposición del museo. Tony incluso llegó a amenazar a Angie la noche que fue asesinada, y eso significa que pensaba que andaba metida en algo serio, por lo menos para él.

—Tony y Angie crecieron juntos —le explicó Margarethe a Lillian—. Probablemente estuvieran poniéndose al día, hablando de los viejos amigos. Ya sabes cómo son. —Sonrió y se volvió de nuevo hacia el resto de las asistentes—. La idea de hacer algo para reconocer el trabajo de Angie es maravillosa. Hagámoslo.

La conversación cambió automáticamente. Margarethe era una experta en eso, y Nell admiraba la elegante forma que tuvo de cambiar de tema sin que Lillian se sintiera avergonzada por haber tocado un tema tan personal en una reunión del consejo. Pero Nell se quedó con la idea de que Tony podría haber ido a molestar a Angie al trabajo, si es que eso era lo que había hecho.

Margarethe siguió hablando:

—Creo que deberíamos comprar esa vitrina de madera de nogal que siempre hemos querido para exponer los modelos de nuestros barquitos. Le colocaremos una placa hecha con buen gusto en la que ponga que es en memoria de Angelina Archer. Y su madre podrá verla siempre que venga al museo.

—Y seguro que la hace muy feliz —opinó Lillian aplaudiendo.

La Sociedad Histórica no tenía el dinero suficiente como para comprar la carísima vitrina de la que estaba hablando Margarethe Framingham. Nell lo sabía porque había asistido a muchas reuniones para discutir presupuestos. Pero no dudó ni por un segundo de que la próxima vez que acudiera a la biblioteca para asistir a una reunión la vitrina estaría en el vestíbulo principal, pulida y engrasada, y pagada en su totalidad por Margarethe Framingham. En lo alto luciría una brillante placa de latón con el nombre de Angie, un gesto que, sin duda, aliviaría por unos segundos el dolor de Josie Archer.

La reunión del consejo terminó a las dos. Mientras las demás se dirigían al vestíbulo, Nell siguió a Nancy hasta su despacho. Allí le explicó lo que le había pedido Josie.

—Por supuesto, Nell —repuso Nancy—. Y gracias. Hace tiempo que quería llamar a Josie para hacerlo yo misma, pero ya sabes cómo son estas cosas. El teléfono suena, aparece alguien, etcétera.

Nell lo sabía muy bien. Nancy Hughes era la mejor directora que habían tenido desde que ella estaba comprometida con el museo. Era una mujer avispada, enérgica y agradable, y sus instintos respecto a la dirección del museo siempre daban en el clavo. A Nell le gustaba mucho.

—¿Vais a contratar a alguien para cubrir el puesto de Angie? —preguntó.

Nancy cogió una llave del cajón de su escritorio y le hizo señas a Nell para que la siguiera hacia la parte de atrás.

—Lo intentaré, Nell, pero no será fácil sustituirla. Sin embargo, el proyecto en el que estaba trabajando está casi terminado. Ya había empezado a hablar con ella sobre lo que podíamos hacer a continuación.

Cruzaron una biblioteca llena de paneles de madera que estaba abierta al público, como el museo del ala este, y llegaron a una sala donde trabajaban los investigadores.

—¿Entonces Angie estaba a punto de empezar un proyecto nuevo para ti? —preguntó.

—Bueno, digamos que yo estaba a punto de encargarle un nuevo proyecto. Pero ahora que has comentado eso de que quizá no fuera a quedarse me ha dado por pensar.

—¿A qué te refieres, Nancy?

—Bueno, yo nunca puse en duda que ella se quedaría cuando terminara el proyecto sobre las canteras. Acabábamos de ofrecerle un aumento y sé que le gustaba trabajar aquí. Pero cuando le hablé del proyecto nuevo, se mostró evasiva. No se comprometió. No le había dado mucha importancia hasta que hoy has mencionado que había rumores de que podía marcharse.

—Solo son rumores, Nancy. Cosillas que dijo que hicieron pensar a otras personas que no se quedaría por aquí mucho tiempo.

Nell se detuvo junto a la mesa de madera que en su día perteneciera a Angie. Estaba repleta de libretas amarillas, un cubilete para lápices y un calendario de sobremesa. Había pocas cosas personales, un neceser de maquillaje metido en una bolsa debajo del escritorio, pero poco más. No iba a tardar mucho en recogerlas, pero había algo decididamente triste en un espacio de trabajo tan neutral como ese.

—La policía ha estado por aquí, por eso está tan desordenado. Lo declararon irrelevante. Me entristeció que decidieran que no revestía ninguna importancia. Esta mesa es parte de Angie. Es importante.

Nell asintió.

—He traído un par de bolsas y no creo que necesite más. No parece que Angie tuviera aquí muchas cosas personales.

Nancy no contestó. Estaba al otro lado de la mesa en jarras y con el ceño fruncido.

—Aquí falta algo, Nell.

—¿En la mesa?

—Su ordenador, eso es —exclamó Nancy chasqueando los dedos—. No está. —Abrió los cajones del escritorio y después examinó los estantes—. Es un portátil pequeño. Blanco, me parece. A ella le gustaba más ese que los ladrillos que tenemos nosotros.

—Quizá se lo llevara la policía. Tendría sentido. Habrá correos y otras cosas que puedan interesarles.

—No, estoy convencida de que no se lo llevaron. Yo estaba con ellos cuando estuvieron aquí. Y ese día el ordenador ya no estaba en la mesa.

Nell miró a su alrededor. Había varias librerías pegadas a la pared y las ventanas daban al pequeño aparcamiento.

—No veo ningún ordenador.

Nancy agitó la mano en el aire.

—Pues claro que no. Siempre se lo llevaba a casa. Lo olvidé. Supongo que toda esta situación me tiene alterada.

Pero Nell sabía que el ordenador no estaba en el apartamento. Izzy le había explicado que la policía lo había registrado.

Se descolgó la bolsa de la compra y la dejó en la silla.

—Todos estamos un poco alterados, Nancy.

—Espero que todo termine pronto. Margarethe mencionó que la policía cree que fue algo fortuito. Un incidente espantoso, pero fruto del azar, que alguien vería a una chica guapa, intentaría forzarla y ella se resistió. Supongo que Sea Harbor no está a salvo de los elementos que puedan pasar por aquí de vez en cuando.

Nell guardó silencio. Un acto fortuito. Esas palabras se habían convertido en un mantra. La gente pronto empezaría a creerlo.

—Nancy, ¿Angie hacía la mayor parte de su trabajo con Internet? ¿Por eso utilizaba el ordenador?

—Uy, no. Bueno, una parte sí, claro. Es increíble lo que se puede encontrar en la red. Pero investigaba mucho en la biblioteca que tenemos aquí, buscaba historias, fotografías, escrituras. Y pasaba horas en el edificio del condado.

—¿Y qué hacía allí?

—Buscaba viejos documentos, información sobre las tierras de la zona y las canteras. Decía que era un sitio increíble para encontrar cosas. Siempre volvía muy emocionada, como si acabara de encontrar un tesoro escondido. Solíamos repasar juntas el montón de fotocopias que traía como si fuera la mañana de Navidad. Era una investigadora brillante, Nell.

—Se lo diré a Josie. Seguro que le gusta oírlo.

Nancy se acercó a la puerta.

—No vas a hacer nada si no dejo de entretenerte, Nell —dijo—. Vuelvo a mi despacho, pero llámame si necesitas algo.

Nell escuchó cómo se iba alejando el claqueteo de los zapatos de Nancy sobre el suelo de madera. Después se concentró en su tarea y empezó a meter en la bolsa de papel las pocas cosas personales a las que Angie había permitido acceder a su reino laboral. Recogió una fotografía enmarcada de Angie con su madre y su padre, posando junto a la estatua del pescador, en Gloucester. Nell contempló la sonrisa de Ted Archer, que rodeaba con los brazos a Josie por un lado y a su pequeña pelirroja por el otro. Angie debía de tener unos cinco años en esa fotografía y miraba a su padre con una expresión de auténtica alegría. La sonrisa de Ted desprendía orgullo y amor. Era un buen hombre. Y, a pesar de los malos tiempos, siempre se esforzó al máximo para cuidar de Josie y Angie.

Nell envolvió la fotografía con unas hojas de periódico y la metió en la bolsa; después prosiguió con el resto de las cosas. Una taza de café de la tienda Life Is Good de Gloucester. Dentro del primer cajón encontró algunas gomas de pelo y una caja de té.

Lo metió todo en la bolsa con las demás cosas, algunos bolígrafos, libretas y papel. Postales antiguas de las canteras, Dogtown, el almacén de pescado hecho de madera roja de Rockport, y una preciosa puesta de sol en la playa de Good Harbor. Nell se estremeció.

Había recogido parte de la vida de Angie en Sea Harbor y apenas había llenado una bolsa de supermercado.

CAPÍTULO DIECIOCho

Nell no dejaba de dar vueltas en la cama, que era mucho más grande ahora que Ben no estaba tumbado a su lado. Cuando la había llamado le había asegurado que se lo estaba pasando muy bien. El cielo estaba despejado y soleado, soplaba una brisa fresca y las truchas del río Colorado hacían cola para morder su anzuelo. La echaba de menos. Un día más y estaría en casa.

A veces Nell acompañaba a Ben en aquellos viajes de empresa, y si la propuesta hubiera implicado escalar uno de los cuatromiles de Colorado seguro que la hubiera convencido para apuntarse. Pero de la pesca podía prescindir. Ya disfrutaría de las truchas una vez limpias, fileteadas y cocinadas con eneldo y mantequilla de limón. Pero no antes.

Finalmente, como no podía dormir y el día ya empezaba a despuntar, Nell se rindió y se levantó de la cama. Se puso un par de pantalones de chándal y una vieja camiseta playera, ocultó su pelo revuelto con una gorra rosa de los Sox y se dirigió a la puerta de atrás. Hacía ya varios días que no salía a correr y su cuerpo lo notaba. Unos estiramientos y un paseíto la ayudarían a despejar la cabeza y aliviar el dolor de espalda; estaba segura de que eso la centraría.

A veces Nell iba al parque de Sweet Hollow para hacer un poco de ejercicio por las mañanas, pues el camino salpicado de espesos árboles ofrecía un espacio protegido internándose por entre la arboleda de pinos. Pero ese día una cálida brisa procedente del sur le calentaba la cara y decidió tomar el estrecho camino que serpenteaba por detrás de su casa hasta llegar a la playa de Sandpiper.

A escasa distancia del puerto por la zona norte, la playa de Sandpiper era una suave curva de tierra protegida por el lejano rompeolas. Era el sitio perfecto para que las madres llevasen allí a sus hijos a nadar los días cálidos, pero a primera hora de la mañana era territorio de corredores, de cualquiera que hubiera salido a andar o a pasear el perro.

Nell cruzó la carretera, estiró los músculos de las piernas ayudándose de la áspera valla de madera que delimitaba el perímetro del aparcamiento y empezó a correr por la playa con suavidad. Vio pasar varios cuerpos delgados y firmes, y saludó a algunas caras conocidas: algunos amigos de Izzy, un joven que estaba en una de sus juntas, las sobrinas adolescentes de Mae corriendo en tándem... Nell estaba encantada con su paso relajado y pronto empezó a notar cómo desaparecían los dolores de sus músculos tensionados mientras su cuerpo se movía a su propio ritmo.

—Nell —dijo una voz a su espalda empujada por el viento.

Aminoró un poco justo cuando Izzy la alcanzaba corriendo a su lado. Su pelo se había convertido en una masa de mechones mojados que se le pegaban a las mejillas y el cuello. Aminoró el paso para ir al de Nell.

—¿Quieres compañía? —le preguntó.

Nell respondió con una sonrisa y las dos corrieron mientras compartían un cómodo silencio durante un rato e Izzy acomodaba sus zancadas al paso de su tía.

—¿Cómo te ha ido la semana? —le preguntó Izzy.

—Ayer estuve atareada —contestó a trompicones. Le explicó que había estado recogiendo las cosas del escritorio de Angie—. Aunque no había muchas cosas personales o que tuvieran algo que ver con su vida.

—¿No había notas o cartas? ¿Comprobaste su correo?

—Utilizaba el portátil —explicó Nell—. Y no estaba. Nancy dijo que siempre se lo llevaba a casa por la noche.

Izzy alzó y bajó los brazos y frunció el ceño.

—¿Estás segura? La policía estuvo buscando el ordenador.

—Y no lo encontraron.

—No. Se llevaron muy pocas cosas y no había ningún ordenador. Pero Tommy me dijo que lo hicieron todo muy rápido. Echaré otro vistazo. Creo que podría venir alguien a quedarse una temporada.

—¿Ah, sí?

Nell se alejó del agua y corrió en dirección a un banco de madera. Una cosa era correr, y otra muy distinta era correr mientras se mantenía una conversación inteligente.

Izzy la siguió por la arenosa cuesta y se detuvo frente al banco inclinándose hacia adelante hasta agarrarse las puntas de las zapatillas de tenis. Había clavado los ojos en la arena y los mechones de pelo húmedo le caían por la cara.

—No me mires así —dijo sin levantar la vista—. No es que lo vea, lo noto; es como si estuviera viendo esos ojillos con los que no se te escapa nada.

Nell se sentó en el banco y estiró las piernas hacia delante. Se quitó la gorra de béisbol y sacudió la cabeza agitando el pelo mientras sonreía mirando la cabeza agachada de su sobrina.

—Solo pienso que es buena idea, Izzy, nada más. Y Ben opina lo mismo. Pero yo no he tenido nada que ver.

Izzy se enderezó y se sentó junto a su tía.

—Lo que no entiendo es por qué razón querría un chico vivir encima de una tienda de punto cuando podría estar en una casita junto al océano.

—Izzy, el Estudio de Punto del Seaside no puede estar más cerca del agua.

—Ya sabes a qué me refiero.

—Bueno, para empezar, Sam no ha venido a sentarse en la playa para broncearse o para salir de fiesta. Ha venido a impartir una clase en la academia de arte de Canary Cove y para sacar fotografías. Y si quiere conocer de verdad Sea Harbor, vivir encima de tu estudio le conviene mucho más.

Izzy se apartó el pelo de los ojos y se lo pasó por detrás de la oreja.

—Solo es obstinación. Sam no está tan mal, se ha convertido en un hombre muy apuesto.

—Y estoy convencida de que él diría lo mismo de ti —repuso Nell reprimiendo una sonrisa.

—Verle fue toda una sorpresa, buena y mala a la vez. A una pequeña parte de mí no le gustó que el pasado volviera a colarse en mi presente. Me gusta que esté separado, controlarlo. Sam estaba allí, bueno, ya sabes, cuando papá me dejó claro que mi amor por el arte era un estupendo pasatiempo. Pero el derecho... —Izzy bajó la voz una octava y se pegó la barbilla al pecho para añadir—: El derecho, querida e inteligente hija, el derecho es una carrera.

Nell le dio unas palmaditas en la mano y se rio de su imitación de Craig Chambers. Ella quería mucho a su cuñado, igual que Izzy quería a su padre, pero también sabía que Craig había puesto parte de sus grandes esperanzas y sueños sobre los hombros de su hija. Y eso había angustiado mucho a la joven Izzy Chambers.

—Pero en cuanto a lo del apartamento —siguió diciendo Izzy—, y aunque odie admitirlo, tienes razón, Nell. Cualquier ruidito que oigo me pone los pelos de punta. Será solo el viento o que la tienda es más vieja que Matusalén, pero me inquieta. Me irá bien tener a Sam ahí arriba. Especialmente ahora.

—Lo dices de una forma que me asusta un poco, Izzy.

—No pretendo asustarte. Pero si no te lo digo, acabarás enterándote por otra persona.

—¿Enterarme de qué?

Nell sintió una conocida presión en el pecho, esa incómoda sensación que ya había notado cuando Izzy se había mostrado reacia a contarle algo. Recordó la llamada de teléfono después del gran proceso judicial que había llevado su sobrina hacía ya dos años. La joven la había llamado desde los tribunales, feliz y contenta por los cumplidos que le habían dedicado los abogados de su despacho. «Enhorabuena, Izzy Chambers —le habían dicho—. Vas directa a la cima».

Pero cuando Ben y Nell aparcaron junto al apartamento que la joven abogada tenía en la ciudad aquella noche, cargados con flores y champán para celebrar la victoria, se habían encontrado las cortinas echadas y la puerta llena de periodistas. Consiguieron rodear el edificio y entrar por detrás sin que nadie se diera cuenta y se encontraron a Izzy en la cocina, sola, hecha un mar de lágrimas. Y Nell sintió esa misma presión en el pecho cuando su sobrina la miró entonces sin ganas de hablar pero con la necesidad de explicarse.

El proceso judicial de su sobrina no había sido complicado, pero sí el primero. Un joven no mucho mayor que Jack, el hermano de Izzy, había sido acusado por tercera vez de robo a mano armada. Mediante una argumentación lógica y sagaces razonamientos, la joven abogada había convencido al juez de que su cliente era inocente, y el chico pudo recuperar su vida. Una tercera condena hubiera resultado en un largo encarcelamiento. El chico había abrazado con fuerza a Izzy y las cámaras grabaron el gesto para las noticias de las seis. Pero poco después, en una zona comercial no muy alejada del apartamento de Izzy, el recién liberado asaltó una tienda de comestibles a punta de pistola y acabó con la vida del propietario y su mujer de sendos disparos.

Izzy regresó a Sea Harbor con Ben y Nell esa misma noche. Y pocos días después, tras largas conversaciones con el despacho de abogados Elliot & Pagett, todos llegaron a un acuerdo, e Izzy terminó con los casos que tenía pendientes, vendió el apartamento de la ciudad y se compró el Estudio de Punto del Seaside en Harbor Road. Nell había sufrido viendo el dolor de su sobrina durante aquellos difíciles días, y después la recibió en Sea Harbor con los brazos abiertos y la joven empezó a llevar una vida con la que se sentía tan cómoda como con un par de calcetines de punto.

—Dime, Izzy —dijo Nell preparándose para hacer una pregunta cuya respuesta quizá no acabaría de gustarle.

—Ya sabes que Tony y Pete se fueron a pescar juntos el otro día. No sé muy bien por qué lo hicieron, porque no son amigos, pero así fue.

Nell asintió.

—Por lo visto, estuvieron fuera hasta bien tarde. Llegaron hasta la isla y se tomaron unas cervezas. Pete dijo que pasaron muy poco rato pescando y mucho hablando. Tony le hizo un montón de preguntas sobre Angie. Según Pete, ese fue el motivo por el que lo había invitado. ¿Cómo era su relación? ¿Cómo se habían conocido? ¿De qué hablaban? ¿Le hablaba sobre su trabajo?

¿Cuándo se iba a marchar? Y suma y sigue. Pete dijo que lo había pasado fatal. A Tony no parecía importarle Angie en absoluto. Tony actuaba como si ella le hubiera contado a Pete algún secreto o algo parecido, y Tony intentaba sonsacarle a Pete de qué se trataba. Pero Pete no tenía ni idea de a qué se refería Tony. Al final todo se enrareció y acabaron bebiendo cerveza la mayor parte del tiempo.

—¿Y?

—Llegaron tarde al puerto y vieron luces detrás de mi estudio mientras amarraban el barco. Justo en la trastienda, solo se ven desde el agua. Les pareció ver también una sombra, pero estaban demasiado lejos como para estar seguros. Aunque sí que estaban convencidos de haber visto una luz.

—Quizá fuera la linterna de Gideon.

—Podría ser. Probablemente no sea nada —aseguró Izzy—. Pete se acercó a comprobarlo de camino a casa y dijo que había alguien sentado en el primer escalón, que salió corriendo en cuanto Pete se acercó conduciendo. Para cuando se bajó del coche, quienquiera que fuera ya se había marchado.

—Izzy, ¿no es cosa de Gideon asegurarse de que no pasen cosas como esa?

Su sobrina se encogió de hombros.

—Nell, probablemente no sea nada. Yo he pasado en este pueblo los veranos suficientes como para saber que a veces los chavales se meten en las cabañas vacías a tomarse unas cervezas o a fumarse un cigarrillo. Les parece emocionante. Les gusta el peligro. Pero no lo hacen con mala intención, y en cuanto se mude Sam, a nadie se le ocurrirá venir a encender las luces de mi estudio.

Nell sabía que Izzy no se creía ni una sola palabra de su hipótesis. Una casita de dos pisos en medio del pueblo no era exactamente una cabaña. Y no tendría nada de emocionante.

—Nell, mira —susurró Izzy, y le dio un suave golpe con el codo en un costado.

Nell levantó la vista y vio a Angus McPherron plantado en la orilla del agua, mirándolas a ella y a Izzy. Estaba completamente inmóvil y apenas se le veían las pesadas botas, pues a causa de su peso se habían quedado hundidas en la arena hasta que la marea empujó una ola espumosa que le rodeó los tobillos. Vestía unos pantalones negros anchos y una vieja gorra tan calada que casi tocaba sus pobladas cejas. Pero su mirada era clara y penetrante.

Nell levantó la mano para saludarle y le sonrió.

Angus asintió y después cruzó lentamente la estrecha extensión de la playa; la arena mojada se le pegaba a las botas y sus húmedas pisadas iban dejando una hilera de agujeritos a su paso.

—Buenos días, Angus —dijo Nell.

El hombre asintió de nuevo mirando a las dos mujeres mientras jugueteaba con la barba con sus dedos retorcidos. Era suave y blanca, una barba de Santa Claus que no combinaba nada con la piel bronceada de Angus.

—Buenos días, señoras —dijo—. Estoy pensando que hace un día estupendo para pasear por el agua.

—Sí.

—Sé que erais sus amigas. Yo solía pasear por la orilla con ella.

—Con Angie —dijo Nell, que supo, por instinto, a quién se refería Angus. Por un momento se preguntó si Angus habría escuchado su conversación, pero enseguida ignoró aquel pensamiento. El sonido del mar daba privacidad a la mayor parte de las conversaciones, y, aunque el viento hubiera transportado el sonido de sus voces, ella sabía que Angus ya no tenía tan buen oído como antes—. Tú y Angie también erais amigos —le dijo.

Él asintió y la sonrisa que esbozó suavizó su seria expresión.

—A Angie le gustaban mis historias. Nos sentábamos en el embarcadero o en el rompeolas. A los dos nos encantaba hacerlo. Dejábamos que la brisa del mar nos refrescara la cara. Y hablábamos de los viejos tiempos.

Angus miraba hacia el norte al hablar, como si estuviera viendo a Angie en el rompeolas, esperándole.

—Yo no me dejo engañar. Le cuento mis historias a mucha gente, pero ya sé que en realidad no les interesan. —Se encogió de hombros—. Supongo que los hay que sí y los hay que no. Pero a mí me gusta hablar con la gente, y si no quieren escucharme, no me siento herido. La mitad del tiempo me lo invento todo. Pero a Angie siempre le contaba la verdad. Ella prefería esas historias.

Nell se pasó algunos mechones de pelo húmedo por detrás de la oreja.

—A mí me gustan tus historias, Angus. Nos gustan a muchos.

Él negó con la cabeza.

—Gracias, Nell. Pero Angie era mi mejor público; espero que no te ofenda que te lo diga. —Esbozó una sonrisa triste y enigmática—. Ella las vivía, mis historias, y después las recordaba, palabra por palabra. A veces incluso apuntaba algunas de las cosas que le decía. Y siempre me hacía preguntas. Yo le caía bien, ¿sabes? Y a mí ella me gustaba mucho.

Mientras Nell escuchaba hablar al anciano, recordaba imágenes de momentos en los que había visto a Angie en compañía de Angus, sentada en Pelican Pier, o en el rompeolas, o allí mismo, en la playa de Sandpiper. Verlos la conmovía por algún motivo, formaban una extraña pareja; Angie se interesaba por lo que decía Angus y le hacía sentir importante y relevante.

—Debes de echarla mucho de menos —dijo Izzy—. Yo también la añoro.

Angus perdió la vista en el mar con una expresión apagada y triste. Frunció el ceño y entornó los ojos al sol, cada vez más brillante.

—A veces se me lían los pensamientos y se me embota la cabeza —confesó—. Tenéis que disculparme. Soy un viejo. Angie me ayudaba a concentrarme. Eso es lo que más echo en falta. Estoy seguro. —Paseó la vista por el océano y sonrió—. «Estoy seguro». Ella siempre decía eso. «Estoy segura», siempre tan convencida. «Estoy segura», decía.

Volvió a sonreír, fue como un pequeño y triste gesto de reconocimiento. Nell enseguida advirtió la confusión asomando a sus ojos. Se extendía con serenidad por todo su rostro como la niebla de la madrugada.

—Espero que tengáis un buen día, chicas —repitió Angus—. Id con cuidado. Cuidad de Angie.

Se quedó inmóvil mientras se miraba las puntas de las botas mojadas y llenas de arena. Cuando levantó la vista, le resbalaba una lágrima por la mejilla.

—Ella me quería, ¿sabéis? —dijo con la voz ronca—. Anja me quería.

Después se dio la vuelta muy lentamente y regresó a la orilla mientras su ancha y encorvada espalda proyectaba sombras deformes sobre la arena que dejaba atrás.

—¿Anja? —le preguntó Izzy a Nell mientras veía cómo Angus avanzaba con dificultad por la playa.

—Anja era su mujer —le aclaró Nell—. Quizá su mente haya mezclado la identidad de Angie con la de Anja. Dos mujeres que le tenían el cariño suficiente como para escucharle.

Birdie llamó a Nell a mediodía y le dijo que iba a llevar vino y fruta, y que podía ahorrarse el postre para la próxima reunión del grupo de punto del jueves por la noche. Birdie dijo que los dulces les darían sueño. Y tenían mucho que tejer y temas muy serios que tratar.

Nell pensó en la lógica de lo que había dicho su amiga mientras ordenaba las cosas que iba sacando de la bolsa de la compra, pero tampoco le dio muchas vueltas. Ya sabía que jamás podría considerarse que el vino pudiera provocar sopor alguno a la mente de Birdie; y sería imposible convencerla de lo contrario. Era lo que le daba vida. No sueño.

Sacó la lechuga de la bolsa y la metió en el fregadero. La temperatura había subido de pronto y el día era cálido; en Cabo Ann el tiempo solía cambiar sin previo aviso. La brisa se colaba por las ventanas abiertas, y, gracias al patio cubierto y lo cerca que estaba del mar, Nell podía tener la casa abierta y prescindir del aire acondicionado, pero era posible que en el estudio de Izzy hiciera calor por la noche. Seguro que les apetecería un poco de atún acompañado de ensalada de guisantes. Sellaría la porción de atún fresco que había comprado en Gloucester y después lo cortaría en rodajas. Lo acompañaría de wantón crujiente, un aliño con lima y jengibre, algunas rodajas de aguacate y los primeros tomatitos cherry de su huerto; con eso sin duda conseguiría ofrecer una maravillosa cena para una cálida noche de verano. Un incentivo para hacer punto. Y a saber para qué más.

La llamada de Birdie y la referencia que había hecho a la necesidad de hablar sobre temas serios solo habían servido para incrementar la preocupación que se había afincado en la mente de Nell después de haber salido a correr aquella mañana, a pesar de que la vida y los planes de verano seguían su curso en Sea Harbor: había carteles por todo el pueblo pidiendo voluntarios para organizar los fuegos artificiales del Cuatro de Julio. En la charcutería de Harry todo el mundo hablaba sobre la elegante gala benéfica del sábado por la noche en Framingham Point, y el olor de las toallas de playa mojadas y aceite de coco flotaba por las calles del pueblo.

Pero poco importaba lo que los visitantes y turistas pudieran ver en aquel pueblo de postal; el ritmo se había alterado. Era como la espeluznante y cálida quietud que había percibido de niña justo antes de que un tornado de Kansas cruzara las llanuras. O esa calma chicha y el cielo soleado que reina mientras la tormenta perfecta reúne toda su fuerza antes de descargar el caos sobre las vidas de tantas buenas personas.

CAPÍTULO DIECINUEVE

N ell miró la hora en su reloj. Se había quedado sin vinagre balsámico, lo único que le faltaba a la ensalada. Todavía quedaba mucho tiempo para que empezara la reunión del grupo de punto —en realidad faltaban horas—, un paréntesis poco habitual aquella atareada semana. Quizá incluso pudiera tomar un baño caliente antes de salir para ir a casa de Izzy.

Más tarde, durante el club de punto de la noche del jueves, no sería capaz de explicarles a Cass, Izzy y Birdie por qué lo había hecho exactamente. Había ocurrido sin más cuando salía del aparcamiento de Shaw con el vinagre balsámico en la bolsa de la compra. Quizá fuera el subconsciente diciéndole lo que debía hacer.

Dobló con el coche en dirección contraria a la de su casa y cruzó varias manzanas dirección oeste por la avenida Stanley; después se detuvo en el aparcamiento lleno hasta los topes del edificio de las oficinas administrativas.

Nell levantó la vista hacia la enorme fachada de piedra y entró en el edificio. No recordaba haber estado antes en aquel lugar, aunque sabía que Ben había ido allí muchas veces a pedir escrituras de propiedad y copias de documentos familiares. Era un edificio antiguo de pasillos estrechos con olor a humedad que a Nell le recordaba a la vieja biblioteca de Kansas donde había pasado la mitad de su vida. Se detuvo justo en la entrada y buscó el despacho en el que Angie Archer, al parecer, había pasado las últimas horas de vida.

«Registro de escrituras», leyó en el directorio de la pared. Despacho 114. Tenía que ser ahí.

—Nell Endicott —dijo una voz a su espalda, y al volverse Nell se encontró con el sonriente rostro de Rachel Wooten.

Rachel y su marido se habían trasladado al barrio de Nell hacía unos años y a veces terminaban en la terraza de los Endicott para disfrutar de los martinis del viernes. Nell había olvidado que Rachel trabajaba allí.

—Os hemos añorado estos días, Rachel —dijo Nell—. A ver si vuelves a pasarte pronto por casa con Don.

Rachel sonrió.

—Gracias, Nell. Los días pasan demasiado rápido. Iremos pronto. Entretanto, igual puedo ayudarte con algo aquí.

—Quizá sí. Creo que lo que estoy buscando es el despacho del registro de escrituras. Angie Archer estaba trabajando en un proyecto para el Museo de Historia y Nancy Hughes me dijo que aquí encontraba mucha información.

—Así es. Angie venía por aquí a menudo. La veía cruzar el pasillo a toda prisa con su preciosa melena pelirroja al viento. Es espantoso lo que ha ocurrido. Espero que encuentren pronto al responsable.

—Yo también, Rachel.

—Ven. —Rachel enlazó el brazo con el de Nell—. El registro de escrituras está justo al lado de mi despacho. Te acompañaré hasta allí. —Empezaron a caminar por el pasillo y Rachel bajó la voz—. Nos afectó mucho la noticia del asesinato de Angie. Ya sabes, es alguien que ves a menudo. Fue especialmente duro para nuestro registrador; es un hombre muy callado, pero Angie lo había hechizado con su magia. Siempre se le iluminaba la cara cuando la veía entrar, y mientras Angie estaba aquí, él hablaba como una cotorra.

En ese momento se acercó un compañero de Rachel, saludó a Nell con una sonrisa y le recordó a Rachel que tenían una reunión.

—Ups, disculpa, Nell. Tengo que irme. Pero es ese despacho, justo ahí —indicó señalando una puerta de cristal esmerilado.

Nell le dio las gracias y entró en la oficina. Se quedó allí plantada un momento mirando los ordenadores, las larguísimas mesas y las hileras de armarios llenos de archivadores. Y entonces se volvió hacia el callado hombre que aguardaba sentado tras un escritorio de madera.

—Nell Endicott —dijo el registrador levantando la vista del ordenador—. Vaya, hola.

Ella abrió los ojos sorprendida.

—Sal Scaglia. Claro, eres tú. No se me había ocurrido pensar que si venía al despacho del registro de escrituras sería tu despacho. Qué tonta. Últimamente tengo demasiadas cosas en la cabeza, pero es una feliz coincidencia.

Sal se inclinó sobre su desordenado escritorio y le estrechó la mano.

—¿Necesitas ayuda para localizar alguna escritura?

Le hizo señas para que se sentara.

Nell tomó asiento delante de su mesa. Contempló la camisa de manga corta y las gafas de Sal, los bolígrafos que llevaba prendidos del bolsillo y sus pantalones azul marino tan bien planchados. Ese día llevaba unas gafas con la montura marrón y parecía un profesor tímido.

—No, Sal —contestó—. No necesito ninguna escritura. Necesito información. Y me parece que eres la persona más adecuada para ayudarme. Me alegro de que estés aquí.

—¿Qué clase de información?

—De eso es de lo que no estoy segura. Se trata de Angie Archer.

Sal se quitó las gafas y pegó la cabeza al respaldo de la silla. Parpadeó varias veces y a Nell le dio la impresión, por un segundo, de que le había entrado una mota de polvo en el ojo.

—¿Te encuentras bien, Sal?

—Sí. —Volvió a ponerse las gafas—. ¿Qué ocurre con Angie Archer?

—Tengo entendido que pasaba mucho tiempo aquí —empezó a decir Nell.

—¿Mucho tiempo?

—En tu despacho.

—¿Por qué?

Sal clavó la vista en unos documentos que había sobre su mesa y frunció el ceño. Se pegó los dedos a las sienes como si la pregunta le hubiera provocado dolor de cabeza.

Nell estaba confundida.

—Me parece que venía a buscar viejas escrituras para un proyecto en el que estaba trabajando para la exposición del museo.

A Sal se le agitó el pecho al soltar una gran bocanada de aire.

—Ah, sí, ya me acuerdo. Estaba metida en un proyecto. Trabajaba justo ahí.

Señaló la mesa de los ordenadores.

—¿Alguna vez te habló sobre su trabajo?

—No, no. Ella trabajaba siempre muy concentrada mientras estaba aquí. Venía a trabajar.

—Me pregunto si encontraría alguna información que quizá alguien no quisiera que ella descubriera. Algo que pudiera ponerla en peligro.

—¿Y qué podría ser?

Sal alejó un poco la silla, como si quisiera poner distancia entre Nell y él.

—No lo sé. Esperaba que tú lo supieras, Sal.

—Aquí viene mucha gente, Nell. Angie Archer solo era una más. Vienen muchas personas a investigar temas relacionados con escrituras antiguas. Mucha gente. La verdad es que yo tampoco conocía muy bien a Angie.

Nell asintió. Estaba poniendo nervioso a Sal, pero no sabía cómo tranquilizarlo. Quizá con un cambio de tema.

—Beatrice y tú fuisteis muy amables al venir a ayudarnos el otro día.

Sal se puso tenso.

—No deberíamos habernos metido en esas cosas, son privadas. Beatrice no debería haberlo hecho.

—Me parece que solo intentaba ayudar.

El registrador guardó silencio. Se quitó las gafas de nuevo y miró a Nell.

—Lamento no haber sido de gran ayuda. Pero me temo que ahora debo volver al trabajo. —Señaló la pila de papeles que tenía sobre el escritorio—. Como puedes ver, tengo muchas cosas que hacer, es mucha responsabilidad.

Nell asintió. Se levantó y alargó el brazo para coger el bolso.

—Bueno, si se te ocurriera cualquier cosa, mantenme informada. Me dio la impresión... Bueno, cuando nos encontramos en el restaurante de Annabelle, pensé que querías decirme algo sobre Angie.

Pero Salvatore Scaglia ya se había concentrado en otras cosas y el comentario de Nell quedó sin respuesta.

La había ignorado.

CAPÍTULO VEINTE

N ell no solía ser la última en llegar a las reuniones del grupo de punto de los jueves por la noche, pero su extraña conversación con Sal Scaglia y una sucesión de llamadas de última hora la habían retrasado. Aparcó el coche en Harbor Road y cruzó la calle a toda prisa cargada con la cesta de comida.

Vio a Gideon un poco más adelante caminando tranquilamente por la acera. Apretó el paso con intención de saludarlo. Quizá con un poco más de confianza o si llegaba a conocerlo un poco mejor conseguía dejar de preocuparse por ese tipo, pero lo dudaba. Ben se había tomado sus temores en serio cuando ella se los había confesado la noche anterior por teléfono. Le recordó que ella siempre había tenido mucho instinto y que no debía ignorar sus sospechas. Pero también añadió que consideraba que esta vez Nell debía mantenerse al margen. Izzy no acostumbraba a quedarse en el estudio después de cerrar, por lo que no coincidía demasiado con el tipo. Y Sam se trasladaría pronto. Y si Nell lo había entendido bien, Gideon estaba a punto de ganar la lotería, iba a conseguir un trabajo mejor o se iba a enrolar en alguna embarcación; así que, probablemente, se marcharía pronto de todas formas.

—No le des vueltas, Nell —le había dicho—. Izzy estará bien.

Cuando llegó al estudio de su sobrina, en lugar de dirigirse al callejón como acostumbraba a hacer, Gideon cruzó la calle.

«Eso lo explica todo», pensó Nell. Gideon no empezaba su turno de vigilancia antes de hora; se dirigía al Gull, a por refuerzos para su noche de vigilancia.

Nell lo vio cruzar la calle hasta que desapareció en el bar de Jake Risso.

—Espero que no beba mucho —murmuró.

Las tiendas de Harbor Road necesitaban toda su atención; de nada servía que anduviera por allí si estaba aturdido por el alcohol.

—Nell Endicott, ¿qué es esto? ¿Ahora hablas sola?

El padre Northcutt había aparecido delante de ella con una pesada bolsa de la librería Brandley en la mano. Llevaba su habitual atuendo de los veranos: un polo de punto y pantalones cortos. Reservaba el alzacuellos y el traje negro para las visitas oficiales, y aseguraba que un clero que enseñaba las rodillas resultaba mucho más accesible, en caso de que alguien necesitara que lo escucharan.

Nell le sonrió al sacerdote. Había sido pastor en Nuestra Señora del Mar desde que ella empezó a ir al cabo con Ben, cuando los ancianos de la familia Endicott formaban parte de la jerarquía de la iglesia de Sea Harbor de forma regular, y conocía a todo el pueblo, tanto si acudían a la iglesia como si no. Nell pensaba que a veces era demasiado predicador, aunque imaginaba que había personas a las que les gustaría. Pero no importaba, porque debajo de todo eso no era más que un gran oso de peluche, un hombre bueno y amable.

—Solo esperaba que Gideon estuviera entrando en el bar de Jake para comerse una o dos hamburguesas —le confesó.

El padre Northcutt miró calle abajo justo cuando Gideon desaparecía en el interior de la taberna.

—Jake intenta vigilarlo, Nell. Ya sabe que Izzy, Archie y los demás comercios de la calle dependen de él, pero...

—¿Pero?

—No lo sé, Nell, no es asunto mío, claro. Pero creo que Gideon sería más eficiente en otro trabajo.

—Siempre tan diplomático, padre. Pero estoy de acuerdo.

—Creo que se distrae con facilidad, ¿entiendes? Responsabilidad, diligencia y Gideon son tres palabras que ni siquiera tu grupo de punto podría unir con facilidad. Y además lo veo demasiado interesado por las chicas.

Nell pensó en Angie sola en aquel apartamento durante todas esas semanas. ¿Acaso Gideon habría sentido interés por ella? Algo de eso había dicho.

—Ya sabes a qué me refiero, Nell —seguía diciendo el sacerdote—. No es mal tipo. Y acude a la misa de las once casi todos los domingos. Viene con su madre, una mujer diminuta, fuerte y bastante dominante, si me permites el atrevimiento; en cualquier caso, es una parroquiana cumplidora. Pero pienso que Gideon acude a la iglesia no para escuchar la homilía, sino para observar a las jovencitas bronceadas que pasan por aquí en verano con sus vestiditos. —Se encogió de hombros y su doble barbilla se agitó ligeramente por encima del cuello abierto de su polo —. Quizá no consiga impactar lo suficiente desde el púlpito. ¿Tú qué piensas, Nell?

Ella tocó el brazo de aquel hombre mayor.

—Creo que lo hace usted bien, padre. Y me alegro de saber que Gideon acude a misa de vez en cuando. Podría usted pedirle a quien corresponda que lo vigile por mí. Si está usted pendiente, yo ya me alegro.

—Y yo me alegraría de que me invitaras a cenar —repuso el padre Northcutt mirando su bolsa al tiempo que se inclinaba sobre ella—. Hace semanas que no huelo nada tan bueno, Nellie.

Nell se echó a reír.

—Si practica usted un poco con el punto, nos plantearemos invitarle.

El padre Northcutt se reía a carcajadas —era un sonido profundo y ronco—, y después cruzó la calle y tomó la avenida Pine en dirección a la rectoría. Nell siguió oyendo la risa del anciano padre mientras desaparecía tras la siguiente esquina.

Nell se apresuró hasta el estudio; llegaba más tarde que nunca. Saludó a Mae con la mano y se dirigió directamente a la trastienda.

—Acabo de tener la conversación más rara del mundo —explicó bajando a toda prisa los escalones que conducían a la sala de hacer punto.

—Hace días que no como nada decente y tú por ahí de charla —le recriminó Cass acercándose para ayudar a Nell con las bolsas—. Casi me vuelvo loca pensando que quizá no aparecías.

—Yo jamás te abandonaría, Cass, ya lo sabes.

—Espero que sea verdad.

Abrió la bolsa de papel e inspiró hondo.

—Ya te hemos servido una copa de vino, querida —anunció Birdie sonriéndole a Nell. Lana estaba hecha un ovillo de calicó sobre su regazo—. Me levantaría, pero, como puedes ver, tengo el regazo ocupado.

—Hoy he ido a ver a Sal Scaglia —anunció la recién llegada.

Puso el cuenco de madera en la mesa y a continuación vertió el aliño de lima, vinagre balsámico y cilantro sobre la lechuga.

Luego añadió el atún marinado acompañado de algunas rodajas de aguacate y varios tomatitos. Después lo acompañó de unos wantones fritos muy crujientes y un poco de queso de cabra.

—¿A Sal? —Izzy se acercó y le tendió su copa de vino—. ¿Por qué has ido a ver a Sal?

En solo unos minutos, ya se habían llenado los platos y estaban reunidas alrededor de la mesita de café. Entre bocados de ensalada y sorbos de vino, Nell fue desgranando la historia de su visita de aquella tarde.

—Nancy dijo que Angie pasaba horas en ese diminuto archivo de escrituras. Y Rachel Wooten me lo confirmó. También me dijo que Angie había impactado mucho a Sal. De forma positiva, eso pensaban todos. Por lo visto, se mostraba animado y hablador cuando ella estaba por allí. Pero cuando dije el nombre de Angie en presencia de Sal, fue como si le hablara de una absoluta desconocida. Y me dejó muy claro que tenía cosas más importantes que hacer que hablar conmigo sobre Angie Archer.

Izzy masticaba su panecillo con la frente arrugada y actitud reflexiva. Se limpió la mantequilla de los dedos y dejó el plato.

—Quizá Sal estaba en modo silencioso. Ese hombre no habla nunca, Nell.

—Porque Beatrice, que Dios la bendiga, habla por él —terció Birdie—. Son la pareja más extraña que he conocido en mi vida, pero dicen que los polos opuestos se atraen.

—Ya sé que Sal es tímido —dijo Nell—, pero no era solo timidez. Me ha parecido que estaba nervioso. Aunque no entiendo por qué no ha admitido que la conocía.

Lana saltó del pantalón de Birdie hasta el regazo de Nell y miró su ensalada.

—Te dejo que te acurruques aquí, Lana —le dijo a la gatita—, pero nada más.

—Estoy de acuerdo, Nell. Esto de Sal no tiene ningún sentido. Pero creo que por lo menos estamos haciendo progresos.

—¿Crees que el hecho de que Beatrice viniera con nosotras a limpiar el apartamento tiene algo que ver con todo esto? Eso también fue raro. Ella nunca había puesto el pie en esta tienda, y de repente se presenta en la clase para aprender a deshacer puntos y nos ayuda a limpiar el apartamento de Angie.

Izzy limpió el plato y sacó una cesta de hacer punto.

—Bueno, eso también es interesante. Según Margarethe, Beatrice jamás ha hecho punto. Y, sin embargo, vino a la clase de Izzy.

— Es un poco raro —admitió Birdie—. Quizá quiera asegurarse de que es capaz de arreglar sus errores antes de cometerlos. Así es como afronta los problemas urbanos en las reuniones del consejo.

Cass se echó a reír.

—Birdie, ¿qué haríamos sin ti?

—Pues verás, jovencita, has hecho la pregunta adecuada. Sin mí, pasarías el resto de tu carrera como tejedora haciendo bufandas.

Cass frunció el ceño. Miró a Izzy y después a Nell.

—Eso no suena bien.

—Tranquila, Cass. Esta noche tenemos mucho que hacer, y ahora que ya nos hemos alimentado, tenemos que brindar.

—Te estás volviendo un poco mandona, Birdie —la acusó Cass mientras recogía el resto de platos y los llevaba a la librería.

—Silencio, Cass. Alzad todas vuestras copas.

Las cuatro copas con el pinot de Birdie se alzaron a la vez.

Birdie se incorporó un poco en el sofá con la espalda recta y los ojos brillantes.

—Por la amistad —anunció.

—Por la amistad —repitieron todas.

Al poco, Birdie volvió a alzar la copa.

—Y ahora tomad un buen trago. —Guardó silencio un momento y entonces anunció con aire dramático—: Por el chal de Cass.

Se alzaron tres copas. La cuarta se quedó en la mesita de café.

—¿Chal? —dijo Cass. Puso los ojos en blanco—. Birdie, a veces pienso que estás como una cabra.

—Deberías avergonzarte. Respeta a tus mayores y levanta la copa. Por el chal de Cass —repitió.

Izzy le dio un codazo amistoso a la langostera.

—Venga, Cass. Enróllate.

Su amiga frunció el ceño y levantó la copa algunos centímetros.

Cuando hubieron brindado, Birdie cogió una bolsa que había dejado junto al sofá y sacó un ovillo de hilo.

—Izzy me ayudó a elegirlo. Es una preciosa mezcla de lana y seda...

—¿Seda? —espetó Cass. Fulminó a Izzy con la mirada—. Izzy, yo capturo langostas. No trabajo la seda. Para empezar no puedo permitírmela. Y tampoco me pongo nunca un chal.

Cass se acercó a la mesa y se rellenó el plato vacío.

—No te alteres, Catherine. El chal es para tu madre. A Mary le va a encantar. Y ya es hora. Una buena amante del punto no puede dedicarse a tejer solo bufandas.

—Es un hilo precioso, Cass —dijo Izzy—. Y puedes hacerlo. Es un pequeño chal estilo Faroese que tu madre podrá ponerse sobre los hombros y le dará calor sin incomodarla. Dibuja una pequeña curva en los hombros para que no se caiga, ni siquiera cuando la persona que lo lleva sea dada a mover mucho los brazos, como Mary. Le encantará. Y este hilo es tan suave y delicado que te darán ganas de comértelo.

—Con el atún me apaño, pero gracias —repuso Cass. Se limpió las comisuras de la boca con una servilleta mientras veía cómo Birdie le daba los ovillos de hilo a Nell, que los acarició como si se tratara de una minúscula gatita.

—Ya he elegido el patrón y las agujas —anunció Birdie. Y se las tendió a Cass junto al patrón.

Nell se inclinó hacia delante para contemplar la fotografía. El chal llegaba hasta la mitad del brazo y dibujaba una curva preciosa a la altura de los hombros, además de tener un precioso diseño en forma de encaje en la parte de atrás. Pensó que quizá el patrón fuera un poco laborioso para Cass, pero tendría mucha ayuda.

—Es perfecto para Mary —dijo Nell en voz alta—. El principio es sencillo. Solo tienes que montar los puntos, Cass, eso te gusta.

—Y mientras lo haces, querida, Izzy nos servirá otra copa de vino —dijo Birdie.

Izzy se metió en la cocina del estudio a buscar una botella fría y se llevó los platos consigo.

Cass cogió la aguja y empezó a montar los puntos. Tenía el sedoso hilo amontonado en el regazo y arrugaba el ceño con la misma tensión que imprimía a sus puntos.

Birdie se inclinó hacia delante para examinar los puntos de la langostera a través de sus gafas. Le tocó una mano y susurró:

—Hazlos más sueltos, cariño. Una mujer solo puede permitirse el lujo de relajarse cuando monta puntos.

El golpe que se oyó en el piso de arriba hizo que Cass se parara en seco a medio punto. La estancia se quedó en silencio absoluto mientras las tres mujeres miraban hacia el techo.

Izzy volvió a aparecer en la sala.

—No os preocupéis. Es un golpe de los buenos. Sam Perry no lleva botas, pero pesa más que Angie. Está pensando en alquilar el apartamento uno o dos meses. Por lo menos la tía Nell podrá dejar de preocuparse cuando yo decida quedarme aquí un rato después de cerrar y conseguirá dormir un poco.

—Vaya —dijo Birdie—, qué buena noticia, Izzy. Me parece muy bien.

—Viniendo de ti, Birdie, es todo un honor. Pero volvamos a lo que nos ocupa. Ahora que el chal de Cass está en marcha, quiero que volvamos a lo de Sal. Y Angie. Me parece que estamos a punto de resolver el misterio. —Se sentó junto a Birdie y sacó su jersey de la bolsa que tenía junto al sofá—. ¿Quién querría lastimar a Angie? Y lo que es más importante, ¿por qué? Mientras ayudo a las clientas a recuperar puntos perdidos y a rematar sus peucos de bebé, las oigo chismorrear, y se dicen muchas cosas sobre Angie que yo desconocía, y eso que vivía en el piso de arriba.

Nell asintió.

—Yo también las he oído. La gente dice de todo. Por ejemplo, hay quien dice que vio a Tony Framingham en el museo con Angie. —Miró a Cass—. ¿Te ha comentado Pete algo sobre eso?

Su amiga terminó de montar los puntos y se puso con el punto bobo. Negó con la cabeza.

—Pete sabía que a Angie no le gustaba Tony. No estaba seguro del motivo por el que Tony aparecía por allí de vez en cuando, pero Angie siempre decía que no soportaba a Tony Framingham.

—Eso encaja con lo que vimos la noche que murió —comentó Izzy—. Se estuvieron peleando en la librería. Y, según las palabras de Archie, Tony amenazó a Angie. Me parece que a él tampoco le caía bien Angie.

—Si vamos a hacer una lista —terció Cass—, no olvidemos al viejo del mar. Me cae muy bien Angus, pero también debería estar en la lista.

—¿Angus? —Birdie levantó la cabeza—. ¿Ese pobre anciano? No mataría ni a un mosquito.

—Pero siempre estaba siguiendo a Angie. Yo lo había visto muchas veces en el puerto, ella iba a correr por allí. El viejo siempre andaba cerca, observándola, esperando el momento.

—Eran amigos, Cass —dijo Nell—. Eso es todo.

Pero entonces recordó la reacción de Angus el día anterior en la playa. Había sido raro, como si algo no encajara.

—Él pensaba que Angie era su mejor amiga —explicó Izzy—. Y la verdad es que ella siempre pasaba mucho tiempo con él. Siempre los veía juntos por Ocean's Edge. A decir verdad, la noche que murió Angie, yo había quedado para tomar algo con algunos amigos en el Edge, y me dijeron que Angie había estado hablando con Angus en la puerta un poco antes aquella misma noche. Les había parecido gracioso porque Angie iba muy bien vestida, como si tuviera una cita.

—Y nosotras sabemos que había quedado con Pete.

—Así que Angie tuvo una cita con Pete esa noche pero luego se marchó porque alguien la llamó por teléfono. Pero Angus estaba delante del bar y la entretuvo un momento cuando ella salió del bar —dijo Cass.

—¿Estás segura, Cass? —preguntó Nell.

Su amiga asintió.

—Es lo que Pete le dijo a la policía. Aunque ellos contestaron que no tenía mucho sentido hablar con Angus porque nadie sabía nunca por dónde iba a salir. Supongo que todos sabemos que probablemente sea cierto, pero cuando Angus está centrado, lo cierto es que sabe muchas cosas de esta zona. Estaba ayudando a Angie en un proyecto en el que ella trabajaba.

—Tiene sentido —dijo Nell—. Angie estaba reuniendo información sobre esta zona, ¿quién podría saber más sobre el tema que Angus?

—Y también sabemos que Angie terminó en la librería de Archie con Tony aquella noche —añadió Izzy—. Entraron juntos. Archie dijo que vio cómo se encontraban justo delante de su puerta; por lo visto, daba la impresión de que Tony estuviera buscando a Angie. Intercambiaron algunas palabras y después subieron juntos al primer piso de la librería para seguir hablando en un lugar más privado. Por lo menos eso es lo que supuso Archie.

—Pero no sabemos lo que pasó entre la librería y el rompeolas —concluyó Birdie. Se inclinó hacia delante para coger un bolígrafo y una libreta con las hojas amarillas y empezó a hacer la lista.

—Exacto. —Izzy dejó a un lado el chal de alpaca que estaba tejiendo para su madre—. Entonces tenemos a Angus, que podría sentir un amor irracional por Angie. Tenemos a Tony, que la amenazó.

—Y, aunque sabemos que nuestro dulce Pete no le haría daño ni a una mosca —dijo Birdie—, tenemos que escribir su nombre junto a los demás si queremos que la lista sea completa.

Fue añadiendo notas al papel con su característica caligrafía.

Cass levantó la vista.

—Me parece justo. Y tienes razón, Pete es tan agresivo como una mariposa. A veces pienso que le irían mejor las cosas si no fuera tan confiado.

—¿Y qué hay de George Gideon? —preguntó Birdie mirando por encima de las gafas—. Siempre está deambulando por ese callejón.

Izzy volvió a su asiento y se acomodó entre los cojines con un plato en el regazo.

—Gideon, sin duda. Aunque lo cierto es que lo contratamos precisamente para que se paseara por aquí, Birdie.

—Lo sé, lo sé —admitió la anciana—. Decisión completamente absurda donde las haya, Izzy. Ese hombre es un mujeriego y bebe en horas de trabajo. No ha trabajado con honradez ni un solo día en toda su vida. Y sinceramente pienso que al único que protege es a sí mismo.

Nell miró hacia la ventana abierta mientras se preguntaba si sus palabras se podrían oír desde fuera. Y últimamente Gideon parecía pasarse el día pegado a esos ventanales.

—A Angie no le gustaba —explicó Izzy—. Le daba escalofríos.

—Archie pensaba que pasaba más tiempo vigilando las ventanas de Angie que comprobando las puertas. Cree que Gideon estaba enamorado de ella —afirmó Birdie—. Me parece que hablaré con Gideon.

Nell frunció el ceño.

La anciana la miró.

—El asesinato es algo muy grave, Nell, y me da igual lo que pienses, no soy una vieja tonta. No voy a ponerme en peligro.

Nell sonrió.

—¿Es que una ya no puede tener mundo interior en esta tienda? —preguntó.

Birdie le rellenó la copa de vino y la miró.

—No —repuso—. Para eso están las amigas.

Nell pensó en Gideon y en las veces que se lo había encontrado las dos últimas semanas. Había insistido mucho en eso de que el asesino ya se habría marchado. Quizá demasiado. ¿Cómo podía saberlo? ¿Habría abordado a Angie aquella noche? Puede que hubiera intentado algo. La idea la hizo estremecer.

—Y no olvides tu conversación con Sal —apuntó Birdie—. Él también tiene que estar en la lista. Y quizá incluso Beatrice.

—¿Dónde estaba Gideon la noche que mataron a Angie? —preguntó Cass.

—Debería haber estado detrás de las tiendas.

Izzy tomó un sorbo de vino.

—Me parece que estamos pasando por alto algo importante. Algo acerca de la propia Angie. Últimamente estaba preocupada, y, sin embargo, Nancy dijo que todo iba bien en el museo. Había hecho un gran trabajo.

—También estaba enfadada —explicó Izzy—. Un día pasó por aquí para hablar un rato. Nos tomamos un café juntas y me dio la sensación de que le había pasado algo. Me estuvo hablando de las mentiras. No soportaba que le mintiesen, me dijo.

—Qué raro —opinó Birdie—. ¿Y explicó a qué se refería, Izzy?

—No, pero parecía triste de verdad. Como si realmente deseara que el mundo fuera diferente, pero no pudiera hacer nada para remediarlo.

—Pete siempre decía que ella era así: tan pronto se mostraba animada y divertida como triste y apagada. Pero Angie nunca le explicaba qué era lo que la entristecía.

Cass alisó dos hileras de puntos y contempló el trocito de chal que había tejido.

Birdie asintió.

—Lo estás haciendo bien, querida. Pero no tenses demasiado los puntos cuando llegues a los extremos.

—Creo que eso es lo que tenemos que averiguar —propuso Nell—. Lo que la entristecía o lo que la ponía de mal humor.

Y por qué tenía planeado marcharse pronto de Sea Harbor. La policía buscaba cosas como sangre y pruebas. Pero yo pienso que si conseguimos averiguar qué escondía el corazón de Angie, tendremos más probabilidades de descubrir la verdad.

Entonces se oyeron unos golpecitos en la puerta de atrás y Nell guardó silencio. Izzy se levantó y se acercó a la puerta para abrirla un poco, y después del todo. Sam Perry entró en el estudio y su corpulenta figura ocupó todo el umbral con la bolsa de la cámara colgada del cuello con una correa.

—Buenas noches, señoras. Espero no interrumpir.

—¿Qué te parece, Sam? —le preguntó Izzy.

—Es perfecto, Izzy. Un sitio genial. Te agradezco mucho que hagas esto por mí.

—Aquí mis amigas te dirían que lo hago por todas nosotras, Sam —le dijo.

—Y sería cierto —terció Birdie—. Será muy agradable tener a alguien más, aparte de George Gideon, cuidando de nuestro estudio de punto.

Sam dejó las llaves en la mesa.

—He coincidido con él una o dos veces y entiendo por qué lo dices. Hoy he llevado a mis alumnos a North Beach a hacer unas fotografías y nos lo hemos cruzado. Parecía saltar de una toalla a otra, por así decirlo, para mirar a las chicas.

—Qué asco —exclamó Izzy arrugando la cara. Miró por la ventana y después se volvió hacia el reloj de la pared—. Pronto empezará su turno. Pero ya basta de hablar de Gideon. ¿Cuándo te gustaría instalarte?

—Ahora —dijo Sam. Sonrió—. Pero supongo que me conformo con poder hacerlo el fin de semana. ¿Qué te parece si vengo mañana después de clase y te ayudo a llevar las cajas con las cosas de Angie a casa de su madre? Así el sábado ya puedo traer mis escasas pertenencias. No tengo muchas.

—Sam, cómo me alegro de que hagas esto —dijo Nell.

—Bueno, lo mínimo que puedo hacer es ayudar a limpiar mi nueva casa. Y le he dicho a Izzy que me preocuparía de cambiar la cerradura. —La miró—. Entonces, ¿quedamos?

Izzy frunció el ceño un segundo sorprendida por aquella palabra. Carraspeó.

—Bueno, mañana nos vemos, sin más —dijo finalmente.

Nell pensó que su sobrina era perfectamente capaz de controlar su voz y sus gestos como buena exabogada. Pero no tenía ningún control en absoluto sobre el ligero rubor que le trepó por el cuello. Quizá el verano estuviera llegando a Sea Harbor después de todo. O, por lo menos, estaba a la vuelta de la esquina.

CAPÍTULO VEINTIUNO

B en llegó a casa el viernes por la tarde. Nell tenía la impresión de que había estado fuera un mes.

—Debería marcharme más a menudo —bromeó. Salió a la terraza, donde Nell había dejado una bandeja con queso y tostaditas junto a una jarra con té de menta infusionado al sol. Nell le había apoyado la mano en la espalda y se reclinaba suavemente sobre él mientras salían a disfrutar de los últimos rayos de sol de la tarde.

—Ha sido una semana muy larga —dijo Nell—. Me alegro de que hayas vuelto, Ben.

—Ponme al día —le pidió tirando de ella para que se sentara a su lado en el balancín—. Todavía disponemos de un poco de tiempo antes de que empiece el festival del pescado frito de Colorado de Ben.

Se inclinó hacia delante y sirvió dos vasos de té.

Nell saboreaba su bebida contemplando el océano que asomaba por encima de las copas de los árboles.

—No tengo mucho que contarte que no te explicara ya por teléfono. Es más bien una serie de emociones. Bastante incómodas. ¿Recuerdas el verano que fuimos al rancho a pasar el Cuatro de Julio?

Su marido asintió.

—El verano del tornado.

Nell asintió con la cabeza pegada a su hombro.

—Exacto, ese mismo. ¿Recuerdas que ese día salimos a contemplar el cielo mientras oíamos sonar las sirenas a lo lejos? La pesadez y la quietud del aire, los pájaros alterados no dejaban de piar y volar en círculos.

—Claro que me acuerdo. Ha sido el único tornado que he visto en Kansas. Aquellos primeros minutos fueron fascinantes, como una profecía.

—Fue casi como un hechizo que nos tenía en suspense. Pues eso es lo que ha pasado aquí. Esa espeluznante calma que sientes en tu interior. Pero sabes que algo no va bien y que no va a durar: estallará provocando una violenta ráfaga que lo destruirá todo.

Ben le tocó el pelo.

—Por lo que yo sé, no se espera ningún tornado en Sea Harbor, Nellie.

Ella asintió frotando la cara contra el hombro de Ben. Quizá no fuera un tornado que pudiera detectar el radar. No era de esa clase.

Cuando sonó el teléfono, los dos miraron hacia la casa planteándose durante unos segundos la posibilidad de no cogerlo y seguir disfrutando de aquel ratito a solas. Pero cuando Ben se levantó y entró en la cocina a contestar, Nell supo antes de que él la avisara que era la llamada que esperaban.

—Era Izzy —dijo cogiendo las llaves del SUV del mostrador—. Nos necesita.

Nell había acertado. Un tornado había desatado su furia en Sea Harbor. O por lo menos una parte.

—Qué desastre —dijo Ben mirando a su alrededor en el pequeño apartamento que había sido el hogar de Angie.

Sam e Izzy estaban en medio del salón, rodeados de porquería. Los libros que Izzy había apilado en las estanterías para dar calidez al apartamento estaban tirados por el suelo, algunos abiertos y con las páginas dobladas. Uno de los cajones del escritorio colgaba torcido casi al final de las ranuras, a punto de caerse. Las dos pequeñas alfombras estaban arrugadas a un lado y los cojines del sofá de pana estaban apilados de cualquier forma y se habían quedado así, apoyados en el respaldo o los reposabrazos.

Nell cruzó la estancia como pudo hasta llegar a Izzy. Miró a Sam.

—¿Te lo has encontrado así?

—Hemos subido a echarle un vistazo a la puerta, por lo de la cerradura nueva —explicó Sam—. Y para llevarnos las cajas con las cosas de Angie a casa de su madre. Y nos hemos encontrado esto.

Izzy y Nell volvieron a la zona del dormitorio, donde habían dejado las cajas con las cosas de Angie, y Sam y Ben las siguieron.

Estaba igual que el salón: cajones vacíos, los cubrecamas arrugados y el colchón medio colgando de la cama. Izzy se acercó a la puerta del armario donde habían guardado las cajas con las cosas de Angie. Habían roto las cajas, y la ropa, los zapatos y los productos cosméticos estaban esparcidos por el suelo del armario y la habitación.

A Nell se le encogió el corazón.

—Debería haber llevado las cosas de Angie a Josie enseguida —dijo Izzy con los ojos llenos de lágrimas.

Nell le rodeó los hombros con el brazo.

—Volveremos a recogerlas, Izzy. Todo irá bien.

—Me pregunto si encontrarían lo que venían buscando —dijo Izzy con un hilo de voz.

Se agachó a coger una chaqueta vaquera que había sido de Angie, la estrechó un momento y después la dobló con cuidado y la dejó en la cama. Cogió una pequeña caja de cartón en la que había metido algunas de las cosas personales de Angie: algunas fotografías, CD, varios pares de pendientes. Frunció el ceño y sorteó con los dedos el contenido revuelto.

—¿Qué pasa, Izzy? —le preguntó su tía.

—Yo metí aquí el iPod de Angie. Pero ya no está.

—¿Estás segura, cariño?

Izzy asintió.

—Del todo. Y los auriculares de color naranja también han desaparecido.

—¿Alguien ha hecho todo esto para llevarse un iPod y unos auriculares? —dijo Ben—. No tiene sentido.

—Quizá el intruso no encontrara lo que vino a buscar —supuso Nell—, y se llevó el iPod como premio de consolación. Qué absurdo. Y qué desafortunado.

Nell miró hacia la cocina y advirtió que habían registrado también la nevera y habían dejado la puerta del congelador abierta. En el suelo se había hecho un pequeño charquito de agua. Algunos de los platos de Izzy se habían caído del armario y estaban rotos sobre la encimera.

Su sobrina trataba de asimilar, con los ojos muy abiertos, el caos en el que se había convertido el limpio y acogedor apartamento del día anterior.

—¿Has llamado a la policía? —le preguntó Ben.

Sam asintió.

—Primero tenían que ocuparse de un accidente en la rotonda. Me temo que como aquí ahora no vive nadie no lo consideran una prioridad.

—Lo más probable es que la policía no pueda hacer mucho —comentó Ben. Miró a Izzy—. No hay muchos daños, Iz. Es básicamente el desorden. —Ben pasó la mano por la pared—. Mi excelente pintura sigue intacta.

Izzy le dedicó una pequeña sonrisa.

—Lo limpiaremos enseguida —añadió Sam con un entusiasmo que no sentía ninguno de ellos—. En realidad está más ordenado que la mayoría de los sitios en los que he vivido.

La preocupación se reflejaba de forma evidente en el rostro de Izzy. Nell la abrazó.

—No pasa nada, cariño —le susurró.

Pero sí pasaba. Y los cuatro eran perfectamente conscientes de ello. El primer intruso no había hecho nada, solo había dejado entrar a la dulce gatita. Nell se había preocupado entonces, pero, que ellas supieran, aquella visita no había tenido muchas consecuencias. Sin embargo, aquel destrozo y la evidente falta de escrúpulos eran aterradores de verdad. Cruzó la estancia y recogió unas revistas del suelo mientras pensaba en varias cosas a la vez. Esperaba que Izzy no percibiera su miedo.

¿Qué hubiera pasado si su sobrina hubiera estado allí? Nell se preguntó si, de haber habido alguien allí, hubiera recibido el mismo trato que los libros, los platos y la ropa de cama.

—Alguien ha venido buscando algo —afirmó Sam—. Y por el desastre que ha organizado, es algo que podría guardarse en un cajón, debajo del colchón o detrás de una hilera de libros.

—O en el congelador —apuntó Nell.

—Y eso reduce la búsqueda a un millón de cosas —concluyó Izzy.

Sam cogió una bolsa de basura y se dirigió a la zona de la cocina.

—Bueno, yo me quedo con esta zona —anunció por encima del hombro—. Elegid vosotros la vuestra.

Nell vio cómo el chico empezaba a barrer los pedazos rotos de cerámica y los tiraba en la bolsa de basura, y a continuación buscaba los productos de limpieza debajo del fregadero. No sabía mucho sobre la familia de Sam, pero era evidente que alguien había hecho un buen trabajo con su educación. Y en aquel momento y aquella circunstancia, estaba encantada de que estuviera con ellos.

La trucha no acabó en la parrilla de Ben hasta bien entrada la noche. Pero para cuando Nell, Izzy y Sam salieron del apartamento del Estudio de Punto del Seaside un par de horas después, todas las habitaciones olían a jabón y aceite esencial de limón, habían quitado las sábanas de la cama y habían vaciado la nevera. Cuando Eddy McClucken, de la ferretería, terminó de instalar la cerradura nueva, y después de meter siete cajas con ropa, libros y objetos personales en la parte trasera del SUV de Ben, el cansado grupo dio la tarea por finalizada.

—Creo que la ducha puede esperar —dijo Nell sin dar pie a posibles réplicas—. Es hora de ir a casa a disfrutar de las truchas de Colorado. He llamado a Birdie para avisarla de que llegaríamos tarde, pero le he asegurado que iríamos. Ella se ha encargado de todo.

Como ocurría de vez en cuando en casa de los Endicott, los amigos llegaron antes que los propietarios y se pusieron cómodos, y cuando el exhausto grupo regresó, Ham ya había limpiado el pescado, Birdie había preparado los martinis y Cass había barrido las agujas de pino de la terraza, había encendido los farolillos de gas que colgaban de la barandilla y había puesto un CD de Norah Jones. Archie y Harriet Brandley aparecieron con un pan casero y un cuenco enorme lleno de la pasta con espinacas que preparaba Harriet, y Jane había hecho su salsa de mayonesa con finas hierbas para acompañar el pescado. Rachel y Don Wooten también estaban allí, pues hacía poco les habían recordado que pasar la noche del viernes en la terraza de los Endicott era una forma fabulosa de poner punto final a la semana.

Nell se dejó caer en una silla y aceptó encantada la copa de vino que le ofreció Birdie, acompañada de la promesa de que en cuanto Ben terminara de prepararlo, podría tomarse algo mejor.

—¿Qué podría tener Angie que otra persona deseara encontrar con tanto ahínco? —preguntó Jane después de que contaran lo sucedido una y otra vez—. No tiene sentido. ¿Se habría metido en algún lío? ¿Drogas?

—Angie era una chica honrada hasta decir basta —les recordó Ben. Estaba junto a la parrilla con un viejo delantal sobre la camisa y los pantalones cortos y tenía un pincel de cocina en la mano. La trucha chisporroteaba mientras él la untaba con mantequilla de eneldo—. Y era muy dura con las personas que no vivían de la misma forma.

—Es verdad. Recuerdo el día que Ted Archer perdió su trabajo como administrador de la planta de los Framingham —dijo Birdie—. Fue uno de esos ceses para ahorrar dinero: el abuelo de Tony eligió a los empleados mejor pagados y los despidió. Sin previo aviso. Recuerdo que fue justo antes de Navidad. Angie solo era una niña, debía de tener unos doce años, pero Josie pensó que la pequeña le iba a sacar los ojos a aquel hombre. Lo odiaba.

Archie asintió recordando la anécdota y a las personas afectadas por aquella maniobra.

—Creo que Angie hacía responsable a Tony Framingham de los pecados de su abuelo. Lo que está claro es que no le tenía mucho aprecio. Y cuando no le caías bien a Angie, no te cabía ninguna duda.

—¿Tony? —preguntó Jane sorprendida—. Fue un adolescente arrogante, pero tenía la impresión de que había madurado bastante bien.

—A menos que le hicieras enfadar —apuntó Archie.

—¿Y Angie le hizo enfadar? —preguntó Ben.

—Hizo algo que a él no le gustó. No sé qué fue exactamente, pero Tony le dijo que lamentaría haber regresado a Sea Harbor.

—¿Pero qué hizo exactamente? —insistió Izzy.

—Bueno, esa es la pregunta del millón, ¿no? Tony tuvo que interrumpir sus amenazas porque un servidor apareció para echarlo de la librería, como tú misma presenciaste.

Nell escuchaba la conversación, pero ninguna de las situaciones le decía nada. Ni las historias de infancia de Angie, ni su reacción emocional a las injusticias, ni los amores no correspondidos. Ninguna le encajaba y en ninguna hallaba un motivo de asesinato. Ni siquiera en la amenaza de Tony. Aunque le hubiera gustado saber más sobre ese tema.

Sin embargo, Gideon la asustaba. Todo lo relacionado con ese hombre le resultaba más oscuro desde la muerte de Angie y no parecía capaz de olvidarlo. ¿Habría sido igual de oscuro y siniestro antes y no se habían dado cuenta? ¿O la muerte de Angie estaría creando una nube sobre las cabezas de todos ellos, lo merecieran o no?

Para cuando sirvieron la trucha en los platos y empezaron a pasarse la ensalada, lo único a lo que Nell le encontraba algún sentido ese día era a la brisa fresca, la terraza llena de encantadores amigos y la certeza de que en unas horas llegaría un nuevo día. Estaba bastante convencida de que Tony no le haría daño a nadie, pero lo cierto es que entonces se dio cuenta, con cierta sorpresa, de que tampoco conocía a nadie en aquel pueblo a quien considerase capaz de asesinar a Angie Archer. Y alguien lo había hecho.

Poco después, Nell acompañó a los Wooten a la puerta y les dio las gracias por haber acudido a la cena.

—¿Cómo fue tu conversación con Sal? —le preguntó Rachel—. Ya sé que a veces cuesta un poco hablar con él. Creo que le tiene tanto miedo a su mujer que evita hablar con la mayoría de las mujeres. Angie era la única excepción.

Nell guardó silencio unos segundos sin saber qué decir. No quería que las personas que trabajaban en el mismo sitio que Sal tuvieran mala opinión de él. Eligió sus palabras con cuidado.

—En realidad no dijo mucho. Creo que tenía la cabeza en otras cosas. Parecía muy ocupado.

Rachel parecía confundida.

—¿Sal? No creo que Sal esté nunca demasiado ocupado. En el despacho de al lado hay una administrativa y creo que es ella quien se encarga de gestionar la mayor parte del trabajo. No sé si es del todo justo, pero todo el mundo piensa que Sal consiguió ese puesto gracias a los contactos que tiene Beatrice en el consejo municipal y en la cámara. Allí tiene mucho poder. Y le gusta que él tenga el título de registrador de escrituras.

—Bueno, tenía un montón de papeles en el escritorio y parecía ansioso por volver al trabajo por el motivo que fuera. Pero básicamente me dijo que él no conocía muy bien a Angie. Así que tampoco era la persona más adecuada con la que hablar.

Rachel alzó las cejas y miró a su marido Don, para volverse después de nuevo hacia Nell. Vaciló un momento antes de hablar.

—No sé si Sal conocería bien a Angie o no, Nell, pero entre tú y yo, y como bien saben muchos de los trabajadores de las oficinas del condado, Sal Scaglia estaba completamente enamorado de Angie Archer.

CAPÍTULO VEINTIDÓS

*E*sta iba a ser la última noche que se pondría aquello; estaba empezando a sentirse como una absurda anguila metido en ese traje de goma, y le daba unos tirones muy desagradables en la ingle.

El hombre, frío y mojado, se pasó la mano por el pelo húmedo y apelmazado. «Algas», pensó sacándose una hebra verdosa de la cabeza. Mierda. Se echó el pesado saco de neopreno al hombro y trepó por las irregulares rocas del rompeolas hasta que llegó arriba.

El trabajo era duro, pero, a decir verdad, no estaba del todo mal. Había ideado un sistema. No era un mal curro. Se sumergía en el agua fría en plena noche con aquel traje de neopreno hasta encontrar las trampas del fondo lodoso. Después solo tenía que sacar a aquellas guerreras de caparazón rojo. Tenía sus momentos, de eso no había duda. Llegaba incluso a comprender que hubiera quien hiciera eso para ganarse la vida. Y además de forma legal.

Qué diantre, quizá acabara haciendo aquello, se compraría una flota de barcos langosteros. Conseguiría una casa en Gloucester, o quizá en Maine. No pensaba quedarse en ese pueblo; había dicho que no pensaba hacerlo y era un hombre de palabra. Al menos cuando había dinero de por medio.

Había puesto aquel apartamento patas arriba para nada, una lástima. Pero le habían dicho que encontrar el ordenador en casa de aquella tía buena sería un chollo, una prima, le habían dicho, por si acaso allí había algo que señalara a alguien. De todas formas cogería el dinero y se marcharía de allí. Eso era lo único que le importaba a aquella persona que tanto dejaba que desear.

Pensó en el apartamento y en las sábanas blancas que había encontrado en la cama, en la ropa interior de seda que había en las cajas. Tendría que haber subido ahí cuando ella estaba viva, eso es lo que debería haber hecho. Pero ya no importaba. Aquella tía buena le servía mejor muerta que viva. Y no acostumbraba a poder decir eso de ninguna mujer.

Mientras volvía a la camioneta, una luna enorme iluminaba la noche y se reflejaba en el agua proyectando su luz sobre el camino del rompeolas. Lo de la caza furtiva era pan comido las noches lluviosas y frías, cuando el mundo estaba dormido. Pero en noches como aquella, con una luna tan grande y redonda, cuando tanta gente se quedaba en la calle hasta tarde, paseando y haciendo lo que fuera, y los adolescentes merodeaban por allí buscando problemas, era todo un desafío. Y esa era la parte que más le gustaba: el peligro, tener la oportunidad de ganarles a todos y meter las langostas en la camioneta sin que nadie se diera cuenta. Eso y el necesario dinerillo extra.

Y se le daba de miedo. Nadie veía nunca su negra y sinuosa figura cuando se deslizaba por el borde del rompeolas para meterse en el agua. Era demasiado hábil para ellos, nunca lo descubrirían. Los escuchaba hablar en la charcutería de Harry o en el Gull, planeando cómo atrapar a los furtivos, muertos de ganas de freírlos en aceite caliente si pudieran. Y él se sentaba con ellos en un taburete *en la barra del Gull y les ayudaba a planificar la forma de hacerlo. Imbéciles.*

Pero esa noche era el sayonara. *Esa última noche era una ganga. Les había prometido a sus colegas una buena carga de langostas y la tendrían. Podría haber comprado las langostas, haber abastecido todo el jolgorio con el dinero que había conseguido hasta el momento. Pero era demasiado listo. Había muchas más, más de las que había soñado. Pronto estaría comiendo langosta para desayunar, si quería. Pediría que le trajeran alguna en bandeja de plata. Pero había decidido conseguirlas a la vieja usanza solo por la emoción de hacerlo. Quería deslizarse hasta el paraíso de las langostas —¿o sería el infierno?— y conseguirlas gratis.*

Soltó una carcajada y recorrió el rompeolas en dirección a la playa mirando bien dónde ponía los pies para no tropezar. Sería muy cenizo si se cayera y se rompiera el cuello justo esa noche, cuando las cosas empezaban a ponerse en su sitio, ¿no?

Se vio obligado a inclinarse hacia adelante a causa del peso del saco. Quizá hubiera cogido algunas más de las necesarias, pero pensaba que era mejor pasarse que quedarse corto. Tomó una buena bocanada de aire, se incorporó y siguió avanzando lentamente hacia la playa. Cuando llegó a la carretera de grava sin salida se desvió hacia un aparcamiento lleno de malas hierbas cercano al faro. Había varios coches abandonados en el recinto y su camioneta encajaba a la perfección, pues no destacaba mucho en aquella montaña de hierro oxidado. Nadie sabría que había estado allí.

El sonido de unas ruedas avanzando por la grava le obligó a cambiar el peso del saco y acelerar el paso. Por detrás de él apareció una camioneta chirriando que derrapó antes de pararse en la carretera vacía. Pensó que sería un grupo de adolescentes que habían salido a pasarlo bien.

Se pegó al margen de la carretera cuando el vehículo se acercó salpicando grava en todas direcciones.

Al principio pensó que habían sido los faros, cegándolo de tal manera que tuvo la sensación de que el cuerpo entero ardía en llamas. Automáticamente, la luz dio paso a la claridad de la luna, brillante y gloriosa, y todo su ser se proyectó hacia ella a trompicones, rotando y girando en la noche.

Y entonces la noche se convirtió en la nada. El aire quedó sereno, la noche oscura y vacía.

Y el único sonido que se oía en la carretera del viejo faro era la frenética carrera de docenas de crustáceos buscando la forma de liberarse.

CAPÍTULO VEINTITRÉS

A l principio, nadie sabía quién era el hombre muerto. Su cuerpo estaba aplastado contra el poste de una estrecha carretera de grava al norte del pueblo. No llevaba cartera y tenía la cara completamente desfigurada, cosa que dificultaba mucho la identificación.

Pero lo más interesante no era el nombre de aquel tipo o su dirección. Lo que captó la atención de los madrugadores corredores que lo habían encontrado, y del policía y el conductor de la ambulancia que enseguida llegaron a la escena, fueron las langostas que salían del grueso saco de neopreno.

—Él te-tenía un saco de neopreno lleno de langostas —le dijo Tommy Porter a Izzy mientras esperaban en la cola de la cafetería el sábado por la mañana—. Debía de haber una docena de presas en el saco.

Nell e Izzy aguardaban en la cola a que les despachasen sus pedidos. Entretanto escuchaban el relato de Tommy y las otras tres conversaciones que se desarrollaban de forma simultánea en la abarrotada cafetería, en su mayoría acerca del desconocido al que habían encontrado muerto en la carretera del faro.

—¿Crees que era el furtivo? —preguntó Izzy.

—Lo que está claro es que no iba vestido como un pescador de langostas. Y no había ningún barco por allí —dijo Tommy tratando de hacerse el gracioso sin mucho éxito. La emoción parecía aliviar el tartamudeo, y solo se atascaba en alguna que otra palabra—. Todavía no sabemos quién era. A veces estos cazadores furtivos van cambiando de localidad. Lo más probable es que no se tratara de nadie conocido.

—¿Cómo murió, Tommy?

—Alguien lo atrope-pelló. Probablemente fuera culpa suya. Lle-llevaba un traje de neopreno negro. Era imposible verlo, y menos en una carretera oscura en plena no-noche.

—¿Fue en el viejo faro cerca del rompeolas?

Tommy asintió.

—¿Y quién lo atropelló? —preguntó Nell.

—No lo sé. El responsable no se quedó. Quizá fuera alguien a quien no le gusten los furtivos, cosa que incluye a todo el pueblo.

—¿Eso es lo que piensa la gente? —quiso saber Nell.

Tommy se encogió de hombros.

—No lo sé. Quizá fuera algún tipo que se había pasado con la cerveza.

—En cualquier caso, es una forma espantosa de morir.

—Es posible. Pero Cass, Pete y los demás han pasado por una racha muy ma-mala. Por lo menos ahora pueden volver a capturar langostas.

—Supongo que sí.

—Dos cafés con leche descafeinados —anunció la chica que atendía detrás del mostrador.

Izzy miró por encima del hombro de Tommy y alzó la mano.

—Aquí.

De pronto Tommy pareció quedarse chafado, como si esos dos descafeinados hubieran arruinado su gran oportunidad en la vida.

—Hasta luego, Izzy.

La chica le sonrió con alegría y cogió los cafés con leche. Ella y Nell se abrieron paso entre la clientela de camino a la puerta.

—Me cuesta creer que alguien pueda matar a otra persona intencionadamente por robar langostas —opinó Izzy—. Todo el mundo habla así, pero no lo dicen en serio.

Nell tomó un sorbo de su café caliente y después se limpió un poco de espuma que le había quedado en el labio. Claro que nadie lo decía en serio, al menos Cass, que había sido muy gráfica al explicar cómo hubiera colgado a los furtivos con sus propias cuerdas de pesca de haber tenido la oportunidad. ¿Pero cómo saber de qué podría llegar a ser capaz una persona cuando sentía amenazada su forma de ganarse la vida? Pensó que a veces tenías que andar con los zapatos de esa persona antes de poder contestar con seguridad.

—Hoy hay muchos chismorreos en el café —dijo Izzy—. El pobre hombre asesinado, la gala benéfica de Margarethe. El horror y la extravagancia. Pero por lo menos nadie habla del allanamiento del apartamento.

—Me parece que la mayoría piensa que algún zángano de los que revolotean por la playa estaba buscando algún sitio donde echar un sueñecito y debió de parecerle que no pasaba nada si se metía en un apartamento vacío.

—Eso es absurdo.

—Sí —convino Nell, y tomó otro sorbo de café con leche. La noticia del atropello con fuga había servido como distracción, pero no había conseguido que ella olvidara lo que dijo Rachel

Wooten antes de marcharse de su casa la noche anterior—. Izzy —dijo de pronto—, ¿alguna vez habías visto a Sal Scaglia merodeando cerca del estudio?

Su sobrina lo pensó un momento.

—Bueno, está lo del otro día, cuando su mujer insistió en que viniera a limpiar el apartamento de Angie...

—¿Pero nunca lo viste por allí en vida de Angie?

—No creo, Nell. ¿Por qué?

Le explicó lo que había dicho Rachel.

—Me parece increíble. ¿Ese hombre tan tímido estaba enamorado de Angie?

—Rachel parecía convencida. O por lo menos encaprichado. Pero, por algún motivo, Angie hizo mella en Sal Scaglia.

—¿Y qué estás pensando?

—No lo sé, Izzy. Pero creo que es algo de lo que vale la pena hablar. Eso añade una persona más al caso, para bien o para mal.

—Ahora que lo dices, me parece que sí que vi a Sal en la acera de enfrente en un par de ocasiones, pero nunca le di importancia. Por las ventanas de mi estudio puedes llegar a ver a todos los habitantes de Sea Harbor.

—Hablando de gente que se pasea por delante de tu tienda...

Nell se paró y señaló al otro lado de la calle, a la puerta del estudio de punto.

Izzy se echó a reír y ella y Nell cruzaron la calle en dirección al estudio.

—¿Qué haces aquí a estas horas? —preguntó Izzy.

Sam Perry estaba sentado en el escalón de la entrada con dos petates, una caja llena de libros y varias fundas de cámara apiladas a sus pies. Tenía las larguísimas piernas extendidas hacia la acera y los codos apoyados en el escalón anterior. Calzaba unos náuticos de color naranja que atraían la atención de cualquiera hacia sus enormes pies, y lucía una gorra de los Sox algo ladeada y unas gafas de sol que le protegían los ojos del sol de la mañana.

—Buenos días, señoras —saludó Sam muy sonriente—. Pensaba que no ibas a aparecer. ¿La tienda no debería estar abierta a estas horas?

Consultó el reloj frunciendo el ceño de forma exagerada.

—Dios, Sam, son las ocho de la mañana —repuso Izzy—. Estoy aquí porque Nell y yo vamos a terminar su toquilla antes de abrir.

—Pero me dijiste que podía instalarme hoy.

Sam se levantó del escalón y se plantó a su lado. Se colocó las gafas en lo alto de la cabeza.

—Pero «hoy» apenas ha empezado, Sam. Sujétame esto.

Izzy le dio el vaso de café y rebuscó las llaves en su amplio bolso.

Sam tomó un sorbo de café y arrugó la nariz.

—¿No tomáis café solo en este sitio?

Nell suspiró.

—Ben y tú. Lo que más le gusta es el café del Dunkin' Donuts. No tiene arreglo.

Sam aguantó la puerta para que pasaran Izzy y Nell, y después cogió las bolsas de sus cámaras y las siguió al interior del establecimiento.

—Dame las llaves y no te molesto más.

—No te hagas el macho. Te ayudaremos a subir las cosas.

Los tres cogieron las cosas de Sam y se dirigieron a la parte de atrás hasta la escalera que conducía al apartamento. Nell se paró en seco en el último escalón; de pronto tenía miedo de moverse. Había descubierto demasiadas sorpresas al otro lado de aquella puerta desde la muerte de Angie. Y no quería enfrentarse a otra más.

Pero Izzy no vaciló y, metiendo la llave nueva en la pulida cerradura de latón, empujó la puerta y entró en el apartamento. Nell y ella habían dejado las ventanas un poco abiertas, cosa que ni Ben ni Sam habían comprendido y por la que habían protestado sonoramente. Pero tía y sobrina sentían la imperiosa necesidad de eliminar cualquier olor o recordatorio del intruso que había revuelto el apartamento con tanta desconsideración.

Y el aire fresco ayudaba mucho.

Nell sonrió. Las estancias estaban limpias y aireadas, y preparadas para recibir a Sam. Su sobrina y ella habían hecho la cama antes de marcharse la noche anterior. Ya estaba todo listo, solo quedaba llenar la nevera.

Sam dejó las bolsas de sus cámaras cerca del sillón y se paseó por el salón abriendo las ventanas.

—Me encanta este sitio —dijo. Y fue a la cocina y abrió la nevera para mirar dentro como si llevara varios años viviendo allí. Después la cerró y sonrió—. Me siento bien aquí, hay buenas vibraciones. Gracias, Izzy.

Ella se quedó allí plantada con las llaves en la mano. Sonrió.

Nell podía leer los pensamientos de su sobrina con la misma claridad como si la chica los estuviera compartiendo en voz alta. Ella también estaba contenta; se sentía feliz y aliviada de que alguien fiable estuviera viviendo encima del estudio. Dichosa por pensar que el mal karma, de donde fuera que procediera, podría haberse marchado ya de su tienda, y de su vida.

CAPÍTULO VEINTICUATRO

Nell cogió la punta de la larguísima toquilla que había terminado hacía solo unas horas. Era preciosa, una larga mezcla de encaje hecha con todos los colores del mar. Los largos flecos le proporcionaban mayor longitud a la prenda, y, tal como había imaginado Izzy, se mecería con suavidad cuando Nell caminara o bailara.

Alzó la toquilla y contempló los cientos de intrincados puntos que componían la prenda, los huecos que había repartidos por toda su longitud habían quedado preciosos, esos agujeros que conformaban el encaje rodeados de puntos. Pero los agujeros de sus vidas en ese momento no eran tan hermosos. Y los puntos que los rodeaban eran endebles e irregulares.

Nell y Ben estaban muy aliviados de saber que las trampas de Cass y Pete volvían a estar seguras. Pero la espantosa muerte del furtivo resultaba inquietante. Lo habían aplastado contra un poste y tenía la cara tan desfigurada que no habían podido identificarlo todavía. Y a última hora de la tarde en el pueblo no se hablaba más que del posible responsable. Alguien había atropellado a un hombre y no se había quedado para asegurarse de si necesitaba ayuda. Ben dijo que la policía no tenía mucha intención de hacer nada al respecto, aunque suponía que se haría la investigación reglamentaria. Y seguían sin saber quién era aquel tipo, aunque estaban esperando los informes dentales. Nell se frotó los brazos desnudos. Eran demasiadas cosas. La muerte de Angie, el destrozo en el apartamento de Izzy, un hombre asesinado por robar langostas. O por estar en la carretera en plena noche en lugar de estar acostado en su cama. Pero ella sabía que se estaban acercando.

Sin embargo, aquella noche debían asistir a una fiesta, y si las estrellas se alineaban correctamente, como diría Birdie, podrían disfrutar de una velada maravillosa; comerían, bailarían y olvidarían todas esas cosas que habían irrumpido en sus vidas de aquella forma tan espantosa. Había cosas que podían esperar.

Nell se echó la toquilla sobre los hombros como le había sugerido Izzy y se acercó al espejo de cuerpo entero. Alisó con las manos los laterales de su vestido de verano negro. Era sencillo y elegante, y uno de los favoritos de Ben. Era un vestido de cóctel, un tanto irregular a la altura de la pantorrilla. La toquilla tejida con la seda de mar le rodeaba el cuello como un collar de joyas brillantes. Y, a excepción del par de pendientes de zafiro azul que colgaban de sus orejas, la toquilla era la única joya que necesitaba. Nell le sonrió a su reflejo, se atusó un poco el pelo y bajó las escaleras al encuentro de Ben, que la esperaba pacientemente en el salón.

Izzy no había querido que la fueran a recoger para asistir a la gala benéfica, pero Ben había insistido en ir a buscar a Birdie.

—Esta noche pareces una auténtica joya, querida —le dijo mientras ella se acomodaba en el asiento trasero del coche—. ¿Cómo he tenido tanta suerte? No llevo a una sola, sino a dos.

—Supongo que eres un hombre afortunado, Ben Endicott —repuso Birdie—. Pero podría haber llegado yo solita hasta la fiesta sin problemas, ¿sabes?

—¿Y hacerme el feo? —dijo Ben mirándola por el espejo retrovisor.

—Es verdad, estás preciosa, Birdie —convino Nell cortando la discusión sobre la necesidad de que Birdie siguiera conduciendo antes de que subiera de tono. Su marido estaba convencido de que Birdie acabaría precipitándose al océano con su coche cualquier noche de esas—. Llevas un vestido muy elegante.

El vestido largo y plateado que había elegido su amiga le sentaba de maravilla. Nell admiraba la compostura y la elegancia de la anciana, dos cualidades que ocultaban su verdadera edad. Llevaba un chal mariposa sobre los hombros para protegerse de la brisa del océano. Nell conocía muy bien ese chal. Birdie lo había estado tejiendo durante buena parte del invierno anterior. Lo había compaginado con la confección de docenas de bufandas y sombreros, pero todas le aseguraron que había valido la pena montar hasta el último punto.

Al llegar al final del pueblo, Ben dobló por Framingham Road, una carretera expuesta al viento y bordeada de árboles que conducía a un único lugar: la elegante propiedad de los Framingham.

Nell abrió un poco la ventana y la brisa del mar se coló en el coche.

—Margarethe parece tener el poder de decidir cualquier cosa, incluyendo el tiempo que debe hacer durante sus fiestas. Es perfecto.

Las noches en Cabo Ann eran impredecibles. A veces el calor permanecía después de la puesta de sol, y otras veces el atardecer se tornaba húmedo y fresco. El tiempo que haría durante la velada de Margarethe estaba anclado justo en medio: la noche era lo bastante fresca como para que una necesitara una manguita fina, pero sin que la brisa pudiera arruinar un buen paseo por la playa.

Ben conducía despacio y los tres podían contemplar las luces de la orilla del mar parpadeando bajo la fresca brisa de la noche. Al otro lado de la carretera se veían pequeños caminitos de grava que serpenteaban por las arboledas de pinos y sauces en dirección a las canteras de los Framingham, que en su día emitían un gran estruendo debido a la gran cantidad de hombres que trabajaban en ellas picando paredes de granito. Pero ahora las profundas canteras estaban tan serenas como la noche, llenas de agua y rodeadas de matorrales y flores silvestres.

Y delante de ellos, incluso a lo lejos, ya divisaban las luces que anunciaban la entrada de la casa de los Framingham. Las fiestas que se organizaban en la casa siempre eran grandes acontecimientos, pero esa noche Margarethe había tirado la casa por la ventana. Habían decorado muchos de los árboles de la propiedad con diminutas luces navideñas, y una larga hilera de antorchas bordeaba la enorme rotonda de la entrada. Los aparcamientos que habían dispuesto a ambos lados de la casa ya estaban llenos, y un ejército de mozos uniformados aguardaba para recoger las llaves de los conductores. Ben paró el coche y ayudó a bajar a Birdie y a su mujer.

—Es precioso —dijo Nell—. Como un cuento de hadas.

Además de la casa principal —un edificio de madera y piedra que el señor Sylvester Framingham había construido hacía años—, había casitas para invitados, un garaje para barcos, una cabaña junto a la piscina y los apartamentos del personal. Y aquella noche estaban todos rodeados de diminutas y brillantes luces.

—Recuerdo las historias que me contaba mi padre de cuando venía aquí hace años siendo un niño, en la época en la que algunas de las canteras seguían en funcionamiento —dijo Ben—. La casa principal ya estaba aquí, pero era mucho más pequeña que esta. Y, salvo por un par de cabañas, no había mucho más. Pero las cosas cambiaron cuando el viejo Framingham tomó el control. No era un hombre muy apreciado en el pueblo, pero sabía cómo ganarse la vida, y se construyó un pequeño imperio. Y cuando terminó la época de las canteras, pareció convertir el granito en oro y abrió esa planta de procesado de alimentos en Rainbow Road. Cuando Margarethe fue a pedir trabajo, cuenta la historia que el viejo se quedó asombrado con ella. Estaba loco por ella porque era una mujer fuerte e inteligente.

—Me parece que el viejo casó a Margarethe con su hijo para asegurarse de que ella se quedaba para siempre —dijo Birdie.

—Eso dicen. Ella encajaba. El padre de Tony era un hombre tranquilo, odiaba los negocios y las responsabilidades sociales que requería. Margarethe era todo lo contrario.

—Cuesta imaginar que Margarethe pudiera casarse con alguien así —opinó Nell.

—Daba la impresión de que les iba bien. Ella se puso muy triste cuando su marido murió.

—Ha gestionado la fortuna familiar a las mil maravillas —dijo Birdie—. El viejo se salió con la suya.

Ben cogió a Birdie del brazo y rodeó a su mujer por la espalda mientras los tres subían juntos la amplia escalinata de la puerta principal.

Margarethe aguardaba junto a la entrada, erguida y regia, recibiendo a los invitados que iban llegando. Nell pensó que parecía una reina. Llevaba los fornidos hombros cubiertos por una finísima estola de encaje, y debían de haber precisado todo un equipo de personas para coser los diminutos cristales de su larguísimo vestido de cuentas.

Cerca de allí, Jane y Ham Brewster y un grupito de artistas de Canary Cove saludaban a los invitados y agradecían a todo el mundo las generosas contribuciones que habían hecho a la academia de arte. La velada incluiría una subasta silenciosa de obras de arte donadas por los artistas, y, junto al dinero de las entradas, calculaban que habrían recaudado el dinero suficiente para financiar la academia y las becas del año próximo, por lo menos.

—Nell, tu toquilla es exquisita —comentó Margarethe admirando la ligera y fluida prenda—. Tal como había imaginado.

—A mí me costó un poco visualizar el resultado final —confesó Nell—, pero confié en el ojo de Izzy.

—Una sabia decisión —afirmó la anfitriona—. Tu sobrina conoce muy bien el oficio.

Los animó a pasar al porche de la parte de atrás y a sentarse en la carpa del jardín y les dijo que se sintieran como en su propia casa. Se servían bebidas y canapés por todas partes y, a continuación, vendrían la cena y el baile.

Nell le dio la chaqueta a Stella Palazola, la hija de Annabelle, y le agradeció su atención con una sonrisa. Las sobrinas gemelas de Mae estaban haciendo lo mismo al otro lado de la estancia; de esta forma las jóvenes adolescentes se ganaban un dinerillo mientras contemplaban los preciosos vestidos de las invitadas y disfrutaban formando parte, en cierto modo, de la gala del verano.

—¿Ha llegado ya Izzy? —le preguntó a Jane cuando entraron en el espacioso vestíbulo.

—Oh, ya lo creo, Izzy ya está aquí —repuso Jane con un brillo travieso en los ojos.

—Qué misterio —dijo Nell—. ¿Está bien?

—Está muy bien. Me parece que han salido al porche a por un martini. —Jane señaló hacia las puertas dobles que había en la parte de atrás—. Ham y yo iremos enseguida.

—¿Han salido? —Nell miró a Ben y a Birdie.

—Ha venido con Sam —adivinó Birdie. Le dio su chal mariposa a Stella, que lo miró con evidente interés—. Asegúrate de que tienes las manos limpias, querida —le advirtió Birdie alzando las cejas a modo de advertencia. Después se volvió hacia Nell—. Cuando fui a recoger mi chal en la fiesta que Margarethe dio en Navidad, sorprendí sin avisar a las pequeñas abejas obreras. Las jovencitas se lo estaban pasando en grande probándose las estolas de visón y otras prendas elegantes. Me parece que esta noche disfrutarán mucho de mi chal. Espero que sea el que más les guste.

—¿Qué haríamos sin ti? —dijo Nell abrazándola sin pensar.

—No tengo ninguna intención de dejar que lo averigüéis muy pronto —se apresuró a contestar Birdie—. Veamos, ¿dónde está esa barra de martinis?

Vieron a Izzy antes de localizar el bar. Y Nell comprendió la sonrisa de Jane enseguida.

Izzy Chambers era el centro de todas las miradas. En una palabra, estaba espectacular.

Se había recogido el pelo con un diminuto lazo plateado que le realzaba los ojos y los pómulos. Pero lo que le cortó la respiración a Ben y consiguió que Birdie y Nell se quedaran sin habla fue el vestido azul cobalto sin tirantes que se ceñía al torneado cuerpo de Izzy. La prenda iba abrochada con un nudo que descansaba justo entre sus pechos y las ondas de tela sedosa se descolgaban por las curvas de la joven como una cascada de brillantes tonos azules que terminaban reuniéndose a sus pies. Nell jamás había visto tan guapa a su sobrina.

—¡Habéis llegado! —exclamó Izzy caminando hacia ellos—. ¿Y bien? —Dio una vuelta sobre sí misma—. ¿Qué os parece?

Birdie asintió con la cabeza al tiempo que una sonrisa se dibujada en su arrugado rostro. Se puso de puntillas y le dio un beso en la mejilla.

—Oh, cariño, si tuviera tu edad, me compraría un vestido exactamente igual que este —le susurró al oído.

La anciana miró por encima del hombro de Izzy hasta posar los ojos en Sam Perry, que aguardaba justo detrás de la joven con una divertida sonrisa en los labios.

—Y también me buscaría uno de esos —añadió señalando a Sam con el dedo.

Nell e Izzy se rieron.

Birdie se retiró un poco y entonces añadió en voz baja:

—Y te sienta muy bien enseñar un poco el escote.

—¡Birdie! —exclamó Izzy llevándose las manos al pecho.

—Cariño, no hay por qué esconder los encantos que nos da Dios. Yo digo que hay que lucirlos.

Nell miró a Sam con la esperanza de poder cambiar de tema.

—Ha sido un detalle que trajeras a Izzy, Sam.

—Le he traído yo a él —la corrigió su sobrina—. Pensé que probablemente se perdería viniendo y terminaría desviándose por alguna cantera. Y, como era el invitado de honor, era lo menos que podía hacer. —Miró a Sam—. Y no se le ve nada mal, ¿verdad?

—Izzy tenía miedo de que no cerrara bien el apartamento. Está un poco puntillosa con esas cosas. O que quizá no le diera a Lana la comida suficiente. Y, por cierto, la gatita me ha cogido mucho cariño; Izzy no lo soporta. Por eso ha pasado a recogerme —explicó Sam evitando así que siguieran hablando de su traje.

—Eso también —reconoció Izzy.

Ben le estrechó la mano a Sam e hizo un gesto con la cabeza señalando la barra de nogal que había detrás del joven.

—Sam, ver a tantas mujeres guapas me ha dado ganas de tomarme un martini. ¿Me acompañas?

—Una idea excelente —repuso el chico.

—Izzy, estás radiante —dijo Nell.

—Gracias, tía Nell. He decidido que no quería seguir pensando en todas las cosas malas que están ocurriendo a mi alrededor. Necesitaba alejarme de todo, por lo menos una noche, y ser otra persona. Y eso he hecho. El vestido es prestado.

—Pues es perfecto para ti —opinó Birdie—. Estás arrebatadora, Isabel. Y estoy de acuerdo. La vida es corta. Hay que disfrutarla.

—Gracias a las dos. Solo quería divertirme, ¿sabéis? Y Sam, bueno, me da seguridad. Es como un hermano. Lo conozco desde siempre.

Nell miró a Sam. Estaba junto a Ben esperando a que el camarero terminara de mezclar los martinis. Pero el chico no estaba mirando las bebidas, el bar o a Ben Endicott. Tenía la mirada clavada en la mujer con el reluciente vestido azul cobalto. Y a Nell le daba la impresión de que lo que fuera que le estuviera pasando por la cabeza no era precisamente fraternal.

Pero Izzy tenía razón: ese chico infundía seguridad y confianza. Y eso era lo único que le importaba.

Ben y Sam volvieron con los martinis justo cuando el conjunto de *jazz* empezaba a tocar bajito para dar ambiente. Empezó a soplar una brisa fresca procedente del océano y el grupo se trasladó al final del porche para observar a los primeros bailarines que se animaban a estrenar la pista de baile desmontable que habían instalado en el interior de la carpa. Cuando sonó el móvil de Ben, Nell lo miró sorprendida. Ella y su marido habían pactado que siempre apagarían los teléfonos durante las reuniones sociales.

—Perdona. Lo olvidé —le dijo a Nell, y miró la pantalla. Observó el aparato con mayor atención y a continuación le susurró que volvía en un minuto y se retiró a un rincón del porche. Ella lo observó alejarse y se preguntó qué pequeña emergencia requeriría la atención de su marido una noche como esa. Casi todos sus amigos estaban allí.

Sin que fuera su intención, Ben Endicott había seguido los pasos de su padre y se había convertido en el padrino de Sea Harbor, como lo llamaba Izzy. Era la persona a la que llamaba todo el mundo cuando moría algún ser querido o cuando un hijo o hija tenía problemas para aprobar los exámenes, o necesitaba un pequeño préstamo para algún pariente enfermo. La gente le llamaba a horas intempestivas por cualquier motivo, y Nell se preguntaba de qué se trataría aquella noche. Pero fuera lo que fuese siempre llamaban a Ben. A veces le bastaba con dedicar algunas palabras tranquilizadoras para aliviar la ansiedad y la preocupación de quien fuera que hubiera llamado.

Cuando avisaron a los invitados de que la cena estaba servida y Nell se dio cuenta de que Ben todavía no había vuelto, ella reunió al resto del grupo y les sugirió que fueran entrando en la carpa y buscaran su mesa. Ham y Jane ya estaban con ellos, y también habían llegado Cass y Pete. Les dijo que Ben regresaría enseguida y que si los comensales se retrasaban podrían alterar la organización de la velada. Pero mientras seguía a los demás hasta la carpa, se volvió para examinar el porche prácticamente vacío. No veía a Ben por ninguna parte, y la preocupación se abrió paso hasta sus pensamientos. «Si se hubiera ido me lo habría dicho», pensó. Un gran grupo de invitados había venido desde Boston para asistir a la gala benéfica. Quizá Ben se hubiera encontrado con algún viejo amigo y se hubieran retirado a algún rincón apartado para hablar. Eso también sería típico de él.

Una vez dentro de la enorme carpa, se dejó embargar por el ambiente festivo de la velada, y para cuando el grupo encontró las tarjetitas con su nombre grabado y se sentaron a la mesa redonda cubierta de manteles blancos, la preocupación de Nell se había escondido en algún rincón de su cabeza y ella se concentró en los centros de mesa. En cada una de las mesas había una fotografía en blanco y negro hecha por Sam Perry: estaba firmada, con su correspondiente paspartú y rodeada por un sencillo marco de arce. Algunas eran de su nuevo libro, otras eran instantáneas que había capturado durante sus viajes —una niña sentada junto a un riachuelo en la India, un anciano cruzando la calle en Nueva York—; cada una era una expresión de vida retratada de esa forma única que estaba consiguiendo que coleccionistas y editores se fijaran en el trabajo de Sam Perry.

—Sam, qué maravilla —exclamó Nell examinando la fotografía de cerca—. Margarethe tiene poder de convicción, ¿eh?

—Es una mujer persuasiva, tengo que admitirlo —admitió Sam—. Pero ella se ocupó de lo más difícil: el paspartú y el marco. Yo le he dado las fotografías encantado.

Dos camareros se acercaron a la mesa y fueron sirviendo champán y dejando una ensalada con trozos de langosta sobre un nido de lechuga romana en cada uno de los platos.

—Tony Framingham está muy bien acompañado —observó Birdie alzando la copa por el esbelto pie.

Nell siguió la dirección que Birdie indicó con la cabeza. Dos mesas más lejos vio a Tony sentado con un grupo de personas de su edad, la mayoría desconocidos; quizá fuera un grupo de amigos de Nueva York que se hubiera traído para la velada.

Aquella noche, la pulcra apariencia de Tony le resultó artificial. Quizá fuera por el esmoquin. Pero mientras lo miraba le recordó a un actor subido a un escenario. Diciendo las palabras correctas. Sonriendo en el momento adecuado. Sin embargo, percibía una corriente subyacente por debajo de sus palabras y su sonrisa. Y cuando la atención se centraba en algún otro invitado de la mesa y dejaba de ser el centro de atención, adoptaba una expresión sombría, un semblante que nada tenía que ver con el ambiente festivo que le rodeaba. «Mucho ruido», pensó. Una nube negra. ¿Pero iría seguido de pocas nueces, como en la obra de Shakespeare? Justo en ese momento Tony se volvió y la vio antes de que ella pudiera desviar la mirada.

Pero esa sonrisa sociable y educada no volvió a asomar a su rostro acompañada de una amistosa inclinación de cabeza. Tony la miró larga y tendidamente con aspereza y sin dar muestra alguna de hospitalidad. Fue Nell quien finalmente apartó la vista, incómoda.

De pronto se movió la silla que tenía al lado y Nell volvió a concentrarse en la mesa.

—Ben, ya era hora. —Alargó el brazo y le tocó la mano sonriendo—. Ven, siéntate. Voy a llamar al camarero para que te traiga el plato. ¿Dónde te habías metido?

—El camarero ya está avisado. —Ben se sentó y tocó los flecos de su toquilla de seda de mar. Paseó los ojos por la mesa—. Siento llegar tarde, amigos. A veces los teléfonos móviles son más molestos que otra cosa.

Tomó un trago del *whisky* que el camarero le había dejado delante y se obligó a sonreír.

—Ben, ¿qué ocurre? —preguntó Nell.

Birdie, Izzy y Ham advirtieron la pregunta de Nell y miraron a Ben. Jane y Sam dejaron de hablar de golpe. La mesa se quedó en silencio, una isla en medio de la música y las animadas conversaciones y risas del entoldado.

—Era sobre el hombre que mataron ayer por la noche —dijo.

—¿El furtivo? —preguntó Cass.

Ben asintió.

—Era George Gideon —dijo muy serio.

CAPÍTULO VEINTICINCO

—¡Gideon!

Las ocho voces susurraron el nombre al unísono, una exclamación que colisionó en el centro de la elegante mesa.

Ben explicó que el jefe de policía lo había llamado esperando que él pudiera ir en busca del padre Northcutt. Sabía que Margarethe le había pedido que acudiera a la fiesta para bendecirla. La policía le había dicho que la anciana señora Gideon estaba muy alterada y que no dejaba de preguntar por el sacerdote.

Ben encontró al bueno del padre justo cuando el hombre estaba a punto de sentarse a la mesa principal, y enseguida se excusó para ir a ayudar a su parroquiana. Le recordó a su anfitriona con mucha educación que él no trabajaba de nueve a cinco. El deber lo llamaba.

—No sé mucho más —siguió diciendo Ben—, excepto que no parecía que aquella fuera la primera vez para Gideon. Sabía lo que hacía.

—¿Y ha estado robándonos todas estas semanas? —preguntó Cass—. Y después nos sonreía cuando se cruzaba con nosotros por la calle.

Ben asintió.

—Y lo hacía por la noche, cuando se suponía que debía estar patrullando por las tiendas —añadió Izzy.

—Mientras le pagabais para que patrullara por vuestras tiendas —puntualizó Jane.

—Ahora ya sabemos qué llevaba en la mochila —dedujo Izzy—. Probablemente sería el traje de buzo.

Ben tomó un trago de *whisky*.

—Es muy posible. La policía ha hablado con uno de sus amigos, y este les ha confirmado que últimamente Gideon parecía haberse metido en el negocio de las langostas. Según dijo ese tipo, no se iba a hacer rico, pero sí que le serviría para ganar el suficiente dinero como para que le compensara un tiempo. Aunque no sabía mucho más. Ah, excepto una cosa —dijo Ben recordando la conversación que había tenido—. Su amigo explicó que esa noche habían planeado darle a Gideon una fiesta de despedida. Por lo visto, tenía previsto marcharse de Sea Harbor.

—A nosotras también nos lo había dicho, aunque la conversación fue muy rara —dijo Nell recordando aquello que había dicho Gideon acerca del barco que iba a venir.

A su alrededor, los comensales terminaban sus platos, los camareros y camareras se afanaban quitando platos vacíos y sirviendo café, y cuando la banda empezó a tocar, varias parejas salieron a la pista de baile.

—Ben, ¿crees que la muerte de Gideon fue un accidente? —preguntó Nell acercándose a su marido para hacerse oír por encima de la música.

Ben negó con la cabeza.

—No creo que un atropello con fuga pueda ser tan violento, Nell. No me cabe duda de que lo hubiera matado, pero esta colisión ha ocurrido de tal forma que quien fuera que lo hiciera sin duda se ha asegurado de que la víctima moría. Está claro que alguien se había cansado de él.

—Pues a mí no me mires —dijo Cass—. Yo no tenía ni idea de quién era el furtivo, y, aunque lo hubiera sabido, mis impulsos homicidas no suelen salir de mi cabeza.

Nell sonrió. La idea de que Cass pudiera asesinar a alguien, a pesar de los comentarios que hacía, era absurda. Especialmente teniendo en cuenta el aspecto que tenía esa noche: su amiga estaba elegante y preciosa. Llevaba un vestido rojo sin mangas que acentuaba su intenso bronceado y lucía el pelo suelto, en vez de recogido con esa goma negra como solía llevarlo siempre. Su espesa y brillante cabellera ondulada se descolgaba sobre sus hombros enmarcando su precioso rostro. Era una imagen muy distinta a la que solía lucir Cass con el impermeable amarillo o los vaqueros que acostumbraba a vestir para trabajar.

—Ni siquiera sabemos si ese es el motivo por el que lo han matado —le dijo Ben a Cass—. Por lo que he oído, Gideon era un tipo oscuro. Quizá estuviera metido en otras cosas, aparte de la caza furtiva. La policía todavía no ha confirmado que lo sucedido fuera intencionado. Están considerando que pueda haber sido un atropello con fuga, aunque para mí eso no tiene ningún sentido.

Para cuando retiraron los platos de postre de las mesas, todos los invitados se movían libremente por el entoldado, saludando a amigos y conversando animadamente. Sobre sus cabezas, las enormes palas de los ventiladores desplazaban el aire y proyectaban sombras por toda la estancia.

Ben contempló el frenesí de actividad que se desplegaba a su alrededor.

—Algo me dice que no he sido el único que ha recibido una llamada —observó.

Nell miró hacia el mismo sitio que su marido y de pronto percibió el alboroto que se generaba mientras la noticia saltaba de una mesa a otra, de los camareros a los invitados que pasaban junto a ellos. Leía el nombre de Gideon en los labios de los invitados seguido de una forma evidente de abrir los ojos con sorpresa. Y Nell comprendió que, para cuando trajeran las copas de coñac, todos los asistentes a la fiesta sabrían que el furtivo ya tenía nombre. Y era un nombre que todos conocían muy bien.

Pero lo que Nell no esperaba era la noticia que le aguardaba cuando ella y Ben se excusaron con los demás y los dejaron en la pista de baile para volver a la casa y pujar por alguna obra de arte.

En la puerta se encontraron a Birdie con una expresión de asombro en el rostro.

—Es increíble de lo que se entera una en los servicios de señoras —dijo.

—¿De qué se trata, Birdie? —preguntó Nell.

—Dicen que quizá fuera Gideon quien mató a Angie —explicó su amiga.

—¿Y qué motivo podría tener para hacer algo así? —preguntó Nell. Tenía que admitir que el rumor no la sorprendía del todo. Ella también había albergado sospechas sobre Gideon. Pero el motivo se le escapaba.

—Lujuria, o eso ha dicho la amable joven que me ha dado la toalla en el servicio —repuso Birdie.

—No creo —opinó Ben—. Gideon era un tipo petulante, pero de ahí a asesinar a Angie... ¿Por qué?

En ese momento, Margarethe Framingham cruzó las puertas en dirección al patio. Cuando vio al trío se acercó a ellos enseguida muy seria.

—No sé si sentirme aliviada u horrorizada —dijo.

—¿Has oído lo de George Gideon? —preguntó Ben.

—Sí. El padre Northcutt me lo contó antes de marcharse.

—Esther Gideon debe de estar destrozada —supuso Nell. Otra madre de Sea Harbor que se quedaba sin un hijo adulto en tan poco tiempo. Y ni todos los pecados de George Gideon le quitarían el dolor de haberlo perdido.

Margarethe asintió.

—Según el padre, es muy devota, un gran miembro de la parroquia. Y siempre se preocupaba mucho por su hijo. Pero por lo menos ya podemos dejar todo esto atrás.

—Bueno, los cazadores de langostas de la ensenada podrán volver a hacer negocio —dijo Ben—. Han pasado unas semanas muy complicadas.

Margarethe asintió mientras jugueteaba con el brazalete de diamantes que llevaba en la muñeca.

—Y es la misma ensenada en la que murió Angelina Archer. Estoy segura de que todo está conectado.

Todos guardaron silencio. Resultaba muy cómodo, podían meter todas las tragedias del verano en el mismo paquete y seguir con sus vidas. Por un momento, Nell quiso creer con todas sus fuerzas que lo que estaba sugiriendo Margarethe era cierto; que, en un momento de debilidad, Gideon había cometido un crimen que acabaría lamentando. Y, por muy trágico que fuera, todos podrían seguir disfrutando del verano sin que la preocupación y la sospecha nublaran sus días y sus noches.

—Y hay algo más —dijo Margarethe—. No sé si lo habéis oído, pero el padre Northcutt me llamó desde casa de Esther Gideon.

—¿Ah, sí? —dijo Nell.

—Encontraron esos horribles auriculares naranjas que Angie llevaba siempre en la mochila de Gideon. Y un iPod con su nombre programado. Gideon lo llevaba todo encima la noche que murió.

El grupo guardó silencio. Nell sabía que Ben y Birdie estaban pensando lo mismo que ella. Habían acertado: Gideon había sido el responsable del destrozo en el apartamento de Angie. Pero el robo de los auriculares no explicaba los daños que se habían hecho. Gideon buscaba algo distinto cuando puso patas arriba el apartamento de Angie, de eso estaba segura.

—Sam Perry empezará a firmar libros en la biblioteca dentro de unos minutos —anunció la anfitriona cambiando de tema y tratando de ignorar el sombrío ánimo que imperaba de pronto—. Pasaos por allí; y la subasta de arte también se hará dentro.

—Claro que iremos —le aseguró Nell consciente del esfuerzo que estaba haciendo Margarethe por recuperar el ambiente festivo—. Es una fiesta maravillosa, Margarethe, demasiado fabulosa para echarla por tierra con tantos rumores.

—Nell tiene razón —repuso Ben—. Has hecho un trabajo maravilloso esta noche. Todo el mundo se lo está pasando bien. Y la verdad es que yo me muero por ir a echar un vistazo al cuadro de Ham Brewster de las goletas de Gloucester. Me parece que es justo lo que necesita mi guarida, o eso me ha dicho Ham.

Birdie se rio y posó una mano sobre el brazo trajeado de Ben. En sus dedos relucían varios diamantes.

—Venga, Ben, vamos a ver cuánto podemos subir las apuestas. Estoy segura de que tú y yo podemos hacer de las nuestras.

—Me parece que necesitaréis carabina —terció Nell mientras Margarethe se despedía de los tres con la mano y se volvía hacia un grupo de personas que aguardaban para hablar con ella y elogiar efusivamente el gran evento del verano.

Birdie y Nell entraron en el espacioso salón, donde se habían expuesto piezas de alfarería, acuarelas, fotografías con paspartú y esculturas de madera. Había unas libretitas junto a cada una de las obras en las que ya figuraban algunos nombres con sus respectivas cantidades, y Birdie y Ben se pusieron manos a la obra anotando sus respectivas pujas en sus obras favoritas. Mientras los veía pasear por la estancia, Nell supo que el coche iría un poco más lleno de regreso a casa que cuando habían ido de camino a la propiedad de los Framingham.

Al otro lado de la entrada, junto a la biblioteca, Sam se había sentado a un antiguo escritorio con una montaña de libros delante junto a la cola de invitados que esperaban a que se los dedicara personalmente. Nell lo observaba mientras él miraba atentamente a cada una de las personas de la cola, conectaba con ellas de alguna forma y les preguntaba por su vida.

Sam la vio por encima del hombro de uno de los invitados, la saludó con la mano y enseguida volvió a agachar la cabeza para garabatear algo en la primera página del libro.

—Estás aquí, Cass —dijo Nell acercándose al grupo que conversaba en la puerta del salón—. ¿Sabes dónde está Izzy?

—La he dejado en la terraza —repuso su amiga sosteniendo una copa de vino en una mano y el libro de Sam en la otra—. Me parece que iban a bajar al muelle para ver la colección de yates de los Framingham.

Cass arrugó la nariz para indicar que no había ni una sola embarcación en Sea Harbor que pudiera hacerle sombra a la Dama de las Langostas.

Nell le dio las gracias y cruzó la casa hasta llegar a la terraza. De pronto el aire soplaba con más fuerza, pero Margarethe había pensado en todo y había dispuesto grandes estufas para calentar la terraza. Del otro lado de la escalera nacían una serie de caminos muy bien cuidados que conducían al muelle y los garajes de barcos. Cerca de la escalinata que conducía a la explanada de césped, Nell vio a una pareja a la que conocía bien. Beatrice Scaglia llevaba un vestido amarillo; a Nell no le cabía duda de que sería un modelo de algún diseñador. Y a su lado estaba Salvatore Scaglia ataviado con un esmoquin negro y con aspecto de sentirse incómodo y completamente fuera de lugar. Nell se acercó a saludarlos.

—Estás preciosa, Nell —dijo Beatrice—. La toquilla es una obra de arte.

Nell le dio las gracias y le aseguró que en cuanto tomara otra de las clases de Izzy ella también podría hacer esas prendas.

Beatrice se rio un poco y siguió diciendo:

—La noticia de esta noche es música para nuestros oídos. Por fin podemos cerrar este asunto. Sal y yo estábamos comentando que Sea Harbor puede por fin volver a sentirse a salvo, ¿verdad, querido?

Nell miró a Sal. No paraba de cambiar el peso de su cuerpo de un brillante zapato negro al otro. Tenía la frente salpicada de diminutas gotas de sudor. Miró a Nell con actitud suplicante —casi infantil, pensó Nell—, y ella adivinó sus pensamientos con tanta claridad como si él los hubiera expresado en voz alta: «No le menciones nada sobre nuestra conversación. No me hagas preguntas. Por favor».

Se quedó parada un momento sintiendo el dolor de Sal. En ese momento supo que lo que había dicho Rachel Wooten era cierto. Sal Scaglia estaba enamorado de Angie Archer. Pero entonces, mientras miraba el largo y triste rostro de Sal esa noche, pensó que a veces el amor era el motivo más potente que existía para cometer un asesinato.

Justo en ese momento, un grupo de invitados empezaron a bajar desde la casa y Beatrice se unió a ellos urgiendo a Sal para que hiciera lo mismo.

Él se volvió un momento para lanzarle a Nell una última mirada y después se apresuró tras su mujer.

Nell siguió su camino. No había salido a buscar a los Scaglia. Y no era ni el momento ni el lugar de hablar con Sal. Esa noche no.

Miró hacia la otra punta del patio y del porche y, finalmente, cuando sus ojos llegaron a la altura del agua, vio a Izzy en el muelle. Su vestido azul estaba salpicado de brillantes puntitos de luz. La brisa del océano agitaba los pliegues de tela que ondulaban a su alrededor como las velas de una goleta. Las lucecitas del muelle iban cambiando el color del vestido, que adoptaba tonos plateados y azul medianoche contra el negro telón de la noche, y su sobrina desprendía un aire etéreo. Junto a ella, la silueta de Tony Framingham imponía ataviado con su esmoquin negro.

Cuando Nell se acercó un poco más, advirtió que Izzy estaba muy erguida y algo tensa. Tony Framingham se cernía sobre ella y la miraba con las cejas muy juntas. Cuanto más se acercaba Nell, mejor distinguía las facciones de Tony: tenía el ceño fruncido y se le había llenado la cara de iracundas arrugas que le rodeaban la mandíbula y las mejillas. Señalaba a Izzy con el dedo como si la joven le hubiera hecho algún daño irreparable. Justo cuando Nell llegaba al muelle, él levantaba el otro brazo con la mano abierta y la palma extendida.

—¡Tony! —gritó Nell; su exclamación salió disparada hacia el agua como un dardo.

El chico bajó la mano y él e Izzy se volvieron a la vez y se quedaron mirando fijamente a la mujer que se acercaba por el embarcadero.

—Tía Nell —dijo Izzy advirtiéndole con su tono que se detuviera. Se esforzó por sonreír—. No pasa nada.

Tony reculó un poco y le clavó los ojos a Nell.

—¿Qué pensabas, Nell? ¿Que iba a arrojar a Izzy desde el muelle? Es el entretenimiento del verano, ¿no? —Chasqueó los dedos—. Primero está aquí, y luego, ¡puf! Ya no está.

Nell se lo quedó mirando.

—Pues claro que no, Tony —dijo. Pero por un momento eso fue exactamente lo que había supuesto, que Tony Framingham estaba a punto de lastimar a Izzy.

—Estábamos discutiendo, eso es todo —explicó Izzy—. No hay de qué preocuparse.

—Daba la impresión de que no fuera precisamente una discusión agradable —apuntó su tía.

—Y tampoco era ningún secreto —aclaró Tony—. Estábamos hablando de Gideon. Era un mal tipo. Un mujeriego, un criminal y vete a saber qué más. Seguro que aquella noche estaba ahí fuera robando las langostas de Cass aprovechando que no había nadie por allí. Y cuando vio a Angie, bueno, ya os podéis imaginar el resto.

—Eres tú quien imagina todo eso, Tony —repuso Izzy—. ¿Por qué diantre iba a estar Angie sola por allí? Está claro que no se habría citado con un tipo como Gideon. —La joven intentó suavizar la tensión adoptando un tono burlón—. Tú eres demasiado listo para creerte eso. Para empezar, Angie no hubiera salido a pasear por ahí ella sola. ¿Y de verdad crees que Gideon llevaría esas drogas en el traje de buceo esperando que apareciera alguna mujer inocente en el muelle a la que poder dárselas? La persona que mató a Angie lo hizo porque Angie sabía algo o tenía algo que el asesino quería. Y cuando descubramos lo que es, sabremos quién lo hizo.

—Izzy, solo conseguirás crear problemas —le advirtió Tony—. No puedes meterte en la vida de la gente. Gideon era un desastre, y todo el mundo lo sabe.

—Creo que Tony tiene razón en una cosa —intervino Nell.

—Al menos me das la razón en algo… Eso ya es más de lo que está dispuesta a hacer tu sobrina, Nell. ¿Y en qué tengo razón exactamente?

Tony se había tranquilizado un poco y parecía que empezaba a recuperar los modales. Pero a Nell seguía pareciéndole raro que la conversación hubiera alterado tanto al chico. Parecía importarle demasiado. Él quería que Gideon fuera el asesino.

—Creo que tienes razón al suponer que Gideon estaba cerca del rompeolas esa noche —dijo Nell—. Da la impresión de que se dejaba ver en su puesto de trabajo cada noche, se paseaba por las tiendas hasta que estas cerraban y después se iba al rompeolas de North Beach. Estoy convencida de que no tardaremos mucho en oír testimonios de distintas personas que afirmen que lo vieron por allí, o de camino, con esa mochila que siempre llevaba a todas partes.

»Pero lo que me parece más interesante que el hecho de haber descubierto que Gideon era el cazador furtivo es tener la certeza de que él estaba allí aquella noche, como tú mismo sospechas. Y eso significa que, si él no lo hizo, quizá fuera la única persona de todo Sea Harbor que supiera quién era el asesino.

Para cuando Nell e Izzy se reencontraron con su grupo, el viento se había levantado en la orilla refrescando la brisa de la noche, cosa que había provocado que los invitados que habían salido a pasear hubieran regresado a la casa o a la pista de baile.

Izzy llevó a Nell a un aparte cuando entraron al salón.

—Tony solo discute por discutir, tía Nell, eso es todo. Siempre ha sido muy obstinado y no soporta no tener razón. Admito que se ha alterado demasiado, pero se ha tomado un par de copas. Por lo visto, piensa que si no dejamos de meter las narices en un caso que la policía está impaciente por archivar, podríamos alterar la vida de los ciudadanos de Sea Harbor. Incomodar a la gente.

Nell asintió, pero no porque aceptara la explicación de Izzy. Sencillamente no quería arruinar el resto de aquella encantadora velada. Por muy testarudo que fuera, no bastaba para justificar el tono amenazante de Tony o su mirada.

—Me parece que la noche será larga —dijo Ben poniendo punto final a su conversación. Cogió varias copas de coñac de la bandeja de un camarero que pasaba por delante y las fue repartiendo por las manos extendidas de Sam, Ham y Birdie.

—Mientras sigas insistiendo en querer conducir, Ben, creo que me aprovecharé de ello —repuso Birdie.

Los demás prefirieron tomar un café y darse una última vuelta por las hojas de la puja.

—He visto el nombre de Ben en varias de las hojas donde figuraba como máximo postor —comentó Nell.

Jane leyó los nombres que había anotado en las largas hojas de papel.

—Ben, Margarethe y Birdie son nuestra esperanza para el futuro —observó—. Sois muy generosos.

—Y, ya que estamos con los elogios —dijo Ham—, quiero proponer un brindis por ti, Sam. —Alzó la copa de coñac—. A los chicos les encanta tu clase. Muchos de ellos nunca habían visto nada a través de un objetivo, y esto les ha venido muy bien. Ahora ven las cosas de otra forma, incluso a ellos mismos.

—Es un buen grupo, hay una buena mezcla de chicos de todo el pueblo, y todos ayudan, incluso Izzy —explicó Sam—. Los chicos y yo invadiremos su estudio cualquier día de estos; es el sitio perfecto para jugar con el color, las sombras y la luz de un espacio interior.

—Es una idea fantástica —opinó Nell.

—En cuanto vi ese escaparate lleno de hilos de colores, supe que necesitaba una excusa para entrar a fotografiarlos. Y supuse que Iz no sería capaz de decir que no a los chicos.

—Tiene toda la razón —repuso Izzy—. Jamás dejaría que Sam entrara en mi estudio si no viene rodeado de críos.

—Algunas de las fotografías que hagan los chicos podrían quedar genial en la tienda —propuso su tía—. Podrías organizar una exposición de arte con las fotografías de los alumnos, Izzy.

La joven alzó las cejas.

—Buena idea. Así le sacaremos a Sam todo el provecho posible mientras esté aquí.

Ben se acercó y anunció que su autobús estaba a punto de salir.

—No me importa lo que digáis, pero Cenicienta y yo seguimos el mismo horario. —Se miró el reloj—. Y mi carruaje está a punto de convertirse en calabaza. ¿Algún pasajero?

Nell tocó a Birdie en el brazo.

—Birdie, ¿qué te parece si dejamos que los jóvenes hagan los últimos brindis y nosotros nos marchamos?

La anciana protestó un poco en broma, pero enseguida aceptó el brazo de Ben cuando este se lo ofreció.

Ham y Jane fueron a darle las gracias a Margarethe y Nell vio cómo los demás salían al entoldado para bailar las últimas canciones de la noche. Los estuvo observando un momento mientras se alejaban y después siguió a Birdie y a Ben hasta el coche.

Pero no fue hasta que Ben le pidió a un mozo que fuera a buscar su coche que Nell y Birdie se dieron cuenta de que sus prendas de abrigo seguían en el piso de arriba.

—Vuelvo enseguida, Ben —anunció Nell—. Vosotros quedaos esperando el coche mientras yo voy a recoger mi chaqueta y el chal de Birdie.

La anciana aceptó admitiendo, por primera vez en su vida, que estaba un poco cansada y que le estaba muy agradecida por ahorrarle aquel larguísimo tramo de escaleras.

Nell subió a toda prisa la escalinata que conducía a la puerta principal de la casa buscando a Stella o a cualquiera de las otras chicas que se habían llevado sus prendas hacía ya algunas horas. Pero habían subido el volumen de la música del entoldado y el sonido se proyectaba por el patio y el interior de la casa, cosa que provocaba unos latidos que Nell notaba palpitar en su pecho. Pensó que le iba a resultar imposible encontrarlas justo en ese momento. Imaginaba que todas las adolescentes que habían contratado para ayudar estarían en el entoldado disfrutando de la compañía y la música. «Como debe ser», pensó, y se encaminó hacia la escalera que conducía al segundo piso. Después de una década o dos de fiestas en casa de los Framingham, estaba convencida de que podría encontrar la chaqueta ella solita.

Asomó la cabeza en una enorme *suite* que había en el rellano y vio un montón de abrigos y chales pulcramente colocados sobre las camas y el diván. Enseguida vio su chaqueta negra justo al otro lado de la puerta muy bien doblada sobre un sofá de dos plazas. El chal de Birdie estaba justo al lado. El elegante chal mariposa de color rojo estaba extendido sobre un montón de almohadones de seda: parecía que estuviera expuesto. Nell sonrió mientras se preguntaba cuántas jovencitas lo habrían lucido por turnos aquella noche.

Se colgó las dos prendas sobre el brazo y se volvió con intención de marcharse cuando oyó el ruido de unas risitas y se paró en seco.

Nell se volvió. Las dos estancias de la *suite* estaban conectadas por un pequeño pasillo con armarios a ambos lados, todos con sus respectivas puertas de espejo. En uno de los reflejos, Nell vio a Stella Palazola con dos amigas que se contoneaban como si fueran modelos luciendo sobre los hombros los chales de encaje y las chaquetas con bordados de seda de las invitadas.

Las adolescentes no habían visto a Nell. Estaban completamente concentradas en las coquetas y elegantes imágenes que les devolvía el espejo.

Nell sonrió al recordar la historia que le había contado Birdie. Tendría que decirle a su amiga que las chicas habían decidido que el suyo era el más bonito. Cuando se daba la vuelta para marcharse para no destrozarles la diversión, un brillante destello colorido captó su atención. Se detuvo y volvió a entrar en la habitación. Y entonces se quedó de piedra. Aguantó la respiración y se concentró en la imagen que estaba viendo en el espejo.

Stella lucía un suéter de cachemira de encaje y su reflejo era de un colorido deslumbrante. No se trataba de un suéter o un chal cualquiera: era una prenda que Nell hubiera reconocido a kilómetros de distancia.

Pero antes de que tuviera ocasión de ordenar sus pensamientos Nancy Hugues entró en la habitación acompañada de algunas amigas de la Sociedad Histórica que venían charlando y riendo.

—Nell, no te he visto en toda la noche —comentó Nancy muy efusiva al tiempo que la abrazaba—. Y aquí estamos todas, las chicas de la generación de oro, en busca de nuestros abrigos camino de la cama.

—Tú no encajas en la descripción de esa generación, Nancy —repuso Nell imprimiendo una serenidad en su voz que su cuerpo se negaba a absorber. Estaba de espaldas a los armarios, pero notaba el movimiento a su espalda.

—Bueno, sin duda pertenezco a una generación mayor que la que acapara ahora mismo la pista de baile —afirmó Nancy—. Alex dice que no habíamos bailado tanto desde nuestra boda.

Está derrotado en la puerta esperando para llevarse a casa a su exhausta esposa.

Nell asentía con educación mientras las demás hablaban sobre la fiesta, la comida y el dinero que se había recaudado para Canary Cove y la academia de arte al tiempo que buscaban sus chales entre las montañas de prendas perfectamente ordenadas.

Cuando por fin se marcharon, Nell se volvió hacia los armarios. El vestíbulo estaba vacío, tal como ella imaginaba. Las voces habrían asustado a las adolescentes, que seguramente habrían corrido a esconderse en la otra parte de la *suite*. Se dirigió hasta el saloncito que había al otro lado. También estaba vacío, excepto por los abrigos y chales que aguardaban colgados de los respaldos de las sillas y los sofás.

Se acercó y empezó a buscar entre la ropa. No podían haberse marchado con el suéter, pero no había ni rastro de la brillante prenda de cachemira.

—¿Puedo ayudarla, señora Endicott?

Nell se volvió y se encontró con el sonriente rostro de una de las sobrinas de Mae Anderson.

—Hola, Rose —la saludó poniéndose derecha—. Me parece que no. Pensaba que había cogido un chal que no era, pero creo que me he equivocado.

—Claro. No hay problema. Unos cuantos vamos a bañarnos, por si quiere venir —dijo Rose. Le brillaban los ojos y tenía un bañador diminuto en la mano—. La señora Framingham dijo que podíamos utilizar la piscina antes de marcharnos. Ya no necesita que sigamos ayudando.

—Estupendo. Diviértete, Rose. ¿Te puedes creer que me he olvidado el bañador?

Nell forzó una sonrisa y dejó privacidad a la joven para que pudiera cambiarse.

Bajó la escalera de regreso al coche con el corazón acelerado. Ben alargó el brazo desde su asiento, le abrió la puerta y ella se sentó a su lado; le dio su chal a Birdie y se abrochó el cinturón. Clavó la vista al frente tratando de poner sus pensamientos en orden mientras Ben maniobraba por la rotonda en dirección a la carretera.

—Nell —dijo Birdie inclinándose hacia delante desde el asiento de atrás para darle una palmadita en el hombro—. ¿Qué te pasa? Parece que hayas visto un fantasma.

Ella volvió a tomar aire muy despacio esforzándose por normalizar su pulso. Miró a Ben y después giró los hombros para mirar a su amiga.

—Eso es exactamente lo que he visto —afirmó—. He visto un fantasma.

CAPÍTULO VEINTISÉIS

Pasaron varias horas hasta que al fin Nell apagó la luz y se dejó llevar por un sueño ligero poblado de imágenes sobre espejos y ovillos que caían del cielo, y brillantes hilos dorados enredados y deformes.

—Era el suéter que llevaba Angie el día que murió. Me apostaría la vida —le dijo a Ben cuando estaban tumbados el uno junto al otro en la cama, incapaz de conciliar el sueño—. El hilo chino de ese suéter era único y tenía un color azafrán exquisito. Y era un diseño de Izzy, no podía ser una copia. Era una obra de arte —explicó Nell.

—¿Estás segura de que el espejo no pudo deformarlo, Nell? —le preguntó su marido.

—No creo.

Nell sabía que Ben quería entenderlo, pero era muy difícil explicarle que ella conocía ese suéter íntimamente. No era una prenda cualquiera. Durante los días y las noches que habían pasado arreglando el estudio, ella e Izzy se iban tomando descansos para hacer punto y planificarlo todo. Y Nell había visto con sus propios ojos cómo las fibras de cachemira se convertían en una lujosa prenda entre los expertos dedos de su sobrina. El suéter había formado parte de aquellos meses tan especiales durante los que tía y sobrina renovaron su amistad, compartieron sus intimidades y juntas planificaron la nueva vida de Izzy en Sea Harbor.

Cuando Izzy le había prestado el suéter a Angie —fuera buena publicidad o no—, Nell había tenido que reprimir su desaprobación. Izzy le había prometido que era un préstamo a corto plazo y que pronto lo recuperaría.

Pero no lo había recuperado. Angie lo llevaba anudado con suavidad sobre los hombros la noche que murió.

Solo había una explicación, le había dicho Nell a Ben. Alguno de los invitados a la gala benéfica de los Framingham había asesinado a Angie. Y si no, sabía quién lo había hecho. Nell estaba convencida. Y el suéter de color azafrán de Izzy era la clave.

El domingo amaneció nublado en Sea Harbor y un cálido viento racheado agitaba las olas y tentaba a los veleros a hacerse a la mar. Ben sugirió que salieran a tomar el aire y a disfrutar del especial del domingo del Sweet Petunia.

Habían comido más que suficiente la noche anterior, pero Nell estaba decidida a hablar con Stella Palazola. Y el restaurante de Annabelle era el lugar más probable donde encontrarla un domingo por la mañana. Nell no quería avergonzar a Stella revelándole que la había visto probándose la ropa de los invitados —tendría que hacerlo con delicadeza—, pero tenía que averiguar más cosas sobre el suéter —el suéter de Izzy— que había captado el interés de la adolescente.

Cuando iban de camino al restaurante de Annabelle, los llamó Izzy.

—Sam y yo también venimos —anunció.

«Sam y yo». Cerró el teléfono móvil. Eso sonaba muy bien.

Cuando Nell y Ben llegaron al establecimiento, Izzy y Sam ya se habían hecho con una mesa en un rincón apartado de la terraza. Los recibió el olor a especias frescas y café recién hecho y su sobrina los saludó con la mano.

—Pensaba que todo el pueblo dormiría esta mañana, incluidos vosotros dos —observó Nell sentándose junto a Izzy—. ¿Os quedasteis hasta muy tarde?

—Hasta demasiado tarde —reconoció Sam—. Me sentía como un viejo carroza cuando me dejé caer en la cama sobre las dos. Pensaba que nunca conseguiría sacar a Izzy de allí, le encanta bailar.

—Me parece que fue el vestido —terció la joven—. Algo así como los chapines rojos que lleva Dorothy en *El mago de Oz*. No podía parar. Me quedé dormida antes de que mi cabeza tocara la almohada. Pero me ha dado la impresión de que solo habían pasado cinco minutos, aunque en realidad eran más o menos las nueve de esta mañana, cuando ha llamado Cass y me ha despertado.

—¿Va todo bien?

—Sí. Cass siempre va muy pronto al Coffee's los domingos, tiene miedo de no encontrar una buena mesa. Y se ha encontrado con Birdie... Y Birdie le ha contado lo del suéter. —Izzy se revolvió en la silla y ladeó la cabeza—. Y lo de los auriculares que encontraron en la mochila de Gideon: doble revés. Así que ya sabemos que fue Gideon quien puso patas arriba el apartamento de Angie. Cuéntamelo todo, tía Nell. No puedo creerme que el suéter todavía esté por ahí.

—Y yo que pensaba que habías venido a desayunar para disfrutar de nuestra compañía —dijo Ben.

—Eso también, pero no puedo creer que mi suéter siga vivo. No lo había mencionado porque me parecía egoísta. Un suéter perdido, aunque se trate de ese suéter, no es nada comparado con el asesinato de Angie.

Nell asintió; comprendía muy bien las emociones encontradas de su sobrina. Repitió su inquietante encuentro en el vestidor de la noche anterior para explicarle la historia del suéter a Sam, mientras levantaba la vista de vez en cuando para asegurarse de que Stella no estuviera demasiado cerca. Todavía no había visto a la joven camarera, pero Stella tenía la costumbre de aparecer de la nada si percibía que se estaba hablando de algo nuevo o sobre algún chismorreo. Nell necesitaba hablar con ella cuanto antes, pero tampoco quería asustarla. Tenía miedo de que Stella pudiera cerrarse en banda y negar la existencia del suéter si la adolescente pensaba que podía meterse en algún lío.

—¿Podría ser que dejaran el suéter en el rompeolas y alguien lo encontrara al día siguiente? —preguntó Sam—. Quizá se dieron cuenta del valor que tenía, o les gustara, y decidieran quedárselo.

Nell había valorado esa misma posibilidad, pero la había descartado.

—Parece lógico, Sam. Se le podría haber resbalado de los hombros. O Angie podría haberlo dejado allí mientras paseaba. O, si forcejeó con alguien, se le podría haber caído. —Le dio un sorbo al café y prosiguió—: Todas esas cosas podrían haber pasado. Excepto por un detalle: ese suéter jamás habría resistido intacto esa noche.

Ben levantó la vista del *Times* y se quitó las gafas de lectura.

—¿Por qué no, Nell? —Miró el ligero suéter de algodón que Nell le había tejido cuando todavía vivían en Boston—. Este ha durado mucho tiempo.

Izzy estaba a punto de repetir la pregunta de Ben cuando de pronto abrió mucho los ojos y dio una palmada en la mesa con la mano. El café salpicó los laterales de la taza.

—Claro que no hubiera resistido. Porque esa noche llovió, por eso —afirmó. Se volvió un poco para mirar a su tía—. Nell, eres brillante.

—No solo llovió, también hizo mucho viento —añadió Ben—. Tienes razón, Nell.

—Y si por algún milagro el suéter no hubiera acabado en el mar arrastrado por el viento —siguió diciendo Nell—, hubiera acabado empapado de agua salada y restos de barro. Habría terminado destrozado. Y el suéter que yo vi ayer por la noche estaba en buen estado. Perfecto.

—¿Pero por qué querría alguien ponerse ese suéter para ir a un evento donde podrían reconocerlo? —preguntó Sam.

—Eso es desconcertante, sí —admitió Nell—. A menos que fuera un regalo; quienquiera que asesinara a Angie se lo regaló a alguien. Quizá a una persona que no sea de Sea Harbor. En la fiesta había gente de todo el Cabo y de Boston.

—Como todos los amigos de Tony —observó Izzy en voz baja.

Ben vio a Stella al otro lado de la terraza y le hizo señas para que se acercara a tomarles nota.

—Me parece que Stella nos está evitando. ¿Crees que sabe que la viste ayer por la noche, Nell?

Antes de que pudiera contestar, Stella se acercó a la mesa con las gafas empañadas por el vaho de la cocina.

Al ver sus gafas, Nell se dio cuenta de que la joven no las había llevado puestas la noche anterior. Habría sido un milagro que la reconociera en aquella estancia tan mal iluminada.

—Hola, chicos —los saludó muy sonriente—. Una fiesta genial, ¿eh?

Stella llevaba una camiseta muy fina y, encima, un diminuto top que apenas le llegaba a la cintura. Lucía el pelo recogido en una cola de caballo.

—Yo me lo pasé, en plan, superbién.

—Tú y tus amigas trabajáis mucho en esas fiestas —comentó Nell.

—Oh, qué va, eso no es trabajar. Trabajo ha sido lo de levantarse esta mañana —aseguró. Los miró a través de sus gafas polarizadas y esbozó una misteriosa sonrisa.

—¿Me pones más café? —le pidió Ben levantando la taza—. Y me parece que ya sabemos qué pedir.

Stella les sirvió más café a todos y después sacó una libretita y un lápiz del bolsillo de los *shorts*. Se volvió hacia Sam.

—La *frittata* especial que mi madre prepara los domingos es, bueno, una pasada. Hoy le ha puesto salmón. Queso, champiñones. Patatas. Crema agria.

—Pues tomaré eso —afirmó Sam.

La joven volvió a sonreír, esa vez solo para Sam, y desapareció.

—Me parece que se ha olvidado de tomaros nota a vosotros —observó el joven.

Ben se echó a reír.

—A veces Stella pregunta y otras no. Por suerte, Annabelle cocina tan bien los huevos que nos gustan de cualquier forma.

Cuando Ben y Sam se pusieron a hablar sobre el partido de los Sox contra los Yankees, Nell se volvió hacia Izzy, pero su sobrina estaba pendiente de otra cosa. Miraba más allá de la barandilla de la terraza, por encima de las copas de los árboles y las galerías, a las gruesas olas que lamían la rocosa orilla a lo lejos. Izzy parecía concentrada en algo que Nell no conseguía ver. Pensó que aquella mañana su sobrina parecía más joven. Y preocupada.

Izzy se dio la vuelta y tomó otro sorbo de café mientras jugueteaba con la tostada que tenía en el plato.

—Me lo pasé muy bien ayer por la noche. Me parece que fue la primera vez desde la muerte de Angie que fui capaz de dejarlo todo a un lado durante algunas horas. Y me alegro de no haber sabido nada de todo esto ayer. El suéter. El allanamiento de Gideon. —Guardó silencio un momento para mirar a su tía a la cara—. Tengo tantas ganas de que todo termine, tía Nell... Nos toca muy de cerca, ¿sabes? Casi demasiado —repitió tocándose el brazo con el dedo.

Nell quería alargar los brazos y abrazar a su sobrina como solía hacer cuando Izzy era pequeña y le suplicaba que arreglara el mundo para ella. «Haz algo, tía Nell», le suplicaba cuando los padres de alguna de sus amigas se estaban divorciando o su perro se ponía enfermo o algún pajarillo se caía del árbol. «Haz algo». Y ella quería prometerle que lo haría, que todas las sospechas y esa nube negra que flotaba por encima de su estudio desaparecerían, ¡puf!, con la misma facilidad que uno se deshacía de un dolor de cabeza con una aspirina. Posó la mano sobre la de su sobrina, en la mesa, y le dijo:

—Yo también, Izzy.

Stella reapareció cargada con varios platos llenos de *frittata* y los colocó ante ellos, les sirvió más café y se marchó. Nell la vio marchar mientras se preguntaba cuándo podría pillarla a solas. El restaurante estaba lleno de gente y la adolescente no había parado desde que ellos estaban allí.

—¿La gente seguía hablando de Gideon ayer por la noche? —preguntó Ben.

—Un poco —reconoció Izzy. Cogió un trocito de la tostada del plato y le untó mermelada de arándano—. El tema surgió algunas veces, pero nadie le tenía mucha simpatía a Gideon, por lo que la noticia de su muerte no ha sido tan impactante como debería. Algunas personas piensan que se lo merecía. Era un cazador furtivo. Aun así... —A Izzy se le apagó la voz.

—¿Aun así...? —preguntó Ben.

—Bueno, da igual lo que la gente opine de él, ha sido una muerte horrible. Y me cuesta entender que alguien lo haya atropellado con esa fuerza y no se haya parado a ver si podía ayudarlo. Las personas de Sea Harbor no son así. Además, esa carretera no tiene salida. ¿Para qué querría alguien pasar por allí?

Ben había comentado esa misma incoherencia la noche anterior, y Nell se preguntaba cómo lo explicaría la policía.

—Supongo que alguien un poco bebido tomaría esa carretera por error, pero con todos los desperdicios y esas camionetas oxidadas que hay al final de la carretera es de suponer que deberían haber golpeado otras cosas además de atropellar a George Gideon.

—Demasiada coincidencia —dijo Ben.

Nell tomó un sorbo de café. «¿Fue una coincidencia o completamente intencionado?», se preguntó.

Ben recondujo la conversación hacia otros temas: se puso a hablar sobre las carreras de veleros y le explicó a Sam que pronto se celebraría la fiesta del Cuatro de Julio en Pelican Green, el parque que llegaba hasta el puerto.

—Bocadillos de langosta, almejas fritas y mucha cerveza; y los mejores fuegos artificiales de Cabo Ann. Todo el mundo disfruta mucho.

—Y este año descubrirán la estatua que Margarethe ha encargado con la imagen de su suegro —señaló Nell.

—Me parece que está intentando competir con la estatua del pescador que hay en Gloucester —opinó Izzy—. Jane dice que es enorme.

—¿Qué hizo el abuelo?

—La familia tenía canteras —explicó Ben—. La cantera de los Framingham no era la más grande, pero era productiva y muy lucrativa. Hubo un tiempo en el que la familia tenía cientos de empleados que trabajaban en ellas. Así es como los Framingham hicieron su fortuna, pero también fue algo muy bueno para el pueblo.

—¿Entonces el monumento es un homenaje al abuelo de Tony?

Ben asintió.

—Margarethe admiraba mucho al viejo. Era un patrón duro, pero por lo menos daba trabajo.

—Trabajar en la cantera era duro y agotador —dijo Nell—. El otro día estuve viendo algunas fotografías en el museo de la Sociedad Histórica. Imaginad el desgaste físico que debía suponer: la facilidad con la que se podían aplastar una mano o clavarse en el ojo alguna astilla de granito.

Izzy esbozó una mueca al pensarlo.

—Quizá la estatua debería rendir homenaje a los trabajadores. Por lo que me dijo Angie, Angus procedía de una familia de canteros. Y su padre trabajó para los Framingham.

Nell asintió.

—Exacto. Angus tiene mucha historia; ha vivido épocas felices, pero en su vida también ha habido tragedias. Recuerdo que los padres de Ben hablaban sobre su familia.

—Me parece que Angus es una de las personas más fascinantes que hay por aquí —opinó Sam—. El otro día me dejó acompañarlo a dar una vuelta e hice tantas fotografías que podría llenar un libro entero. Su rostro es un mapa, está lleno de historias, emociones y una vida exprimida al máximo.

—Me encantaría ver esas fotos —dijo Ben—. El suegro de Angus tenía una cantera en algún lugar de Cabo Ann.

Nell dejó el tenedor al darse cuenta de que se había comido casi todo el plato de *frittata*.

—Esa parte de la vida de Angus es muy triste. Anja, la mujer de Angus, estaba muy unida a su padre. Un día, poco después de la boda, Anja y su padre estaban en la cantera en el momento en el que hicieron explosionar una carga de dinamita; pero algo salió mal. Anja y su padre murieron en el acto. Fue una época muy difícil y todo el mundo dice que Angus ya nunca volvió a ser el mismo. Me parece que esas lagunas mentales que tiene son un mecanismo de defensa. Cuando empieza a recordar, se escapa a su propio mundo.

—Lo que cuentas encaja con el hombre al que he llegado a conocer a través de su rostro —dijo Sam—. Está claro que hay mucha tragedia en sus profundas arrugas.

—¿Os puedo retirar los platos? —preguntó Stella apareciendo de pronto junto a Ben.

—Stella, siempre estás al acecho —le dijo Ben.

—Mientras lo haces, yo iré un momento al servicio —anunció Nell. No quería hablar con la joven en la mesa, pero quizá se la tropezara cuando ella volviera a entrar de camino a la cocina.

Izzy también se excusó y siguió a Nell al interior del restaurante. En uno de los laterales, junto a una de las ventanas, vieron a Tony Framingham sentado con el grupo de amigos al que había invitado a la gala de la noche anterior. Tony levantó la cabeza, las vio y las saludó con la mano.

—Esta mañana está de mejor humor —observó Nell.

—No es tan malo, en serio. Tony y yo siempre hemos discutido mucho. Solo estábamos retomando viejas rutinas.

—Parecía enfadado, Izzy. No era solo una discusión.

—Estoy de acuerdo en que hay algo que le preocupa. Parece demasiado ansioso por cerrar el capítulo del asesinato de Angie.

Y no soporta que estemos haciendo preguntas porque eso mantiene el caso abierto y vivo.

Justo entonces Stella volvía a entrar en el restaurante de camino a la cocina.

Nell le tocó el brazo cuando pasó junto a ella.

—Stella, ¿tienes un minuto?

La joven miró a su alrededor comprobando las mesas y asintió.

—Pero solo un minuto. La mesa de Tony es mía y podrían necesitarme.

Se le iluminó el rostro al mirar al heredero de los Framingham.

—Seré rápida —le aseguró Nell—. Quiero comentarte algo sobre la gala benéfica de ayer por la noche. Cuando fui a recoger mi chaqueta, vi un precioso suéter de cachemira dorado...

Stella se llevó la mano a la boca.

—Oh, señora Endicott...

—No, no, Stella, no pasa nada. Solo lo vi de refilón, y entiendo perfectamente que tú también te fijaras. Era una prenda única. Muy hermosa. Solo me preguntaba si sabrías decirme de quién era.

Stella se puso colorada, su piel adoptó una profunda tonalidad roja que se extendió por su cuello hasta llegar a lo alto de su cabeza.

—¿A quién pertenecía? —espetó con asombro.

—Qué invitada lo llevaba —puntualizó Nell—. Era tan bonito que me preguntaba dónde lo habría comprado.

—¿Comprado? —repitió Stella.

Nell advirtió que la joven tenía la frente salpicada de diminutas gotas de sudor y lamentó haberla arrinconado de esa forma en el trabajo. Parecía alterada.

—Stella, por favor, no te preocupes. No pretendía avergonzarte.

—No se lo dirá a la señora Framingham, ¿verdad? Si se entera de que nos probamos las cosas, no nos dejará volver.

—Oh, Stella, no tiene importancia —terció Izzy—. Yo también trabajaba en esas fiestas de verano cuando tenía tu edad y hacíamos exactamente lo mismo.

—Y a Izzy nunca la despidieron, cariño, no te preocupes.

—Entonces... ¿no le dirá lo que hice? —tartamudeó Stella.

—Claro que no. Solo he pensado que si recordabas quién llevaba ese precioso suéter de cachemira, podría preguntarle por él. Averiguar dónde lo compró. Pero sin mencionar tu nombre, claro. —Nell le dedicó una mirada cómplice a la adolescente con la esperanza de infundirle confianza—. Es muy importante para mí, Stella.

Pero ella no parecía muy convencida. No paraba de moverse y manoseaba tanto su libreta que las hojas empezaban a estar mojadas. Finalmente, clavó los ojos en sus sandalias y murmuró:

—Una invitada. ¿Cómo iba a saber cuál?

Y entonces, y sin mirar ni a Nell ni a Izzy, Stella se dio media vuelta y se marchó a ver si Tony Framingham o sus amigos querían más café, y ya no volvió.

—Vaya, eso ha sido muy raro. —Izzy se puso en jarras y observó cómo la adolescente cruzaba el comedor.

—Stella no parece la clase de chica que se altera por estas cosas. Si eso fuera lo peor que hubieras hecho tú durante todos los veranos que pasaste conmigo y con Ben, hubiera ido a encender velas a Nuestra Señora de los Mares por Acción de Gracias.

Izzy se echó a reír.

—Algún día lo confesaré todo, tía Nell. Pero no es el momento. Ahora toca volver al estudio. Cass se ha puesto en serio con el chal de su madre y le prometí que la ayudaría con la forma de los hombros. ¿Qué planes tienes para hoy?

Nell saludó a Ben y a Sam, que entraban desde la terraza con las llaves del coche en la mano y cargados con sus respectivos bolsos. ¿Qué había planificado para ese día? Tenía una larga listas de cosas que hacer. Una charla para prepararse para el consejo artístico de Gloucester. Había recogido unas cajas de flores en el mercado que debía plantar inmediatamente. Tenía facturas por pagar y correos electrónicos por responder. Estaba escribiendo un breve artículo sobre la concesión de becas y tenía que envolver varios regalos de cumpleaños antes de mandarlos por correo. Se volvió hacia su sobrina.

—Me parece que le llevaré algunas macetas de caléndulas a Josie Archer. He comprado demasiadas, como siempre, y estoy segura de que le vendrá bien darle un poco de color a su porche.

CAPÍTULO VEINTISIETE

Josie Archer vivía en una pequeña casa cuadrada en las afueras del pueblo, cerca del puente que separaba Cabo Ann del resto de Massachusetts. Ella era una de esas residentes de Cabo Ann que aseguraba que jamás había puesto un pie en ese puente. Pero, evidentemente, no era verdad. Nell lo sabía con toda seguridad porque ella y Ben habían llevado en coche a Josie a la graduación de Angie en la Universidad Simmons de Boston. La madre de la joven se había sentado en la primera fila del auditorio, más orgullosa que nadie, como les había dicho a Nell y Ben. Había insistido en dejar una silla libre para Ted para que, dondequiera que estuviera, pudiera acompañarlos en espíritu para ver cómo su preciosa hija recibía su diploma.

Pero lo cierto es que, la mayor parte del tiempo, Josie siempre se quedaba cerca de casa. Ella y Ted habían vivido en ese barrio de Sea Harbor durante todo el tiempo que habían estado casados. Willow Road era una calle agradable y modesta habitada por vecinos que se conocían entre ellos y que pasaban por la tienda a buscar leche y pan si alguno de ellos se ponía enfermo. Nell pensaba que era el lugar perfecto para Josie, pero demasiado limitado para dar cabida al espíritu libre de Angie. Los años de adolescencia de la joven en aquel barrio tan cerrado y esa casa diminuta debieron de ser un auténtico desafío para su madre. Y, sin duda, también para Angie.

Nell aparcó en el camino de la casa y se bajó del coche. Conocía a varias personas que vivían en Willow Road. Uno de los vendedores de Archie acababa de reformar la casita blanca de la esquina y Janelle Harrow, la peluquera de Nell, vivía justo enfrente.

Nell pensó que Josie estaba en buenas manos. Si se sentía sola o necesitaba hablar con alguien, solo tenía que salir de su casa.

Cogió las macetas del maletero y subió los escalones del porche de la entrada. Dejó las plantas en el suelo, pero, antes de que tuviera ocasión de llamar, Josie abrió la puerta.

—Llevo esperando que vuelvas desde la última vez que estuviste aquí, Nell. Qué caléndulas más bonitas. —Se agachó y tocó las luminosas flores—. Son justo lo que necesita este porche tan aburrido. —Dejó una maceta a cada lado de la escalera—. Pero pasa, Nell.

Josie vestía una blusa de flores y unos pantalones de lino amarillos que le iban un poco anchos. Nell enseguida advirtió que la madre de Angie había perdido peso aquellas últimas semanas. Debería haberle llevado comida en lugar de flores, pero podía hacerlo la semana siguiente. O quizá pudiera convencerla para que acudiera a cenar el viernes a su casa. A veces el duelo requería soledad, pero compartir una comida con amigos podría animarla.

—He preparado un poco de té —anunció haciendo pasar a Nell.

El salón estaba limpio y ordenado, los cojines del sofá ahuecados, en espera de compañía. Y por toda la estancia, sobre las estanterías, la repisa de la chimenea, las mesitas y colgadas de las paredes de color rosa, había fotografías familiares.

Josie se dio cuenta de que Nell miraba las fotos. Sonrió.

—Mi Ted y mi Angelina. Se parecían mucho. A veces me sentía como una extraña; ellos pensaban y sentían exactamente igual. —Señaló una fotografía enmarcada que había en la repisa de la chimenea donde se veía a Angie con su padre—. Él se la llevaba a todas partes cuando era pequeña. Angie lo echaba mucho de menos; pero ahora ya están juntos. Ven a sentarte, Nell, cuéntame cosas —le pidió señalando el sofá.

Nell se recostó sobre los cojines de terciopelo frente a una mesita de café ovalada y la anfitriona ocupó una silla delante de ella. Sobre la mesa descansaba una bandeja con una jarra de plástico llena de té, dos vasos altos y un cuenco con rodajas de limón.

Josie le sirvió a Nell un vaso de té. Junto al té había un plato de galletas de azúcar, y la anfitriona había dispuesto dos servilletas de encaje, una para cada una, con una diminuta A bordada en la esquina.

Nell advirtió nuevas arrugas en el rostro de Josie, y su apagado cabello pelirrojo estaba salpicado de vetas grises. Pero su sonrisa era cálida y su mirada, suave y sincera. «Josie sobrevivirá incluso a esto —pensó—. La situación más difícil a la que puede enfrentarse una madre, el asesinato de un hijo».

—¿Cómo está Ben? —preguntó Josie—. Ted tenía muy buena opinión de él. Y también de sus padres. Los Endicott eran muy buena gente.

—Ellos pensaban lo mismo de los Archer. Tu Ted ayudó a Ben y a sus padres en muchas ocasiones: arreglando las goteras del tejado, las tuberías congeladas... Ted podía con todo.

Josie probó el té y sonrió por encima del tirabuzón de vapor mientras los felices recuerdos se proyectaban en su rostro.

—Cuando Ted perdió el trabajo en la fábrica, Ben Endicott y el Señor le salvaron la vida.

—¿Y eso?

—Ted estaba deprimido. No tenía trabajo ni mucho dinero. Angie era pequeña y yo estaba embarazada de su hermano.

—Eso no lo sabía, Josie.

—Por aquel entonces tú no vivías aquí de forma permanente. No tenía que ser. Me puse enferma y Ted insistió en quedarse en casa para estar conmigo. Sé que no debería haberlo hecho, le necesitaban en el trabajo. No tenía vacaciones. Pero no quiso ni oír hablar del tema, y cuando quiso volver, ya no había trabajo para él.

—¿Y el bebé?

—Dios se lo llevó. Fue la voluntad de Dios, aunque Ted no lo vio de esa forma. Él estaba convencido de que yo perdí el bebé porque él perdió el trabajo. Pero eso no era verdad, Nell.

—Lo siento. Has perdido muchas cosas, Josie.

—La vida nos trae lo que podemos manejar.

—Eres una inspiración. Todo el pueblo está muy afectado por lo de Angie.

Josie dejó la taza en el platillo. Miró fijamente a Nell.

—No creo que sea mi deber tratar de entender las decisiones del Señor. Pero mi Angelina... Soy incapaz de comprender por qué nadie querría hacerle daño a mi niña.

—Nadie lo entiende, querida. Es horrible.

—Fue maravilloso que Angelina decidiera volver a casa. No pensaba quedarse mucho tiempo, me lo dijo cuando volvió, pero iba a quedarse un tiempo, y pasaba casi cada día por aquí.

—¿Pensaba volver a marcharse? —preguntó Nell.

Al oírlo de los labios de su madre, los rumores e insinuaciones que habían estado circulando aquellos días tomaron forma.

Por lo visto, era cierto que Angie tenía pensado marcharse de Sea Harbor, pero no se lo había dicho a su jefa ni a su casera, ni siquiera a algún amigo íntimo como Pete, por lo que sabía Nell.

—Quería volver a Boston. La universidad le había ofrecido un trabajo. Imagínatelo, mi Angelina trabajando en la universidad. —Josie se inclinó hacia delante y cogió un libro encuadernado en piel de la mesita de café. Se lo tendió a Nell—. La tesis del máster de Angelina —anunció con orgullo—. Hizo encuadernar una copia para mí, para que pudiera ponerla en la mesita de café.

Nell pasó la mano por la portada de piel. Volvió a sentir esa punzada de remordimiento por no haberse tomado el tiempo necesario para conocer mejor a Angie. Leyó el título: «Metodologías de investigación en escrituras de propiedad: usos y abusos».

Josie sonrió mirando el libro.

—A Angelina le encantaba la historia del suelo. Sentía mucha curiosidad por conocer los orígenes de Cabo Ann y de esta enorme montaña de roca sobre la que construimos nuestras vidas. Ya le gustaba de pequeña, pero cuando se fue a la universidad, se convirtió en una pasión. Cuando volvía a casa por vacaciones, se iba a husmear al museo y a los juzgados, consultando escrituras y cosas así. Yo le decía que a mí esos papeles tan viejos me daban ganas de estornudar, y se echaba a reír. Me decía que no eran papeles viejos. Eran las vidas de la gente.

—Eso explica por qué le gustaba tanto trabajar en el museo.

—Ah, sí. —Asintió y le pasó el plato de galletas a Nell—. Pero no era un trabajo permanente. Estaba trabajando con Nancy, ayudándola con la exhibición, pero cuando ese proyecto terminara pensaba marcharse. Iba a volver a Boston la semana que viene o así. —Cogió una de las servilletas bordadas y se limpió las comisuras de la boca—. La semana que viene —repitió.

Nell percibió aquel anhelo en la cabeza de Josie de que las cosas hubieran sido diferentes. Pero sabía que ella no lo diría en voz alta. Si aquello estaba predestinado, conseguiría aceptar y enterrar esos anhelos.

—Angelina me preguntó si quería irme con ella —siguió diciendo al tiempo que alzaba un poco la voz—. Creo que lo decía de corazón, pero sabía que yo no me marcharía de la casa de Ted.

—Pero fue bonito que te lo pidiera —dijo Nell.

—Sí. —Se rio un poco—. Un gesto muy bonito. Aunque no importa, yo no podría haber vivido con Angelina por mucho que la quisiera. Ella y yo veíamos el mundo de formas distintas. Se parecía mucho a su padre. Las personas eran buenas o malas. Lo hacías bien o mal. Todo eran extremos. Yo le decía que la vida no era así, que las cosas no eran blancas o negras. Por eso nos confesamos, para aceptar nuestras debilidades. Le decía que Dios nos perdona. Pero ella no creía en esas cosas. Y no era capaz de perdonar. Jamás.

Nell veía el desfile de emociones que se proyectaban en el rostro de su amiga. Y en ese momento supo que Josie Archer encontraría una forma de perdonar al asesino de su hija. A pesar de todo.

—Espero que sepas que si necesitas cualquier cosa puedes venir a verme. Y también puedes acudir a Ben.

—Oh, Nell, claro que lo sé. Siempre te portaste bien con mi hija. Izzy también. A Angelina le encantaba el pequeño apartamento de tu sobrina. Siempre había querido vivir delante del mar y, gracias a vosotras dos, pudo cumplir su sueño. Me parece que el tiempo que pasó allí fue muy especial para ella.

Nell asintió. Se alegraba de que Josie pudiera verlo de esa forma. Lo que Nell veía era que el tiempo que pasó en Sea Harbor —y lo que fuera que esa época supusiera para Angie— de alguna forma acabó conduciendo a su muerte. Y eso no era especial. Era trágico. Se levantó y cogió el vaso y la servilleta para volver a dejarlos en la bandeja. Cogió el bolso y volvió a mirar las fotografías que descansaban sobre la repisa de la chimenea. Era un repaso de la vida de Angie expuesta en pequeñas fotografías enmarcadas: Angie de bebé; Angie sin los dos incisivos centrales sentada orgullosa en el regazo de su padre; Angie enseñando una caracola que había encontrado en la playa de Good Harbor.

Josie se puso a su lado.

—Me encanta mirarlas. Los recuerdos me alivian el alma. No todo el mundo tiene la suerte de tener una familia tan maravillosa con esos increíbles y preciosos recuerdos.

Nell tragó saliva. Qué mujer tan maravillosa. Se concentró en las fotografías para reprimir las emociones que le apelmazaban la garganta. Había una tomada en el club náutico en la que se veía un grupo de niños desgarbados en bañador abrazándose los unos a los otros. Vio a Izzy delante del grupo y a Angie asomándose por detrás; su melena pelirroja la distinguía enseguida.

—El equipo de natación del verano —dijo en voz alta—. Angelina era una gran nadadora. Ted se encargó de que así fuera. «No se puede vivir junto al mar y no ser una buena nadadora», le decía.

Nell siguió avanzando. En las fotografías de la época del instituto se veía a Angie en obras de teatro, recibiendo un premio, y también había una instantánea de un grupo de personas muy bien vestidas.

Josie cogió la fotografía.

—Los finalistas al rey y la reina del baile de graduación —anunció con orgullo—. Angie estaba entre ellos.

Nell examinó la fotografía con atención. En el centro de la imagen se veía al rey y la reina rodeados de varios asistentes. Angie estaba justo detrás de la reina con la melena pelirroja sobre los hombros. Tenía una expresión incómoda y la mirada triste.

—A Angelina no le gustaban esas cosas, los bailes y los grandes eventos escolares, pero le encantaba ponerse elegante. Por eso cuando la eligieron como una de las finalistas, accedió con cierta reticencia. —Negó con la cabeza—. Lo recuerdo muy bien. No fue su mejor noche.

Nell volvió a mirar la foto. Reconoció a la reina, era una chica muy guapa, su familia vivía en Sandswept Lane. Miró al joven con la corona de rey.

—¿Ese no es Tony Framingham?

Josie asintió.

—Y ese fue el problema aquella noche. Tony Framingham. Al principio Angie se negó a posar para la fotografía, pero la obligaron, le dijeron que quedaría rara en el anuario si no salía ella. ¿Qué iban a poner en el pie de foto?

Nell observó la sonrisa y el pelo negro de Tony.

—¿Tony fue el problema? ¿Era el novio de Angie?

La otra se echó a reír, pero sin una pizca de humor.

—Oh, no. Tony no era su novio. A veces pienso que Tony fue el motivo de que Angie se marchara de Sea Harbor.

—No te entiendo, Josie.

—Nell, mi hija odiaba a Tony Framingham con todas sus fuerzas. A veces la emoción la superaba. Y tener que posar a su lado en una fotografía le arruinó la noche entera.

Nell frunció el ceño mientras miraba la foto.

—¿Por qué?

—Angelina estaba convencida de que la familia de Tony Framingham mató a su padre. Por eso. Odiaba a Tony Framingham con toda su alma, como nadie debería odiar.

CAPÍTULO VEINTIOCHO

Cuando salió de casa de Josie Archer, Nell pasó por el Museo de Historia de camino a casa sabiendo que Nancy seguiría trabajando a pesar de que los domingos el museo cerraba al público a las cuatro. Nancy le había explicado a Nell que dedicaba ese tiempo a prepararse para la semana entrante.

—Nell, ¿qué hay? Pareces sorprendida. Espero que sea por algo bueno.

Nancy hizo pasar a Nell a su despacho y le retiró una silla.

Ella se obligó a sonreír. La palabra «sorpresa» no describía ni de lejos cómo se sentía después de lo que le había confesado Josie. Las distintas partes de la conversación no habían dejado de dar vueltas en su cabeza mientras se dirigía al museo. Estaba intentando encontrarles el sentido, ordenarlas. La antipatía que Angie sentía por Tony Framingham —Josie había dicho que lo odiaba— era demasiado fuerte viniendo de Angie, y eso que Pete había dicho que ella lo había comentado. Viniendo de Pete, el novio celoso, la afirmación no había tenido el mismo peso. Pero lo que había sorprendido a Nell, más que el hecho, había sido el motivo.

Era como un rompecabezas gigante que esperaba la intervención de alguien avispado que pudiera resolverlo. Pero Nell estaba bastante convencida de que todavía le faltaban algunas piezas.

—Necesito una mente despierta, Nancy —dijo—. Alguien que me ayude a poner esto en orden. Lo que le ha pasado a George Gideon, tan pocos días después de la muerte de Angie, me ha dejado preguntándome cuántas cosas habrán pasado en nuestro apacible pueblo sin que nos hayamos dado cuenta.

Nancy se sentó a su escritorio, apoyó los codos en la mesa y descansó la cabeza sobre las manos.

—¿No crees que fuera un atropello con fuga?

—No. —Hasta que no escuchó las palabras, Nell no supo lo que pensaba exactamente. Gideon había sido asesinado. Y antes de morir había puesto patas arriba el apartamento de Angie Archer. ¿Por qué? ¿Y murió por eso?—. Creo que alguien mató a Gideon.

Nancy frunció el ceño.

—La policía no lo ve así.

—No. Tienen demasiada presión para cerrar el caso. Pero yo creo que alguien lo mató, Nancy; creo que está relacionado con la muerte de Angie.

—¿Piensas que tiene alguna relación con el trabajo que hacía aquí?

—No lo sé. —Nell le explicó a Nancy su conversación con Sal Scaglia sin mencionar las observaciones de Rachel—. ¿Angie hablaba alguna vez sobre Sal?

Nancy lo meditó unos segundos y después recordó algo que había ocurrido la semana anterior a la muerte de Angie.

—Sal llamó aquí —explicó—. Angie había salido a comer. Me pidió que le dijera que había encontrado más información para el proyecto, que debía pasar a buscarla. Cuando se lo expliqué a Angie, ella puso una cara rara y me dejó muy claro que ya tenía todo lo que necesitaba del registro de escrituras. Y ya está. No creo que volviera por allí.

Nell escuchaba y almacenaba la información. Cada vez tenía más sentido.

—También quería comentarte que he estado hablando con Josie Archer. Me ha dicho que Angie estaba contratada para un proyecto con un tiempo limitado y que pensaba marcharse a Boston la semana próxima. Tenía un trabajo en la universidad. ¿Por qué le diría a su madre algo completamente diferente de lo que te dijo a ti?

Nancy pegó la vista a la mesa mientras reflexionaba sobre la pregunta.

—No lo sé, Nell. Pero eso explica por qué se mostraba tan evasiva siempre que yo intentaba quedar con ella para hablar. La verdadera cuestión es por qué aceptó el puesto en un principio sabiendo de antemano que no pensaba quedarse mucho tiempo.

—Pero ella trabajó mucho mientras estuvo aquí, ¿no?

—Totalmente. Angie hacía todo lo que le pedíamos y más. En realidad, ahora que lo pienso, solo hubo una cosa que Angie se negó a hacer para mí mientras estuvo aquí: no quiso redactar un informe para nuestra junta acerca de la exposición de las canteras en la que estaba trabajando. Se negó en redondo. Me sorprendió mucho porque ella era muy elocuente. Pensé que disfrutaría de tener la oportunidad de hablar frente a todos vosotros.

—Estoy de acuerdo. Yo siempre pensé que Angie tenía madera para actuar. —Nell retiró la silla y se levantó—. Y hay personas muy poderosas en esa junta, que podían haber sido muy buenos contactos, si es que Angie le daba alguna importancia.

Nancy se miró el reloj.

—Hablando de la junta, tengo que reunirme con Margarethe en el Edge para terminar de decidir el diseño de la placa para Angie. No me puedo creer que haya sacado tiempo para esto el día después de esa alucinante fiesta, pero ha insistido en que lo hagamos lo antes posible, así que hemos acordado quedar para tomar un sándwich mientras hablamos de los detalles. Por lo menos podemos hacer algo positivo, una luz entre tanta incertidumbre.

Nell salió de la biblioteca sin ver ninguna luz. A decir verdad, la tarde pesaba sobre sus hombros. Sentía que llevaba una carga, como si tuviera puesta una chaqueta metálica y no supiera qué hacer para quitársela. Le dolía la cabeza de tanto pensar en cómo encajar las piezas de la vida de Angie. Y le dolía el corazón de pensar en la encantadora mujer que había perdido a su hija demasiado pronto.

Cuando Nancy había mencionado a Margarethe, Nell había recordado algo que había querido hacer desde el sábado por la noche: llamarla y preguntarle por el suéter. Quizá Margarethe había visto a la persona que lo llevaba. No pensaba mencionar que Angie lo llevaba puesto aquella noche, no había motivo para dar más que hablar.

Sacó el teléfono móvil del interior de su enorme bolso y marcó. Casi de inmediato escuchó la voz grabada de Margarethe. Nell le dejó un mensaje: le daba las gracias por haber celebrado la gala benéfica y, a continuación, preguntaba por el precioso suéter que había visto en el dormitorio. Lo preguntaba como el que no quiere la cosa. Evidentemente, no mencionó a Stella en ningún momento. La adolescente tenía razón; probablemente Margarethe no volvería a invitarla si se enteraba de que se había probado las chaquetas de las invitadas.

Cuando le sonó el teléfono mientras cruzaba la placeta en dirección al coche, leyó el nombre de la persona que llamaba en la pantalla. No era Margarethe, sino alguien con quien tenía aún más ganas de hablar. Alguien que la escucharía y la ayudaría a resolver el rompecabezas. Y Birdie era una de las mejores investigadoras que conocía.

Nell se sentó en uno de los bancos y pasó la media hora siguiente verbalizando sus pensamientos, todas y cada una de las cosas que habían ido pasando y sus imprecisas sospechas con la esperanza de que su amiga consiguiera ponerlas en orden. O que la mandara a paseo.

Pero Birdie no hizo ninguna de las dos cosas. Prefirió llamar a Cass e Izzy y las citó en su casa a las siete en punto.

—Hay novedades —les dijo con su nuevo estilo a lo Sherlock Holmes.

Nell traería una estupenda crema de cangrejo. Y ella ya había metido el pinot en la nevera.

—No olvides traer el punto —les dijo a todas antes de colgar—. Nos ayuda a pensar.

Nell recogió a Izzy y después a Cass antes de tomar Harbor Road pasando por delante de todas las tiendas, que ya habían cerrado. Los turistas paseaban por allí admirando los escaparates y parando en las cafeterías o bares que salpicaban el puerto mientras esperaban para cenar en el Ocean's Edge.

Mientras subían por la colina donde se encontraba el vecindario de Birdie, Cass señaló por la ventana.

—¿Ese no es el viejo del mar?

Todas miraron hacia el lateral de la carretera y vieron la figura encorvada que se dirigía a la ciudad con la cabeza gacha y una luminosa bufanda de punto rojo alrededor del cuello.

Izzy se echó a reír.

—Qué bonito. Es una de las bufandas de punto de Birdie. Le tejió una A y una M bien grandes en los extremos.

—Pero es verano —apuntó Cass, y todas se echaron a reír. Angus siempre hacía lo que le daba la gana. Las estaciones no le importaban mucho.

—Me pregunto a dónde irá —dijo Izzy.

—Es domingo —repuso su tía—. Probablemente se dirija al Ocean's Edge.

Cass se volvió para verlo desaparecer detrás de la curva.

—¿Pero de dónde viene?

—Con Angus nunca se sabe —afirmó Izzy—. Parece que esté en todas partes.

—Se le ve muy triste últimamente —observó Nell—. Me parece que echa de menos a Angie.

—Aunque tenían una relación un poco rara, ¿no os parece? —comentó Cass—. Estaba obsesionado con Angie.

Izzy se removió contra el cinturón de seguridad y se volvió para mirar a su amiga.

—Yo también lo pienso a veces, Cass. Una noche la siguió hasta casa y estuvo sentado en el alféizar que hay detrás del estudio durante mucho rato. Archie lo vio allí y le llevó un poco de café, después le dijo que se fuera a casa. Pero otras veces pienso que eran amigos de verdad. A él le gustaba tener a alguien que lo escuchara. Y ella lo hacía.

—¿Y por qué lo hacía exactamente? —preguntó Cass—. Es decir, todos escuchamos a Angus cuando tenemos tiempo, pero Angie lo escuchaba mucho más.

—Quizá solo le tuviera cariño —supuso Izzy—. Es un hombre encantador.

—Pero me pregunto cómo lo interpretaría Angus. ¿Creéis que podría haber pensado que a ella le gustaba? Me refiero a que lo pensara en el sentido romántico.

—Oh, cielos, no —aseguró Nell. Pero en cuanto lo dijo se preguntó qué derecho tenía a hablar con tanta seguridad sobre los sentimientos de Angus McPherron. Ella siempre había pensado que Angus era un hombre encantador y raro al mismo tiempo, una buena persona inofensiva con un pasado triste. Llevaba muchos años deambulando por el puerto y jamás le había causado ningún problema a nadie. Y, sin embargo...

—A veces es encantador. Un hombre tranquilo —dijo Izzy—. De vez en cuando viene al estudio porque Mae le da bizcocho de plátano, y es la única persona de la tierra a la que le gusta mi café. Pero un día, tras la muerte de Angie, vino pidiendo ver su apartamento. Decía que allí había cosas suyas.

—Izzy, no me lo habías explicado —dijo Nell.

Frunció el ceño y se internó por el camino de entrada de la casa de Birdie.

—Supongo que lo olvidé. Aunque lo recuerdo bien porque ese día estábamos muy ocupadas. Sidney Hill había venido desde Boston para impartir su clase de calcetines de invierno. Margarethe estaba en la tienda aprovisionándose de hilo de angora de ese fabuloso rosa chicle; dijo que no sabía para qué lo quería pero que tenía que llevárselo.

—La comprendo perfectamente. Ben siempre me está amenazando con organizar un mercadillo de hilos en el garaje. —Nell rodeó la rotonda de la entrada y aparcó el coche—. ¿Y dices que Angus montó una escena?

Izzy asintió.

—Pero no fue para tanto. Mae estaba ocupada, así que Margarethe se acercó a él y lo convenció para que se marchara. Mae vio cómo ella le daba algunos billetes y lo mandaba a la tienda de Harry a comprar algo para comer.

—Margarethe es capaz de convencer a cualquiera de lo que sea —apuntó Nell. Abrió la puerta y rodeó el coche para coger la olla de crema que Izzy llevaba en el regazo.

Birdie las recibió en la puerta.

—Pasad, pasad. —Les hacía señas con la mano—. Por un momento he pensado que os ibais a quedar toda la noche metidas en el coche. ¿Me he perdido algo importante?

—Estábamos hablando de Angus —explicó Nell—. Lo hemos visto bajando la colina.

Ella Sampson apareció por detrás de Birdie sonriendo a las recién llegadas. Cogió la crema que llevaba Izzy y desapareció.

—Angus baja al Edge cada domingo como un reloj —dijo Birdie.

Nell sonrió.

—Sí. A veces lo veo comiendo en la terraza. Charlie, ese chef joven tan majo, siempre se asegura de darle verduras frescas.

—¿Y por qué venía de esta dirección? —preguntó Cass. Siguió a Birdie por la amplia escalinata de entrada.

—A veces se queda aquí —repuso la otra sin más.

—¿Qué?

Nell se quedó de piedra en lo alto de la escalera mirando fijamente a Birdie.

La anciana disipó el asombro de su amiga.

—Bueno, no se queda todo el tiempo. Pero en las antiguas cocheras hay dos apartamentos, y a Ella y a Harold no les importa tener un vecino. Angus viene y va, y de esta forma tiene un sitio donde recibir el correo y guardar las pocas cosas que conserva.

En esa diminuta cabaña que tenía de camino a Rockport se congelan las tuberías y solo Dios sabe qué más habrá. Probablemente haya alimañas de todo tipo. Y no tiene calefacción. Por eso cuando empezó a hacer mucho frío el invierno pasado, le dije que podía utilizar las antiguas cocheras. Ella dice que no pasa mucho tiempo aquí. Especialmente en verano.

—Birdie, hace casi treinta años que te conozco y todavía me sorprendes de vez en cuando.

—Te mantiene joven, Nell. Las sorpresas son buenas para el alma.

«No todas las sorpresas», pensó Nell. Había habido algunas aquellas últimas semanas que le estaban provocando de todo menos juventud.

Todas siguieron a Birdie por el pasillo que conducía a una estancia que a Nell le encantaba: un acogedor refugio lleno de libros con una pared en curva y ventanales con vistas a todo el puerto y más allá. Sonny Favazza, el gran amor de Birdie, había amueblado la estancia para dársela a Birdie como regalo de bodas, y los dos podían sentarse juntos por la noche a contemplar cómo el mundo se preparaba para pasar la noche. Y era el sitio que más le gustaba a Birdie para hacer punto, escuchar música y pasar el rato con sus amigas, aunque solo con las más especiales.

Nell se sentó en el sofá de dos plazas con vistas a los ventanales y observó la larga cola de embarcaciones de recreo que se acercaban al puerto para disfrutar de la noche en el pueblo. Las luces de los restaurantes daban la bienvenida a los comensales y, a lo lejos, internándose en el océano, la amplia lengua de tierra de la finca Framingham estaba tan iluminada como una gigantesca tienda de árboles de Navidad. Desde allí se apreciaba perfectamente la altísima casa principal asentada sobre una elevación del terreno. Y, aunque estaba a varios kilómetros de distancia, desde la guarida de Birdie parecía que estuviera lo bastante cerca como para lanzar un frisbi y conseguir que cruzara el agua y aterrizara sin problemas en el césped de la entrada.

—Da la impresión de que la fiesta se celebrase hace un siglo —dijo Izzy mirando en la misma dirección que su tía.

Nell asintió. En algunos sentidos daba la impresión de que hubiera pasado mucho tiempo, pero en otros se sentía como si siguiera en Framingham Point viendo cómo Stella Palazola se contoneaba delante de un espejo con el suéter de cachemira de su sobrina.

Birdie se sentó en el otro sofá de dos plazas frente a Nell con la bolsa de punto al lado, e Izzy y Cass se arrellanaron en los comodísimos sillones de la estancia. En medio había una mesita de café en la que Ella había apilado servilletas y cucharas, una cubitera con una botella de vino bien fría y un plato con tostaditas de *bruschetta* templada y frutos secos tostados con especias.

—Birdie, ¿cómo has podido preparar todo esto en tan poco tiempo? —le preguntó Nell.

La anfitriona hizo un gesto con la mano para quitarle importancia.

—Magia. No es más que un truco con humo y espejos —aseguró. Después hizo un gesto con la cabeza en dirección al pasillo y añadió—: Y esa magia se llama Ella.

—Cass, ¿cómo te va con el chal de tu madre? —preguntó Izzy mientras sacaba de su bolsa el jersey que tenía por terminar. Era un cárdigan holgado con capucha, la prenda perfecta para estar por casa o en el estudio que sin duda se pondría hasta que estuviera hecha jirones. El suave y agradable moer había llegado en color verde pistacho, un tono arándano y un azul medianoche que a Izzy le recordaba al color que adoptaba el mar cuando había tormenta. Enseguida apartó varios ovillos de color pistacho para ella.

—Es un color increíble —comentó Birdie alargando la mano para tocar la delicada textura del hilo.

Izzy sonrió.

—Me encanta. Pásate mañana y buscamos algo para ti, Birdie. Quizá un gorrito bien suave con el que puedas taparte las orejas en invierno. —Alzó las cejas hasta enterrarlas entre los mechones de su flequillo—. ¿O quizá para Angus?

Birdie se rio y se inclinó hacia delante para servirles vino a todas.

—Bueno, ¿qué hay del chal de Mary? —dijo mirando a Cass por encima de la montura de las gafas.

Cass tomó un sorbo de vino, dejó la copa en la mesa y sacó la mochila de detrás de la silla.

—Lo he traído, Birdie, no te alteres. Pero, antes de que empecéis a darme todas consejos sobre el cuello, los acabados de encaje o las distintas formas de rematar las costuras, vayamos al grano.

Nell sacó las agujas y un ovillo de alpaca de color caramelo y empezó a montar los puntos para hacer una manta. Había repetido el mismo patrón por lo menos media docena de veces, pero era el proyecto perfecto para cuando no quería contar o preocuparse de que se le escapara algún punto. Y una vez terminada era el regalo perfecto para cualquier persona que tuviera que sufrir los fríos inviernos de Nueva Inglaterra.

—Cass tiene razón —dijo—. Tenemos que ponernos al día y un rompecabezas por resolver.

—Asesinatos —la corrigió su sobrina. La dura palabra se quedó suspendida, flotando sobre sus cabezas y silenciando al grupo durante unos momentos.

«Asesinato».

—La policía está a punto de cerrar el caso —anunció Cass rompiendo el silencio—. Tommy Porter le dijo a Pete que todo encajaba: George Gideon mató a Angie. Y lo de Gideon había sido un atropello con fuga. Y el pueblo vuelve a estar a salvo.

—¿Y Pete se lo cree?

—Ni por un segundo. Pero está tan aliviado de que le hayan dejado en paz que no dice mucho. Y me parece que por fin está empezando a recuperarse.

—El tiempo ayudará —afirmó Birdie.

—El tiempo y la madre de Angie.

—¿Josie? —preguntó Nell.

Cass mordió una *bruschetta* y masticó lentamente.

—Esa encantadora mujer, en pleno duelo, llamó a Pete y le dio las gracias por hacer feliz a Angie durante las últimas semanas de su vida. Le dijo que Angie le había contado cosas maravillosas sobre él. Me parece que es el mejor regalo que podrían haberle hecho. Mucha gente iba diciendo por ahí que Angie lo estaba utilizando, o jugando con sus sentimientos, o que se veía con otros hombres a sus espaldas, y Pete se estaba empezando a hundir. Necesitaba recuperar los buenos recuerdos que tenía de Angie para que lo ayudaran a enfrentarse a su muerte, pero la gente intentaba hacerlo pedazos. —Cass guardó silencio. Se apartó el pelo de la cara y se lo recogió con una goma. Tenía las mejillas sonrosadas de la emoción y una mirada triste en los ojos oscuros. Miró a las demás—. Pero vosotras sabéis que la quería mucho. Y pienso que ella también le quería a él. Por mucho que haya dicho lo contrario en el pasado, en realidad me alegro de saber que era así.

—Bendita Josie —dijo Nell.

Cass asintió.

—Pues sí.

—Ese rumor de que ella salía con Tony es una leyenda urbana absoluta. Tony jamás supuso ninguna amenaza para Pete.

—La gente los había visto juntos —dijo Birdie.

—Sí, pero no era por placer.

Nell les reprodujo la conversación que había mantenido aquella misma tarde.

—La palabra «odio» es muy fuerte —opinó Izzy—. ¿Angie odiaba a Tony?

Nell asintió.

—Me da la impresión de que lo que hay detrás de todo esto es que Ted Archer no soportaba a ninguno de los miembros de la familia Framingham, y Angie adoraba a su padre. Si él pensaba una cosa, ella opinaba lo mismo. Josie era mucho más benevolente.

—Recuerdo cuando Ted Archer perdió su trabajo —explicó Birdie—. Fue triste. La empresa necesitaba ahorrar dinero y fueron muy despiadados. Los Archer habían trabajado siempre para la empresa de los Framingham, tanto el abuelo como el padre de Ted trabajaron en las canteras, y cuando las canteras cerraron y abrieron su planta, Ted se quedó con ellos. Llevaba allí tanto tiempo que le pagaban más que a los otros gerentes, por lo que, económicamente, tenía más sentido despedirlo a él. Y utilizaron su ausencia como excusa para hacerlo.

—Es horrible. Un hombre con una hija y una mujer enferma en estado.

—Ted también lo vio así —siguió diciendo Birdie—. No se molestaba en ocultar el desprecio que sentía por esa familia; seguro que Ben te lo ha contado, Nell. Sus padres pasaban mucho tiempo aquí durante aquella época y siempre buscaban la forma de darle trabajo a Ted. A nosotros también nos hacía trabajos de carpintería. Y después se sumaron otras personas que también se sentían mal por el trato que había recibido. Pero Ted sintió que aquello había sido una tremenda afrenta. Y por aquel entonces ya había empezado a beber para aliviar el dolor. A decir verdad, creo que eso fue lo que le mató.

—¿Cómo es posible que Angie culpara a los Framingham de su muerte? —preguntó Cass.

—Quizá Angie considerase que eran una causa secundaria —supuso Izzy.

Todas se quedaron en silencio y Ella apareció con la sopera de crema caliente. El vapor que emanaba del interior diseminaba el olor a orégano y tomillo fresco por toda la estancia.

Ella la dejó sobre una bandeja caliente que había en la mesa auxiliar junto a unos cuantos cuencos.

—Ya os podéis servir, chicas —dijo—. Me he guardado un poco para mí y para Harold.

Se marchó y todas oyeron cómo los pasos de sus zapatillas se alejaban por la escalera.

—Es supersticiosa —explicó Birdie—. Piensa que trae buena suerte llevar zapatillas en verano o algo así.

—Quizá todas deberíamos llevar zapatillas —sugirió Cass.

Nell se acercó a la sopera y empezó a servir la crema en los cuencos. En la fragante crema flotaban grandes trozos de carne de cangrejo y las ramitas de perejil, la cebolla cortada y los trocitos de brócoli le daban color al plato.

—Ayer por la noche estuve hablando con Archie Brandley —dijo Birdie—. Se alegra mucho de que Sam se haya mudado al apartamento de Angie.

—Como todos —dijo Nell.

—Él está convencido de que Angie tenía algún interés personal en el pueblo y que por eso volvió.

Nell escuchaba con atención. Ella también estaba de acuerdo con esa teoría. Y pensaba que ese motivo bastó para que la mataran.

—Eso explicaría que ella no tuviera intención de quedarse —terció Izzy.

—Pero no se dio cuenta del peligro que había en lo que fuera que estuviera haciendo.

—O quizá sí que lo viera pero no le importase —sugirió Cass. Se levantó para rellenarse el cuenco.

—Entonces, fuera lo que fuese, suponía una amenaza tan grave para alguien que tuvo que matar a Angie.

—Y Gideon lo sabía —añadió Izzy.

—Yo creo que Gideon lo vio todo. Él no mató a Angie, no tenía ningún motivo para hacerlo. Pero él estaba en el rompeolas, ya han salido varias personas que han dicho que lo vieron dirigiéndose hacia allí.

—Iba para allí para robarnos las langostas —afirmó Cass. Nell asintió.

—Probablemente estaba debajo del saliente, donde nadie podía verlo. Daba la impresión de tener bastante controlado ese trabajo paralelo. Quizá no supiera que Angie había muerto hasta que lo vio en las noticias. Pero seguramente tuvo la información necesaria para deducir lo que había ocurrido —dijo Nell.

—Así que debía de estar chantajeando a alguien —añadió su sobrina.

Cass asintió.

—Eso tiene sentido. Y quienquiera que fuera la persona a la que estaba chantajeando mató a Angie. Y esa persona era...

—Angie quería hacerle daño a Tony. Eso podría ser un factor determinante —apuntó la anfitriona.

—Y después está Sal. —Nell les explicó la conversación que había mantenido con Nancy—. Es muy raro. Cuando pasé por la administración, Sal actuó como si apenas conociera a Angie, cosa que no era cierta. Y la llamada que recibió Nancy todavía añade más misterio al asunto.

—Según Rachel Wooten, estaba enamorado de ella —recordó Izzy.

Mientras se terminaban la crema las cuatro mujeres se plantearon la idea de que Sal Scaglia y Angie pudieran tener una aventura.

—Cuesta imaginar a Sal haciendo de Romeo. No sé —dijo Birdie—. Es tan tímido...

—¿Cómo era eso que se dice de los tímidos? —preguntó Cass—. Líbrame de las aguas mansas... ¿No son precisamente con los que hay que ir con cuidado?

—¿Y si Sal le había confesado a Angie lo que sentía por ella y Sal tenía miedo de que ella se lo contara a Beatrice? —planteó Izzy.

—No hubiera sido fácil enfrentarse a la ira de Beatrice —dijo Nell—. Si Sal estaba molestando a Angie y ella había amenazado con contárselo a Beatrice, eso podría haber arruinado la vida de Sal. ¿Pero asesinato?

—Yo creo que Sal oculta algo —afirmó Birdie—. Tenemos que averiguar qué es.

Más tarde, cuando la sopera quedó vacía y la tarta de lima de Ella desapareció, Birdie sugirió una taza de café descafeinado antes de que todas se fueran a sus casas.

Izzy estiró los brazos y metió el punto en la bolsa.

—Me parece que me voy a ahorrar el café, Birdie —dijo. Justo en ese momento su bolso tintineó y ella alargó la mano para coger el móvil y mirar el número que salía en pantalla. Frunció el ceño y se miró el reloj—. Es Sam, y es tarde. Espero que Lana esté bien.

Izzy tocó la tecla para aceptar la llamada, saludó y después guardó silencio.

Nell observaba las expresiones de su sobrina, que pasaban de la curiosidad a la sorpresa para convertirse al fin en angustia.

—Vamos ahora mismo, Sam —afirmó, y cerró el teléfono—. Es Angus. Ha llegado al apartamento del estudio desorientado, buscando a Angie. Y después se ha agachado hacia delante y se ha desplomado en el suelo a los pies de Sam.

CAPÍTULO VEINTINUEVE

Cuando llegaron al Hospital Beverly, ya habían ingresado a Angus en la unidad de cuidados intensivos y estaba enchufado a un montón de monitores y tubos. Sam y Ben aguardaban al otro lado de las puertas oscilantes, muy serios y con sendos vasos de café en la mano.

—Ben acababa de llegar al apartamento con intención de invitarme a una cerveza —explicó Sam.

—Angus subió por la escalera de atrás murmurando algo que no entendíamos —siguió diciendo Ben—. Tenía el rostro lívido y preguntaba por Angie. Pero antes de que pudiéramos convencerlo para que se sentara se desplomó a los pies de Sam.

—Los servicios de emergencia han llegado en cuestión de minutos. Han dicho que ha sufrido un ataque al corazón. Y es grave.

Nell miró hacia el panel de cristal que los separaba de aquella figura inmóvil. Angus estaba tendido sobre las sábanas blancas. Pensó que parecía tranquilo. Pero los tubos que le conectaban a todas aquellas máquinas contaban una historia completamente distinta.

Estaba rodeado de enfermeras que comprobaban sus constantes vitales y las bolsas de líquidos que colgaban de los postes metálicos. Finalmente una mujer con una chaqueta blanca empujó las puertas y les sonrió.

—¿Han venido por el señor McPherron? —preguntó.

Asintieron y se desplazaron a una pequeña estancia donde pudieron sentarse y la doctora les explicó que las veinticuatro horas siguientes eran las más críticas.

—Pero creo que deberían marcharse a casa. Aquí no pueden hacer nada y él necesita dormir más que nada.

—¿Pero nos llamará? —preguntó Nell.

—Claro. —La doctora comprobó sus notas en el historial y después volvió a dirigirse al grupo—. Hemos encontrado un sobre en su bolsillo con una dirección tachada y las palabras «Favazza, paseo Ocean View, 1» escritas a mano. ¿Es una dirección real?

Birdie levantó la mano.

—Es mi nombre y mi dirección. Angus se alojaba en mi casa. No tiene más familia.

La doctora asintió.

—Entonces usted será nuestra persona de contacto, señora Favazza.

—Está bien —repuso Birdie limpiándose una lágrima de la mejilla.

La doctora comprobó el mensaje que le había llegado al busca y después desapareció seguida del eco de sus tacones por el pasillo de paredes blancas.

Birdie se levantó y se acercó a la ventana de la puerta. Se puso de puntillas para mirar por la ventana y habló sin dirigirse a nadie en particular:

—No pienso marcharme hasta que sepa que el viejo está fuera de peligro. —Se volvió hacia el grupo, que esperaban agrupados en semicírculo a su espalda, y frunció el ceño con seriedad—. Pero vosotros marchaos, todos. Largo. Os llamaré si hay cambios.

No se podía discutir con Birdie, y todos lo sabían muy bien.

—Birdie tiene razón —dijo Ben—. Ella nos llamará para informarnos, y nosotros aquí solo molestaríamos.

Abrazaron a Birdie para despedirse y salieron a la noche de verano. Ben se subió al coche de Nell y Cass e Izzy siguieron a Sam hasta su Volvo. Prometieron que se llamarían los unos a los otros en cuanto supieran algo y los dos coches abandonaron el aparcamiento en dirección a sus respectivas casas.

Ben y Nell condujeron envueltos en un exhausto silencio sin necesidad de verbalizar sus pensamientos. Al poco subieron por la colina de su vecindario, donde todo el mundo ya dormía, y se metieron en el garaje del número 22 de Sandswept Lane.

—Llevamos dos días acostándonos más tarde de medianoche —dijo Ben—. ¿Crees que saldremos de esta, Nellie?

—Creo que sí —le aseguró su mujer—. La cuestión es: ¿saldrá Angus McPherron?

A la mañana siguiente, Birdie llamó a Nell temprano para decirle que no había habido cambios. Angus seguía con vida. Y eso era todo lo que podían decirles los médicos. Harold la había ido a buscar para llevarla a casa a ducharse y a hacer algunas cosas. Volvería al hospital un poco más tarde.

Nell sabía que ni ella ni Ben podían hacer nada. Solo podían esperar. Y aguardar a que sonara el teléfono. Tenían un día ajetreado por delante, pero no había nada que no pudieran aplazar si Angus les necesitaba.

Se dio una buena ducha que la espabiló de nuevo y, después de tomar un café rápido con Ben, bajó al pueblo en coche a explicarle a Izzy lo que sabía sobre el estado de Angus. A continuación se marchó a la reunión del comité que se celebraba en el museo.

El Estudio de Punto del Seaside estaba lleno de clientas cuando llegó Nell, pero no veía a Izzy por ninguna parte.

—No está, Nell —le dijo Mae hablando por encima de la cabeza de una clienta. Una sonrisa curiosa iluminó el rostro de la vendedora.

—¿Está enferma?

—Podría ser. Desde luego esto es algo que no hace nunca cuando se siente normal —repuso Mae—. No se va de aquí ni con agua caliente.

Mae hablaba con un acento de Boston muy marcado y Nell reprimió una sonrisa. A Ben le pasaba lo mismo de vez en cuando, pero después de tantos años de escolarización y de viajar ya no se le notaba tanto. La forma de hablar de Mae era muy marcada, y a Nell le encantaba.

—¿Y dónde está?

—Se ha tomado el día libre —repuso la otra cogiendo de los brazos de la clienta siguiente el montón de ovillos que sostenía como si fuera un recién nacido.

—¿Un lunes? —preguntó Nell.

—Ya lo sé, a veces ocurren milagros. En este caso se llama Sam.

Mae saludó con la mano a un grupo de clientas habituales que iban de camino a la trastienda a tejer y chismorrear.

—¿Qué ocurre?

—Sam quería visitar las viejas canteras de los Framingham para ver si sería un buen sitio donde impartir su clase de fotografía.

—Es una gran idea. ¿Y qué convenció a Izzy para ir?

—Llamó a Tony y le preguntó si podía enseñarle el sitio a Sam, pero le dijo que tenía una reunión de negocios. Así que le dio permiso a Izzy para que le enseñara el camino. Por lo visto, cuando ella y Tony eran adolescentes, solían colarse con sus amigos por la noche para ir a las piscinas que se formaban en las canteras.

—Hay un buen motivo para que no nos enteremos de las cosas cuando están sucediendo —reflexionó Nell. Las canteras eran un buen sitio donde ir a practicar la fotografía, pero demasiado profundas para chapuzones nocturnos y travesuras de adolescentes—. A Margarethe le hubiera dado un infarto de haber sabido que hacían esa clase de cosas.

—Y hablando de infartos —dijo Mae—, ¿cómo se encuentra Angus? Me quedé de piedra cuando me enteré en el Coffee's de lo que había pasado. Angus me había dicho que tenía el corazón de un búfalo.

—Supongo que nunca se sabe. De momento sigue aguantando y esperemos que todo salga bien —le explicó Nell—. Me voy a una reunión, pero, por favor, dile a Izzy que me llame.

—Ah, casi lo olvido —dijo Mae entregándole un sobre—. Lo he abierto porque pensaba que era una factura para el estudio. Un impuesto de la propiedad o algo así. Nos llegan impuestos de todo tipo. Viene de las oficinas de administración. Ya la había abierto cuando me he dado cuenta de que no era para la tienda. Quizá puedas preguntarle a Ben qué hacer al respecto. Supongo que no debería haberla leído...

Mae cogió un taco de recibos y empezó a ordenarlos.

Nell miró el sobre con curiosidad. Era un rectángulo blanco de tamaño oficio con la dirección del estudio mecanografiada, pero antes de que pudiera examinar el contenido sonó el teléfono desviando la atención de Mae, y un grupo de ruidosas turistas entró en la tienda. Nell se metió el sobre en el bolsillo para leer la carta más tarde y se marchó corriendo a su reunión.

Cruzó la calle esquivando a un chiquillo en bicicleta y saludando a Mary Halloran, que subía la calle en dirección a Nuestra Señora del Mar. «Probablemente va a encender algunas velas más por Cass», pensó sonriendo. Cass era una joven muy centrada, y tanto si se casaba como si no gozaría de una buena vida, igual que sabía que ocurriría con Izzy. Y, aunque ella no cambiaría su vida con Ben por nada en el mundo, Nell admiraba a Cass, a Izzy y a sus amigas por elegir vivir como les daba la gana y no hacer necesariamente lo que sus madres o abuelas consideraban más adecuado. Pensó que las nuevas generaciones estaban cambiando el mundo. Nada era mejor ni peor. Simplemente diferente.

Le sonó el móvil y agachó la cabeza para mirar la pantalla esperando ver el nombre de Izzy o Ben. Pero era Birdie.

Con malas noticias.

Nell escuchó con atención y a continuación cerró el teléfono y se lo guardó en el bolso. Subió lentamente los escalones de ladrillo del museo notando cómo el nudo que tenía en la garganta crecía tras cada paso.

—Nell, llegas un poco pronto —le dijo Nancy desde su despacho de la entrada.

Ella se volvió hacia el sonido de su voz.

Al verle la cara, Nancy se levantó automáticamente de la silla.

—Nell, tienes muy mal aspecto. ¿Qué ocurre? Ven a sentarte.

Entró en el despacho de Nancy y se sentó en una silla junto a su escritorio.

—Acabo de enterarme de algo espantoso. Y yo que pensaba que ya nada podía sorprenderme más.

—¿Angus está bien?

—No. —Las palabras de Birdie seguían dando vueltas en su cabeza hasta que, por fin, se colocaron en el orden correcto. Aplastantes, sólidas y terribles—. Nancy, Angus McPherron fue envenenado.

De pronto era Nancy la que necesitaba sentarse.

—No, Nell. Eso es imposible. Hablé con él ayer por la noche, poco antes de que sufriera el infarto. Estaba bien.

—¿Dónde lo viste?

—En su sitio habitual de los domingos, la terraza del Edge. Angus es el cliente más fiel que tienen. La camarera lo utiliza como referencia para saber qué hora es. Fue poco después de que habláramos tú y yo.

—¿Y qué aspecto tenía?

—Se le veía preocupado. Margarethe y yo habíamos quedado para hablar sobre la placa conmemorativa y vimos cómo se sentaba. A mí no me dio la impresión de que estuviera enfermo, pero es verdad que Margarethe comentó que se le veía un poco pálido.

»Se marchó antes que nosotras; poco después, oímos las sirenas y enseguida se extendió la noticia. Dijeron que había sido un infarto, en el apartamento de Angie Archer. La noticia provocó bastante alboroto, como ya imaginarás. ¿Pero veneno, Nell? Eso no tiene sentido.

—¿Habría comido algo? —se preguntó Nell en voz alta.

—Pidió lo mismo de todos los domingos. Crema de marisco y tarta. Ese cocinero tan majo que vino de Rockport la hace solo para él.

—¿Hablaste con él?

—Solo un momento. El restaurante estaba lleno; todos los amigos que Tony había invitado de Boston estaban con él, por eso hablamos con ellos. Margarethe debe de tener un sexto sentido. Como le dio la impresión de que Angus no tenía buen aspecto, nos acercamos a decirle hola, como te decía. Yo hablé un rato con él mientras Margarethe iba a preguntar por su comida, pues todavía no se la habían servido y parecía alterado. Se le veía un poco disperso, eso que le pasa a veces. Cansado. Pero yo no vi nada anormal. Cuando le trajeron la comida, nosotras volvimos dentro del local a terminar nuestra reunión. Y eso es todo lo que ocurrió hasta que oímos las sirenas. Lo del infarto tiene sentido. El envenenamiento no.

—Según Birdie es lo del infarto lo que no tenía sentido. Por eso los médicos siguieron investigando lo que podría haberle pasado a Angus. Birdie se había preocupado de que le hicieran a Angus un chequeo completo hace un par de semanas. El médico dijo que tenía las arterias tan limpias como una tubería nueva y los músculos del corazón tan fuertes como los de un jovencito. Angus estaba en muy buena forma, supongo que es porque camina mucho. El médico dijo que sus despistes tenían una causa emocional y en ningún caso eran síntoma de senilidad. La única buena noticia es que no ha muerto. Y Birdie ha dicho que hay muchas probabilidades de que se recupere.

—Gracias a Dios. Pero no puedes pensar que alguien del pueblo ha envenenado a Angus, Nell. Todo el mundo le conoce, es un clásico de Sea Harbor. Y me parece imposible que pueda tener enemigos. Es un hombre dulce y encantador.

«Quizá ese sea el problema», pensó Nell. A veces no es bueno ser dulce y encantador. Estar un poco alerta, ser precavido y defenderte cuando toca..., esas cosas también eran importantes en la vida.

—¿Crees que lo que le ha pasado a Angus está relacionado con la muerte de Angie? —preguntó Nancy.

Nell asintió.

—La verdad es que sí. Todavía no sé cómo, pero creo que todo está conectado. Me parece que todo empezó con el deseo de Angie de arreglar algo, y hay que ponerle freno antes de que pase nada más. El pobre Angus es el último eslabón.

Nancy ordenó algunos papeles de la mesa y consultó su reloj; después miró a Nell con cara de preocupación.

—Será mejor que vayamos a la reunión, Nell. Pero, por favor, mantenme informada sobre Angus. —Alargó la mano y estrechó la de su amiga—. Y, Nell...

—¿Sí?

—Ve con cuidado.

Siguió a Nancy y ambas cruzaron una puerta de su despacho que conducía directamente a la sala de juntas. Casi todas las sillas estaban ocupadas y Nell deseó que la reunión empezara pronto para evitar que nadie hablara sobre Angus. Por muy rápido que corrieran las noticias en Sea Harbor, imaginaba que todo el mundo sabía lo del infarto pero no lo del envenenamiento. Y esperaba que la cosa se quedara así, por lo menos durante un tiempo.

—¡Qué maravilla de fiesta!

—Una noche perfecta.

—La subasta recaudó lo suficiente como para sufragar la academia de arte durante dos veranos.

Nell ocupó una silla vacía. El continuo parloteo ayudaba a que su silencio pasara desapercibido. Siguió escuchando sin decir nada. Comentarios sobre la fiesta. Esa era una conversación que podía soportar sin que se le desbocara el corazón.

Pasó un minuto hasta que se dio cuenta de que estaba sentada junto a Margarethe, que había sacado un chal a medio terminar de una bolsa. Era enorme, más manta que chal. Una toquilla para ver la televisión, como decía Izzy, hecha con un suave moer natural.

Nell tocó la punta de la prenda.

—Me pregunto si será solo cosa de las que hacemos punto. Vemos un hilo bonito y nuestros dedos se sienten atraídos enseguida.

Margarethe le sonrió, pero sus ojos parecían cansados.

—Es posible —dijo.

—Como estás oyendo, la fiesta fue todo un éxito.

—Recaudamos más de lo que esperábamos. Me alegro mucho por la academia. Sam Perry fue todo un reclamo. Ha sido una incorporación maravillosa para la facultad este verano.

—Tu hijo también fue un buen reclamo, Margarethe. Me gustó mucho conocer a sus amigos de Boston.

Margarethe permaneció impasible, pero la mención de Tony y sus amigos pareció congelarle el rictus, y de pronto el cansancio de sus ojos desapareció tras esa expresión que reinaba sobre las juntas e influía sobre las decisiones de negocios. La mujer asintió con cautela.

—Tony tiene muchos amigos —afirmó.

De pronto Nell se sintió incómoda, sin saber qué decir. Margarethe tenía una expresión de decepción y tristeza contenida. De pronto sintió la necesidad de consolarla, aunque no sabía por qué motivo. Era evidente que Tony tenía preocupada a su madre. Nell tomó un sorbo de té helado e intentó relajar el ánimo.

—Tony ha sido muy amable acompañando a Izzy y Sam Perry a las antiguas canteras esta mañana. Sam siente mucha curiosidad por esta zona y hace un día perfecto para salir a pasear.

—¿Disculpa? —dijo Margarethe con la frente muy arrugada—. Debes de haberlo entendido mal. Tony tenía una reunión de negocios y vendrá a recogerme cuando termine —explicó.

Nell se sintió extrañamente reprendida.

—Lo siento, tienes razón, Margarethe —se apresuró a contestar—. Me he confundido. Tony dijo que estaba ocupado, pero ha sido muy generoso al darle permiso a Izzy para que le enseñara la cantera a Sam.

La otra se inclinó hacia delante.

—No, él nunca haría eso —afirmó con aspereza.

—Lo siento, Margarethe —repuso Nell—. ¿Hay algún problema?

—Eso es peligroso, Nell. —La voz de Margarethe era grave y serena, pero por debajo de esa serenidad asomaba un tono duro como el acero—. Tony es igual que su padre. No tiene sentido. Esas canteras aparecen sin previo aviso. El agua puede tener más de 300 metros de profundidad. Los ha puesto en peligro.

Nell respiró hondo e intentó serenar la repentina velocidad de su corazón. Por un segundo imaginó a Izzy y a Sam en el fondo de una de las profundas canteras. Pero enseguida advirtió lo absurdo que era aquel pensamiento. Sam e Izzy no eran dos chiquillos alocados. Eran adultos prudentes y sensatos. Solo podían correr algún peligro si alguien los ponía en una situación complicada, no tenía por qué pasarles nada paseando con cuidado por los límites de una cantera. Además, aunque no pensaba decirle nada a Margarethe, las canteras no eran ningún lugar nuevo para los chicos que habían crecido en Sea Harbor o que veraneaban por la zona.

—Creo que no les pasará nada, Margarethe —dijo Nell en voz alta—. Tampoco creo que se acerquen mucho a las canteras. Solo querían ir a ver si sería un buen sitio para que los estudiantes de Sam fueran allí a hacer una clase.

—Te aseguro que no —afirmó Margarethe—. Yo jamás permitiría que se expusiera a los chicos a ese peligro. Ya deberían saberlo.

Nancy hizo tintinear su vaso con una cucharilla y Nell se sintió aliviada; se concentró en seguir los puntos del día agendados para la reunión y en bloquear la desagradable idea de que Izzy y Sam estuvieran en un sitio que pudiera suponer un peligro para ellos, por muy irracional que fuera la idea.

Cuando la reunión terminó poco después, Nell recogió las notas y el punto y lo metió todo en su bolsa. Se despidió de Nancy con la mano y salió a la luminosa claridad de la calle.

En la curva vio aparcado el Hummer naranja metálico que, en solo un mes, resultaba tan familiar a los habitantes de Sea Harbor como la sirena de la niebla los días grises. Significaba que Tony Framingham estaba allí. Nell observó cómo Tony se inclinaba por encima del asiento de piel del pasajero y le abría la puerta a su madre. Por un momento se preguntó por cuántas pistas forestales pasearía con ese cochazo en Boston o en Nueva York, pero enseguida se deshizo de los prejuicios que le venían a la cabeza. Quizá no estuviera haciendo mucho por el medio ambiente y el ahorro de combustible, pero no había duda de que los Framingham contribuían a la sociedad. Siempre había un equilibrio.

Antes de acomodarse del todo en el asiento, Margarethe se encaró con Tony. Levantó la voz y el sonido de sus palabras salió por la ventana del coche y subió los escalones. Nell intentó no escuchar. Pero Margarethe acusó a su hijo con una voz estridente y clara de poner en peligro las vidas de la gente.

—¿En qué estás pensando, Tony Framingham? —le dijo—. No te mereces el apellido que llevas. Eres tan tonto como era tu padre a veces. Ya hemos tenido suficiente muerte en Sea Harbor.

CAPÍTULO TREINTA

Nell sabía que era una tontería, pero llamó al móvil a Izzy en cuanto se metió en el coche. «Solo para saludar», se dijo. Eso era todo. Después iría al mercado, recogería unas cosas en la parada de McClucken y volvería a casa. Ella y Ben llevaban varios días sin disfrutar de un momento de tranquilidad, y Nell necesitaba su lógica y ordenada mente para estructurar sus propios pensamientos.

Recordó sus años de instituto, cuando tenía que redactar algún trabajo complicado y solo disponía de dos días, y ella y Ben se paseaban por el campus repasando todas las notas y apuntes que ella tenía. Ella hablaba. Ben escuchaba. Terminaban en el bar de la plaza Cambridge, donde Nell vertía todas sus ideas y los hechos sobre la mesa mientras compartían grandes cantidades de café y comían sándwiches de pavo, queso y mostaza. Cuando ella por fin terminaba, Ben se recostaba en la silla, entrelazaba las manos por detrás de la cabeza inclinando la silla hacia atrás hasta balancearse sobre las patas traseras y la miraba fijamente de esa forma que la alteraba tanto y la hacía desear que no estuvieran en un lugar público.

Y entonces Ben decía:

—Esto es lo que vas a hacer, Nellie...

Y entonces le hacía un resumen completamente ordenado de sus notas, pensamientos y digresiones debidamente numerados y dispuestos uno tras otro con una lógica pasmosa.

«Quizá también puedas obrar tu magia con esta colección de espantosos eventos que están sucediendo a nuestro alrededor, mi amor», pensó.

Izzy no contestó al teléfono y, por un momento, Nell se quedó allí sentada muy quieta presa de una incómoda parálisis. No sabía qué hacer. ¿Debía acercarse con el coche hasta la propiedad de los Framingham? ¿Pero adónde iría exactamente? Había varias canteras en aquel terreno tan extenso. Y, al contrario que su sobrina, ella nunca había ido a nadar a ninguna de ellas cuando era joven. Además, qué pensaba decir cuando Izzy y Sam volvieran caminando a su coche luciendo sendas sonrisas, quizá incluso hallara a su sobrina relajada, cosa que hacía días que no veía... «¿He venido hasta aquí porque he pensado que quizá os habíais ahogado en alguna cantera? ¿O que os habían empujado a alguna?».

Todavía era pronto. Lo más probable era que Izzy y Sam siguieran paseando por el bosque que rodeaba las canteras, e Izzy se habría dejado el teléfono en el coche. O quizá se había quedado sin batería, cosa que solía pasarle a menudo. Todo iba bien. De lo contrario ya lo sabría.

Nell giró en dirección al pueblo y encontró una plaza de aparcamiento cerca del Coffee's. Quizá si se tomaba un *frappuchino* mientras terminaba de hacer sus llamadas conseguiría verlo todo con un poco de perspectiva. La terraza estaba prácticamente desierta, y cuando la llamaron por su nombre, Nell se llevó fuera la bebida helada y se sentó bajo un parasol para hacer su siguiente llamada.

Birdie le dijo que estaba a punto de volver al hospital.

—Angus solo nos tiene a nosotras, Nell.

Le explicó que Ella y Harold iban a acompañarla, pues habían desarrollado un extraño vínculo con Angus durante la temporada que él había estado yendo y viniendo de la casa que los Favazza tenían en las cocheras.

—Lo tienen sedado —afirmó Birdie—. Pero cada vez está más fuerte. Probablemente, como han detectado el veneno muy pronto, conseguirán salvarle la vida.

Y había sido un maldito golpe de suerte, había seguido diciendo su amiga con una rabia en la voz que no solía emplear. Alguien había intentado matar a Angus, y lo hubieran conseguido si el médico no hubiera recordado haber visto a un hombre sano y fuerte en su consulta hacía solo unos días.

Las buenas noticias no abundaban últimamente y Nell disfrutó en silencio del informe. Todavía no había pensado en lo solo que estaba Angus: por lo que ella sabía, no tenía familia ni parientes lejanos. Había estado solo desde que Nell lo conocía, el viejo del mar. Pero en cierto sentido sí que tenía familia. Tenía a Sea Harbor. El pueblo cuidaba de Angus, y allí había personas como Birdie que se asegurarían de que estaba calentito y bien alimentado. Pensó que la palabra «familia» tenía muchos significados, y pulsó un botón del teléfono para comprobar el resto de sus mensajes.

Solo había uno que había llegado mientras ella estaba en la reunión. El padre Northcutt había llamado para decirle que él también había ido a ver a Angus. Y afirmaba que su estado parecía mejorar por horas.

Nell pensó que era un detalle que la hubiera llamado. No había duda de que el padre se preocupaba por su pueblo.

El cura siguió hablando para decirle que el funeral por George Gideon había terminado. Había sido un breve servicio al que solo habían asistido él, Esther Gideon y un tío de Boston, seguido de un entierro sin mucha ceremonia. Era lo que quería Esther. Después había hecho una generosa donación en memoria de Gideon a Nuestra Señora del Mar. Esther le había confesado al padre Northcutt que era un dinero que había encontrado en la habitación de alquiler de Gideon, escondido debajo del colchón como lo hubiera hecho una anciana, y que ella no lo quería.

«Llámame», le pedía el sacerdote al final del mensaje.

Nell pulsó el botón de rellamada y el padre Northcutt contestó después del segundo tono.

—¿De cuánto dinero hablamos, padre? —preguntó Nell.

—De mucho, Nell. Casi quince mil dólares —repuso—. En metálico. —Le explicó que Esther quería que lo utilizara para hacer trabajos de mantenimiento en la parroquia, un nuevo techo o alguna estatua, y para el centro de día que habían organizado para los niños cuyos padres no se podían permitir pagar—. Nos vendrá muy bien —aseguró el padre—. A veces Dios obra de formas misteriosas.

—Esther Gideon es muy generosa.

—Piensa que dedicando el dinero a una buena causa logra purificarlo en cierta forma. No cree que Gideon lo consiguiera de forma honrada, pero tampoco hay ninguna prueba de ello, por eso la policía no lo ha confiscado.

—¿Esther no tiene ni idea de dónde ha salido?

—No. Pero sabe que no lo tenía hace un mes, cuando tuvo que ir a pedirle a ella que le pagara el alquiler. También ha dejado un par de cajas de cosas suyas que tu marido ha pasado a buscar. Dijo que miraría lo que había en ellas y que llevaría las cosas de valor al refugio. Es lo que quería Esther. Pero lo que me tiene paralizado es el dinero. Es mucha cantidad para una persona que no podía pagar el alquiler hace solo un mes.

—Alguien estaba pagando a Gideon por algo, padre.

—Sí, Nell. Eso parece.

—Y ahora lo han silenciado para siempre.

—Así es, querida, y pienso que en estas situaciones es importante actuar con cautela y prudencia —afirmó el padre Northcutt poniendo fin a la conversación. Y entonces, tal como solía hacer, añadió—: ¿Crees que podrás venir a la iglesia el próximo domingo a las diez?

Lo del dinero sorprendió mucho a Nell. Casi quince mil dólares. Pero eso explicaba muchas cosas. El dinero era el barco de Gideon. Por fin había llegado. Entonces era cierto, él estuvo en el rompeolas aquella noche y vio quién asesinó a Angie. Era un billete directo a la riqueza para el guarda de seguridad. ¿Para qué trabajar cuando tenías el chantaje tan a mano?

Quizá hubiera pedido más. Y encontró la respuesta en aquel camino solitario cuando apareció esa camioneta a toda velocidad.

Nell se metió la mano en el bolsillo para coger algunas monedas. Tocó un papel con los dedos y sacó el sobre que le había dado Mae hacía unas horas.

Mae tenía razón, parecía una factura, muy oficial, un recibo o el aviso de algún impuesto. Pero cuando lo leyó con atención advirtió que era el nombre de Angie el que figuraba sobre las palabras Estudio de Punto del Seaside, y no el nombre de Izzy o el de Mae. Y cuando sacó el papel doblado en el interior del sobre, se dio cuenta de que no tenía nada que ver con una factura.

Nell pensó en llamar a Ben, pero enseguida desechó la idea. Sabía que tenía reuniones y un partido de golf. Además, ¿qué podría tener de peligroso un edificio de oficinas abarrotado en plena tarde? Nada.

Se acercó lentamente a la puerta de cristal esmerilado mientras ordenaba sus pensamientos, llamó una vez y entró.

Sal estaba junto a la ventana, mirando fijamente el aparcamiento.

—He visto cómo te bajabas del coche —dijo sin darse la vuelta.

Nell aguardó en silencio hasta que él se giró para mirarla.

—Sabía que volverías —afirmó con tristeza—. No pretendía asustarla, ¿sabes?

—La aterrorizaste, Sal. Acosaste a Angie con tus llamadas telefónicas y tus protestas.

Le enseñó el sobre.

Sal se lo quedó mirando.

—No debería haberle mandado eso. Era como los correos electrónicos. Ya sé que no debí hacerlo, pero no podía evitarlo. Yo la quería, Nell. —Sal se separó de la ventana y se dejó caer en la silla—. Por eso le escribí la carta suplicándole que huyera conmigo. Yo hubiera puesto el mundo a sus pies.

—Quizá no fuera decisión tuya, Sal. ¿Beatrice lo sabía? ¿Angie se lo iba a contar?

Sal se clavó los codos en las rodillas y se sujetó la cabeza con las manos. Asintió como pudo pegado a las palmas de las manos.

—Angie no se lo dijo. Me amenazó con hacerlo si no dejaba de mandarle correos electrónicos. Pero Beatrice... Beatrice no necesitaba que nadie le dijera nada. Ella se metió en mi correo y lo averiguó todo sola.

Nell advirtió la sequedad con la que Sal hablaba de Beatrice. Y después su voz se tornó suave y triste.

—Pero yo no la maté, Nell. Jamás la hubiera matado. ¿Por qué iba a terminar con una luz tan hermosa? Beatrice me dijo que todos pensarían eso a menos que...

—¿A menos que qué, Sal?

—Beatrice dijo que si yo no me hacía con el ordenador de Angie antes de que lo encontrara la policía, ellos leerían los correos que yo había mandado y se convencerían de que la había matado. Me dijo que eso arruinaría su reputación. ¿Cómo se iba a presentar a alcaldesa si su marido estaba en la cárcel?

Nell se estremeció. Las últimas palabras de Sal habían sido absolutamente tristes y desesperadas.

—¿Y Beatrice cogió las llaves del apartamento del estudio de Izzy?

Sal asintió de nuevo.

—Se había pasado por allí varias veces tratando de descubrir dónde podía estar la llave. Beatrice es capaz de encontrar cualquier cosa y solucionar lo que sea. Se le da de maravilla.

—¿Y después te obligó a ir al apartamento en plena noche a coger el ordenador?

Sal asintió de nuevo.

—Se me cayó uno de mis bolígrafos en el apartamento. —Se miró el bolsillo de la camisa, donde llevaba prendidos un montón de ellos—. En todos pone Registrador de la Propiedad.

—Eso explica por qué Beatrice quiso ayudarnos a limpiar el apartamento de Angie.

Nell recordó que Beatrice insistió aquel día para que Sal les trajera bebidas a todas. Probablemente le estuviera infligiendo alguna especie de triste castigo. Él le había hecho daño y ella estaba buscando formas de devolvérsela.

—Yo la quería, Nell. Eso es todo. Venía a verme a menudo. Tenía la oportunidad de ayudarla con el trabajo que estaba haciendo en el museo, la ayudaba a encontrar las escrituras que necesitaba, las fotografías para la exposición. Yo no quería hacerle daño.

—Necesitas ayuda, Sal. Eso no es amor, y menos cuando asustas a alguien. O cuando esa persona te pide que la dejes en paz y tú sigues insistiendo.

Nell miró la carta que tenía en la mano: una frenética y desesperada declaración de amor. Dobló el papel y lo dejó sobre el escritorio de Sal.

Él la miró asombrado.

—No lo quiero. No quiero hacerte daño, Sal. Pero quiero que me prometas que irás a ver a alguien, que buscarás ayuda.

A Sal le resbalaron algunas lágrimas por las mejillas y Nell tuvo que apartar la vista. Se marchó hacia la puerta, pero de pronto se detuvo al darse cuenta de lo que estaba olvidando.

—Sal, ¿dónde está el ordenador de Angie?

—Beatrice lo tiró por la borda de su velero. Está en el fondo del océano.

Ya eran casi las seis cuando finalmente Izzy devolvió la llamada de Nell.

—¿Cómo está Angus? —preguntó, y Nell dio las gracias en silencio por escuchar al fin la voz de su sobrina.

Puso al día a Izzy y la joven, aliviada por la noticia, sugirió la posibilidad de que ella y Sam pudieran ir a su casa a cenar.

—Hemos tenido un día muy interesante —le aseguró Izzy—. Sam ha hecho algunas fotografías increíbles. Nosotros traemos el postre.

Sam e Izzy llegaron alrededor de las siete con helados caseros de Scooper de varios sabores distintos.

—En mi próxima vida pienso ser fotógrafa —anunció—. Ha sido muy divertido, y las cosas se ven muy distintas a través de un objetivo.

Estaban sentados en la sala de estar con las puertas abiertas para disfrutar de la brisa del mar. Ben seguía junto a la isla de la cocina picando cebollas y tomates para los tacos de pescado.

Nell les explicó lo de la carta y lo que había transcurrido durante su visita a las oficinas de administración y todos se quedaron muy sorprendidos.

—Entonces era Sal la persona que llamó a Angie cuando ella estaba en la charcutería de Harry —supuso Izzy—. La llamada que él oyó por casualidad cuando Angie lo amenazó con decírselo a su mujer.

—Pero Beatrice ya lo sabía.

—Ahí está el móvil del asesinato —afirmó Sam.

—Sal no mató a Angie. Es un hombrecillo triste y solitario —repuso Nell.

—¿Y qué hay de su mujer? —preguntó Sam.

Todos guardaron silencio un buen rato.

—No parece muy probable —dijo finalmente Nell—. No creo que Angie se hubiera reunido con Beatrice aquella noche. Aunque Sal la estuviera asustando, Angie debía de saber que había formas mejores de detenerlo.

—Es posible, Nell —intervino Ben—. Pero no creo que podamos eliminarla del todo de la lista de sospechosos.

—Toda la historia de Angie y Sal es demasiado triste —observó Izzy—. Angie le hablaba porque era simpática y necesitaba sus conocimientos. Probablemente nadie le había prestado tanta atención a Sal hasta ese momento.

—Y él lo confundió con afecto y se enamoró de su amabilidad —dedujo Nell.

—Supongo que ya nunca sabremos qué más había en el ordenador de Angie —se lamentó Ben.

—Quizá no tenga importancia. Es posible que no hubiera nada —comentó Nell—. Seguro que estaban los correos electrónicos, y seguro que habría también un rastro hasta Sal y Beatrice. Pero, aparte de las notas que Angie estuviera guardando sobre su investigación, Nancy no creía que hubiera mucho más en su ordenador. Decía que Angie lo dejaba siempre abierto, que se lo prestaba a otros trabajadores. Y seguro que hubiera sido más cuidadosa de haber tenido algo allí que no quería que viera nadie. Nancy me dijo que Angie estaba haciendo muchas fotocopias y cosas así, para el trabajo. Creo que lo que lo convertía en algo tan importante era el hecho de que hubiera desaparecido. Y ahora ya sabemos dónde ha ido a parar.

—Cambiando a un tema algo más alegre —intervino Izzy—, Sam y yo lo hemos pasado en grande en las canteras. Aunque hemos tenido un encuentro bastante raro hacia el final.

—El sitio es fantástico —siguió diciendo Sam—. La luz era perfecta. No me extraña que haya tantos artistas por aquí, nunca te quedas sin inspiración. Resulta que Izzy tiene un don para eso.

Nell probó el vino blanco que había traído Sam mientras se preguntaba si debía mencionar la conversación que había mantenido con Margarethe acerca de las canteras. No pensaba decir nada sobre sus miedos irracionales, pero los chicos tenían que entender lo que opinaba Margarethe si tenían intención de volver allí a sacar más fotografías.

—Y entonces pasó algo raro cuando volvíamos —dijo Izzy como si hubiera leído los pensamientos de su tía—. Ya casi habíamos llegado al principio del camino donde habíamos aparcado, cuando el coche naranja de Tony se acercó como una bala hacia nosotros.

—Bueno, no fue para tanto —apuntó Sam—. Aunque cuando vimos la expresión de Tony lo de la bala no parecía tan desencaminado. No se le veía muy contento y daba la impresión de que lo estuviera pagando con el pobre coche.

—Margarethe iba con él, y si las miradas mataran, ahora Tony estaría tendido en el camino de la cantera.

—¿Se pararon?

Izzy asintió.

—Un momento. Margarethe estuvo muy amable, pero era evidente que estaba enfadada con Tony por habernos «puesto en peligro», como ella dijo. Dio la impresión de que pensara que Tony hubiera tenido intención de hacernos daño. Parecía sinceramente preocupada y se sintió claramente aliviada al vernos.

—¿Y qué dijo Tony? —preguntó Ben desde la otra punta de la estancia.

—No mucho —admitió Sam—. Apenas nos miró. Me parece que Margarethe lo había incomodado un poco por el camino.

—Lo había incomodado un poco —repitió Izzy. Miró a Sam—. Eres el rey del eufemismo.

—¿Les dijisteis a alguno de los dos que habíais estado haciendo fotografías? —preguntó Nell—. Quizá ella quiera verlas. Eso podría aliviar el enfado que tiene con Tony por haberos dejado entrar.

—No mencionamos las fotografías —admitió Sam—. Pero es una buena idea. Por lo que he podido hablar con ella, Margarethe adora esas tierras. Es una mujer interesante, y está muy orgullosa del apellido Framingham y de lo que representa. Tony también parece majo, aunque un poco distante. Da la impresión de que su madre se preocupa mucho por él. Cosa que es un poco rara, a su edad.

—Eso es lo que hacen las madres, y las tías. La edad no tiene mucho que ver —confesó Nell.

—Y lo haces muy bien, Nell. —Izzy le dio unas palmaditas en la mano—. Tony ha debido de hacer algo horrible para tener a Margarethe así de enfadada.

O quizá hubiera hecho algo espantoso que pudiera arruinar el buen nombre de los Framingham, ¿tal vez matar a una joven? Nell odiaba dar crédito a esa idea, pero había algo en Tony, en su temperamento, que ella pensaba que debían tener en consideración.

Se reunieron alrededor de la mesa y se comieron los tacos de Ben acompañados con su salsa especial de piña y ajo. A Nell le encantaba sentarse en la enorme y vieja mesa de la cocina, dispuesta frente a los ventanales con vistas a la terraza. Estaba hecha a medida y picada de tantos años de uso, y llevaba en la familia Endicott desde que estos habían comprado las tierras hacía ya cien años. Aquel robusto mueble había acogido toda clase de reuniones, comidas, juegos, manualidades y conversaciones desde que Nell podía recordar, e imaginaba que también varios años antes. Siempre se negaba cuando Ben decía que tenían que restaurarla. «Cada una de estas señales es un recuerdo —le decía—. Y no se deben borrar los recuerdos».

—Me asombra que no tengáis sobrepeso con lo bien que cocináis los dos. —Sam se limpió la salsa de las comisuras de la boca—. Unos tacos impresionantes.

Detrás de ellos, la luz del verano empezaba a apagarse engullida por la noche y las luces de la terraza comenzaban a brillar.

—Casi siempre preparamos alimentos saludables, aunque yo suelo añadir un poco de mantequilla cuando Nell no se da cuenta —explicó Ben—. Y hablando de salud, hoy he pasado por comisaría para hacer unos recados y he oído hablar sobre el caso de Angus. La policía enseguida fue a comprobar la cocina del Ocean's Edge con la intención de descubrir qué pasó. Pero no encontraron nada. Y no tenían noticia de que hubiera más afectados a pesar de que hubo muchas más personas que comieron lo mismo. Como Angus se fue directamente a casa de Sam después de comer, lo que fuera que le ocurrió tuvo que pasarle en el restaurante o durante el trayecto hasta allí.

—A Margarethe le dio la impresión de verlo un poco pálido en el restaurante —recordó Nell.

—Ese joven chef adora a Angus —dijo Izzy—. Cuida de él, Angie siempre lo decía, y la mitad de las veces no creo ni que le cobre.

—Bueno, todavía están investigando, tratando de aclarar lo sucedido. Por ahora, me parece que todos necesitamos una distracción —afirmó Ben—. ¿Qué tal una proyección de fotos de Sam Perry?

—Sí —exclamó Izzy—. Es una buena idea. Os encantarán las instantáneas que hemos capturado hoy.

Mientras Ben, Nell e Izzy aclaraban los platos y sacaban el helado, Sam conectaba la cámara a la televisión.

—Esas canteras son magníficas —decía—. Había imaginado que este verano sería una especie de interrupción, un pequeño descanso de mi trabajo mientras impartía algunas clases por diversión. Pero he descubierto que, mire donde mire, siempre encuentro algo que atrae el objetivo de mi cámara.

Se acomodaron en los sillones y las sillas de piel junto a la televisión y Sam pinchó en la primera imagen digital. Estaba hecha en el camino que conducía a la cantera. La ruta estaba bordeada de flores silvestres, helechos y arbustos de laurel y, a lo lejos, se veía una abertura azul, clara y cautivadora. Pero las imágenes más espectaculares eran las de las propias canteras, abiertas en medio de la tierra, cristalinos cuencos de agua con las paredes de roca de granito en tonos naranjas, rosados y grises. En los salientes de roca crecían flores y arbustos que ocultaban parte de las piedras que había debajo. El agua era tan clara que reflejaba todo cuanto había por encima, y en su espejo se reflejaban las flores, las losas de granito y los arbustos, de forma que, en algunas instantáneas, resultaba difícil distinguir qué era real y qué partes eran reflejos.

—Son maravillosas, Sam —dijo Nell mientras las imágenes se iban proyectando en la pantalla de la televisión.

—Las dos primeras canteras en las que entramos estaban así de inmaculadas. Pero había una (enseguida saldrán algunas de las fotografías que hicimos allí), en la que todavía había herramientas, como si los hombres acabaran de hacer una pausa para comer y fueran a volver enseguida. Ha sido fascinante, no resulta tan cautivador a nivel visual, pero es realmente interesante.

Sam pinchó la fotografía siguiente y todos pudieron ver las vías metálicas del suelo por donde, en su día, circulaban los vagones que entraban y salían de la cantera. Se veía una vieja barra desconchada apoyada en un árbol que ahora estaba llena de hierbas y ramitas de helecho. El camino era lo bastante ancho y firme como para que pudieran pasar los coches.

—Izzy ha decidido que la próxima vez entraremos con el coche —bromeó Sam.

—Aunque probablemente no haya una próxima vez —le recordó ella—. A menos que seas capaz de convencer a Margarethe para que nos deje volver.

—Sam, ¿podrías volver a poner la fotografía de antes? —le pidió Nell.

El chico retrocedió. Era la misma cantera, pero la poza llena de agua estaba más enfocada y se apreciaba un caminito que discurría por uno de los laterales. Se veían salientes de granito cubiertos de agujas de pino asomando entre la vegetación.

—¿Qué es eso? —preguntó Nell señalando un destello de luz que se divisaba en la esquina izquierda de la imagen.

—Eso es que no he tenido bien en cuenta la luz del sol —dijo Sam—. Había una vieja camioneta aparcada entre los árboles, y el sol se reflejaba en la parte de delante, de ahí el destello.

—Pero tiene un efecto interesante.

—Esa cantera era especialmente absorbente. Me encantaría volver. En uno de los laterales había escalones perfectamente tallados, casi como los que podrías encontrar en una mansión elegante. Era una imagen curiosa.

Sam fue pasando el resto de las fotografías y después les enseñó las que había sacado de Izzy con algunos mechones de pelo por la cara cuando la brisa del océano azotaba su melena castaña. Tenía las mejillas sonrosadas y los ojos brillantes.

—Me parece que quiero quedarme con todas las de esta última serie —aseguró Nell encantada con la sonrisa en el rostro de su sobrina—. ¿Podrías descargármelas en el ordenador antes de marcharte?

—Las fotografías de Sam valen mucho dinero, tía Nell —le advirtió Izzy frotando las yemas del dedo índice y el pulgar—. Será mejor que tengas cuidado si no quieres acabar endeudada.

—Cualquiera que me alimente como los Endicott puede quedarse todas las fotografías que quiera —dijo Sam—. No hagas ni caso de lo que dice tu traviesa sobrina, Nell.

Sam apagó la cámara y siguió a Ben hasta el despacho para descargar las imágenes en el ordenador de Nell.

—Tía Nell, he estado pensando mucho en el motivo por el que Angie vino aquí a trabajar. Y en eso de que no tuviera previsto quedarse mucho tiempo. Me parece que estamos pasando algo por alto.

Ella asintió.

—Y hoy he recordado algo más mientras estaba en las canteras. Un día, Angus vino al estudio a tomar café y me estuvo diciendo que Angie era muy lista y que lo sabía todo sobre aquellas tierras. Sabía incluso lo de su padre, dijo. Y eso me pareció un poco raro.

—Bueno, el padre de Angus era cantero, igual que él, y Angie estaba investigando para la exposición del museo. Quizá encontrara alguna información relativa a los McPherron. Eso podría explicar por qué ella pasaba tanto tiempo con él.

Cuando los platos estuvieron limpios y las fotos descargadas, Izzy anunció que se marchaba.

—Lo de hacer novillos tiene sus consecuencias —aseguró—. Tengo que volver al estudio a terminar con el papeleo mientras todavía me queden fuerzas.

Cuando se despedían en el camino de entrada, Nell volvió a pensar en las fotografías de Sam. Había algo extraño, algo que le resultaba un poco incongruente en la belleza que irradiaban las canteras de los Framingham. Pero no conseguía identificar de qué se trataba. Quizá volviera a echarles un vistazo mañana, cuando estuviera más fresca.

Cuando volvió a entrar, Ben estaba sentado en el sofá. Delante de él, en el suelo, había dos cajas de cartón. Su marido levantó la vista cuando Nell entró en el salón.

—¿Las cosas de Gideon? —preguntó.

Ben asintió.

—Ya lo he revisado todo. La mayoría son prendas viejas que no creo que quiera nadie. Aquí hay un montón de portadocumentos. Da la impresión de que estuviera preparando un viaje. —Ben cogió uno de los portafolios y se lo tendió a Nell—. Tahití, las islas Caimán... Gideon soñaba a lo grande.

—Con el dinero que encontraron en su apartamento, podría haber ido a todos esos sitios varias veces.

Ben asintió.

—El padre Northcutt dijo que eran billetes pequeños: de veinte, cincuenta y alguno de cien. Alguien estaba pagando a Gideon por algo, y no era por las langostas. No pudo ganar tanto dinero haciendo de furtivo.

—Eso mismo pienso yo, Ben. Gideon estaba extorsionando al asesino de Angie. Él estaba allí aquella noche y vio cómo alguien mataba a la chica. Estoy convencida.

—Y era alguien que, por lo visto, podía permitirse pagar el dinero del chantaje.

«Alguien como Tony Framingham», pensó Nell, pero se guardó esa idea para ella. No se le ocurría ningún motivo por el que Tony quisiera hacer algo así. Angie no le caía bien y estaba claro que ella tampoco lo soportaba, ¿pero asesinato? Y, sin embargo, no podía quitarse de la cabeza la convicción de que Tony sabía más sobre la muerte de Angie de lo que dejaba entrever. Y también había estado en el restaurante la noche anterior, cuando Angus había sido envenenado. Demasiadas coincidencias. Y muy pocos motivos.

Ben repasó el resto del contenido de la caja, pero, aparte de la ropa, lo único que encontró fueron algunos libros viejos y revistas de chicas, unas tazas de café desconchadas e hilo de pescar sucio. La caja no revelaba mucho sobre Gideon. Y desde luego tampoco ayudaría a ninguno de los ocupantes del refugio.

Ben se recostó en el sofá y subió los pies a la mesita.

—Dime, Nellie, ¿qué se nos está escapando? Tenemos a una joven muerta.

—Que esa noche empezaba a salir con un chico encantador y terminó en el rompeolas. Ella fue allí por algún motivo, y debió de ser importante para ella; de lo contrario no hubiera dejado plantado a Pete de esa manera.

—Iba a verse con alguien. Quizá fuera una persona con quien tuviera algo que resolver.

—Josie dijo que Angie tenía una misión, que estaba en Sea Harbor por algún motivo —recordó Nell—. Un proyecto. Su madre daba por hecho que se trataba de su trabajo en el museo, pero yo no lo creo. Angie tenía otros planes.

—Después alguien mató a Gideon, pero no antes de que este recibiera un montón de dinero.

—Y poco antes un intruso saqueó el apartamento de Angie. ¿Pero qué buscaba?

—Yo diría que buscaba el ordenador —afirmó Ben—. Si alguien mató a Angie porque ella tenía algo en su contra, o sabía algo, o había encontrado algo, lo más lógico es que pudiera encontrar alguna pista en el ordenador. Correos electrónicos, documentos escaneados, incluso páginas web. Los ordenadores nos retratan más de lo que creemos.

—O quizá no tuviera nada. Pero tanto si eso era así como si no el asesino probablemente quisiera su ordenador, solo para asegurarse.

—Y Gideon era la clase de tipo al que se podía manipular fácilmente. Alguien debió de decirle que entrara en el apartamento a cogerlo. Pero Sal llegó primero.

—Quizá Gideon pidiera más dinero. Nunca me pareció un tipo prudente —opinó Nell—. Y el asesino decidió poner fin a la situación. Y de una forma espantosa y salvaje.

—La policía dijo que lo atropelló una camioneta —apuntó Ben—. Encontraron las marcas del guardabarros cerca de la carretera con las que, al menos, pudieron llegar a esa conclusión.

Nell se estremeció.

—Imagínatelo, arrollar a una persona con esa fuerza. Está claro que alguien lo quería muerto.

—Y quienquiera que fuese sabía dónde encontrarlo esa noche. El sitio estaba muy bien elegido.

Los dos guardaron silencio mientras pensaban en Angus. ¿Cómo encajaba en esa sucesión de hechos espantosos aquel hombre tan bueno?

Cuando sonó el teléfono, Nell se sobresaltó alejándose de sus pensamientos.

Ben alargó el brazo para contestar y Nell lo observó con atención: enseguida sabría si se trataba de una buena noticia o de una mala. Los sentimientos de su marido solían proyectarse en su rostro antes de que él tuviera ocasión de procesarlos.

En sus labios se dibujó una lenta sonrisa, después negó con la cabeza. Se pasó la mano por el pelo.

—Bien, lo haré —dijo. Y añadió—: Gracias.

—¿Y bien? —dijo Nell cuando su marido colgó.

—Era Birdie. Dice que Angus se ha despertado mientras ella estaba allí. Le ha pedido que le trajera a un tal Sam Adams. Y después ha preguntado si tenía correo.

CAPÍTULO TREINTA Y UNO

Nell se despertó temprano la mañana siguiente y fue a la playa. Ben le había dicho que había quedado para desayunar y que la vería más tarde en casa. Y entonces podrían ponerse con el resto de las cajas de Gideon.

A Nell le ayudaba mucho salir a correr para despejar la cabeza, y ese día lo necesitaba desesperadamente. Corrió hacia el norte siguiendo la línea de la costa, pasó junto a los apartamentos y casitas para turistas y siguió por la playa de arena fina del club náutico. A lo lejos se veía el rompeolas y el sol iluminaba los enormes cubos de granito que conformaban la barrera.

Pensó que por las mañanas el rompeolas era un lugar hermoso, no era peligroso ni la escena de algo espantoso. Los rayos de sol rebotaban sobre las superficies planas realzando los colores de la piedra. Los pescadores ya estaban detrás del rompeolas y sus siluetas se recortaban contra el sol mientras ellos lanzaban sus redes al mar. Un poco más cerca, en la zona de agua protegida por la barrera, las boyas de las langostas rivalizaban con los veleros ondeando sus mástiles desnudos como árboles en pleno invierno, despojados de sus hojas.

Nell aminoró el paso volviéndose para mirar el club náutico y después el rompeolas. En una pequeña zona al final del club, al otro lado de un trocito de playa que se extendía desde el rompeolas, había dos bancos y una mesa de piedra a la sombra. Nell pensó que era el sitio perfecto para reunirse cuando uno no quería llamar la atención de las personas que estuvieran dentro. Un sitio privado para tomar algo, tal vez, y después dar un paseo por el rompeolas. ¿Sería eso lo que hizo Angie aquella noche? Quedar con alguien para tomar algo y hablar. Y después dar un paseo por las piedras del rompeolas, donde nadie podría oír la conversación. Donde solo tendrían como testigos a las gaviotas y las langostas. ¿O quizá estaba paranoica y no dejaba de sacar conclusiones que se quebrarían bajo el mínimo escrutinio?

Nell cruzó la distancia que había entre la mesa y el rompeolas y recorrió su extensa longitud. Sonrió a los pescadores y después se detuvo justo al final y se sentó con las piernas colgando por el borde notando el frescor de la piedra contra la piel de los muslos. Agachó la cabeza para contemplar los bloques de piedra que se amontonaban hasta llegar al agua y a un estrecho saliente perfectamente visible cuando había marea baja. Si tuviera treinta y ocho años, como Gideon, no le hubiera costado nada subir y bajar por ahí. Y ninguno de los pescadores se daría cuenta de que estaba allí. Se quedó sentada un rato pensando en Angie. Tratando de poner sus pensamientos en orden. ¿Se sentaría también allí, en ese mismo sitio, tomando algo, hablando, discutiendo tal vez? Y entonces la droga empezó a hacer su mortal efecto. ¿Lo notaría, advirtió que los brazos, las piernas o la voz no le respondían? ¿La empujarían con suavidad? ¿Se sumergiría silenciosamente envuelta por el ruido del mar?

Se levantó y volvió lentamente hacia la playa. Miró hacia el norte, en dirección a la playa pública y el pequeño aparcamiento. Desde allí veía la calle sin salida donde había todos aquellos vehículos destartalados y por la que nadie transitaba. Pero Gideon lo había hecho, había ido hacia allí cargado con su saco de langostas en busca de su coche. Probablemente feliz. Le iba todo muy bien. Y quizá pensara que pronto le iría todavía mejor.

Nell se dio la vuelta y se puso a correr por el mismo camino por el que había llegado allí, junto al club náutico. Justo cuando llegaba al límite de la propiedad del club vio a un conocido que se acercaba a ella. Aceleró el paso. Lo saludaría esbozando un educado «perdona, no puedo parar» y con eso cubriría el expediente.

Pero Tony Framingham, vestido con pantalones de correr y una camiseta manchada de sudor, se paró en seco algunos metros antes de que Nell llegara a su altura.

—Nell, tenemos que hablar —le dijo.

Ella aminoró el ritmo y se paró tratando de recuperar el aliento. Pensó que a veces la necesidad de ser educada en cualquier situación era como una maldición. A Birdie no le hubiera costado nada pasar de largo sin volver a pensar en ello. Quizá pudiera darle clases.

—Buenos días, Tony —consiguió decir al fin.

La voz de Tony sonaba clara; apenas le había afectado la rápida carrera.

—Tenemos que hablar de Angie Archer —empezó a decir. Miró el suelo como si quisiera elegir sus palabras con cuidado. Cuando volvió a mirar a Nell había fruncido el ceño y adoptó un tono forzado, como si estuviera negociando—. Tienes que dejar de emular a Sherlock Holmes. Tú, Izzy y las demás habéis estado haciendo preguntas por todo el pueblo, incomodando a todo el mundo y creando mal ambiente. Se acabó, Nell. La policía ya sabe lo que pasó. La señora Archer ha aceptado la muerte de su hija. No lo empeores. Déjalo estar.

—Pero yo no sé lo que pasó, Tony.

—Lee el informe de la policía. Yo lo he hecho. Y tiene sentido. —Todos queremos que esto termine, Tony. La policía y todo el mundo. Y lo peor es no conocer el desenlace. Podemos intentar seguir con nuestras vidas, pero no lo conseguiremos hasta que sepamos con seguridad quién la mató. Y todavía hay demasiadas incógnitas. Cosas que no encajan. Como, por ejemplo, lo que le pasó a Angus.

Nell echó una rápida ojeada a los grupos de niños y madres que extendían las toallas en la arena y a los de corredores que avanzaban en silencio por la orilla. Allí podía decir lo que quisiera. Se sentía completamente segura.

Tony frunció el ceño.

—Tuvo un infarto. Es algo común en personas mayores.

—Lo envenenaron, Tony.

El chico dio un paso atrás. Por un minuto se la quedó mirando en silencio y con los pies separados, como si Nell le hubiera golpeado y se estuviera esforzando por no perder el equilibrio. Tomó una bocanada de aire y la soltó lentamente sin perder la compostura.

—Creo que el pueblo será un lugar mejor si te ocupas de tus propios asuntos, Nell. Acabarás haciéndole daño a alguien. Y sé que quieres que Izzy esté a salvo, ¿no?

Antes de que Nell pudiera contestar, Tony se dio media vuelta y se marchó corriendo de nuevo hacia la playa. Corría cada vez más rápido golpeando el suelo con sus zapatillas; la arena se levantaba a su paso y sus brazos rebotaban contra los laterales de su cuerpo, hasta que dobló la curva del rompeolas y Nell ya no pudo verlo.

Se dio media vuelta y se marchó a casa. Tenía el corazón acelerado, pero ya no era de correr. Esta vez era a causa de la amenaza velada de Tony Framingham.

Una ducha rápida calmó a Nell y la ayudó a volver a pensar con normalidad. Sin embargo, para cuando terminó, no estaba segura de lo que le había dicho Tony en realidad. ¿Se había imaginado la amenaza? Por un momento pensó en llamar a Margarethe para comentárselo, pero enseguida cambió de idea. Eso era lo que se hacía cuando tu hijo venía del colegio diciendo que le había pegado un chico mayor. ¿Cómo se le dice a una madre que su hijo podría estar involucrado en algo siniestro?

Nell se secó consiguiendo así que la sangre volviera a regarle todas las extremidades, y se puso una camiseta y unos pantalones de chándal. La amenaza, si es que había sido eso, era difusa, imprecisa. La olvidaría y disfrutaría de la noticia de que Angus McPherron tenía la oportunidad de seguir luchando.

En realidad, aquella mañana Nell no tuvo mucho tiempo de seguir pensando en Tony o Angus. Tenía tres reuniones seguidas, por lo que debía postergar sus cavilaciones hasta más tarde.

Ya hacía un buen rato que había pasado la hora de comer cuando Nell pudo finalmente entrar en el establecimiento de Harry para comprarse un sándwich de pavo y pastrami con pan de centeno. La noticia de que Angus había despertado había corrido como la pólvora por todo Harbor Road. La gente compartía una sincera alegría que se desplazaba de una mesa a otra por el pequeño local, y Nell observaba la escena con sorpresa y agrado. Todo el mundo estaba preocupado, y se preguntó si Angus lo sabía. Ni siquiera estaba segura de si ella sabía que el pueblo consideraba que el viejo del mar era su viejo del mar. Pensó que a veces era necesario que sucediera algo malo para sacar lo mejor de la gente. Presa de un impulso pidió dos sándwiches más. Pasaría por el estudio, y si allí no los quería nadie, Ben jamás había rechazado uno de los bocadillos picantes de Harry.

Cuando Nell entró por la puerta, Birdie estaba junto al mostrador con un montón de ovillos de hilo. Supuso que se trataría de algún proyecto para la sala de espera del hospital. El estudio rebosaba de actividad.

—¡Por fin! —exclamó Birdie al verla—. He intentado llamarte.

Le hablaba con un tono que hizo sentir a Nell como si hubiera hecho algo malo.

—Tenemos que hablar —siguió diciendo su amiga—. Izzy está en la parte de atrás.

Le dio a Rose su tarjeta de crédito y le advirtió que no la perdiera; después cogió a Nell del codo y se la llevó a la trastienda.

Izzy y Cass estaban sentadas en el banco de la ventana, ambas sobre sus propias piernas. Tenían el chal de Cass extendido sobre sus respectivos regazos y Lana estaba acurrucada encima de las piernas cruzadas de Izzy.

—Ya vamos por los hombros —anunció Izzy—. Mary estará encantada.

Birdie cruzó la estancia y sacó un montón de cartas de su mochila. Las dejó con brusquedad sobre la mesita de café.

—¿Ahora trabajas en correos? —preguntó Nell.

—Cuando Angus preguntó por su correo, pensé que se estaba volviendo a retirar a ese mundo privado que tiene. Pero Ella me dijo que había recibido correo en casa recientemente, aunque nunca le había dado la impresión de que él le prestara ninguna atención. Así que le guardaba las cartas en su cómoda cuando le limpiaba la habitación y normalmente se quedaban allí sin abrir. Ayer por la noche me puse a abrirlas y en ellas encontré las cartas habituales. No había mucho más, peticiones

de tarjetas de crédito y cartas de pensionista. Excepto por estas.
—Señaló dos cartas que había atado con una goma de pollo—.
Son de Angie Archer —dijo.

—¿Angie?

Nell cogió uno de los sobres y leyó la dirección mecanografiada. «Angus McPherron», ponía.

—Los matasellos no están bien. Una de ellas llegó ayer, otra la semana pasada, según me dijo Ella. Angie no sabía que Angus vivía conmigo, por lo que las mandaba a la casa que él tenía fuera del pueblo. Para cuando la oficina de correos averiguó dónde estaba Angus y las trasladó hasta allí, había pasado algún tiempo.

En los sobres se leía la palabra «personal» impresa en negrita. Y al final se leía «importante», como si Angie le estuviera suplicando a Angus que no tirara las cartas. En el remitente figuraba la dirección del apartamento que había encima del Estudio de Punto del Seaside.

—Tenéis que llevárselas a Angus —propuso Izzy—. Id vosotras. Yo tengo que estar aquí esta tarde.

—Y yo debo salir a comprobar las trampas —dijo Cass—. ¿Pero nos llamaréis?

Habían trasladado a Angus a una habitación privada y su doctora salía de ella justo cuando Birdie y Nell llegaban a la puerta.

—Un anciano fantástico, está fuerte como una roca —anunció sonriendo de cara a la habitación—. Está un poco débil, pero se recuperará.

Nell e Izzy entraron y vieron a Angus descansando sobre las almohadas, con la barba blanca limpia y cepillada, y los ojos abiertos.

—Mirad, chicas, venid a ver esto.

Angus levantó la mano y señaló las paredes y las repisas de las ventanas, llenas de cestas de fruta, tarjetas con larguísimos lazos pegadas a las paredes y una pila de revistas. Le temblaban un poco los dedos.

—Tienes muchos admiradores, Angus —dijo Nell.

Él movió la cabeza sobre la almohada.

—Eso parece —repuso. Hablaba tan flojito que Nell apenas le oía.

Birdie se aproximó y acercó una silla a la cama. Le cogió la mano y sonrió mirando sus ojos cansados.

—Pues así es, viejo chiflado. Ya te lo puedes creer. Y recupérate ya. Nos lo debes.

Angus cerró los ojos un momento, y cuando los abrió, Nell y Birdie fingieron no advertir la lágrima que resbaló por su arrugado rostro hasta aterrizar en la sábana que tenía bajo la barbilla.

Birdie rebuscó en su mochila y sacó los sobres.

—Te he traído el correo —le dijo.

Angus giró la cabeza sobre la almohada y se concentró en las cartas que Birdie tenía en la mano. Sin levantar la cabeza leyó su nombre en el sobre y después la dirección del remitente. Angie Archer.

—Ella dijo que me escribiría —murmuró—. Seguro.

Y después se le volvieron a cerrar los párpados sobre el pálido y exhausto rostro.

—¿Quieres leerlas, Angus? —preguntó Birdie. Volvió a levantar los sobres.

Él pasó un minuto sin responder y ellas pensaron que se había quedado dormido. Pero unos segundos después abrió un poco los ojos. Cuando habló, su voz era suave pero comprensible.

—Leedlas y guardádmelas. Ahora marchaos a casa.

Y entonces el sueño se apoderó de su frágil cuerpo y Nell y Birdie salieron con cuidado de la habitación volviéndose para mirar por la puerta una última vez para ver su inmóvil figura descansando apacible sobre las sábanas blancas.

Para cuando Nell y Birdie habían comprado algunas cosas para Angus y habían vuelto al hospital a dejarlas para después regresar a Sea Harbor, la luz del día se estaba apagando, dando paso a la tenue luz del atardecer. Mientras miraba por la ventanilla del coche, Nell pensó que era una luz tranquilizadora. Incluso en medio de aquella espantosa situación, los atardeceres de Cabo Ann seguían siendo apacibles.

Cuando llegaron a casa de Nell, Cass e Izzy estaban sentadas en el sofá delante de una bandeja de queso y un cuenco lleno de uvas. Y en la isla de la cocina descansaba una jarra del martini de Ben.

—No habéis llamado —las reprendió Izzy frunciéndole el ceño a su tía—. ¿Angus está bien?

—Está mucho mejor —explicó Nell—. Hoy está mucho mejor. La doctora piensa que pronto podrá hacer vida normal. —Miró a su alrededor—. ¿Dónde está Ben?

—Ha tenido que ir a ayudar al padre Northcutt a terminar de cuadrar las cuentas para el comité de la iglesia que se celebra mañana. Me ha pedido que os diga que volverá en cuanto pueda. —Izzy se puso en pie y le dio un abrazo a Nell—. ¿Qué ha pasado con el correo de Angus? Cass se pasó cuando yo cerraba la tienda y, como ninguna de las dos había tenido noticias, hemos venido aquí.

Birdie dejó los sobres en la isla de la cocina y les explicó lo que les había pedido Angus.

—¿Entonces Angus quiere que nosotras leamos sus cartas? —preguntó Cass.

—Eso es lo que ha dicho —respondió Birdie—. Me ha dado la impresión de que estaba esperando estas cartas. Angie debió de decirle que pensaba mandarlas y que eran importantes.

Las cuatro mujeres se sentaron alrededor de la mesita y Nell abrió el primer sobre. En la esquina inferior vio que había una pequeña anotación: «1/3», ponía. Desde luego, no se trataba de ninguna fecha. Quizá la oficina de correos había codificado los sobres de algún modo. Del interior sacó viejos artículos de periódico, que Angie debía de haber encontrado durante sus investigaciones en el museo.

En ellos se hablaba sobre Angus McPherron y Anja Alatalo, la preciosa mujer finlandesa de Angus. Había una vieja fotografía de los dos brindando al final de una larguísima mesa llena de flores. Tras el festivo grupo, y en medio de un círculo de rosales, se veía un pastel nupcial de seis pisos sobre una mesa cubierta por un mantel blanco. El artículo era afectuoso y personal, como suele ocurrir en los periódicos locales. Hablaba sobre cómo el apuesto cantero Angus se había enamorado y se había casado con la hija del adinerado cantero finlandés. El periodista detallaba la extravagante boda que el padre de Anja le había proporcionado a su única hija. No olvidaron mencionar ni un solo detalle, ni los enormes arreglos florales, ni la bebida y los platos de alta cocina.

En el mismo sobre había una copia de un documento legal. Birdie lo desdobló y leyó la intrincada escritura del título «Certificado matrimonial». Era una copia del certificado de matrimonio entre Angus y Anja, firmado con una letra muy elegante por marido y mujer, los testigos y el pastor.

Nell alisó los papeles y los dejó sobre la mesita. Abrió el siguiente sobre, ligeramente más grande que el primero, con los pulcros y claros números en la esquina: «2/3».

Dentro había un documento, una vieja escritura amarillenta. Nell la examinó con atención y se la pasó a Birdie.

—Es una escritura de propiedad en la que se expresan los correspondientes derechos y la debida titularidad.

Birdie se puso las gafas y la leyó con atención. El nombre McPherron estaba escrito en lo alto del papel amarillento seguido de una descripción del pequeño terreno junto a la carretera donde había vivido Angus todos aquellos años.

Nell volvió a mirar el sobre fijándose en la pequeña anotación de la esquina. «2/3; ¿segundo sobre de tres?». Un recordatorio para Angus, para que supiera que recibiría tres sobres.

—¿Había algún sobre más? —le preguntó a Birdie.

—No encontré más. Pero los matasellos de estos son de días distintos. Supongo que todavía puede llegar alguno más —razonó Birdie.

Nell volvió a centrarse en la escritura de propiedad, tan parecida a todas las que el museo había reunido para las exposiciones sobre los primeros colonos de Cabo Ann; historias sobre pescadores y canteros de todo el mundo que hicieron de Cabo Ann una enriquecedora mezcla étnica de muchas nacionalidades.

Izzy leyó algunos fragmentos sobre la boda de Angus con Anja Alatalo en voz alta. Era una joven preciosa, decía el periodista, con una melena castaña que le llegaba hasta la cintura.

Nell escuchaba pensando en el cuerpo inmóvil tendido en esa cama de hospital. Pensaba que su vida con Anja, aunque corta, debió de ser maravillosa. Cuando levantó el sobre, del interior resbaló otro artículo. Nell se puso las gafas y leyó lo que decía lentamente. Era la trágica historia que había oído contar a los padres de Ben sobre cómo Anja y su padre habían muerto en sus tierras. Una explosión de dinamita que había salido mal, les había dicho la madre de Ben.

Nell volvió a mirar las antiguas imágenes, tan bien conservadas: Anja y Angus, Angus y el padre de ella, y fotografías de en las canteras en las que Luukas Alatalo había trabajado con su padre. Acercó las instantáneas a la lamparita de la mesa y entornó los ojos para verlas bien. En aquella fotografía había algo que le resultaba familiar, algo que ya había visto, quizá durante alguna excursión a Rockport o Halibut Park. Nell trató de recordar, pero la claridad se obstinaba en permanecer por detrás del límite de la memoria, incordiándola como un guisante debajo del colchón.

El rugido que emitió el estómago de Cass les recordó que hacía un buen rato que habían comido, y ella y Birdie se acercaron a la nevera de Nell.

—Coged lo que queráis —les aseguró Nell desde el sillón.

Birdie sacó un plato de pasta con verduras que había sobrado y lo calentó en el microondas. Cass la ayudó y calentó un plato de salchichas italianas con champiñones salteados.

—Hay algunos panecillos de masa madre de la tienda de Harry en el mostrador —dijo Nell sin despegar los ojos de las fotografías.

Se sirvieron la comida que habían dispuesto en cuencos y bandejas en medio de la isla y se reunieron alrededor de la mesa de la cocina. Y apoyando los codos en la superficie de madera junto a los papeles amarillos extendidos sobre la mesa todas volvieron a pensar en Angus McPherron... y en Angie Archer.

—¿Por qué creéis que Angie le mandaría todo esto a Angus? —le preguntó Birdie—. Lo veía continuamente.

—Creo que le debió de parecer más seguro mandárselo —supuso Nell—. Angie sabía mejor que cualquiera de nosotras que Angus no siempre prestaba mucha atención a las cosas. Si le hubiera dado estos papeles mientras estaban sentados en el puerto o durante alguno de sus paseos por la playa, probablemente hubieran terminado en la basura o se los hubiera llevado el viento.

—Y quizá ella supiera que estaba en peligro —añadió Cass.

Nell asintió.

—Supongo que es una posibilidad, aunque espero que no. Me costaría mucho vivir con la idea de que Angie pudiera estar en peligro y no pidiera ayuda.

—Yo fui muy dura con ella, especialmente aquella última noche.

La emoción sonrojó los altísimos pómulos de Cass.

—Todos la juzgamos mal en algún momento, Cass —dijo Birdie—. Pero eso no cambia nada. Angie estaba intentando hacer algo, probablemente algo bueno.

—Y eso le costó la vida.

Nell se sirvió una taza de té. La estancia se había quedado fría de repente. Y el ánimo se había apagado.

—Está bien —terció Izzy—. ¿Entonces qué falta aquí? —preguntó mirando los papeles que había en la mesa.

—Nos falta la tercera pieza. Tres de tres —afirmó Nell.

Sí, tenía que ser eso. Algo que hubiera sido propio de Angie, controlar que los documentos estuvieran bien organizados y ayudar a Angus a ordenar su vida.

—No entiendo por qué le mandó la escritura —insistió Cass—. Ya sabíamos que las tierras en las que vivía Angus eran suyas, por lo que esta escritura no nos dice mucho. Está bien que Angus la tenga por si algún día quiere echarle un vistazo. Pero eso es todo. ¿Y para qué le mandó el certificado de matrimonio... y los artículos?

Nell volvió a mirar los recortes de periódico.

—Quizá Angie estuviera ordenando los episodios de la vida de Angus porque a él le costaba hacerlo. Le estaba recordando la preciosa mujer que tenía.

Nell volvió a mirar la fotografía de Angus con su mujer incapaz de olvidar a la dulce pareja sentados a la mesa el día de su boda.

—¡Sí! —exclamó Izzy emocionada—. ¡Exacto, Nell! Angie estaba ordenando los episodios de su vida. Pero falta una pieza.

—¿Anja tenía más familia? —preguntó Cass.

—No. Su madre murió en el parto —afirmó Birdie—. Probablemente ese fuera el motivo de que ella estuviera tan unida a su padre. He oído a mucha gente decir que ese hombre vivía por Anja.

—¿Entonces Anja y Angus se quedarían con todo cuando muriera su padre? —preguntó Nell.

Izzy levantó la vista con el tenedor lleno de pasta. Frunció el ceño al adivinar el pensamiento de su tía.

—Pero Anja también murió. Por lo que Angus debió de ser el único pariente que quedó con vida.

La estancia quedó en silencio mientras todas cavilaban sobre las escrituras, el certificado de matrimonio y la tragedia que separó a esa pareja tan pronto en su viaje vital.

Nell ordenó los documentos en la mesa y colocó los respectivos sobres al lado. 1/3, 2/3. Una vieja escritura. Recortes de periódico. Un certificado de matrimonio. Recordó la conversación que ella e Izzy habían mantenido con Angus en la playa. «Estoy segura —le había dicho Angie, eso les había contado él—. Ella pensaba escribirme, estaba segura». Una escritura. Lo que Angie le había dicho era que le mandaría una escritura.

—Un testamento —dijo Izzy de pronto—. Nos falta un testamento. ¿Y otra escritura? El certificado nos dice que Anja y Angus estaban casados. La escritura nos habla de las propiedades de Angus. Pero...

—El testamento del padre, o el de Anja, nos dirá el resto —concluyó Cass.

Birdie retiró la silla y levantó las manos.

—Y creo que sé exactamente dónde está —dijo. Miró a Nell—. La enfermera del hospital...

—El bolsillo de la chaqueta de Angus. El sobre del que sacaron tu dirección en el hospital. Angus lo llevaba encima cuando lo ingresaron.

—Esperemos que siga ahí.

Birdie se levantó, cogió el bolso y rebuscó en su interior.

—Maldita sea. Me he dejado las llaves del coche. Izzy o Cass, necesito conductora.

—¿Por qué no vais las dos? —sugirió Nell—. Solo por si acaso...

Por si acaso, ¿qué? Nell no estaba segura. Pero no quería que Birdie fuera sola.

—Buena idea. Y de paso iremos a ver cómo está Lana —añadió Izzy—. Sam ha tenido que marcharse a Boston para ir a una reunión y se ha quedado sola.

—Yo esperaré a Ben —dijo Nell. Pensó que no necesitaban ir las cuatro a por un sobre. Y ella resultaría más útil tratando de unir algunos cabos sueltos allí.

Cuando las otras se marcharon, Nell recogió la cocina, preparó una cafetera y volvió a sentarse a la mesa de la cocina frente a su portátil. Fuera la brisa agitaba la copa de un pino contra el lateral de la casa.

Presionó una tecla y encendió el ordenador, cuyo conocido zumbido resonó por toda la cocina. Y unos segundos después las fotografías de Sam aparecieron en la pantalla y Nell las fue pasando distraídamente mientras pensaba en los fragmentos inconexos de la vida de Angus.

Y entonces la vio. Aquella enigmática fotografía de la cantera que había llamado tanto su atención. La amplió y vio el destello de luz que había captado la cámara de Sam. Y la increíble cantera cristalina, con esa vieja camioneta pegada a la orilla de granito, tan cerca del borde que apenas una potente ráfaga de ese viento procedente del nordeste bastaría para despeñarla por el precipicio. Volvió a ampliar la imagen y observó el amasijo de grietas de la luna delantera que reflejaban la luz como un prisma. Y el parachoques roto, colgado de un cable. Era incongruente y extrañamente hermoso al mismo tiempo. Aquella serena cantera perfecta en un claro del bosque, la luz del sol y esa vieja y oxidada camioneta. Nell se la quedó mirando. Y entonces se le aceleró el corazón, se puso las gafas y volvió a mirar.

La fotografía ocupaba toda la pantalla y de pronto Nell empezó a pensar con claridad. Y supo que si la resolución de la fotografía fuera más alta, si pudiera acercarse solo un milímetro más, podría encontrar sangre y tejidos pegados al parachoques oxidado de esa vieja camioneta.

Pinchó el comando para imprimir y las fotografías salieron de la impresora que descansaba sobre una mesa a su lado. Las dobló y se las metió en el bolso. Todavía tardarían en volver: el trayecto hasta el hospital y la parada para comprobar cómo estaba Lana les tomaría por lo menos una hora o más.

Tenía tiempo para hacer un recado rápido. Y, si estaba en lo cierto, tendrían una pieza más para añadir al rompecabezas.

CAPÍTULO TREINTA Y DOS

Nell consultó el reloj mientras conducía hacia Canary Cove. Después de años de insistencia, Annabelle por fin había cedido a las súplicas de los artistas y dejaba el Sweet Petunia abierto hasta las ocho un día a la semana —solo los martes—, la única noche que ella no jugaba al bunco o ponía en orden el papeleo del restaurante, o daban por televisión algún programa que ella no se podía perder. Ofrecía el mismo menú para desayunar y para comer, pero a nadie parecía importarle, y los artistas de Canary Cove se acostumbraron a cenar huevos los martes, así como otros habituales del horario de Annabelle, que nunca se publicitó.

Aunque ya eran poco más de las ocho, Nell sabía que tardaba un poco en limpiar la cocina y vaciar la basura. Y a veces los comensales se quedaban un rato hablando y cuchicheando. Ella e Izzy habían pasado muchas tardes en el establecimiento de Annabelle mientras planificaban cómo sería el Estudio de Punto del Seaside, haciendo punto, hablando y llenando de sueños la pequeña tienda de Izzy, y la simpática propietaria nunca las apremió para que se marcharan. Siempre tenía algo que hacer, decía.

Nell dobló por el pequeño camino de grava que conducía al restaurante. Las luces del aparcamiento estaban encendidas y el establecimiento seguía bien iluminado. Vio varios coches aparcados, entre ellos el viejo Corolla que Annabelle le había dejado utilizar a Stella cuando esta cumplió los dieciséis. También vio el coche de Annabelle y a varios comensales remolones, cuyos coches seguían aparcados al otro lado del terreno. Nell aparcó cerca de la puerta de la cocina mientras se debatía entre entrar o quedarse en el coche a esperar a que el resto de los comensales se hubiera marchado. Justo en ese momento vio a Stella Palazola saliendo por la puerta de la cocina arrastrando dos sacos de desechos orgánicos para llevarlos a la pila del compost de Annabelle.

Nell dejó las llaves del coche y el bolso en el asiento delantero y salió rápidamente del coche para ir en busca de la joven camarera.

—Stella —dijo alcanzando a la chica justo cuando esta llegaba a la pila de compost que había detrás del restaurante.

La joven se dio media vuelta soltando uno de los sacos.

—Señora Endicott, me ha asustado.

—Perdona. —Se inclinó para coger el saco—. Necesito hablar contigo. Por favor, ¿tienes un minuto?

Esta miró hacia el restaurante y Nell le clavó la vista con la esperanza de que no volviera a escaparse.

Stella miraba de un lado a otro: a Nell, a la puerta de la cocina, después al aparcamiento, por donde los últimos comensales empezaban a marcharse en busca de sus coches. Nell oía sus pasos a lo lejos, las puertas de los coches al cerrarse, el parloteo y después el sonido de los vehículos al abandonar el aparcamiento.

Nell seguía mirando fijamente a Stella.

—¿Qué? —preguntó la joven.

Pensó que la camarera parecía haberse rendido, como si ya hubiera sabido que Nell volvería. Probablemente la estuviera agobiando.

—Es sobre ese suéter de cachemira, Stella...

—Ya le dije que lamentaba habérmelo probado. Nunca volveré a hacerlo. ¿Tanta importancia tiene? ¿A quién le importa ese estúpido suéter viejo?

—A mí. Para mí tiene mucha importancia. Y te prometo que nunca haré nada que pueda causarte problemas. Pero tienes que hablarme de ese suéter.

Stella se quitó las gafas y se frotó los ojos.

—Ya sé que todo esto te parece una tontería.

La adolescente cogió una bolsa llena de restos de café y la vertió en la pila del compost. Se limpió las manos en el delantal.

—Señora Endicott...

—Puedes confiar en mí, Stella. Te lo prometo. Pero necesito saber la verdad.

La adolescente asintió. Cogió la última bolsa y vertió el contenido en la pila.

Y entonces se volvió hacia Nell y le contó la verdad.

CAPÍTULO TREINTA Y TRES

Ya era tarde cuando Nell volvió finalmente a su casa con la cabeza entumecida y el corazón en un puño. Stella había dicho lo que ella ya sabía que diría. La verdad había estado allí, flotando en los confines de la mente de Nell durante varios días, pero ella no había permitido que las sospechas se convirtieran en hechos. No quería que se hicieran realidad.

Ben la estaba esperando en casa preocupado.

—No me hagas estas cosas, Nell —le dijo.

—Ben, tú no eres el que se preocupa. Soy yo.

—Tienes razón, no es lo mío. Así que no me conviertas en esa persona.

Estaba sentado a la isla de la cocina tomándose una taza de té y se esforzaba por adoptar un tono despreocupado. Nell se acercó a él y dejó el bolso en el suelo. Se frotó el cuello.

—Birdie, Cass e Izzy han pasado por aquí.

—¿Y han traído el sobre?

Ben asintió. Lo cogió de la isla.

—Me han estado explicando lo de los documentos. Lo he comprobado.

—¿Y qué hay en el tercer sobre? —preguntó. Pero antes de que Ben dijera nada ella ya sabía lo que contenía. Izzy había acertado. Contenía un testamento. Una escritura. Una fortuna. La fortuna de Angus.

Nell le explicó a Ben que había hablado con Stella. Y lo de las fotografías que había imprimido de las instantáneas que Sam había hecho en la cantera. La imagen que contenía la clave de la vida de Angus... y de la muerte de Angie.

Cogió el bolso para sacar las fotografías que había imprimido.

—Qué raro —se extrañó—. Metí las fotografías en el bolso. Ahora mismo ni siquiera sé por qué. Supongo que por costumbre. Pero no están aquí.

Volvió a revisarlo, pero en el enorme bolso solo estaban su monedero y su neceser. También encontró el móvil, algunos bolígrafos, una libreta y pañuelos de papel. Pero las fotografías impresas que había metido en el bolso habían desaparecido.

Repasó mentalmente el trayecto hasta el establecimiento de Annabelle. Había dejado el bolso en el coche con la ventana del conductor abierta mientras hablaba con Stella. El bolso y las llaves. Frunció el ceño al recordar las voces y el taconeo que oyó a su espalda cuando los últimos comensales salían del restaurante. Recordó el ruido de los pasos que se habían acercado hasta donde estaban ella y Stella, y cómo después se habían desvanecido. El ruido de las puertas de los coches al cerrarse; y a continuación los vehículos se marcharon hasta que ya no pudieron escucharlos.

—Alguien me ha cogido las fotografías del bolso —aseguró Nell—. Y creo que sé quién ha sido.

Consultó el reloj. Era demasiado tarde para llamar a Annabelle, y tampoco tenía ganas de explicarlo todo. Pero sospechaba que sabía el nombre de todos y cada uno de los comensales que estaban disfrutando de los huevos de los martes de Annabelle hacía solo unas horas.

Ben y Nell se tomaron un té caliente mientras conversaban tranquilamente, y finalmente se fueron a la cama.

—Hoy ya es demasiado tarde para hacer nada —dijo Ben—. ¿Y para qué? Nadie se va a escapar. Dejemos que duerman. Enseguida será mañana.

Por la mañana llamarían a la policía y les entregarían las escrituras, la licencia matrimonial y las fotografías. El esfuerzo de Angie por arreglar las cosas servido en bandeja de plata.

La llamada de Birdie llegó pronto, justo antes de que el sol asomara por el horizonte.

Dijo que había sido incapaz de dormir y se había levantado a sentarse delante de las ventanas en el estudio de Sonny Favazza, un rincón donde siempre se sentía mejor. Desde allí podía ver a simple vista la explosión de color del paisaje, pero el telescopio le permitió acercarse un poco más. Al principio la luz era pequeña, apenas un destello contra el cielo negro de la noche. Y después se hizo más grande.

Birdie llamó al 911 y a continuación marcó el número de Nell y Ben.

—Vamos de camino —dijo Ben, y le aseguró que los coches de bomberos también habían salido.

Ben condujo lo más rápido que pudo por la estrecha carretera Framingham, iluminada por una insistente luna que parecía reticente a dejar paso al alba. Nell tenía un nudo en la garganta; no quería ver lo que sabía que se encontrarían al final de la carretera.

Llegaron antes que los bomberos y la policía, antes que Cass y Pete, que se habían levantado temprano para preparar sus trampas y habían visto el fuego desde su barco. Antes que Izzy, que, incapaz de dormir, estaba de camino hacia allí.

Margarethe Framingham aguardaba al borde del camino, con una ropa un tanto extraña: traje y zapatos de tacón, como si se dirigiera a alguna reunión en el museo. Aguardaba muy tranquila observando cómo la enorme casa que había sido el amor de su vida iluminaba la noche. Las crepitantes llamas viajaban de una estancia a otra iluminándola desde el interior, como si estuviera a punto de empezar alguna fiesta. Las viejas paredes habían creado un horno que absorbía el aire y alimentaba las llamas que bailaban con las cortinas, quebraban las carísimas lámparas de cristal y reducían los exquisitos libros a montañas de carbón.

—Margarethe —la llamó Nell—. No.

Pero la mujer levantó las manos y dio un paso hacia la casa en llamas.

—No os acerquéis —dijo—. Si no puedo quedarme con esta casa, no será de nadie.

—¿Por qué, Margarethe?

—Intenté hablar con esa chica, pero ella no quería escucharme —explicó—. Ella quería recuperarlo todo y dárselo a un viejo al que no le importaba, no lo necesitaba ni lo quería. Esto es mío —afirmó con una voz dura como el acero—. Trabajé para conseguirlo. Me convertí en alguien por ello. Yo soy importante, y vosotros queréis arrebatármelo. Jamás dejaré que lo tengáis. Nunca. Ninguno de vosotros, desagradecidos.

De fondo, flojo y todavía a lo lejos, el sonido de coches, sirenas y camiones de bomberos cruzando a toda velocidad los caminos de granito en dirección a Framingham Point alteraba la silenciosa belleza del alba.

—Margarethe, las tierras no pertenecían a los Framingham. Nunca les pertenecieron. Y ahora hay dos personas muertas.

—Ella no tendría por qué haber muerto. Le di alternativas. La vida es una cuestión de elecciones. Yo no era nadie y elegí casarme con un miembro de esta familia y hacerme con el control. Angie hizo la elección equivocada. Yo hice la correcta. Ella utilizó su habilidad para investigar con un objetivo equivocado. Solo para equilibrar un absurdo marcador.

—No creo que ella considerara que la muerte de su padre fuera una tontería, Margarethe.

—Ese hombre se alcoholizó hasta morir. Y el hecho de que lo despidiéramos de la empresa fue accidental. Pero eso da igual, Angie Archer nunca debió indagar en ello, nadie la contrató para meter las narices en el pasado de los Framingham. Este pueblo no sería nada sin mí.

«Sin mí». La gélida arrogancia en las palabras de Margarethe asombró a Nell. Aquella no era la persona con la que ella se sentaba en las reuniones, la generosa mujer que encabezaba las causas de Sea Harbor. Era una mujer poderosa que venía de la nada y que no pensaba volver a eso.

—Margarethe, podemos arreglar las cosas —dijo sin creer en lo que decía, de la misma forma que sabía que Margarethe tampoco lo creería; pero debía tratar de captar su atención como fuera.

Ben fue avanzando por el camino circular muy lentamente mientras Nell hablaba.

—Gideon fue un necio, ¿sabes? —dijo Margarethe alzando la voz de un modo extraño—. Nos vio aquella noche mientras robaba las langostas, era una mala persona. Nadie ha chantajeado nunca a Margarethe Framingham.

—Te quedaste con el suéter de Izzy.

El fuego iluminó la extraña sonrisa que lucía Margarethe.

—Resbaló de sus hombros. Era un hilo exquisito y tenía una caída perfecta... —Se le fue apagando la voz, como si estuviera viendo el suéter de color azafrán y lo estuviera tocando con los dedos—. Me lo guardé en el armario. Hay que cuidar de las cosas hermosas, Nell.

—Angie le habló a Angus sobre esta tierra —dijo Nell. Con el rabillo del ojo vio cómo Ben rodeaba la estatua que se erigía en medio del camino y se acercaba a la alta figura que aguardaba al pie de la escalera.

Margarethe perdió la vista en la lejanía.

—Angus me dijo que Angie le estaba dando pruebas. Pero estaba muerta. La mitad del tiempo el muy tonto no sabía de lo que hablaba. Lo único que él quería era pasar el rato en el puerto contando historias. Pero cuando estaba lúcido...

Nell se rodeó el cuerpo con los brazos protegiéndose del frescor del alba.

—En ese momento lo sabía, ¿verdad? Sabía que estas tierras pertenecían a su querida Anja. Y cuando ella murió, pasaron a pertenecerle a él. Y que, de alguna manera, Angie había encontrado la forma de mostrarle la verdad.

—¿Pertenecer? —Margarethe se acercó un poco más a la casa—. ¿Qué sabrás tú de eso? ¡Yo no era nadie, nadie! Y ahora soy alguien. Y nadie me lo podrá arrebatar.

Se dio la vuelta y miró hacia el camino; vio que Ben estaba a menos de quince metros de distancia. Alzó las manos hacia delante como para detener su avance, su alta figura se veía recortada contra el telón de fondo de las llamas.

Y mientras los camiones de bomberos derrapaban sobre la grava y sus luces giraban provocando espeluznantes sombras contra los árboles, Margarethe le sonrió a Nell, asintió con educación mirando a Ben, se dio media vuelta como si estuviera en un escenario y volvió a entrar en la casa.

CAPÍTULO TREINTA Y CUATRO

L a gaceta de Sea Harbor lo decía todo: «El viejo del mar de Sea Harbor: benefactor millonario».
Y un poco más adelante un titular rezaba: «Cayó en desgracia». Y a continuación detallaban cronológicamente la triste y espantosa historia de Margarethe Framingham con todo lujo de detalles. Nell advirtió que también habían incluido los logros de Margarethe, pero palidecían bajo la luz de sus motivaciones y la espantosa y asesina compulsión de conservar su nombre y su fortuna a toda costa. Eso no se podía borrar tan fácilmente.

Cuando Izzy y Nell fueron a ver a Josie al día siguiente y llevaron las cajas con sus cosas a la habitación del fondo, esta sacó uno de los artículos que Angie había escrito cuando estudiaba en la universidad y se lo enseñó. Había sacado un sobresaliente, explicó su madre con orgullo. Ese semestre había elegido hablar sobre Sea Harbor y había descubierto extrañas transferencias de propiedades que no encajaban. Por eso había vuelto después de graduarse para seguir el rastro. Por fin Nell comprendía que todo aquello había sido una lotería para Angie: había encontrado una forma de hacer justicia por la muerte de su padre yendo a por Sylvester Framingham sénior, y de paso había ayudado a un hombre maravilloso.

Tony Framingham regresó a Sea Harbor al día siguiente, en cuanto recibió la noticia. Había estado en Boston visitando a unos amigos.

«Menos mal», pensó Nell cuando vio la desaliñada figura plantada en su puerta aquella tarde. No le hubiera hecho ningún bien ver morir a su madre.

Ben y Nell estaban en casa cuando llegó la inesperada visita, y se sentaron con él en la terraza, donde el chico permaneció delante de un vaso de té helado que no tocó.

—Vosotros fuisteis los últimos en verla —dijo—. Solo quiero saber... No sé lo que quiero saber.

—El jefe de bomberos dijo que no sufrió, Tony. Perdió la conciencia en cuanto el tejado se desplomó sobre ella. No sintió dolor.

—Quizá no lo sintiera en ese momento —repuso el chico. Estaba sentado en el banco, cabizbajo y con los codos apoyados en las piernas.

—¿Tú sabías lo que estaba ocurriendo, Tony? —preguntó Ben.

Tony parecía hundido. Un hombre tan apuesto aplastado por una sórdida historia, el dolor por la muerte de su madre... y por sus actos.

—Sabía que ella no estaba bien últimamente. Me hacía extrañas llamadas durante las que me contaba que había personas tratando de destruir el buen nombre de los Framingham. Cosas que no tenían sentido. Por eso vine a casa.

»Siempre sospeché que mi abuelo había robado las tierras y las canteras; una vez hablé con mi padre al respecto y lo admitió.

Su viejo era un farsante, pero tenía amigos en todas partes. Cuando los Alatalo murieron, padre e hija, ya no quedaba nadie que pudiera detenerlo. Le fue muy fácil hacerse con un documento, conseguir que se lo firmaran y le pusieran un sello. Probablemente Angus estuviera destrozado por el dolor en aquella época, y quizá ni siquiera conociera la existencia del testamento según el cual la fortuna de los Alatalo, las tierras y las minas pasaban a ser suyas. Fue muy fácil.

»Mi padre gestionó todo el fraude manteniéndose al margen. Mi madre lo sabía, y guardó el secreto para conservar su estatus y el poder, las únicas cosas que le importaban en esta vida. Yo me enfrenté a ello marchándome, no aceptaba ni un céntimo de mi familia, y me busqué la vida yo solo.

—Pero tú sabías que Angie se olía algo.

Tony asintió.

—Me lo dijo ella misma. Angie había sentido antipatía por toda la familia desde que su padre perdió el trabajo. A decir verdad, tenía derecho a sentirse así. Pero a mí siempre me cayó bastante bien, lo creáis o no. Sin embargo, ella siempre veía las cosas blancas o negras, y evidentemente yo era del equipo de los malos, incluso cuando éramos adolescentes. Cuando volví para ayudar a mi madre, intenté hablar con Angie, intenté conseguir que lo dejara, chantajearla, si era necesario. Pero ella no quería escucharme.

—¿Sabías que tu madre...? —Nell guardó silencio.

—¿Mató a Angie? No sé si lo sabía o no, Nell. Supongo que pensé que si todo el mundo se creía el informe de la policía y seguía con su vida, todo pasaría... y yo no tendría que saberlo.

»Ya sé que fui desagradable con todo el mundo. Pensaba que si iba de duro todos os echaríais atrás, olvidaríais el tema, que compraríais la historia de que el tipo que lo había hecho ya se había marchado. Y entonces quizá yo me pudiera convencer a mí mismo de que era verdad y algún desconocido había matado a Angie.

Tony estaba tan triste que Nell tuvo que esforzarse para no mirar hacia otro lado. Se quedó sentado en silencio un momento, respirando profundamente para estabilizar el seísmo que estaba sacudiendo su mundo. Cuando por fin levantó la vista para mirar a Nell y a Ben, le temblaba la voz y el remordimiento asomaba a sus ojos.

—Era mi madre —dijo finalmente—. Y yo la quería.

Para la ceremonia del Cuatro de Julio, Birdie vistió a Angus con unos pantalones veraniegos marca Brooks Brothers y una camisa de seda. Le metió una rosa en el bolsillo de la camisa.

—Este es tu día, Angus. Pórtate bien.

—Señorita Birdie, me encanta que me dé órdenes —dijo Angus sonriendo.

Había perdido peso, pero estaba lúcido y, aunque los médicos no sabían explicarlo, se le veía razonablemente sensato desde que había salido del hospital.

—Creo que siempre pensó que estaba solo —había comentado Birdie—. Desde que perdió a Anja, él iba a la deriva, siempre a las puertas pero sin acabar de formar parte de nada. Y cuando estaba en el hospital, Sea Harbor le demostró que seguía teniendo familia.

Los médicos la escuchaban con atención asintiendo. Pero, como Birdie contaba a cualquiera que la escuchara, no parecían encontrar una explicación mejor, ¿verdad?

Nell saludó a Angus cuando este subió al escenario. Lo habían montado en medio del parque, cerca del Ocean's Edge. Cuando el cielo oscureció, los fuegos artificiales empezaron a brillar sobre el océano y los niños correteaban por el césped armados con bengalas. Ya había muchas mantas extendidas sobre la hierba, el olor de los perritos calientes y las hamburguesas flotaba por todas partes y una pequeña banda tocaba marchas de John Philip Sousa para el regocijo de los alborotados críos. Y entre el redoble de los tambores el alcalde se acercó al pódium y dio unos golpecitos con el dedo en el micrófono. El estridente silbido llamó la atención de la gente.

—Damas y caballeros —empezó a decir—, ¡les deseo a todos un feliz Cuatro de Julio!

La multitud vitoreó al unísono y varios globos de helio salieron volando por detrás de la cabeza del alcalde.

Todos estaban sentados en primera fila, justo delante del escenario: Nell y Ben, Cass, Pete, Sam y Birdie. Los Brandley estaban justo detrás de ellos; Archie llevaba una camiseta a rayas rojas, blancas y azules y un estúpido gorrito con barras y estrellas en la punta. Ham y Jane aparecieron justo antes de que Angus se acercara al micrófono.

Izzy estaba sentada al final, junto a Sam, con el suéter de cachemira que no murió anudado sobre los hombros. Poco después de la noche en la que falleció Margarethe, llegó un paquete al Estudio de Punto del Seaside: lo habían enviado el día del incendio.

Lana había sido la primera en encontrar el paquete, junto a la puerta de atrás, y lo había golpeado con la patita hasta que logró abrirlo. Parecía impaciente por que Izzy abriera el paquete allí mismo.

Cuando la joven abrió la caja ahogó una exclamación de sorpresa.

—Debió de planificarlo ese día —le dijo a Nell—. Ella sabía que estábamos encajando las piezas del rompecabezas. Angus se estaba recuperando. Solo era cuestión de tiempo.

Y Nell había añadido:

—Y me parece que estaba en el restaurante de Annabelle cuando fui a ver a Stella la noche del incendio. Cuando Margarethe se marchaba, nos vio hablando, y seguramente sabía que Stella acabaría confesándome que el suéter no lo había traído ninguna invitada. Estaba en el armario de Margarethe. Entretanto ella registró mi coche y encontró las fotografías que Sam había hecho de la camioneta con la que mataron a Gideon y que seguía allí, a la vista de cualquiera, al borde de la cantera. La verdad la estaba acechando.

—No borró muy bien las huellas —opinó Ben.

—No creía necesitarlo, era Margarethe Framingham.

Nell había tocado el suéter con los dedos, como lo haría cualquier aficionado al punto.

—Y Margarethe Framingham no hubiera dejado que un suéter tan bonito se quemara en el incendio, aunque no fue tan considerada con su propia vida.

—Así que me lo mandó por correo a mí —concluyó Izzy.

El alcalde presentó a Angus y la multitud se echó a reír porque no había nadie en todo el pueblo de Sea Harbor que no conociera a su viejo del mar, como todos habían empezado a llamarlo.

Pero cuando Angus empezó a hablar, todo el mundo guardó silencio para escuchar con atención. El viejo miró a la multitud y el océano que se extendía a lo lejos y, por un minuto, Nell pensó que no iba a ser capaz de hacerlo. Le estaban pidiendo demasiado a alguien que había pasado por muchas cosas, que todavía no había recuperado todas sus fuerzas y seguía débil y frágil.

Pero justo cuando Nell estaba a punto de levantarse para sugerir que fuera el alcalde quien hablara Angus carraspeó, le hizo un gesto a Nell para darle a entender que estaba bien y empezó a hablar.

—Amigos...

Angus contempló la multitud reunida en Pelican Park y luego miró las dos primeras filas de sillas y tosió un poco, como si tuviera un nudo en la garganta. Continuó hablando, despacio, vacilante, pero con la convicción de alguien que tenía algo que decir.

—Amigos y familia, gracias por venir —empezó a decir—. A mí se me da muy bien contar historias, pero no soy muy buen orador. Así que si no tenéis inconveniente en aguantar las divagaciones de un anciano, os contaré una pequeña historia:

»Había una vez una preciosa muchacha finlandesa que vivía en estas tierras con su padre, un buen hombre. Ella conoció a su príncipe, un tipo normal que se dedicaba a cortar granito, y ella le robó el corazón. Se llamaba Anja y el cortador de granito la amaba apasionadamente. Ella iluminaba sus días y daba paz a sus noches. Y cuando se convirtió en su esposa, la vida de ese hombre sencillo se llenó de una felicidad que él jamás imaginó que estuviera a su alcance.

»Cuando su princesa murió, la mente y el alma de ese hombre también murieron en cierto modo, a pesar de que su anciano cuerpo siguió adelante. Y entonces una joven llamada Angie Archer se hizo amiga suya y le devolvió algunas cosas; le recordó el amor que había sentido por Anja. Angie escuchó un millón de historias acerca de Anja. E incluso le devolvió una parte de su princesa: las tierras de su familia. Extensas y gloriosas, asomando al mar como un enclave privilegiado. Y ahora el anciano quiere daros parte de lo que tiene a vosotros. Y aquí, el alcalde —Angus señaló al hombre que estaba sentado en el escenario—, bueno, dice que le parece bien.

La multitud volvió a estallar en carcajadas.

—¿Veis eso de allí? —Angus señaló la propiedad de los Framingham, donde un buen número de bomberos y albañiles habían trabajado sin descanso para eliminar los escombros. La multitud se volvió al unísono, todos sentados en sus sillas blancas, haciendo visera con la mano para protegerse los ojos al mirar hacia el punto más remoto de Sea Harbor—. Será un parque que podremos disfrutar todos. El parque Anja Angelina. Habrá una cabaña para mí, si la quiero. —Miró a Birdie y sonrió—. Será mi casa en verano, porque en invierno tengo un hogar donde me recogen el correo y preparan una sopa deliciosa. Pero al parque podéis venir todos —dijo—. Es vuestro.

Cuando Angus bajó del escenario no quedaban muchos ojos secos entre el público. Josie Archer lloraba como una magdalena, y Nell la abrazaba con cariño.

Izzy se acercó a Nell, y pronto Cass y Birdie se unieron a ellas. Las cuatro amigas se abrazaron, tan unidas como los puntos de los jerséis, bufandas y calcetines que tejían cada jueves por la noche.

Juntas admiraron el puerto y el parque Anja Angelina a lo lejos.

—Dios —exclamó Cass—, voy a ser incapaz de recordar el nombre de ese parque.

Las demás se rieron, un sonido ondulante que se tragó el ruido de los fuegos artificiales que estallaban e iluminaban el cielo de la noche.

—Llámalo «la casa de Angus» —sugirió Izzy.

No había más que decir. Las tejedoras del Seaside habían empezado a introducirse en los pensamientos de sus compañeras con la misma facilidad con la que Lana se metía en las cestas de hilo de cachemira.

Nell miró hacia el océano, levantó la vista al oscuro cielo salpicado de fuegos artificiales y vio cómo todos los colores del arcoíris iluminaban la noche. Tragó saliva con fuerza reprimiendo la emoción que subía por su cuello como la marea.

La casa de Angus. O el Anja Angelina. Todo significaba lo mismo.

Familia y amigos.

Por fin empezaba el verano.

Toquilla con seda
de mar de Nell

Tamaño: talla única

Materiales:

1 ovillo de hilo de seda marca Handmaiden (70 % seda, 30 % Seacell)

400 m / 100 g por ovillo en color océano, o del color que mejor le siente a tu tono de piel

Agujas de 8 mm o agujas circulares (Izzy recomienda utilizar agujas ásperas como las de bambú o de palisandro, porque el hilo es bastante resbaladizo)

Muestra:

¡Demos gracias a los dioses por las toquillas de encaje donde la muestra no tiene importancia! Este patrón en forma de diamante dibuja un punto en bucle muy aireado para que la toquilla se descuelgue con elegancia por encima de las prendas delicadas de noche. Si te da la impresión de que el patrón te queda demasiado apretado, aumenta el tamaño de las agujas hasta que veas que los diamantes de los laterales (las «ondas») se van formando en tu labor. Si lo que quieres es hacer una toquilla más amplia y con más cuerpo, solo tienes que añadir múltiplos de seis al patrón original.

Abreviaturas:

1 p. der. 2 hebras.

Trabaja normal echando 2 hebras por encima de la aguja derecha antes de pasar la aguja por el punto original. Básicamente consiste en echar lazada en medio del punto del derecho.

1 p. der. 3 hebras.

Trabaja normal echando 3 hebras por encima de la aguja derecha antes de pasar la aguja por el punto original.

Patrón de las ondas:

(múltiples de 6 puntos + 1)

1.ª vta.: 1 p. der., *1 p. der. 2 hebras [1 p. der. 3 hebras] dos veces, 1 p. der. 2 hebras, 2 p. der.*; repite de principio a fin.

2.ª vta.: teje toda la vuelta dejando deslizar las hebras de más a medida que vayas llegando a ellas (31 p. en la aguja utilizando el patrón que encontrarás a continuación).

3.ª vta.: 1 p. der. 3 hebras, 1 p. der. 2 hebras, 2 p. der., 1 p. der. 2 hebras, *[1 p. der. 3 hebras] dos veces, 1 p. der. 2 hebras, 2 p. der., 1 p. der. 2 hebras; repite desde el principio hasta los últimos dos puntos, 1 p. der. 3 hebras, 1 p. der.

4.ª vta.: repite 2.ª vta.

Repite las cuatro vueltas para conseguir el punto de las ondas.

Patrón:

Tejiendo con dos hebras, monta 31 p.

Vuelta de preparación: teje 1 vta.

Trabaja las vueltas 1-4 del patrón de ondas hasta que la toquilla tenga la longitud adecuada o alcance los 2 m. A continuación, trabaja las vueltas 1.ª y 2.ª una vez más.

Cierra los puntos tejiendo del derecho.

Para el fleco: corta trozos de hilo de 20 cm. Con un ganchillo, dobla dos hilos por la mitad e introduce el extremo doblado por uno de los agujeros de la labor que haya quedado al final de la toquilla. Tira de los extremos con fuerza para fijarlos. Continúa trabajando del extremo hacia dentro hasta que completes todo el fleco.

Anuda cada uno de los flecos para darle un poco más de peso. Repítelo en el otro extremo de la toquilla.

Remata los cabos sueltos y ponte la toquilla para acudir a tu próxima cena.

AGRADECIMIENTOS

Las tejedoras del Seaside (y la autora) quisieran dar las gracias a todas aquellas personas que han ayudado a dar vida a la historia de este grupo de amantes del punto. Quiero expresar mi más sincero agradecimiento a:

Cindy y a todo el personal de The Studio Knitting & Needlepoint de Kansas City, en especial a Sarah Kraly, que me enseñó cómo es el día a día en una tienda de punto: preciosos hilos, mucha y generosa ayuda, amistad y risas, y un acogedor espacio donde poder pasar el rato los fríos días de invierno.

A Kristen Weber por su elegante, inteligente y generosa edición; a Andrea Cirillo por animarme durante años; y a Kelly Harms, cuya pasión por el punto y la vida contagió a las mujeres de Sea Harbor a lo largo de todo el camino.

A mi querida amiga escritora Nancy Pickard, que lo entiende todo.

Y a mi increíble familia, los McElhenny de Cabo Ann: Aria, John y Luke, que me mandaron libros sobre la captura de langostas y la historia de las canteras, pasearon conmigo por los rompeolas, me acompañaron a museos y pueblos costeros, y compartieron mi pasión por el mar. Y a los KC Goldenbaum:

Todd, Danny y Claudia, que siempre están presentes, arreglando ordenadores averiados, construyendo páginas web y levantando el ánimo. Y, por último, quiero expresar un agradecimiento especial a Don, por treinta y ocho años de motivos.

SALLY GOLDENBAUM

Sally Goldenbaum ha escrito más de treinta novelas, entre ellas las series *Queen Bees Quilt Shop Mysteries* y la exitosa *Seaside Knitters Society Mystery*, ambientada en la población ficticia de Sea Harbor, en Massachusetts. Sally nació en Manitowoc (Wisconsin) y en la actualidad vive con su familia en Gloucester (Massachusetts). Además de escribir libros de misterio, Sally ha sido profesora de filosofía, latín y escritura creativa, y ha editado revistas de bioética y veterinaria, además de trabajar en la televisión pública, en concreto en la WQED de Pittsburgh.

Más información en www.sallygoldenbaum.com.

Descubre más títulos de la serie en:
www.almacozymystery.com

COZY MYSTERY

Serie *Misterios de Hannah Swensen*
JOANNE FLUKE

1 2 3

Serie *Coffee Lovers Club*
CLEO COYLE

1 2

Serie *Misterios bibliófilos*
KATE CARLISLE

1 2

Serie *Misterios en la librería Sherlock Holmes*
Vicki Delany

 1

Serie *Secretos, libros y bollos*
Ellery Adams

 1

Serie *Misterios felinos*
Miranda James

 1

 2

 3